Schweden im tiefsten Winter. Nur widerwillig tritt der ehemalige Groß-stadtpfarrer Samuel Williams seine neue Stelle in dem verschlafenen Dörfchen Klockarvik an. Doch der Schein trügt: Schon kurz nach sei-ner Ankunft stößt der Geistliche auf die Leiche des Hotelbesitzers Finn Mats Hansson – und Verdächtige gibt es zuhauf!
Samuel Williams macht sich seine Position zunutze, um in seiner neu-en Gemeinde nach schwarzen Schafen zu suchen. Selbst die anstehen-den Weihnachtsvorbereitungen können ihn nicht von seinen Nachfor-schungen abhalten; einzig die traditionelle Teilnahme am Wasalauf, der berühmten Skilanglaufveranstaltung in Dalarna, bereitet ihm Schwie-rigkeiten.
Dass der Geistliche sich in ihren Fall einmischt, gefällt der ermittelnden Kommissarin Maja-Sofia Rantatalo zunächst gar nicht, doch schließlich tut sie sich mit dem neugierigen Pfarrer zusammen. Gemeinsam lüften sie die Geheimnisse der verschrobenen Dorfbewohner und kommen dem Täter bald auf die Spur …

Marianne Cedervall wurde 1949 als Tochter eines Pfarrers im südschwe-dischen Gotland geboren und arbeitete u. a. als Lehrerin. ›Schwedische Familienbande‹ ist der Auftakt der Krimireihe um den ermittelnden Pfarrer Samuel Williams, ›Schwedische Schwestern‹ (2022) ist der zwei-te Fall für den neugierigen Geistlichen.

Ulrike Brauns wuchs in der Nähe von Köln auf und studierte Germanis-tik, Skandinavistik und English Literature in Bonn, Stockholm und Mel-bourne. Seit 2004 ist sie freiberufliche Übersetzerin und Untertitlerin.

Marianne Cedervall

SCHWEDISCHE FAMILIENBANDE

**Ein Fall für
Pfarrer Samuel Williams**

Kriminalroman

Aus dem Schwedischen
von Ulrike Brauns

DUMONT

Von Marianne Cedervall ist bei DuMont außerdem erschienen:
Schwedische Schwestern

Dieses Buch wurde klimaneutral produziert.

September 2022
DuMont Buchverlag, Köln
Alle Rechte vorbehalten
© Marianne Cedervall 2020 by Agreement with Grand Agency.
Die schwedische Originalausgabe erschien 2020
unter dem Titel ›Dö för vårt syndiga släkte‹ bei Lind & Co, Stockholm.
© 2022 für die deutsche Ausgabe: DuMont Buchverlag, Köln
Übersetzung: Ulrike Brauns
Umschlaggestaltung: Lübbeke Naumann Thoben, Köln
Umschlagabbildung: Schnee © JLBvdWOLF /Alamy Stock Foto;
Silvester im Schnee Schweden © Stefanie Naumann;
Pfarrer © Elena Naumann
Satz: Angelika Kudella, Köln
Gesetzt aus der Franziska Pro
Druck und Verarbeitung: CPI books GmbH, Leck
Gedruckt auf säurefreiem und chlorfrei gebleichtem Papier
Printed in Germany
ISBN 978-3-8321-6659-5

www.dumont-buchverlag.de

Zur Erinnerung an meinen Vater Gösta Lavedahl,
der sein gesamtes Leben mit Humor, Wärme
und Ernsthaftigkeit in den Dienst der Kirche stellte.
Unzählige Kirchenbänke habe ich durchgesessen,
während ich meinen Vater zu Taufen, Hochzeiten,
Beerdigungen und Gottesdiensten begleitete.
Dafür bin ich so, so dankbar.

Er kommt zu uns auf Erden,
um ein Opfer zu bringen am hölzernen Kreuze,
um zu sterben für unser sündiges Menschengeschlecht,
damit endlich Gerechtigkeit vorherrsche.
Freut euch, freut euch,
freut euch an eurem Herrn und Gott.
Freut euch, freut euch
und ehrt euren König und Gott.

DAS SCHWEDISCHE GESANGBUCH,
LIED 228, VERS 3

∼ DIE BETEILIGTEN ∼

KIRCHENLEUTE

SAMUEL WILLIAMS, widerwillig zugezogener
Pfarrer

MARIT KYRKLUND, Diakonin in Västerås und
Samuels Verlobte

SIGVARD NORDQVIST, pensionierter Pfarrer

ELLINOR JOHANNESSON, Hauptpastorin

GUNNAR »HALBTON« HALVARSSON, Kantor

ANNIKA OLSSON RASK, Haushälterin

TORBJÖRN RASK, Hausmeister

CILLAN SVENSSON, Diakonin

TINDRA KLAR, Praktikantin der Kirche

TYRA LUNDIN, Mädchen für alles

POLIZEIPERSONAL

MAJA-SOFIA RANTATALO, Kriminalkommissarin

KNIS PETTER LARSSON, Kriminalinspektor

MARTINA JARNING, Kriminalinspektorin

JEANETTE SUNDELL, stellvertretende Polizei-
intendantin

DORFBEVÖLKERUNG

MARKUS LUNDSTRÖM, Musiker und Sonderling

FINN MATS HANSSON, Unternehmer und Hotelbesitzer

LISS KATRIN HANSSON, Finn Mats Hanssons Ehefrau

AMANDA SNYGG, Finn Mats Hanssons junge Geliebte

FINN VIKTOR HANSSON, Finn Mats Hanssons Sohn

MIKAEL VEDBERG, Finn Mats Hanssons Geschäftspartner

MALIN KNUTSSON, Chefin des Fjällhotels

JOHAN TYSK UND INGEMAR TYSK, Dorfbewohner, denen nichts entgeht

~ EINS ~

Mittwoch, 23. November

Als Samuel Williams in Klockarvik eintraf, hatte es aufgehört zu schneien. Die Straßen von Västerås nach Dalarna waren teils vereist gewesen, und nun brannten ihm die Augen, weil er sich wegen der wirbelnden Flocken so sehr hatte konzentrieren müssen. An sich war es eine schöne Strecke, das wusste er, doch an diesem Tag gab es nichts anderes als Schnee zu sehen, nicht mal der atemberaubende Blick von Söderåsen über den Siljan hatte sich ihm präsentieren wollen. Zwischen Mora und Klockarvik hatte sich langsam ein Wetterumschwung abgezeichnet: Es schneite nicht länger, wurde aber kälter. Die offene Landschaft wandelte sich und auf dem letzten Stück schlängelte sich der Weg durch einen dichten und dunklen Kiefernwald.

Samuel stellte den Motor ab und löste den Sicherheitsgurt, bevor er einen Blick auf sein Handy warf. Es blieb ihm noch eine Viertelstunde bis zum Treffen mit seiner neuen Chefin, Hauptpastorin Ellinor Johannesson. Er stieg aus dem Wagen, wobei seine frisch polierten Halbstiefel im Schnee versanken, und schaute sich um. Die Kirche lag auf der einen, das neu gebaute Gemeindehaus auf der gegenüberliegenden Straßenseite. Trotz der modernen Bauweise war das

Gemeindehaus ein schönes Gebäude, und es fügte sich bestens zwischen die alten Holzhäuser mit ihrer aufwendigen Verzierung. Diese Häuser standen sicher schon Hunderte von Jahren dort, wenn nicht länger.

Die Kälte war greifbar, die Luft rein und frisch. Minus zwölf Grad herrschten laut Temperaturanzeige des Autos. Samuel knöpfte den Mantel zu und zog den Wollschal fester um den Hals. Er konnte gut und gern noch eine Runde über den Friedhof drehen, ehe er zu seinem neuen Team stieß. Nach der langen Fahrt fühlte er sich steif, ein schmerzlicher Hinweis darauf, dass er nicht mehr der Jüngste war. Dabei tat er, was er konnte, um in Form zu bleiben. Ging regelmäßig ins Fitnessstudio und machte lange, flotte Spaziergänge. Er war gerade erst vierzig geworden und hatte deutlich gespürt, dass dieses Ereignis eine Erinnerung an die Vergänglichkeit des Lebens war. Vierzig war ein richtiges Greisenalter, hatten seine Kinder Alva und Gabriel bei ihrer großartigen und lustigen Rede während seiner Geburtstagsfeier zum Besten gegeben. Die beiden hatten dafür Jubel und Beifall geerntet, allein beim Gedanken daran musste Samuel lächeln. Und als Pfarrer wurde er ständig an die Vergänglichkeit des Lebens erinnert, denn Beerdigungen waren ein gewöhnlicher Teil seiner Arbeit. Aber erst jetzt, seit er selbst vierzig war, fiel ihm auf, wie sehr er gealtert war.

Das Friedhofstor war gut geölt und fiel völlig lautlos hinter ihm ins Schloss. Samuel setzte seinen Gang über den schneebedeckten Weg fort. Auf den Grabsteinen lagen mindestens zehn Zentimeter Schnee, und die Wege waren nicht geräumt. Der Hausmeister hatte vermutlich eingesehen, wie sinnlos dieser Aufwand in Anbetracht der anhaltend widrigen Wetterumstände war. Samuel zog den Schal noch etwas fester und klappte den Mantelkragen hoch. Kalter Schnee hatte den Weg in einen seiner Stiefel gefunden und ließ ihn erschaudern. Hätte er mal lieber die teuren Wanderschuhe genommen, allerdings passten sie nicht wirklich zu seinem Mantel, und Autofahren konnte man mit ihnen auch nicht gut.

Er blieb stehen und schaute an sich hinunter. Der teure Mantel passte nicht in dieses Dorf, genauso wenig wie Samuel selbst. Er mochte schöne Kleidung von hoher Qualität, aber in Klockarvik würde er allein wegen der Temperaturen nicht wie in der Stadt herumlaufen können. Steppjacke, gefütterte Hose und Schnürstiefel waren hier angesagt. Und eine dieser lächerlichen Mützen mit Ohrenklappen. Vielleicht auch einfach eine gestrickte Zipfelmütze. Er seufzte schwer. Warum hatte er nicht einfach ins gemachte Bett fallen und die Stelle als Domkaplan in Västerås bekommen können? Sie war zum Greifen nah gewesen, und er hatte felsenfest daran geglaubt, dass die Stelle seine war, er hatte sogar so etwas wie eine Berufung gespürt. Der Boss, also Gott, wollte ihn sicher in der Domkirche haben, davon war er überzeugt gewesen, aber dann war der Job doch an eine Frau von der Westküste gegangen, eine Pfarrerin, die der gesamten Gemeinde und dem Stift völlig unbekannt war. Im Namen der Gleichberechtigung hatte Samuel sich geschlagen geben müssen. Da der Bischof und der Domdekan Männer waren, musste wenigstens die Stelle des Kaplans mit einer Frau besetzt werden. So hatte der Dekan es Samuel erklärt, der daraufhin irritiert und enttäuscht die große Kathedrale zu Västerås verlassen hatte und eine ganze Weile lang ohne Ziel und Sinn durch die Stadt geirrt war, während die Gedanken wie wütende Bienen durch seinen Kopf jagten.

Aber man brauchte schließlich einen Job, und die Interimsstelle als Pfarrer in Klockarvik im Norden Dalarnas, auf die er sich eher spaßeshalber beworben hatte, war plötzlich Realität geworden. Über das Dorf wusste er praktisch nichts, über Dalarna an sich auch nicht wesentlich mehr. Vage erinnerte er sich an ein Winterlager in Orsa, ein paar Kilometer von Klockarvik entfernt, wo er als Kind mal gewesen war. Langlauf und Abfahrtski waren Teil des Angebots gewesen. Abfahrt hatte ihm Spaß gemacht, Langlauf hingegen so gar nicht, dazu hatte er auch später im Leben keinen Bezug gefunden. Eigentlich hätte er liebend gern in Klockarvik angerufen und mit hochnäsiger Stimme verkündet, dass er einen wichtigeren Job gefunden habe, weshalb er »leider« das Angebot ausschlagen müsse und dieser einfachen ländlichen Gemeinde nicht dienen könne. Aber die harte Wirklichkeit hatte ihn gezwungen, die Vertretung in einem Kaff zu übernehmen, wo vermutlich jeder jede kannte und wo man nur etwas zählte, wenn man ein Stück Wald besaß, jagte oder einen unverständlichen Dialekt sprach. Samuel nannte nicht mal einen Baum sein Eigen, hatte in seinem Leben noch kein einziges Mal gejagt und den hiesigen Dialekt beherrschte er auch nicht. Hier wimmelte es vermutlich von Wolfshassern oder Menschen, die nicht gerade gütig auf Einwanderer blickten. Blieb die Frage, wie er das aushalten sollte. Seine täglichen Gebete schienen in diesem Fall kein bisschen geholfen zu haben. Dafür hatte der Boss von Samuels Vorurteilen und vorgefassten Meinungen Notiz genommen, und auf die göttliche Ermahnung hatte er auch nicht lange warten müssen. Früh am Morgen vor der Abfahrt, als er sich gerade rasierte, hatte er einen deutlichen Tadel vernommen.

Du bist gerade nicht nett, mein Sohn. Dazu auch nicht sonderlich begabt. Aber jetzt musst du los, die Gemeinde braucht dich.

Samuel blieb vor der Kirche stehen und ließ den Blick an der weiß gekalkten Wand entlanggleiten. Schon seit vielen Jahren ließ er sich auf sehr persönliche Art von Gott führen. Sicherlich hätte der eine oder die andere ein paar Takte dazu zu sagen gehabt, wenn sie etwas über dieses spezielle Verhältnis zwischen Samuel und seinem »Boss« gewusst hätten, aber das war ihm egal. Er stellte seine Fragen, und ja, vielleicht beruhten die ihm eingegebenen Antworten auf seiner eigenen Beurteilung, aber er verstand sie lieber als Führung vom göttlichen Vater selbst. Die Unterhaltungen mit Gott heiterten ihn einfach auf.

Und genau in diesem Moment, bevor er seinen neuen Job antrat, brauchte Samuel ein neuerliches Zwiegespräch mit seinem obersten Chef. Kein Ort eignete sich besser dafür als die heilige Stätte selbst, fand er und entschied, sich ein paar Minuten lang in die Kirche zu setzen. Er wollte seiner neuen Chefin in aller Deutlichkeit klarmachen, dass er nicht plante, in diesem kleinen Ort zu bleiben. Selbst wenn die Domkirche in Västerås ihn nicht wollte, dann gab es wahrlich noch andere und deutlich prestigeträchtigere Stellen. Beim Ableger der *Svenska kyrkan* in New York zum Beispiel, wo er auch ein paar Verwandte väterlicherseits hatte. Das sollte er definitiv noch zu seinem Lebenslauf hinzufügen. Ein großes Problem mit einer Stelle im Ausland wäre jedoch die Entfernung von seinen Kindern. Klar, sie lebten die meiste Zeit bei ihrer Mutter, aber die Ferien verbrachten sie immer bei ihm. Und Weihnachtsferien in New York waren ja an und für sich auch nicht schlecht, oder? Ausschlagen würden sie das sicher nicht. Und seine Lebensgefährtin Marit, mit der er jetzt gezwungenermaßen erst mal nicht mehr zusammenleben konnte, hätte vermutlich gegen Manhattan weit weniger einzuwenden als gegen Klockarvik. Sie war nicht gerade davon begeistert gewesen, dass er sich auf den Weg ins nordöstliche Dalarna gemacht hatte. Sie arbeitete als Diakonin in Västerås, eine Stelle, die sie gerade absolut nicht aufgeben wollte, weshalb sie plötzlich räumlich voneinander getrennt waren. Marit war unmissverständlich ebenfalls dafür, dass das Abenteuer in Dalarna so kurz wie möglich blieb, damit er wieder nach Hause kommen, sie endlich heiraten und Kinder bekommen konnten. Bei der Sache mit den Kindern waren sie sich etwas uneins, er hatte ja schließlich schon zwei großartige Kinder und war damit mehr als glücklich. Aber weil Marits Bedürfnis so stark war, musste er wahrscheinlich akzeptieren, noch einmal Vater zu werden. Ihr das auszuschlagen, wäre schwer.

Samuel steckte die Hände in die Taschen, umrundete die Kirche und erreichte den Eingang. Er prüfte die Klinke. Abgeschlossen. Typisch. Das Zwiegespräch mit Gott musste er offenbar anderswo halten. Er erschauderte und bog dann um den östlichen Teil der Kirche, hinter dessen dicken Wänden sich Altar und Chor verbargen.

Kaum hatte er die Ecke erreicht, blieb er wie angewurzelt stehen. Hatte er wirklich richtig gesehen oder spielten ihm die Schatten einen Streich? Schließlich war es seit seiner Ankunft noch dunkler geworden. Ein ungutes Gefühl beschlich ihn. Vor ihm standen zwei alte, schmiedeeiserne Grabkreuze, etwa einen Meter hoch. Kein normaler Mensch bekam so ein feines Kreuz. Aber vielleicht der Pfarrer? Oder die reichsten Grundbesitzer der Gegend? Durch einen Windstoß bewegten sich die eisernen Verzierungen. An dem einen Kreuz lehnte etwas Großes, Klobiges, das von Schnee bedeckt war. Samuel atmete unweigerlich tief ein, als er erkannte, was er da vor sich hatte. Ein paar steife Haarsträhnen ragten aus dem Schnee, der sich wie eine Mütze über den Kopf gelegt hatte, welcher wiederum zu dem ans Kreuz geknoteten Körper gehörte. Samuel machte ein paar wacklige Schritte zur Seite. Langsam begriff sein Gehirn, was seine Augen da sahen. Wie gebannt betrachtete er den teilweise schneebedeckten Körper. Die Arme ragten hinauf und waren am Querbalken des Kreuzes befestigt, während Füße und Beine fast vollständig vom Schnee verborgen wurden. Soweit er das beurteilen konnte, handelte es sich um einen Mann. Samuel erkannte eine Jeans und einen Ledergürtel, der Oberkörper war nackt, wies aber vereinzelte Tätowierungen auf. Unter anderem ein Dalapferd direkt über einer der Brustwarzen. Auf den Schultern lag

Schnee. An der Schläfe konnte er Spuren von getrocknetem oder gefrorenem Blut erkennen.

»Guter Gott, die arme Seele«, murmelte Samuel.

Unbewusst strich er sich den Pony aus dem Gesicht. Seine Atmung beschleunigte sich, außerdem wurde ihm übel. Nur mit größter Anstrengung konnte er das Zittern seiner Stimme unterdrücken, als er die Hand hob, um den so tragisch Verstorbenen zu segnen. Das war das Mindeste, was er tun konnte.

»Der Herr segne und behüte dich, wer immer du auch bist«, sagte er mit zitternder Stimme. »Der Herr lasse sein Angesicht leuchten über dir und sei dir gnädig, der Herr hebe sein Angesicht über dich und gebe dir Frieden. Im Namen des Vaters, des Sohnes und des Heiligen Geistes.« Er bekreuzigte sich. »Amen.«

Während seine Gedanken in alle Richtungen stoben, was er nun als Nächstes tun sollte, schaute er zur Friedhofsmauer und zuckte zusammen. Dahinter stand ein älterer, kleiner Mann mit einer hellblauen Wollmütze, die er bis zu den Augenbrauen heruntergezogen hatte. Er betrachtete Samuel intensiv. Ihre Blicke trafen sich, dann wandte der Mann sich ab und entfernte sich mit komischen, wiegenden Schritten. Auf seinem Rücken wippte ein Geigenkoffer.

Samuel blieb wie versteinert stehen und schaute dem Mann nach, der ohne ein Wort verschwunden war. Dann erwachte er aus seiner Trance. Er musste die Polizei verständigen, sie darauf aufmerksam machen, dass an einem Grabkreuz vor der Kirche Klockarviks eine unschöne Aufgabe auf sie wartete. Er holte das Handy aus der Tasche. Er wollte sich der Leiche nicht weiter nähern. Sollte er vermutlich auch nicht, ging ihm da auf, sonst könnte er eventuelle Spuren zerstören. Vielleicht sollte er sich auch erst an die Hauptpastorin wenden, damit diese die Polizei verständigte?

»Entschuldige«, flüsterte er dem Toten zu und steckte das Handy wieder weg. »Ich bin gleich zurück.«

Samuel stapfte, so schnell er konnte, durch den hohen Schnee und schlitterte zum Gemeindehaus auf der gegenüberliegenden Straßenseite. Dort riss er die Tür auf und eilte hinein, nur um fast über Einkaufstüten zu stürzen, die direkt hinter der Tür standen. Samuel wedelte mit den Armen, um das Gleichgewicht nicht zu verlieren, und bekam dann den Türrahmen zu fassen. Eine große Frau in Stoffhose, weiter Strickjacke und Pastorinnenhemd erschien vor ihm. Fast hätte er sie nicht wiedererkannt, sie waren sich erst einmal kurz bei einer Versammlung begegnet, auf der sie ihm vorgeschlagen hatte, nach Klockarvik zu kommen. Seither hatten sie nur in telefonischem Kontakt gestanden.

»Samuel Williams«, sagte die Hauptpastorin Ellinor Johannesson, die ihn offenbar sofort zuordnen konnte, und hob die Augenbrauen. »Was für ein eigentümlicher Auftritt für unseren neuen Pfarrer. Willkommen!«

Samuel schluckte ein paarmal und schaute seiner neuen Chefin in die Augen. Seine Knie schlotterten, er musste sich zusammenreißen, damit seine Stimme fest klang.

»Ich muss dich bitten, einen Mord zu melden«, sagte er und zog seine nassen Schuhe aus.

~ ZWEI ~

Als die Pastorin verstanden hatte, was Samuel zum dritten Mal unzusammenhängend zu erklären versuchte, erkannte sie den Ernst der Lage und verständigte sogleich die Polizei. Samuel zog derweil die nassen Strümpfe aus, trocknete seine Füße ab und bekam ein Paar farbenfrohe Wollsocken aus dem reichhaltigen Vorrat des Handwerksvereins.

»Die sind eigentlich für den Weihnachtsbasar gedacht, aber ich halte das für eine Notlage, da darf man auch mal eine Ausnahme machen«, hatte die Haushälterin gesagt. »Vielleicht stecken Sie dann später einfach eine Münze in die Kasse des Handwerksvereins.«

Die Haushälterin hatte sich als Annika Olsson Rask vorgestellt, ihnen schnell Tee gekocht und sich außerdem darum gekümmert, dass Samuel sich kurz ausruhen konnte. Dazu hatte sie ihn in einen Sessel gesetzt, der im Eingangsbereich stand, der wiederum eher einem Wohnzimmer ähnelte. An den Wänden hingen Gemälde, die den Sonnenuntergang über dem Siljansee zeigten oder niedliche Kinder, deren Schutzengel ein wachsames Auge auf sie hatten. Außerdem gab es Regale mit Zeitungen und Büchern, dazu noch das eine oder andere Gefäß mit kleinen, roten Tulpen.

Durch den warmen Tee fühlte Samuel sich nach einer Weile fast wieder wie ein Mensch, und seine Hände hörten auf zu zittern. So diskret wie möglich holte er seine Dose Snus heraus und steckte sich eine Portion Tabak unter die Lippe. Der Anblick des Toten, wie er da am Kreuz hing, hatte sich auf seine Netzhaut gebrannt. Vermutlich würde ihn das Bild noch eine ganze Zeit lang verfolgen. Er hoffte inständig, dass er keine Albträume bekam.

Samuel stand abrupt auf, stieß dabei gegen den Tisch und verschüttete ein wenig Tee. Ein junges Mädchen, das gerade den Zeitungsstapel ordnete, kicherte. Samuel war sie bis dahin gar nicht aufgefallen, was sicher der Tatsache geschuldet war, dass seine Gedanken gerade so intensiv um anderes kreisten.

»Sie haben gekleckert«, sagte sie mit funkelnden Augen.

»Ja, ach, das ist gar nicht so verwunderlich«, antwortete Samuel und tupfte den Fleck mit einer Serviette weg. »Das wäre dir nicht anders gegangen, wenn du gesehen hättest, was ich gerade sehen musste.«

Das Mädchen ließ die Zeitungen Zeitungen sein und kam mit neugierigem Blick auf ihn zu. Höflich hielt sie ihm die Hand hin.

»Tindra«, sagte sie. »Konfirmandin, die keinen Bock auf Schule hat und deshalb hier ein Praktikum macht. Was haben Sie denn gesehen?«

»Samuel Williams«, erwiderte er und schüttelte ihre Hand. »Neuer Pfarrer hier. Ich habe gerade einen Toten auf dem Friedhof gefunden.«

Es war sicher besser, direkt zu sein, dachte er. Tindra

runzelte die Stirn und setzte sich in den gegenüberstehenden Sessel.

»Einen Toten auf dem Friedhof? Das klingt ja schrecklich. Wobei ... Muss man genau dort nicht eigentlich damit rechnen?«

»Na ja, normalerweise liegen die da *unter* der Erde«, sagte er und lächelte matt. »Und wenn sie sich noch darüber befinden, dann vielleicht nicht gerade an ein Grabkreuz geknotet.«

Tindra riss die Augen auf, trotzdem schien seine Schilderung sie nicht gerade in Angst und Schrecken versetzt zu haben.

»Cool!«, sagte sie auch noch. »Und Sie heißen Samuel? Dann können wir Sie doch bestimmt Sam nennen, oder? Samuel ist so lang. Wollen wir nicht rausgehen und mal nachschauen?«

»Nein, das wollen wir wirklich nicht«, hörten sie Ellinor Johannessons laute Stimme sagen. Die Pastorin kam aus ihrem Büro und hatte offenbar Teile ihres Gesprächs aufgeschnappt. »Ich habe die Polizei in Mora verständigt, die haben sich sofort auf den Weg gemacht. Ihr bleibt schön hier, und du, Tindra, verlierst bitte kein Wort über den Friedhof. Ich habe Torbjörn rübergeschickt, damit niemand Unbefugtes auf die Idee kommt, dort rumzutrampeln.«

»Och ...«, machte eine enttäuschte Tindra.

Samuel betrachtete sie. Er konnte ihre Neugierde ja verstehen, obwohl die Situation an sich ziemlich makaber war. Manche Menschen fanden Katastrophen und Schreckliches einfach spannend. Er selbst gehörte auch eher dazu.

»Ich erzähle dir später mehr«, flüsterte er ihr zu, damit die Pastorin es nicht hörte. »Aber viel mehr gibt's gerade sowieso nicht zu sagen. Und wenn du mich Sam nennst, freue ich mich.«

Kurze Zeit später hatte sich auf dem Friedhof im schwachen Licht, das die Straßenlaternen spendeten, eine kleine Gruppe gebildet. Samuel hatte der Polizei den Weg gezeigt. Der Hausmeister Torbjörn Rask wirkte erleichtert, dass sie eingetroffen waren. Er hockte auf dem Boden, den Rücken an die Kirchwand gelehnt, war ganz blass und schien aufgewühlt. Er hatte das Gesicht abgewandt, vermutlich weil er so vor dem Anblick des Grabkreuzes geschützt war. Die Totenwache gehörte nicht gerade zu seinen gewöhnlichen Aufgaben, und es sah ganz so aus, als hätte dieser Abend schon jetzt seinen Tribut von ihm gefordert. Aus Mora waren eine Polizistin und ein Polizist gekommen. Die Frau kam Samuel vage bekannt vor, aber wirklich zuordnen konnte er sie trotzdem nicht.

»Maja-Sofia Rantatalo, Kriminalkommissarin«, stellte sie sich vor.

Der Blick aus ihren braunen, etwas schmalen Augen war ernst. Sie hatte einen kurzen, schräg geschnittenen Pony, hohe Wangenknochen, eine niedliche Nase und einen schönen Mund, fand Samuel. Vielleicht lag er falsch, aber er hatte den Eindruck, ihr Parfum oder ihre Bodylotion würde erfrischend nach Wald riechen.

»Und das ist mein Kollege, Larsson«, sagte sie und deutete zu ihrem Begleiter, bevor sie ein paar Schritte auf das

Grabkreuz zuging. »Das ist wirklich abscheulich, muss ich schon sagen.«

»Knis Petter Larsson«, sagte ihr Kollege und nickte in die Runde. »Kriminalinspektor.«

»Petter!«, platzte es aus Torbjörn Rask heraus. Er stand hastig auf. »Mensch, das ist ja ewig her.«

Der Polizist runzelte die Stirn und betrachtete den Hausmeister fragend. Dann klärten sich seine Gesichtszüge.

»Tobbe Rask!«, sagte er. »Dich hab ich zuletzt in der Neunten gesehen. Wie haben die dich früher immer genannt? Robbe?«

Rask zuckte mit den Schultern und öffnete den Mund, weil er wohl etwas antworten wollte, doch dann wurde er noch blasser, fing an zu schwanken und huschte schnell um die Ecke. Samuel folgte ihm, nur um mitansehen zu müssen, wie der Hausmeister sich in ein Gebüsch neben dem Kompost erbrach. Die Gesamtsituation hatte den Mann offenbar überfordert, vielleicht war er aber auch einfach zu schnell aufgestanden, als ihm klar wurde, dass er den Polizisten kannte.

»Alles in Ordnung?«, fragte Samuel und fühlte sich dabei irgendwie unbeholfen. »Kann ich irgendetwas für Sie tun?«

Torbjörn nahm eine Handvoll frischen Schnees, richtete sich auf und wischte sich damit über den Mund.

»Danke, aber jetzt ist es schon wieder gut«, sagte er. »Irgendwie konnte ich mich zusammenreißen, bis Sie alle gekommen sind, aber das ist einfach zu grausam. Ich hol mir mal eben etwas Wasser aus der Sakristei.«

»Soll ich mitkommen?«

Torbjörn wehrte ab.

»Nein, nein, nicht nötig. Gehen Sie zu den anderen zurück, ich komme schon klar. Falls die noch mit mir sprechen wollen, könnten Sie sie dann zu mir reinschicken? Ich leg mich auf eine der Kirchenbänke, ich muss unbedingt kurz die Augen zumachen.«

»Der, der Sie Robbe genannt hat«, sagte Samuel, »war der während der Schulzeit gemein zu Ihnen?«

Torbjörn schüttelte den Kopf.

»Im Gegenteil«, sagte er. »Wir haben alle so Witze gerissen, dabei kam niemand zu Schaden. Mit Petter unterhalte ich mich gern.«

Samuel nickte und kehrte zu den anderen zurück. Die beiden Polizisten hatten den Bereich schon abgesperrt und mit der Untersuchung angefangen. Ihre starken Taschenlampen waren auf die traurige Gestalt gerichtet. Der grelle Lichtkegel verdichtete die sie umgebende, tiefe Winterdunkelheit nur noch mehr, sodass der Tote weit gruseliger aussah als vor einer Stunde, als Samuel ihn entdeckt hatte. Allen Lebendigen stand eine Wolke vor dem Mund, wenn sie sprachen oder atmeten. Dem Toten nicht.

»Hat jemand eine Ahnung, wer das ist?«, fragte Kommissarin Rantatalo.

»Der Hoteldirektor«, sagte Hauptpastorin Ellinor Johannesson. Sie wirkte gefasst, doch das Zittern in ihrer Stimme verriet, dass die Situation auch an ihr nicht spurlos vorüberging. »Er heißt Finn Mats Hansson«, fuhr sie fort, nachdem sie sich kurz gesammelt hatte.

Knis der eine, Finn der andere. Samuel fragte sich, ob er

sich jemals all die sonderbaren Namen in Dalarna merken können würde.

»Hoteldirektor Hansson? Hat der nicht gerade erst diesen Luxuskasten hier in Klockarvik eröffnet?«, fragte Maja-Sofia Rantatalo. »Ich meine, ich habe darüber was im *Dala-Demokraten* gelesen.«

»Ja, genau«, sagte Ellinor. »Er betreibt das Hotel mit Mikael Vedberg.«

»Braucht Klockarvik wirklich noch so eins?«, fragte die Kommissarin. »Wenn ich mich nicht irre, gibt es hier doch schon mehr als ausreichend Hotelbetten, oder etwa nicht?«

»Sie denken sicher ans Fjällhotel, nicht wahr?«, fragte Ellinor. »Auch ein sehr gemütliches und exklusives Hotel, und die Chefin Malin Knutsson leistet außerordentliche Arbeit, aber sie richtet sich eher an den Skitourismus. Das neue Hotel ist noch mal was ganz anderes und zieht ein anderes Klientel an, glaube ich. Konferenzteilnehmer und Geschäftsleute auf der Durchreise. Das ist zumindest das, was ich gehört habe. Wie schrecklich, dass er jetzt tot ist.«

Kaum war Ellinor verstummt, stieß Torbjörn Rask mit den Händen in den Hosentaschen zu ihnen. Er hatte sich offensichtlich etwas erholt.

»Das ist das Familiengrab«, sagte er und nickte zu den Kreuzen. »Verdammtes Elend! Oh, entschuldigen Sie, ich sollte nicht fluchen, aber das ist wirklich hart für mich.«

»Was meinen Sie? Wessen Familiengrab?«, fragte Maja-Sofia Rantatalo.

»Finn Hanssons. All seine Vorfahren liegen dort«, antwortete Torbjörn. »Reiche, alte Bauernfamilie.«

Larsson hatte noch ein paar Fotos mit dem Handy gemacht, bevor Rantatalo alles absperren ließ. Und zwar nicht nur den Bereich um die Grabkreuze, sondern den gesamten Friedhof inklusive Kirche und allem. Danach griff sie zu ihrem Handy und tätigte einen Anruf. Soweit Samuel das beurteilen konnte, war jemand Höherrangiges am anderen Ende.

»Hallo, Sundell«, sagte sie, »Larsson und ich bleiben hier und bewachen den Fundort, aber du musst so schnell wie möglich die Kriminaltechnik herschicken. Wenn Tamara Pettersson sich herbemühen würde, wäre das sogar noch besser. Hier gibt es definitiv was zu tun für eine Rechtsmedizinerin.«

Samuel hörte ganz genau zu. Dass sie ursprünglich nicht aus Dalarna stammte, war sofort an ihrem Akzent zu erkennen. Eher war da ein finnischer Einschlag.

»Kommt sie auch?«, fragte Larsson, als Rantatalo aufgelegt hatte.

Sie nickte und verzog den Mund.

»Natürlich. Die Sundell findet, wir müssen von Anfang an mit Schwung an die Sache rangehen, das ist wichtig«, sagte sie und verdrehte die Augen.

»Als wäre uns das nicht selbst klar«, murmelte ihr Kollege.

Samuel entging kein Wort. Wie hieß er noch mal, der männliche Polizist? Kniv Petter? Nein, Knis, oder? Er musste sich wirklich Mühe geben, sich diese sonderbaren Namen zu merken. Diese Sundell jedenfalls schien bei beiden nicht sonderlich beliebt zu sein.

»Das war meine Chefin, Jeanette Sundell«, erklärte Rantatalo, als hätte sie seine Gedanken gelesen. »Sie ist nur eine Vertretung, aber sie hat zu allem eine Meinung, um die kommen wir nicht herum.«

Ihr Kollege schüttelte leicht den Kopf. Samuel fragte sich, ob er dachte, sie hätte zu viel gesagt. Sie schienen ihrer Vorgesetzten gegenüber nicht gerade positiv gestimmt zu sein, aber das hatte ja nichts mit ihm zu tun.

»Es kommt auch wer aus Falun«, fuhr Rantatalo fort, »aber das kann ein paar Stunden dauern. Wie dem auch sei, wir müssen erst mal alles abgesperrt lassen und dafür sorgen, dass hier nicht alles zertrampelt wird, besonders um die Leiche herum. Auch von uns nicht.«

Ellinor Johannesson warf Maja-Sofia Rantatalo einen aufgeschreckten Blick zu, als sie hörte, dass sich erst mal niemand dem Friedhof nähern durfte.

»Aber … Aber in ein paar Tagen ist doch der erste Advent«, sagte sie bestürzt. »Der erste Tag des Kirchenjahrs. Am Sonntag kommen die Menschen scharenweise, außerdem wird Samuel Williams hier ganz offiziell und feierlich als neuer Pfarrer begrüßt. Da brauchen wir unbedingt Zugang zur Kirche.«

Maja-Sofia Rantatalo zuckte mit den Schultern.

»Tja«, sagte sie. »Jetzt haben wir es leider mit einem höchst unschönen Mord zu tun, soweit ich das bisher überblicken kann, da wird Ihnen nichts als Protest übrig bleiben, aber tun können wir nichts. Einen Gottesdienst können Sie natürlich abhalten, aber der muss woanders stattfinden.«

Im selben Moment öffnete ein Mann das Friedhofstor und steuerte geradewegs auf sie zu.

»Was höre ich da?«, fragte er noch im Herankommen. »Ich muss aber in die Kirche. Wo zur Hölle soll der Chor denn bitte sonst proben? Das kann nicht sein, dass wir nicht reindürfen! Sagen Sie mir bitte, dass das nicht wahr ist!«

»Achte bitte auf deine Wortwahl, Gunnar«, mahnte die Pastorin. »Geflucht wird nicht. Zumindest nicht hier.«

Der Mann blieb wie angewurzelt vor der kleinen Menschenansammlung stehen und starrte auf die Leiche im Lichtkegel der Taschenlampe.

»Das ist unser Kantor, Gunnar Halvarsson«, stellte Ellinor ihn vor.

»Finn Mats?«, fragte Halvarsson mit Unglauben in der Stimme. »Finn Mats Hansson? Wie konnte das denn passieren? Also, das ist nicht gut, gar nicht gut.«

»Alle Gottesdienste sind schon angekündigt. Müssen wir jetzt auf die Kirche in Fridnäs umsatteln? Dann brauchen wir unbedingt Kirchenbusse. Verdammt, ich glaube fast, ich lass mich krankschreiben«, entfuhr es der Pastorin. Sie war offenbar immer noch im Planungsmodus.

»Vielleicht solltest erst mal du auf deine Wortwahl achten, Ellinor«, konterte Gunnar Halvarsson trocken.

»Ja, ja, aber ich glaube, mein Gott vergibt mir einen leichten Kraftausdruck unter Umständen wie diesen«, erwiderte sie.

Maja-Sofia Rantatalo schaute von der einen zum anderen. Samuel konnte sich denken, was in ihr vorging. Ein Mann hatte sein Leben verloren, und hier verzweifelte das Kirchenvolk, weil sie nicht wussten, wo sie den nächsten Gottesdienst oder die nächste Chorprobe abhalten sollten. Vermutlich fragte sie sich, ob die noch ganz sauber tickten.

»Kirchen scheint es ja genug zu geben«, verkündete sie. »Und ja, es ist gut möglich, dass Sie Ihre Gottesdienste erst mal anderswo abhalten müssen. Ehrlich gesagt ist es sogar wahrscheinlich, aber die Kriminaltechnik arbeitet eigentlich sehr schnell. Vielleicht haben Sie ja Glück und können am Sonntag schon wieder rein.«

Dafür erntete sie nur Schweigen. Dem kleinen Grüppchen war die Puste ausgegangen. Samuel betrachtete die Kommissarin eingehend. Sie war auf ganz eigene Weise hübsch. Die schmalen Augen, der schwarze Pony und der leichte Singsang. Irgendwie würde er sie gern näher kennenlernen. Nicht irgendwie anzüglich, selbstverständlich nicht, sondern freundschaftlich. Trotzdem schrillte eine Alarmglocke in seinem Hinterkopf. Genauso hatte er Marit vor drei Jahren kennengelernt. Samuel und Sara, die Mutter seiner Kinder, waren damals noch verheiratet, doch ihre Ehe war schon mausetot gewesen. Zu diesem Zeitpunkt teilte sie nicht mal mehr seinen Glauben und war längst aus der Kirche ausgetreten. Die Trennung war nicht sonderlich dramatisch verlaufen, und die Kinder hatten es gut verkraftet.

»Mit Ihnen müsste ich mal sprechen«, sagte Rantatalo plötzlich an ihn gewandt.

Sofort war Samuel zurück in der Gegenwart. Wie konnten seine Gedanken denn in so eine Richtung laufen, wo sie doch in unmittelbarer Nähe eines Toten standen? Sie dürfen sehr gern mit mir sprechen, hätte er fast geantwortet, doch erinnerte sich noch rechtzeitig an das sechste Gebot: *Du sollst nicht Ehebrechen.* Er war zwar noch nicht mit Marit verheiratet, hatte ihr aber versprochen, sich nicht lange hier oben aufzuhalten, und er hatte wirklich nicht vor, die ganze Angelegenheit durch eine andere Frau zu verkomplizieren. »Nur, damit du das weißt«, flüsterte er unhörbar für die anderen und warf einen kurzen Blick zum Himmel. Sofort war ihm, als hörte er das säuerliche Räuspern seines Chefs, aber das war sicher nur Einbildung.

»Wir müssen die Angehörigen unterrichten«, fuhr Maja-Sofia Rantatalo an ihn gewandt fort. »Wissen Sie, an wen wir uns am besten wenden?«

»Seine Frau heißt Liss Katrin Hansson«, antwortete die Pastorin an seiner statt, weil ihr bewusst war, dass Samuel das nicht wissen konnte.

Schau an, dachte Samuel, noch so ein sonderbarer Name.

»Er hat eine Neue«, meldete sich nun Tobbe Rask zu Wort. »So ein junges Ding. Im Dorf heißt es, dass sie in die Luxushütte eingezogen ist und Katrin das Feld freigeben musste.«

»Ach?«, machte Ellinor. »Das habe ich ja noch gar nicht mitbekommen. Ich treffe Liss Katrin regelmäßig im Rotary Club, und da hat nichts darauf hingedeutet, dass sie eine solch einschneidende Veränderung durchmacht.«

Torbjörn zuckte mit den Schultern.

»Amanda Snygg heißt das Mädel jedenfalls«, sagte er, »sie ist nicht viel älter als zwanzig und kommt aus Mora. Er da drüben am Kreuz ist ungefähr dreißig Jahre älter. War älter, meine ich natürlich.«

Ellinor Johannesson kommentierte das nicht weiter, sondern wandte sich direkt an Samuel.

»Wärst du so freundlich und würdest das übernehmen?«, bat sie. »Kein Traumstart in den neuen Job, aber du hast doch sicher schon mal die Polizei dabei begleitet, wenn eine Todesnachricht überbracht wurde, oder?«

∼ DREI ∼

»Samuel Williams«, sagte Maja-Sofia Rantatalo und startete das Zivilfahrzeug, »was ist das denn für ein Name?«

Samuel schaffte es gerade noch, die Beifahrertür zuzuziehen, bevor sie anfuhr. Sie hatte gesagt, es wäre am besten, wenn er gleich mitkäme. Sein Sicherheitsgurt rastete ein, als sie schon auf die Kyrkogatan bogen.

»Das könnte ich genauso fragen«, sagte er und klammerte sich am Türgriff fest, als sie durch einen kleinen Kreisverkehr düsten. »Rantatalo ist ja schon ungewöhnlich.«

Sie schaute zu ihm und grinste.

»Haben Sie Angst?«, fragte sie. Ihr war seine Reaktion auf die schnelle Abfahrt wohl nicht entgangen.

Darauf antwortete er nicht. Irgendwie erschien ihm dies nicht als der richtige Zeitpunkt, um sich über den Fahrstil einer Polizistin zu beklagen.

»Ich komme aus Tornedalen«, fuhr sie fort. »Kuivalihavaara heißt der Ort, falls Ihnen das was sagt, aber das wird es vermutlich nicht. Liegt ein paar Kilometer von Kiruna entfernt. Es ist schon eine ganze Weile her, dass ich zuletzt dort war.«

Samuel wusste, wo Kiruna lag, aber das Dorf sagte ihm

tatsächlich nichts. Ihm entging nicht, wie sich ihr Ton änderte, als sie von ihrer Heimat sprach. Eine Spur von Kummer streute sich hinein.

»Mein Vater stammt aus den USA«, erläuterte nun Samuel, »daher der Nachname. Wenn Sie mögen, können Sie mich auch Sam nennen.«

»Nicht Vater Samuel?«, fragte sie, ein Lächeln umspielte ihre Lippen.

»Oh, das hat was«, lachte er, »aber nein. Ich bin nicht katholisch.«

»Ist das ein schöner Job?«, fragte sie dann. »Pfarrer sein, meine ich.«

Samuel dachte kurz nach.

»Ist es ein schöner Job?«, sagte er schließlich und schielte zu ihr. »Ja, finde ich schon. Als Pfarrer geht man nie mit dem Gefühl nach Hause, dass ein Tag sinnlos war. Oft geht es um Leben und Tod, und es ist wunderbar, die Menschen in ihren wichtigsten Momenten zu begleiten.«

Kaum hatte er das ausgesprochen, kamen ihm seine Worte fast ein bisschen übertrieben vor. Was würde sie jetzt über ihn denken? Dass er ein hochnäsiger Städter war? Aber die Sorge hätte er sich sparen können.

»Ganz ähnlich wie der Polizeijob also«, kommentierte sie nur. »Da geht es auch ständig um Leben und Tod. Manchmal ist es hart, aber es gibt natürlich auch Lichtblicke.«

Sie verfielen in Schweigen und hingen ihren eigenen Gedanken nach. Was sie vor sich hatten, war ernst, da waren Smalltalk oder Scherze fehl am Platze. Eigentlich fand er es nicht sonderlich nett, dass die Hauptpastorin ihm gleich

34

diese Aufgabe gegeben hatte, schließlich war er doch noch gar nicht richtig angekommen. Immerhin hatte er es geschafft, ein Paar seiner eigenen Strümpfe anzuziehen, er musste also nicht länger in bunten Wollsocken durch die Gegend rennen, und das war ja auch schon mal etwas.

Sie verließen den Ort durch einen etwas größeren Kreisverkehr, und Maja-Sofia steuerte den Wagen einen Berg hinauf. Rote Häuschen waren über die verschneite Böschung verstreut, in denen warmes Licht leuchtete. Samuel musste zugeben, dass der Ort, an den er gerufen worden war, durchaus reizvoll und malerisch war. Viele kleine Ortschaften reihten sich aneinander, und von ganz oben musste man einen atemberaubenden Blick über die verschneite Landschaft haben. Und just auf so ein Grundstück bogen sie schon bald ab. Darauf stand eine protzige Villa im Dalastil, von der man den schönsten Ausblick hatte, den man sich vorstellen konnte.

»Da wären wir«, verkündete Maja-Sofia.

»Wow! Das ist ja mal eine Villa«, entfuhr es Sam, der die fein gezimmerte Fassade betrachtete. »Hier wohnen keine armen Leute.«

»Oder es gehört der Bank«, konterte Maja-Sofia und hielt neben einem roten Toyota. »Das werden wir gleich erfahren. Bereit?«

Er konnte sich gar nicht an der Weite sattsehen, die in ihm gleich ein Gefühl von Ruhe auslöste.

»Bereit«, sagte er und sammelte sich, »so bereit, wie man für diese Aufgabe eben sein kann. Wieso kennen Sie sich hier eigentlich so gut aus?«

Sie zuckte mit den Schultern.

»Nach zwei Jahren und einer Menge Irrfahrten – sowohl dienstlich wie privat – habe ich das eine oder andere über die Gegend und die Leute erfahren. Buchstäblich.«

»Wohnen Sie in Klockarvik? Nicht in Mora?«

»In einem der Nachbarsorte.« Sie nickte in eine undefinierbare Richtung und öffnete gleichzeitig die Autotür. »Dann wollen wir mal.«

Er hätte liebend gern gefragt, ob sie mit jemandem zusammenlebte, aber versuchte stattdessen, sich auf das zu konzentrieren, was vor ihnen lag. Jemandem eine unerwartete Todesnachricht zu überbringen, war kein Zuckerschlecken. Dass es sich dabei noch um einen Mord handelte, machte die Sache nicht leichter. Er bat schnell um Unterstützung von oben.

Maja-Sofia musste mehrmals anklopfen, bis innen Schritte zu hören waren und die Tür geöffnet wurde. Eine junge Frau mit schulterlangem, blondem Haar, angeklebten Wimpern und grellrotem Lippenstift stand im Rahmen. Der hautenge Rock und das ebenso eng anliegende Oberteil verrieten, dass sich an diesem Körper keine Unze Übergewicht befand. Wie alt mochte sie sein? Vielleicht fünfundzwanzig?

»Hallo, mein Name ist Maja-Sofia Rantatalo, ich bin von der Polizei in Mora«, sagte Maja-Sofia und hielt ihre Dienstmarke hoch. »Dürfen wir reinkommen?«

Die Frau wirkte überrascht, aber machte eine einladende Geste.

»Sie sind nicht beide von der Polizei, oder?«, sagte sie und lächelte, während sie auf Samuels Kragen deutete. »Er scheint mir ein Pfarrer zu sein. Was kann ich für Sie tun?«

Sie schaute vom einen zum anderen und klimperte mit ihren langen Wimpern. Das Lächeln verschwand allmählich, als sie zu erahnen schien, dass etwas nicht in Ordnung war. Maja-Sofia blieb ruhig, bei Samuel meldeten sich jedoch nervöse Schmetterlinge im Bauch. War dies die Tochter, die gleich die tragische Wahrheit erfahren würde, oder war sie die junge Liebhaberin, von der Tobbe Rask gesprochen hatte?

»Sind Sie Amanda Snygg?«, fragte Maja-Sofia Rantatalo, als sie sich auf das Sofa im Wohnzimmer gesetzt hatten, zu dem die junge Frau sie gebracht hatte. Das riesige Panoramafenster machte es fast unmöglich, den Blick von der gewaltigen Aussicht zu lösen, denn dahinter lagen die schneebedeckten Berge mit ihren erleuchteten Liftanlagen, die auf die Skitouristen warteten, die in der Nähe die Weihnachtsfeiertage verbringen würden.

»Ja, bin ich«, erwiderte sie. »Ist was passiert? Nicht Viktor, oder?«

Sie schlug sich die Hand vor den rot geschminkten Mund. Tränen traten in ihre Augen.

»Viktor?«, fragte Samuel. »Ist das noch ein Verwandter?«

»Mats' Sohn«, flüsterte Amanda.

Trotz Schminke konnte man deutlich sehen, wie blass sie geworden war.

»Nein, wir sind nicht wegen Viktor hier, sondern wegen Mats Hansson«, erklärte Maja-Sofia Rantatalo. »Er ist tot.«

»Mats?«

»Wohnen Sie hier?«, fragte Maja-Sofia.

Amanda Snygg nickte.

»In welcher Beziehung stehen Sie zu Mats Hansson?«

»Wir sind ... Wir sind zusammen«, sagte sie mit dünner Stimme.

Die junge Frau ließ sich aufs Sofa sinken, legte die Hände in den Schoß. Samuel war froh, dass Maja-Sofia Rantatalo sie nicht hetzte.

»Mats?«, fragte Amanda nach einer Weile. »Tot? Ich verstehe das nicht ganz. Gestern ging es ihm doch noch gut. Wie ist er gestorben? War es ein Unfall?«

Samuel suchte Blickkontakt mit Maja-Sofia, die fast unmerklich nickte.

»Es tut uns schrecklich leid, Sie davon in Kenntnis setzen zu müssen«, sagte Samuel. »Aber die Polizei geht davon aus, dass er ermordet wurde.«

Amanda riss die Augen auf.

»Ermordet?« Dieses einfache, aber entscheidende Wort war nicht mehr als ein Flüstern. »*Oh, my God!*«

»Mein herzliches Beileid«, sagte Samuel, während sein Magen wegen der ausgefallenen Mahlzeit knurrte, und sofort kam er sich vor wie ein Idiot. Er hatte seit dem Frühstück in Västerås nichts mehr gegessen, trotzdem grenzte es an Taktlosigkeit, hier mit knurrendem Magen zu sitzen.

Jemand öffnete die Haustür. Dann waren Schritte zu hören und eine Frauenstimme, die etwas murmelte, außerdem wurden offenbar Schuhe ausgezogen. Alle drei schauten auf.

»Soso, dann wurde der Mistkerl also ermordet?«, sagte die Frau, als sie ins Wohnzimmer kam und den Blick über die Anwesenden wandern ließ. »Das wird zumindest im

Dorf erzählt. Und hier ist offenbar ein junges Fräulein in mein Haus eingezogen. Alles sehr eigenartig, muss ich schon sagen.«

Amanda stand langsam auf.

»Katrin?«, fragte sie und schien ihren Augen nicht zu trauen.

»Eben die«, antwortete die Frau und trat zu einem Tisch, auf dem Zigaretten lagen. Sie zündete sich eine an und blies den Rauch demonstrativ ins Zimmer.

Samuel hustete unwillkürlich. Dass jemand im Haus rauchte, war heutzutage sehr ungewöhnlich, aber die Frau stand sicher unter Schock und musste sich beruhigen. Es galt, das zu ertragen.

»Tja, wie Sie sehen können, hat eine junge Flamme mein Haus eingenommen«, sagte sie mit unmissverständlicher Wut in der Stimme, den Blick auf Amanda gerichtet.

»Eingenommen?«, konterte Amanda, die offenbar Mut geschöpft hatte und Katrin wütend anblitzte. »Sie sind doch geschieden. Das hat Mats mir erzählt.«

Dass Katrin die Frau des Verstorbenen war, wurde mehr als deutlich, das musste Maja-Sofia und Samuel nicht weiter erklärt werden. Sie bewegte sich mit solcher Selbstsicherheit, es war nicht zu übersehen, dass sie hier zu Hause war. Sie zog noch einmal an der Zigarette und blies ein paar perfekt geformte Ringe in die Luft. Etwas, das sie sicher jahrelang geübt hatte, dachte Samuel. Dann ging sie zu einem der Küchenschränke, holte eine Kaffeedose heraus und befüllte die Kaffeemaschine.

»Das kann ich mir vorstellen. Erzählen konnte er wirklich,

der gute Mats«, sagte sie und lachte. »Und jetzt ist er tot. Geschieht ihm recht. Da muss jemand sehr sauer auf ihn gewesen sein, soviel ist klar. Das wundert mich nicht das geringste bisschen.«

Wenig später saß Samuel allein mit Katrin auf dem Sofa, die ihm einen Kaffee eingeschenkt hatte. Maja-Sofia war mit Amanda zur Aufnahme ihrer Aussage ins Polizeirevier gefahren. Die Kriminalkommissarin hatte Samuel versprochen, jemanden vorbeizuschicken, um ihn später abzuholen.

»Ich habe damit gerechnet«, sagte Katrin. »Er hatte viele Feinde.«

»Denken Sie da an jemand Bestimmtes?«, fragte Samuel.

Darüber konnte Katrin nur trocken lachen.

»An so ziemlich jeden, mit dem er in diesem Jahr Geschäfte gemacht hat«, sagte sie. »Und das sind viele, müssen Sie wissen. Mats hatte seine Finger in ziemlich vielen, verschiedenen Projekten und war seinen Mitarbeitern und Partnern gegenüber immer gnadenlos. Von der Familie ganz zu schweigen. Da kannte er nichts.«

Pflichtbewusst tunkte Samuel ein Gebäckstück in seinen Kaffee. Man musste gehörig aufpassen, dass sich die ganzen Einladungen zum Kaffee, die man als Pfarrer bekam, nicht um die Hüfte herum bemerkbar machten. Er hoffte inständig, dass es in Klockarvik ein Fitnessstudio gab, damit er genauso weitertrainieren konnte, wie er es gewohnt war. Die Zimtschnecke war jedoch ausgesprochen lecker, und er griff gleich zur nächsten, um den schlimmsten Hunger zu stillen.

Wenn er hier fertig war, wollte er sofort zu dem Imbiss, den er am Ortsausgang gesehen hatte.

»Jetzt bin ich Witwe«, stellte Katrin fest und lächelte ihn zufrieden an. »Das hat einen gewissen Status, oder, Herr Pfarrer? ›Witwe Hansson‹, das klingt schon nach was.«

Eine trauernde Witwe sind Sie jedenfalls nicht, dachte Samuel, während er ihr lauschte, aber das sprach er natürlich nicht laut aus.

»Witwe ... Dann sind Sie also nicht geschieden, wie Amanda vorhin meinte?«, fragte er. »Ich finde die ganze Geschichte etwas verwirrend, um ehrlich zu sein. Wie passt denn Amanda ins Bild?«

Katrin zuckte mit den Schultern.

»Was zum Spielen für Mats. Er hat schon vor einer Weile um die Scheidung gebeten, aber ich habe nie unterschrieben. Darauf hätte er lange warten können. Und dafür gibt es auch einen verdammt guten Grund!«, sagte sie giftig.

»Möchten Sie darüber reden?«, bot Samuel an. »Sie wissen sicher, dass für mich Schweigepflicht gilt.«

Katrins Mund wurde zu einem Strich.

»Nein«, sagte sie. »Das geht niemanden etwas an.«

~ VIER ~

Donnerstag, 24. November

Knis Petter Larsson kam mit einem Pappbecher voller Kaffee für jeden in das kleine Besprechungszimmer. Das Polizeirevier war nicht gerade groß, und sie hatten eigentlich auch keinen Bedarf an einem Gemeinschaftsraum, außer im Falle eines Mordes. Und das kleine Besprechungszimmer verfügte über eine Magnettafel und war einfach der größte, unbenutzte Raum, also musste er für sie alle drei reichen. Sofern Jeanette Sundell meinte, sich einmischen zu müssen, würden sie auch noch irgendwie eine Vierte unterbringen können, aber die Vorgesetzte war offenbar klug genug, die kleine Gruppe erst einmal allein agieren zu lassen und nur Berichte von ihnen zu fordern, bevor sie sich an die Staatsanwaltschaft wandte.

»Für dich, Rantatalo«, sagte Larsson. »Ein echter Automatenkaffee ist vielleicht genau das Richtige, bevor wir die Leute abklappern, die sowieso nur alles abstreiten werden.«

»Danke, Larsson«, sagte Maja-Sofia. »Nett von dir. Ist Jarning auch am Platz?«

Martina Jarning war die andere Kriminalinspektorin im Team und eine wahre Expertin in der Informationsbeschaffung. Sei es nun aus den ihnen zugänglichen Registern oder eben auf anderem Wege, sie fand immer die interessanten Kontodaten, Telefonate oder SMS. Eben alles, was wichtig war, um Profile über das Leben und die Gewohnheiten von Opfern oder Verdächtigen anzulegen.

»Sie prüft gerade irgendwas mit Mats Hanssons Handydaten«, erklärte Larsson. »Stößt so schnell sie kann zu uns.«

Maja-Sofia schlürfte ihren Kaffee, der zwar warm war, aber eigentlich nach nichts schmeckte. Hätte sie die Wahl, gäbe es richtigen Kochkaffee, wie sie ihn bei ihren Eltern in Kuivalihavaara bekam. Aber sie war hier schließlich in Dalarna, nicht in Tornedalen, und so oder so war es eine nette Geste von Larsson. Sie hatte Glück mit ihrem Team, und dafür war sie dankbar. Wie immer, wenn sie an die Heimat dachte, überfiel sie auch das andere. Das, was wehtat. Dabei war es schon so lange her. Manchmal hatte jemand in den vielen Jahren, die seither vergangen waren, versucht, sie anzurufen, aber sie war nie ans Telefon gegangen. Sie seufzte schwer, schob die Gedanken beiseite und betrachtete das leere Blatt, das vor ihr lag. Vielmehr handelte es sich um ein fast leeres Blatt. In eine Ecke hatte sie »Samuel Williams« geschrieben und ein Fragezeichen hinter den Namen gesetzt. Der neue Pfarrer, der direkt vollen Einsatz zeigte, kaum dass er vor Ort eingetroffen war. Er hatte sich professionell verhalten und heute offensichtlich nicht seine erste Todesnachricht überbracht. Aller Wahrscheinlichkeit nach hatte er mit dem Mord nichts zu tun, trotzdem würde sie mit ihm sprechen müssen. Er hatte den Toten schließlich gefunden, und eigentlich wusste sie nichts über ihn. Nur eins: dass er die Leiche praktisch sofort am Grabkreuz entdeckt hatte, nachdem er aus seinem Wagen gestiegen war.

»Hast du schon eine Auskunft von der Rechtsmedizin, wann Mats Hansson ungefähr gestorben ist?«, fragte Larsson.

»Ja, die kam vor einer halben Stunde«, antwortete Rantatalo. »Hier ist der Bericht. Tamara Pettersson geht davon aus, dass er noch nicht tot war, als er ans Kreuz gebunden wurde. Nur bewusstlos durch einen heftigen Schlag gegen den Kopf, er wurde ziemlich übel zugerichtet.«

»Aber?«, fragte Larsson. »Ich ahne ein Aber.«

Maja-Sofia nickte. Sie kannten sich gut, sie und ihre Kollegen.

»Aber sie glaubt, er hätte den Schlag überleben können. Der an sich war nämlich noch nicht tödlich. Hansson ist erfroren, oberkörperfrei und von Schnee bedeckt. Wahrscheinlich starb er kurz nach Mitternacht am dreiundzwanzigsten November. Tamara schätzt, dass er den Schlag irgendwann zwischen zweiundzwanzig Uhr und Mitternacht abbekommen hat.«

»Nach Angaben des Wetterdienstes herrschten minus dreizehn Grad, lange wird es also nicht gedauert haben bis zum Tod«, sagte Larsson. »Höchstens eine Stunde, würde ich schätzen.«

»Nur? Bist du dir da sicher?«, fragte Maja-Sofia. »Dreizehn Grad unter null ist schon ziemlich kalt, aber nur eine Stunde?«

»Ein Unverletzter hält wahrscheinlich etwas länger durch, aber Hansson hatte ja eine schwere Kopfverletzung, das wird kein Vorteil gewesen sein.«

»Furchtbarer Tod«, sagte Maja-Sofia.

»Ist sie sich ihrer Sache sicher, diese Tamara Pettersson?«, fragte Larsson. »Krasser Name für ein russisches Landei, findest du nicht?«

»Sie ist sich absolut sicher«, antwortete Maja-Sofia. »Und da hast du recht. Ich weiß übrigens noch etwas, was gar nichts mit diesem Fall zu tun hat, einfach nur ein bisschen Klatsch aus Tornedalen. Du kommst nie darauf, wie ihr Mann heißt.«

»Abgesehen von Pettersson?«, lachte Larsson. »Nein, keine Ahnung.«

»Glenn-Bertil! Und er kommt aus Pajala, sonst könnte ich das gar nicht wissen. Von da ist es nicht weit bis in die Heimat.«

Larsson grinste und leerte seinen Kaffeebecher.

»Hört, hört«, sagte er. »Na, dann richten wir uns nach Tamaras Zeitfenster«, fuhr er fort. »Mal sehen, wessen Alibi sich damit sprengen lässt. Außerdem müssen wir die Tatwaffe finden. Dieser Schlag wurde ja mit irgendeinem Gegenstand ausgeführt.«

»Einem stumpfen Gegenstand, laut Tamaras Bericht«, sagte Maja-Sofia. »Und sie glaubt nicht, dass der Friedhof der Tatort war. Hansson wurde dorthin gebracht, schreibt sie.«

Larsson tippte mit dem Stift auf den Tisch.

»Okay. Dann müssen wir also auch noch einen Tatort finden. Ich wette zehn Kronen, dass er nicht weit vom Fundort entfernt liegt. Klockarvik ist ja nun nicht gerade eine Weltmetropole.«

Maja-Sofia schaute zum Fenster hinaus und dachte nach.

»Dieses Hotel«, sagte sie langsam, »könnte ein Ansatzpunkt sein. Finn Mats Hanssons ganzer Stolz.«

»Dann schicken wir die Kriminaltechnik doch gleich dorthin, wenn sie auf dem Friedhof fertig sind«, antwortete Larsson, »aber vielleicht sollten auch wir einmal hinfahren und uns einen ersten Eindruck verschaffen.«

Die Tür ging auf und Martina Jarning kam herein, den Laptop unterm Arm.

»Dann legen wir mal los«, sagte Maja-Sofia und stellte sich mit einem Stift bewaffnet an die Magnettafel. »Was haben wir denn bisher?«

Knis Petter Larsson und Martina Jarning redeten sofort durcheinander, beide hatten Wichtiges mitzuteilen. Maja-Sofia hielt eine Hand hoch.

»Halt, halt! Bitte nacheinander. Wollen wir erst mal rekonstruieren, was das Opfer in seiner letzten Woche getan hat, wen er getroffen hat? Larsson?«

Sie schrieb »Opfer Hansson« mitten auf die Tafel, während Larsson in seinen Aufzeichnungen blätterte.

»Ich habe alle Angaben seit Freitag vor dem Mord zusammengetragen«, sagte Larsson. »Am achtzehnten November war Premiere im Neuen Hotel. Großer Empfang mit vielen geladenen Gästen, Schampus und Schnittchen.«

»Weißt du, wer alles dort war?«

Larsson kratzte sich am Kopf.

»Noch nicht, aber da bin ich dran. Bisher kann ich dir nur eine Übersicht über die letzte Woche geben. Aber das Hotel hat eine Liste aller geladenen Gäste, insofern sollte es kein Problem sein, an die Namen zu kommen.«

Maja-Sofia nickte. »Gut. Dann mal weiter im Text.«

»Am neunzehnten November herrschte schon Normalbetrieb im Hotel, und Hansson kam gegen Mittag zur Arbeit. Die Nacht und den Morgen hat er zu Hause verbracht. Mit wem weiß ich noch nicht.«

»Vermutlich mit Amanda Snygg«, meldete sich Jarning zu Wort, »aber das werden wir sicher noch herausfinden.«

»Alles in allem war es ein ruhiger Tag und ein ruhiges Wochenende. Sonntag war er in der Kirche, dafür interessierte er sich offenbar. War auch im Kirchenrat, dort sogar Vorsitzender. Sonntagnachmittag fuhr er mit dem Drei-Uhr-Zug nach Stockholm und kam erst Montagabend zurück. Die Nacht verbrachte er in seinem Hotel, weil er tags drauf um elf Uhr ein Treffen mit Mikael Vedberg hatte.«

»Vedberg? Das ist sein Geschäftspartner, oder?«, fragte Maja-Sofia. »Jemand hat am Fundort seinen Namen erwähnt.«

»Ja. Wobei ... Richtiger wäre ja, zu sagen, dass er sein Geschäftspartner war«, erklärte Larsson. »Wie genau die Besitzverhältnisse sind, wissen wir noch nicht, da müssen wir dranbleiben. Und dann kommt Dienstag, der zweiundzwanzigste November. Finn Mats Hansson scheint den ganzen Tag gearbeitet zu haben, und abends nahm er am Treffen des Kirchenrats teil.«

Maja-Sofia schrieb »Kirchenrat« an die Tafel.

»Wann genau fand dieses Treffen denn statt? Wann fing es an, wann endete es? Weißt du das?«

»Um sechs haben sie angefangen, und laut der Sekretärin müssten sie gegen acht fertig gewesen sein.«

Maja-Sofia notierte die Uhrzeiten, drehte sich dann um

und schaute zum Fenster hinaus. Der Kirchenrat, offiziell gewählte Vertreter, die über die Gemeinde bestimmten. Davon konnte sie ein Liedchen singen, ihr Vater saß seit vielen Jahren im Kirchenrat Kuivalihavaaras.

»Die Kirchenratsmitglieder dürften mit die letzten gewesen sein, die Hansson lebend gesehen haben«, sagte sie. »Hast du ihre Namen?«

Larsson schaute zu Jarning.

»Dein Zuständigkeitsbereich.«

»Ja, da kann ich aushelfen«, sagte sie und übernahm den Staffelstab. »Es ist eine lange Liste. Ich hab sie dir ausgedruckt, damit du sie an die Tafel hängen kannst.«

Jarning stand auf und reichte Maja-Sofia das Blatt, die es mit einem Magneten an der Tafel befestigte. Dann las sie laut vor: »Finn Mats Hansson, das ist unser Opfer. Dann haben wir Tyra Lundin, die Hauptpastorin Ellinor Johannesson, Sigvard Nordqvist, Gunnel Claesson, Beppe Claesson, Torkel Bergmark, Vanja Södergren, Johanna Olofsdotter, Sigbritt Hedmark.«

Maja-Sofia hielt inne und betrachtete den Zettel genau.

»Außerdem habe ich schon herausgefunden, dass Tyra Lundin als Raumpflegerin für die Kirche arbeitet«, erläuterte Jarning, »Sigvard Nordqvist ist pensionierter Pfarrer, Gunnel und Beppe sind verheiratet und beide pensionierte Lehrer, Torkel Bergmark ist der größte Waldbesitzer Klockarviks und Sigbritt Hedmark ist Kassiererin.«

»Großartige Arbeit, danke«, sagte Maja-Sofia. »Wäre es vorstellbar, dass ein Kirchenratsmitglied ein Problem mit Hansson hatte?«

»Wir müssen sie auf jeden Fall alle befragen«, sagte Jarning. »Das kann ich gern übernehmen, schließlich habe ich mich schon damit befasst und habe eine Vorstellung davon, wer sie sind. Einigermaßen jedenfalls.«

»Gut!«, sagte Maja-Sofia. »Und du, Larsson, knöpfst du dir diesen Vedberg vor? Den Geschäftspartner?«

»Mach ich.«

»Nur eins noch«, sagte Jarning und hielt einen durchsichtigen Plastikbeutel hoch, in dem ein Handy steckte. »Eine Frau – ich hab ihren Namen notiert, komme gerade nur nicht darauf – hat das hier vor etwa einer Stunde abgegeben. Sie hat es vorm Hotel gefunden und hielt es für eine gute Idee, es gleich zu uns zu bringen.«

»Wem gehört es? Kannst du das schon sagen?«

»Ja, es ließ sich recht leicht entsperren, die Zahlenkombination war simpel. Das ist Finn Mats Hanssons Handy. Ich habe mir einen schnellen Überblick über Anrufe und SMS verschafft. Der Großteil der Gespräche erfolgte mit seinem Sohn Viktor, außerdem gibt es ein paar Liebesbotschaften an Amanda Snygg. Die letzte SMS hat er um 18:30 Uhr am 22. November bekommen, am Abend des Mordes also.«

»Von wem?«

»Einem Gunnar Halvarsson«, sagte Jarning. »Ich schau mir das noch genauer an, sobald wir hier fertig sind.«

Larsson pfiff durch die Zähne.

»Halvarsson ist Kantor in Klockarvik«, sagte er dann. »Sie nennen ihn Halbton, wie ich von meiner Nichte weiß. Die wurde in Klockarvik konfirmiert und hat sich darüber lustig gemacht. Was zur Hölle will der denn von Finn Mats Hansson?«

»Geld«, antwortete Jarning. »Er hat ihm wohl was geliehen.«

»Okay, interessant. Wir müssen uns definitiv mit allen unterhalten, die ihm geschrieben haben. Mit Amanda habe ich ja schon gesprochen, aber die können wir noch mal einbestellen. Den Sohn müssen wir auch kontaktieren.«

»Eins noch«, sagte Jarning. »Hansson hat in den letzten Tagen sowohl von Vedberg als auch Liss Katrin Nachrichten bekommen, und ganz sicher kann ich das natürlich nicht sagen, aber der Ton ist ein wenig ... Wie formuliere ich das am besten? Sie klingen sehr barsch. Freundlich jedenfalls nicht.«

»Worum geht es in den Nachrichten?«, fragte Maja-Sofia.

»Ausschließlich um Geld«, antwortete Jarning. »Und sowohl Vedberg als auch Katrin *fordern* Geld.«

∼ FÜNF ∼

Erst ein Tag war vergangen, seit Finn Mats Hansson tot auf Klockarviks Friedhof gefunden worden war. Mikael Vedberg hatte eine schreckliche Nacht hinter sich. Erst in den frühen Morgenstunden hatte er in den Schlaf gefunden, der trotzdem nichts als unruhig gewesen war. Nicht wegen Mats' Tod, diesem gewissenlosen Kerl weinte er sicher keine Träne nach, eher wegen der vielen Probleme, die dieser Mann verursacht und nun hinterlassen hatte.

Mats hatte nur gewollt, dass er Teil des Hotelprojekts ist, weil er von seiner Kreditwürdigkeit wusste, dessen war er sich mittlerweile sicher. Mats war klar gewesen, dass Mikael eher eine hohe Kreditsumme bekäme als er, der in den letzten Jahren mit all seinen verrückten, halbverrückten und selten sogar mal vernünftigen Projekten sein Vertrauenskapitel restlos verspielt hatte. Der ewige Unternehmer, der ständig neue Herausforderungen suchte und dem völlig egal war, wem er auf seinem Weg nach oben auf die Füße trat. So war er schon als Kind gewesen. Ein taffer Typ, der einfach nur lachte, wenn er mal wieder jemanden im zu wilden Spiel verletzt hatte, und frei von der Leber weg log, wenn ihm ein kleiner Diebstahl vorgeworfen wurde.

Mikael wusste das, weil er manchmal schon mitbekommen hatte, dass die Sache ganz anders gelaufen war, als Mats das erzählte.

Mats hatte sich richtig heißgeredet über das Hotelprojekt, und dann hatte er Mikael die Position als Geschäftspartner angeboten, womit er sich hatte ködern lassen. Schließlich mochte auch er die Herausforderung. Zusammen hatten sie das alte Hotel Klockarviks renoviert und geschmackvoll traditionell eingerichtet. Genau das war Mikaels Stärke, er hatte eine künstlerische Ader und sich deshalb sehr gut einbringen können. Finn Mats Hansson hatte ihm versichert, dass das Hotel eine sichere Nummer war – und darin sollte er sogar recht behalten. Es kam schon jetzt sehr gut an.

Direkt vor dem Eröffnungsbuffet am großen Tag, als sie bis aufs Feinste herausgeputzt waren, um die sorgfältig ausgewählten Gäste willkommen zu heißen, hatte Mats ihn zu sich ins Büro bestellt. Seine Miene war ernst gewesen, und sofort hatte es in Mikaels Rückgrat gekribbelt. Diese Reaktion kannte er schon aus Kindheitstagen. Mats hatte irgendwas am Laufen, soviel stand fest, und die Finn-Männer lösten ihre Probleme eigentlich immer nach demselben Prinzip.

»Es tut mir leid, Mikael«, hatte Mats gesagt und den Kopf schiefgelegt, »aber das ist dein letzter Tag im Hotel.«

»Was soll das heißen?«

»Du musst gehen, ich kann dein riesiges Gehalt nicht länger bezahlen. Die Einnahmen reichen nicht für uns beide.«

Mikael war sprachlos gewesen, obwohl er geahnt hatte, dass irgendwas kommen würde. Aber das war jenseits von allem, was er für möglich gehalten hatte.

»Ach wirklich, *du* kannst *mich* nicht länger bezahlen?«, zischte er. »Entschuldige, aber muss ich dich daran erinnern, dass *ich* hier eine ganze Menge Geld investiert habe? Der Kredit läuft auf meinen Namen. Du kannst nicht einfach ankommen und behaupten, dass du mich nicht länger bezahlen kannst.«

Mats hatte sein so typisches, selbstgefälliges Grinsen aufgesetzt, das Mikael nur zu gut von früher kannte.

»Doch, das kann ich«, sagte er. »Grüß mir die Bank und richte meinen herzlichen Dank aus. Aber jetzt gehen wir erst mal raus und lassen uns feiern, bester Bruder.«

Mikael hatte sich aus Mats' Arm gewunden, den er um ihn gelegt hatte, und als sie das Foyer erreichten, hatte er tatsächlich ein Lächeln zustande gebracht, um die Gäste gebührend zu begrüßen. Aber ganz egal wie sehr er auch versuchte, dieses Affentheater aufrechtzuerhalten, vor der nackten Wahrheit gab es kein Entrinnen, und als sie endlich bei ihm eingesunken war, hatte er sich seine Jacke geschnappt und die Feier verlassen.

Mikael verdrängte die Gedanken und zog eine Jogginghose und ein T-Shirt an. Darüber jetzt weiter zu grübeln ergab auch keinen Sinn. Er packte seine Trainingstasche, ließ bewusst die Dusche aus und machte sich auf den Weg ins Fitnessstudio. Nach ein paar Runden an den Geräten würde es ihm besser gehen, das wusste er. Sport war das einzige, das die Angst in Schach hielt. Zumindest für eine Weile.

Im Fitnessstudio ging er zum Aufwärmen erst mal kurz aufs Laufband. Tyra Lundin stand ein wenig entfernt und trainierte mit Zwei-Kilo-Hanteln. Sie grüßte ihn kurz. Von ihr abgesehen war das Studio leer.

»Alles in Ordnung, Mikael?«, fragte sie nach einer Weile.

»Ja«, antwortete er und ging zu einem der Geräte, mit dem man die Rückenmuskulatur stärkte.

»Siehst aber nicht so aus«, sagte Tyra. »Entweder hast du sehr schlecht geschlafen oder durchgefeiert. Davon künden die dunklen Ringe unter deinen Augen. Tyra entgeht nichts, schon klar, oder?«

Mikael ging ans nächste Gerät, eine Beinpresse. Auch Tyra machte unbeirrt weiter. Sie war ganz schön rüstig für ihr Alter, fand er. Er würde sie auf über siebzig schätzen.

»Schlecht geschlafen«, gab er schließlich zu. Aber er wollte nicht näher darauf eingehen, deshalb fügte er hinzu: »Nicht weiter dramatisch.«

Sie lächelte. Im gleichen Moment fing sein Handy an zu klingeln. Mikael überlegte kurz, bevor er dann doch das Trainingsgerät verließ.

»Hallo?«

»Mikael Vedberg?«, fragte die Stimme im Hörer.

»Ja, mit wem spreche ich?«

»Stefan Bergman von der Bank. Es tut mir sehr leid, dass ich Sie jetzt schon kontaktieren muss, so kurz nach dem Tod Ihres Geschäftspartners und Freundes.«

»Ja?«

Stefan Bergman räusperte sich, wohl schien ihm nicht zu sein.

»Also, wir müssten einen Termin mit Ihnen vereinbaren«, sagte er. Seine Stimme klang bedauernd.

»Ach, ja? Worum geht es denn?«

Sofort wurde ihm kalt. Als hätte jemand Eiswasser über ihm ausgekippt. Genau diesen Anruf hatte er schon länger befürchtet, aber trotz allem gehofft, dass Mats weiter den Kredit bediente, wie er es versprochen hatte. Jetzt deutete alles daraufhin, dass dem nicht so gewesen war.

»Das besprechen wir besser persönlich. Könnten Sie heute gegen zwei in Mora sein?«

Mikael stimmte leise zu, legte auf und sammelte seine Sachen zusammen.

Tyra Lundin stellte sich vor ihn und spannte ein rosafarbenes Gummiband vor der Brust.

»Was ist denn los?«, frage sie und betrachtete ihn besorgt. »Du bist auf einmal weiß wie die Wand. Hier, nimm dir auch so ein Band. Das tut gut, und dann hast du schnell wieder Farbe im Gesicht.«

Mikael Vedberg umschlang seine Sporttasche fest mit beiden Armen.

»Nichts ist los«, murmelte er. »Rein gar nichts.«

Aber er schaute ihr nicht in die Augen, während er das Studio verließ.

Kurz darauf schoss Mikael den Berg hinauf. Die Straße war geräumt, und die Reifen hatten beste Bodenhaftung. Er hatte Angst, ganz schreckliche Angst. Er zitterte, wahrscheinlich weniger vor Kälte, vielmehr vor Stress. Vielleicht würde Malin ihm das Mittagessen ausgeben? Das könnte er gut brauchen, um den Termin bei der Bank zu überstehen.

Malin Knutsson stand bei der Rezeptionistin, als Mikael

hereinkam. Sie war so ins Gespräch vertieft, dass er unbemerkt zur Toilette huschen konnte, wo er sich kaltes Wasser ins Gesicht schöpfte und sich mehrmals mit den Händen durch die Haare fuhr. Sie waren schon wieder ordentlich nachgewachsen, er musste dringend zum Frisör. Aber wie sollte er sich das leisten, wenn die Bank Ernst machte? Wenn sie das Ihre gesagt hatten, drohte der Gerichtsvollzieher, da war er sicher. Er lockerte seine Gesichtszüge und lächelte angestrengt sein Spiegelbild an. Hätte er sich doch bloß heute früh rasiert. Er holte tief Luft und ging hinaus zur Rezeption.

»Mikael?«, sagte Malin Knutsson und umarmte ihn. »Wie schön, dass du zum Mittagessen vorbeikommst. Setz dich, dann stell ich dir schnell was zusammen. Wir haben noch ganz viel übrig von der Betriebsfeier der Messerfabrik. Sehr gutes Essen. Ich würde mich freuen, wenn du uns beim Aufbrauchen hilfst.«

Er lehnte sich vor, damit nur sie hören konnte, was er sagte.

»Malin«, flüsterte er ihr ins Ohr. »Ich muss mit dir sprechen. Die Bank ist hinter mir her. Ich weiß nicht, was ich machen soll. Ich muss da heute Nachmittag hin.«

Sie trat einen Schritt zurück und schaute ihm in die Augen.

»Liegt es an Finn Mats Hansson?«, wollte sie wissen.

Mikael nickte und schluckte. Er fürchtete ernsthaft, in Tränen auszubrechen.

»Diese verdammte Familie«, schnaubte sie. »Bereichert sich permanent auf Kosten anderer.«

Recht hatte sie, das hatte ihn die Erfahrung der Jahre gelehrt. Offenbar hatte er daraus aber nicht gelernt, sich von Finn Mats Hansson und seiner Familie fernzuhalten.

»Du hättest gleich letzte Woche zur Bank stiefeln sollen, als er dich vor die Tür gesetzt hat«, sagte sie. »Das wäre das allerbeste gewesen.«

»Ich weiß«, erwiderte er. »Ich hätte schnell handeln müssen, damit nicht ich es bin, der in der Scheiße sitzt. Und jetzt ist er tot. Ich hab vorgestern noch versucht, ihn zu erreichen. Per SMS und Anruf, aber interessiert hat ihn das absolut nicht.«

»Du hast diesem Mistkerl immer alles durchgehen lassen. Setz dich hin und iss«, sagte Malin und streichelte ihm kurz über die Wange. »Geht aufs Haus. Und dann setzen wir uns in mein Büro und klügeln aus, was wir machen können.«

～ SECHS ～

Maja-Sofia musterte die Frau, die hereinkam, und deutete dann auf einen der Stühle, um ihr zu zeigen, dass sie sich setzen konnte. Sie hatten sich bereits flüchtig kennengelernt, als der neue Pfarrer und sie die Todesnachricht überbracht hatten. Liss Katrin Hansson war groß, und ihre Erscheinung verriet, dass sie auf ihren Körper achtete. Superschlanke Taille, und ihre Haut war fast makellos, obwohl sie sicher schon die fünfzig hinter sich gelassen hatte. Maja-Sofia warf einen Blick in ihre Notizen. Fünfundfünfzig war Liss Katrin, um genau zu sein, aber sie würde locker als fünfundvierzig durchgehen. Der Kleidung nach zu urteilen, hatte sie sowohl Geld als auch Geschmack. Den fantastischen Damenmantel, in dem sie hereingekommen war, hängte sie über die Stuhllehne, bevor sie sich setzte. Darunter trug sie eine Bluse mit Bindekragen und eine hübsche Stoffhose, die man sicher nicht im nächstbesten Geschäft bekam. Maja-Sofia nahm ihren Führerschein entgegen, notierte ein paar der Angaben und gab ihn wieder zurück.

»Zuallererst«, sagte Maja-Sofia, nachdem sie die Formalien erledigt hatten, »müssten Sie mir erzählen, was Sie in der Nacht vom 22. auf den 23. November gemacht haben.

Fangen wir am besten chronologisch an, ab zehn Uhr abends am zweiundzwanzigsten.«

Katrin lehnte sich seelenruhig auf ihrem Stuhl zurück und schaute der Kriminalkommissarin in die Augen.

»Glauben Sie etwa, ich hätte meinen eigenen Mann ermordet?«, fragte sie. Ein ironisches Lächeln umspielte ihre Lippen.

»Ich stelle hier die Fragen, Sie antworten«, sagte Maja-Sofia.

Katrin hob abwehrend die Hände.

»Okay, okay! Lassen Sie mich kurz nachdenken. Nach zehn, sagten Sie? Ja, da habe ich mich vermutlich gerade abgeschminkt, Zähne geputzt und bin ins Bett gegangen. Das ist meine übliche Schlafenszeit, davon bin ich auch an dem Abend nicht abgewichen. Ich stehe morgens früh auf und mache bei Malin die Betten.«

Ihre letzten Worte hatten einen bitteren Unterton.

»Malin wie?«

»Malin Knutsson, ihr gehört das Fjällhotel.«

Maja-Sofia notierte den Namen der Hotelbesitzerin, um sich später Liss Katrin Hanssons Angaben von ihr bestätigen zu lassen.

»Sie sind also um zehn schlafen gegangen, ja?«, fasste Maja-Sofia zusammen. »Wohnen Sie in dem Haus, in dem wir uns gestern begegnet sind?«, fragte sie dann, weil ihr immer noch nicht klar war, wer eigentlich in dem Bonzenhaus oben auf dem Berg lebte.

»Nein, nicht direkt«, antwortete Katrin. »Mats brauchte Platz, als er was mit diesem jungen Ding anfing, da hab ich was Eigenes verlangt. Also hat er mir eine Wohnung gekauft, aber von der Scheidung konnte er nur träumen.«

Katrins Mund wurde zu einem Strich. Maja-Sofia wunderte sich über das, was sie gerade gehört hatte.

»Wieso wollten Sie sich denn nicht scheiden lassen? Seine Untreue und die neue Freundin müssten doch Grund genug gewesen sein?«, fragte sie.

Liss Katrin Hansson lehnte sich vor. Maja-Sofia hatte sie verärgert, das ließ sich leicht an ihrem Blick ablesen und an den roten Flecken, die sich langsam an ihrem Hals zeigten.

»Es ist ja wohl meine Sache, warum ich verheiratet bleiben will«, zischte sie. »Das geht Sie gar nichts an.«

Nun lehnte auch Maja-Sofia sich vor und schaute ihr ruhig in die Augen.

»Wir ermitteln hier in einem Mordfall«, sagte sie. »Sie können uns die Arbeit erleichtern und von sich aus reden oder wir werden es auf anderem Wege herausfinden.«

»Wie denn?«

»Wir haben das nötige Wissen, die nötigen Mittel und unsere Quellen, das ist unser Job«, sagte Maja-Sofia. »Denken Sie einfach darüber nach, ob es nicht besser wäre, uns gleich die ganze Wahrheit zu erzählen.«

Liss Katrin Hansson schwieg, also fuhr Maja-Sofia fort.

»Gehen wir zurück zum 22. November. Wo waren Sie denn, bevor Sie an dem Abend in Ihre Wohnung zurückkehrten?«

»Ja, wo war ich?«, sagte Katrin eher zu sich selbst. »Lassen Sie mich kurz nachdenken.«

Sie rückte ihren Stuhl nach hinten, damit sie ihre langen Beine ausstrecken konnte, und gab sich die größte Mühe, nachdenklich auszusehen.

»Ach, jetzt fällt es mir wieder ein! Wir waren in der alten Backstube und haben dünnes Brot gebacken. Ich und ein ganzer Haufen alter Freunde.«

Sie wirkte zufrieden mit ihrer Schilderung, aber Maja-Sofia war überzeugt, dass das erstunken und erlogen war.

»Wunderbar, ich gehe davon aus, dass Ihre Freunde bestätigen können, dass Sie dort waren? Würden Sie mir bitte die Namen mitteilen?«

Katrins Miene verfinsterte sich.

»Einen Moment«, sagte sie. »Ich werfe sicherheitshalber noch einen Blick in meinen Kalender.«

Sie wühlte in ihrer großen Markenhandtasche, holte ein ledergebundenes Buch hervor und blätterte zum betreffenden Datum vor.

»Ich muss um Entschuldigung bitten, ich habe mich geirrt«, sagte sie, eine leichte Röte war auf ihre Wangen getreten. »Das war vergangene Woche. Man kommt ja ganz durcheinander von dem allem. Und auch von Mats Tod.«

Verstohlen wischte sie sich eine Krokodilsträne aus dem Augenwinkel und steckte den Kalender zurück in die Handtasche.

»Okay, wenn Sie nicht Brot backen waren, wo waren Sie dann? Und ich rate Ihnen, sich diesmal an die Wahrheit zu halten«, fügte sie noch hinzu.

»Ich war im Haus«, sagte Katrin verhalten. »Ich werde so gegen acht dort eingetroffen sein. Ich wollte noch ein paar meiner Sachen holen, Kleidung und Pflegeprodukte, bevor dieses Mäuschen sich das alles krallen konnte.«

»War Mats zu Hause?«

»Nein, nein! Er war nicht da. Sie auch nicht, wie immer sie heißt«, antwortete Katrin.

»Amanda. Wieso haben Sie vorhin gelogen?«, wollte Maja-Sofia wissen.

Katrin wand sich.

»Wenn Mats an diesem Abend ermordet wurde und ich ja gerade erst im Haus gewesen war … Ja, ich hatte Angst, dass das nicht gut aussieht. Dass das dumm war, verstehe ich jetzt auch.«

»Kann jemand bezeugen, dass Sie dort waren und wann Sie anschließend in Ihre Wohnung zurückgekommen sind?«

Katrin fuhr sich durch das kurze, dunkle, lockige Haar.

»Letzteres halte ich für eher unwahrscheinlich, aber oben auf dem Berg können Sie sicher den direkten Nachbarn fragen. Der führt praktisch Buch darüber, wer dort ein- und ausgeht. Man könnte fast meinen, das ist sein Hobby. Wenn er nicht gerade mit dem Hund spazieren ist, hockt er am Küchenfenster und glotzt raus. Aber wann ich wieder unten im Dorf war, hat vermutlich niemand mitbekommen. Außer dort hat mich jemand zufällig gehört oder gesehen, dass Licht brennt. Ich hab den Fernseher angemacht und gerade noch das Ende der Nachrichten im Vierten mitbekommen.«

Maja-Sofia notierte den Namen des Nachbarn mit dem Hund. Die Namen der Nachbarn in Katrins Wohnhaus würde sie später selbst herausfinden müssen. Liss Katrin Hansson, fünfundfünfzig Jahre alt, war also von einer deutlich jüngeren Frau ausgebootet worden. Dass sie so viel Wert auf ihr Äußeres legte, hatte offenbar nicht geholfen. Als die junge Amanda auf der Bildfläche erschien, musste Katrin sich alt gefühlt haben, obwohl sie schön und gut in Form war. Eifersucht war ein gutes Motiv für Mord. Aber reichte ihre Fitness auch für den Rest? Um die Leiche auf den Friedhof zu verfrachten und dort an ein Grabkreuz zu knoten?

»Ich kann mir schon vorstellen, was Sie jetzt denken«, sagte Katrin. »Ich habe ein starkes Motiv, Mats zu töten, nicht wahr? Weil so ein dahergelaufenes Mädel mich einfach so verdrängt hat. Außerdem habe ich den Job als Hauswirtschafterin im Neuen Hotel nicht bekommen. Wenn wir uns hätten scheiden lassen, dann ...«

Sie verstummte und schaute aus dem Fenster.

»Ja?«, hakte Maja-Sofia nach. »Was wäre dann passiert? Das würde mich wirklich interessieren.«

Doch Katrin schüttelte nur den Kopf und presste die Lippen aufeinander.

»Haben Sie jemanden angerufen, als Sie im Haus waren? Oder haben Sie ein Telefonat angenommen?«

Katrin zuckte zusammen. Offenbar war sie völlig in Gedanken verloren gewesen.

»Telefon, Telefon ...«, wiederholte sie. »Ja, ich habe Sigvard angerufen, aber sonst niemanden.«

»Sigvard?«

»Ja, Sigvard Nordqvist, den ehemaligen Pfarrer. Eigentlich ist er sogar Mats' Onkel, aber sie haben keinen Kontakt. Mats' Vater war wesentlich jünger als Sigvard. Ich fühle mich irgendwie verantwortlich für ihn und rufe hin und wieder an, um nachzuhören, wie es ihm geht. Er ist schon fünfundachtzig und der letzte Verwandte dieser Generation.«

Das würde Jarning prüfen müssen, dachte Maja-Sofia. Wenn Katrin in diesem Punkt nicht die Wahrheit sagte, würde sie das bald wissen.

»Hatten Sie am 22. November Kontakt zu Ihrem Mann?«, fragte Maja-Sofia.

Liss Katrin schaute sie prüfend an. Dumm war sie nicht. Wahrscheinlich war ihr klar, dass sie von nun an die Wahrheit sagen sollte, selbst wenn sie sie hier und da ein wenig frisierte.

»Ich habe Mats ein paar SMS geschickt«, sagte sie. »Aber das mache ich jeden Tag.«

»Worum ging es?«

»Tja … um Geld«, sagte sie. »Ich brauchte mehr Geld. An der Spitze zu bleiben kostet nun mal, das dürfte keine Überraschung sein.«

»Er hat Ihnen also Geld gegeben?«, fragte Maja-Sofia.

»Normalweise ja. Bis dieses Mädel auftauchte. Sie ist wohl teuer in der Haltung, offenbar konnte er sich uns beide nicht gleichzeitig leisten.«

»Wieso hat er sich darauf eingelassen?«, fragte Maja-Sofia.

Darüber lachte Katrin.

»Finn Mats Hansson hat seine Frauen schon immer als eine Art Trophäe gesehen, als etwas, mit dem man sich schmückt. Alle anderen sollten neidisch sein. So einer war mein Mann.«

Maja-Sofia erschauderte innerlich. Klang nicht gerade nach dem Typ Mann, mit dem sie gern ausgehen würde.

»Das war dann erst mal alles«, sagte sie zu Katrin und stoppte die Aufnahme. »Sie können jetzt gehen, aber bleiben Sie bitte erreichbar, wir haben sicher noch weitere Fragen.«

Katrin stand auf, zog ihren exklusiven, blassrosafarbenen Daunenmantel an und ging zur Tür. Maja-Sofia schaute ihr nach. Egal wie schön dieser Mantel war, sie selbst würde damit aussehen wie eine Astronautin. Dennoch – schick war er schon.

»Ach, eins noch«, sagte sie. »Sie haben einen gemeinsamen Sohn, nicht wahr? Wo ist er gerade?«

Katrin fuhr herum.

»Viktor? Er studiert in Östersund. Na ja, ›studiert‹. Er wird und wird nicht fertig, dafür macht er aber auch eine Menge nebenher. Er sagte, er wolle Samstag herkommen, meine ich. Er nimmt immer den Zug. Als ich ihm Bescheid gegeben habe, wollte er sich natürlich sofort auf den Weg machen.«

»Weil seinem Vater etwas zugestoßen ist?«

Katrin lachte, aber es war kein freudiges Lachen.

»Das auch, selbstverständlich. Aber vor allem, weil er immer Geld braucht«, sagte sie und verließ das Vernehmungszimmer.

~ SIEBEN ~

Freitag, 25. November

Die Pastorin Ellinor Johannesson ließ den Blick durch den Gemeindesaal wandern. Außergewöhnlich viele Menschen waren zum Kirchenfrühstück am letzten Freitag vor dem ersten Advent im Gemeindehaus erschienen. Vielleicht lag es am Mord, vielleicht waren sie aber auch nur neugierig auf den neuen Pfarrer. Vielleicht war es auch eine Kombination aus beidem. Über den Mord musste sie gezwungenermaßen ein paar Worte verlieren, bevor sich alle auf das Buffet stürzen konnten. Mats Hansson war Vorsitzender des Kirchenrats gewesen und vertrat die Zentrumspartei des alten Schlags. Lange hatte er den Vorsitz abgelehnt, weil er so vielbeschäftigt war, aber irgendwann hatte er doch klein beigegeben. Es war praktisch Familientradition, schon sein Vater und Großvater hatten diese Position innegehabt. Und seit Generationen gehörten sie derselben Partei an. Nur Sigvard, Mats' alter Onkel, hatte eine andere Richtung eingeschlagen und war Pfarrer geworden. Wo steckte der denn heute nur? Eigentlich ließ er sich das Kirchenfrühstück nicht entgehen, aber möglicherweise war ihm die Trauer über den brutalen Fortgang seines Neffen zu nahe gegangen und er war deshalb ferngeblieben? Das wäre sehr bedauerlich, denn sie hatte einen wunderbaren Vorschlag für ihn. Und sie hätte sich gewünscht, dass er gleich heute damit angefangen hätte.

Sie räusperte sich, griff zu einem Löffel und schlug damit leicht gegen eine Kaffeetasse. Das hatte den gewünschten Effekt, und das Gemurmel verstummte.

»Guten Morgen«, begrüßte Ellinor alle Anwesenden, »wie schön, dass ihr so zahlreich erschienen seid. Herzlich willkommen!«

Sie holte tief Luft und fuhr dann fort.

»Wie ihr sicher wisst, sind dies gerade schwere Zeiten für uns, denn unser geschätzter Kirchenratsvorsitzender, Finn Mats Hansson, ist von uns gegangen – und das auch noch auf so grausame Art. Mir ist klar, dass ihr alle schockiert seid, so ein Vorfall wirkt sich ja auf alle Mitglieder der Gemeinde aus.«

Die vielen betagten Frauen und wenigen Männer waren mucksmäuschenstill.

»Ich entzünde hier und jetzt ein Licht für Mats«, verkündete Ellinor.

Sie entfachte ein Streichholz und schon bald flackerte eine einzelne Kerze neben ihr auf dem Tisch. Sie faltete die Hände.

»Danke, Gott, für alles, was Mats Hansson in seiner allzu kurzen Zeit auf dieser, unserer Erde bewirken durfte. Wir wollen ihm mit Freude gedenken. Amen. Und nun singen wir unser Tischgebet: *Komm, Herr Jesu, sei du unser Gast.*«

Kantor Halvarsson hatte sich schon ans Klavier gesetzt und begann, die Melodie zu spielen. Kraftvoll stimmte Ellinor ein und bekam sogleich Unterstützung von Samuel Williams, der ganz in der Nähe saß. Zu ihrer großen Freude und Verwunderung stellte sie fest, dass er eine sehr schöne Singstimme hatte. Die anderen ließen nicht so viel von sich hören, abgesehen von Markus, der in der hintersten Ecke saß. Er war musikalisch, und wäre er nicht so sonderlich, wie er nun mal war, hätte er es in der Musikszene sicher weit gebracht, dachte Ellinor. Was genau mit ihm nicht stimmte, wusste sie nicht. Markus war einfach anders, und vielleicht war das ja schon alles.

»Lasst uns noch Samuel Williams herzlich willkommen heißen, ehe wir uns auf Gottes gute Gaben stürzen«, sagte Ellinor, als die letzten Töne verklungen waren. »Samuel, steh doch mal auf, dein Typ ist gefragt.«

Ein paar der Herren applaudierten, woraufhin sich alle anderen anschlossen. Das war vielleicht ein bisschen profan, so was erwartete man eher im Rotary Club als beim Kirchenfrühstück, aber was sollte sie machen? Heute war einfach alles ein bisschen anders.

»Jetzt möchte ich aber endlich frischen Kaffee und ein Brötchen«, sagte einer der älteren Herren und stand auf.

»Ganz seiner Meinung«, meldete sich die zweite Vorsitzende des Handwerksvereins zu Wort. »Geben Sie das Buffet schon frei.«

Im gleichen Moment tauchte ein Nachzügler auf und schaute sich nach einem freien Platz um.

»Sigvard, willkommen!«, rief Ellinor. »Dahinten bei Markus ist noch was frei.«

»Hm, ich finde schon noch einen anderen Platz«, mur-

melte er, blieb mitten im Raum stehen und suchte nach
einem freien Stuhl.

Sofort umringten ihn andere Mitglieder des Kirchenrats,
schüttelten ihm die Hand oder klopften ihm auf die Schulter. Vermutlich, um ihr Beileid zu bekunden. Irgendwann
gelang es ihm, ihnen zu entkommen und sich an dem Buffet zu bedienen, das Annika Rask für sie vorbereitet hatte.

Ellinor blieb eine Zeit lang reglos stehen und dachte nach.
Um sie herum herrschte reges Treiben, Geschirr klimperte,
die Menschen unterhielten sich angeregt und lachten. Manche eher verhalten, andere laut und offen, als wäre gar nichts
passiert. Samuel war zu den Flüchtlingskindern gegangen,
die jeden Tag vorbeikamen, um Hilfe bei den Hausaufgaben
zu bekommen. Sie saßen, wie üblich, alle gemeinsam an
einem Tisch. Tindra lief zwischen Küche und Saal hin und
her, um Kaffee und Brot aufzufüllen. Sie hatte kein Problem,
Leute kennenzulernen, und dass sie den hiesigen Dialekt
beherrschte, war ein großes Geschenk, vor allem für die Älteren, die sich gern auf ihre Art unterhielten. Ein wirklich
nettes Mädchen, fand Ellinor. Es war ein reines Vergnügen,
sie im Team zu haben.

Aber Samuel Williams, wie würde er sich einfügen? Er
war ein ziemlicher Snob, fand sie, außerdem kam er aus der
Hauptstadt, sprach Stockholmerisch und wirkte nicht gerade wie einer, der das Jagen und Angeln mochte. Würden die
Dorfleute ihn akzeptieren? Sie war sich nicht ganz sicher.
Ihr Blick fiel auf Sigvard, der nun ebenfalls einen Platz bei
den Flüchtlingskindern gefunden hatte. Sie schienen darüber sehr froh und fingen sofort an, dem alten Mann Fragen

zu stellen. Ellinor machte sich ein Brot, schenkte sich einen Kaffee ein und setzte sich zu ihnen.

»Sigvard, ich möchte dir mein Beileid aussprechen. Ich trauere mit dir um deinen Neffen, der auf so tragische Weise sterben musste.«

Sigvard winkte ab und biss herzhaft in sein Käsebrötchen.

»Danke, danke. Selbstverständlich ist das tragisch, aber wir wissen schließlich alle, dass er kein Unschuldslamm war. Außerdem hatten wir, abgesehen vom Kirchenrat, eigentlich keinen Kontakt. Aber danke, wie gesagt. Wie läuft es für den neuen Pfarrer?«

Sigvard nickte zu Samuel.

»Genau deshalb wollte ich mit dir sprechen«, sagte sie. »Würdest du ihn vielleicht zu Anfang ein bisschen unter deine Fittiche nehmen? Niemand kennt Klockarvik besser als du, sowohl als langjähriger Dorfbewohner als auch als Kirchenmann.«

Sigvard kaute nachdenklich, spülte den Bissen dann mit einem Schluck schwarzen Kaffees hinunter und tupfte sich mit der weihnachtlich dekorierten Serviette den Mund ab, bevor er antwortete.

»Danke für das Vertrauen«, sagte er. »Das mache ich gern, wenn du meinst, dass ich irgendwie von Nutzen sein kann. Aber dann muss er bereit sein, ein paar Spaziergänge zu machen, sonst reicht meine Zeit nicht.«

Ellinor strahlte. Sigvard war noch sehr fit für sein Alter, das lag unter anderem an seinen täglichen Spaziergängen. Außerdem lief er im Winter Schlittschuh und machte Langlauf, schwamm des Sommers, und wenn er noch weiteren sportlichen Hobbys frönte, von denen sie nichts wusste, wäre sie nicht überrascht. Er war ein wahres Vorbild: ein Fünfundachtzigjähriger, der nicht nur geistig, sondern auch körperlich voll auf der Höhe war.

»Dazu wird er ganz sicher bereit sein«, sagte sie und stand auf. »Schön, dann steht euch beiden eine Menge *walking and talking* bevor.«

»Samuel Williams!«, rief sie quer durch den geschäftigen Raum. »Ich möchte dir gern jemanden vorstellen.«

~ ACHT ~

Als Markus nach dem Kirchenfrühstück nach Hause kam, waren weitere Zentimeter Schnee hinzugekommen. Er stellte den Tretschlitten beiseite und holte die Schneeschippe aus dem Schuppen. Besser er erledigte das sofort, zumindest den Weg zur Haustür und zum Vogelhäuschen sollte er freimachen. Seine kleinen Freunde brauchten ihr Futter. Er hatte auf dem Heimweg extra noch Körner für sie besorgt. Er selbst hatte eine Tüte mit ein paar belegten Brötchen von Annika Rask mitbekommen. Kuchen und ein Teilchen waren auch dabei. Sie hatte gesagt, es wäre gut, wenn er sich dessen annahm. Sie war nett, die Annika, und die Brötchen würden auch noch zum Abendbrot reichen.

Markus mochte das Schneeschippen. Eine Aufgabe, die er schon als kleiner Junge gelernt hatte, und seither war er Weltmeister darin, schöne Kanten abzustechen. Mutter hatte es ihm beigebracht, es hatte nur sie beide gegeben, niemand hatte ihnen mit dem Schnee geholfen, der Winter um Winter gefallen war. Jetzt lebte Mutter schon seit zehn Jahren im Heim, und Markus war allein im Haus zurückgeblieben. Doch ihre Schürze hing noch immer am Haken in der Küche, und der Schrank war voll von ihren Kleidern.

Markus sah keinen Anlass, daran irgendetwas zu ändern. An den Feiertagen holte er sie zu sich, damit sie zusammen sein konnten. An Mittsommer saßen sie immer draußen im Garten, wenn das Wetter mitmachte. Dann spielte Markus ein bisschen für sie, und sie aßen Hering mit Kartoffeln und hatten es gemütlich. Wenn er sie nach ihren Besuchen wieder ins Heim gebracht hatte, war es erst mal unerträglich leer im Haus. Aber es musste irgendwie gehen, man musste damit klarkommen. Und er hatte ja seine Geige.

Das Frühstück heute war anders gewesen als sonst. Jeden Freitag ging er zum Gemeindehaus, und für gewöhnlich passierte dort nicht viel, aber das gerade eben war ungewöhnlich gewesen. Die Pastorin hatte über den Mann gesprochen, der gestorben war. Markus hatte ihn gesehen, aber aufregend hatte er das nicht gefunden. Bis dieser andere Mann aufgetaucht war, der neue Pfarrer. Und dann die Polizei. Markus hatte beim Frisör gestanden, zugesehen, wie das Blaulicht näher kam und wie der Polizeiwagen dann vor der Kirche parkte. Da hatte er noch nicht gewusst, wer dort lag, aber jetzt wusste er es. Der Direktor von diesem Hotel. Finn Mats Hansson.

Markus war fertig mit Schippen und lehnte die Schaufel gegen den Schuppen. Dann tastete er nach dem Schlüssel am Balken der Veranda. Er fand ihn, steckte ihn ins Schloss und wollte ihn umdrehen, um aufzuschließen, aber der Schlüssel drehte sich nicht. War das Schloss eingefroren? Komisch, das hatte er noch nie erlebt. Er prüfte die Klinke – und sofort ging die Tür auf. Eine Weile lang blieb Markus reglos stehen, starrte in den Flur und rieb sich das Kinn.

»Aber Markus hatte doch abgeschlossen?«, murmelte er. »Markus schließt immer ab. Ja, das macht Markus. Immer. Immer!«

Er ging ins Haus und schaute sich um. Alles sah aus wie sonst. Fast. Der Flickenteppich im Flur warf Falten und die Kissen auf dem Küchensofa lagen anders. Markus zog seine Mütze aus und kratzte sich am Kopf. Wie sonderbar.

»Markus ist nicht verrückt«, sagte er laut. »Alles ist wie immer. Da hat sich jemand nur einen Scherz mit Markus erlaubt.«

Markus stellte seine Einkaufstasche auf den Tisch, packte das Vogelfutter aus und ging dann sofort in den Garten, um den Futterspender aufzufüllen. Dann blieb er stehen und sah sich um. Nirgendwo waren Fußstapfen zu erkennen, dafür hatte der Neuschnee gesorgt. Er ging wieder ins Haus, zog die Stiefel aus und dicke Socken an, bevor er die Füße in die warmen Wollpantoffeln steckte, die seine Mutter ihm letztes Jahr zu Weihnachten geschenkt hatte. Zwar hatte er sie selbst gekauft, aber sie hatten sie gemeinsam verpackt, sodass er an Heiligabend in ihrem Beisein hier im Haus ein schönes Geschenk öffnen konnte. Markus blieb stehen und kratzte sich erneut am Kopf. Weihnachten war ja schon bald, er musste dringend alles organisieren, wurde ihm da bewusst. Einen Baum besorgen und den alten Baumschmuck heraussuchen, den sie schon seit so vielen Jahren nutzten. Und seine Mutter würde er selbstverständlich am Heiligen Abend wieder herholen.

Dann tapste er in die gute Stube bis zur Orgel. Seine geliebte Geige lag in ihrem Koffer auf dem Hocker.

»Die Orgel steht schief«, murmelte er und legte die Hand an den seitlichen Griff, um sie wieder an die Wand zu schieben.

Er presste und drückte, aber es tat sich nichts. Also zog er sie stattdessen ein wenig vor und schaute dahinter. Dort lag ein langer Stab vor der Fußleiste. Markus hob ihn auf und betrachtete ihn. Er war aus Eisen und hatte am einen Ende eine Einfassung. Markus kannte ihn. Er lächelte.

»Markus legt man nicht so schnell rein«, sagte er zufrieden. »Das ist so eine Halterung für die Wand.«

Er legte den Stab wieder hinter die Orgel und schob sie so gut es ging zurück.

»Wer immer Markus da einen Streich spielen wollte, wird schon wiederkommen und das Ding holen«, sagte er und lachte leise. »Markus legt man nicht so schnell rein.«

Dann nahm er sein geliebtes Instrument aus dem Koffer, spannte den Bogen und zog ihn ein paarmal über die Saiten. Schon bald wurde das kleine Haus von fröhlichen Weihnachtsmelodien erfüllt, die aus Markus' Geige kamen.

～ NEUN ～

Die neuen Stiefel waren sorgfältig geschnürt, damit kein Schnee eindringen konnte. Die grellgrüne Steppjacke mit Reflexstreifen hatte er fest zugezogen, so würde Samuel gut erkennbar sein, wenn er tags wie nachts durch das Dorf lief. Widerwillig setze er eine orangefarbene Zipfelmütze auf. Sie war unverzichtbar, aber sobald sich die Gelegenheit bot, würde er nach Mora fahren, um sich dort eine Schiebermütze zu besorgen, eine richtig schöne. Solange musste er noch mit dem orangefarbenen Teil vorliebnehmen, eine Notlösung, die er beim Jagd- und Angelausrüster gefunden hatte. Heute blies ein ordentlicher Wind und wirbelte den Schnee herum, sodass er die Mütze bis über beide Ohren ziehen musste.

»Da willst du raus?«, fragte Ellinor verwundert, die mit der Brotdose in der Hand an seinem Zimmer im Gemeindehaus vorbeikam.

»Ich muss mich mal ein bisschen mit dem Ort vertraut machen und sollte mich wohl auch sehen lassen«, antwortete Samuel. »Außerdem muss ich was essen. Irgendwo gibt es doch bestimmt ein Mittagsangebot?«

»Ja, im Pub, *The Worried Wolf*«, sagte Ellinor. »Gar keine

schlechte Idee, dort essen die meisten. Im Sommer, wenn die Touristen kommen, gibt es noch ein bisschen mehr Auswahl.«

»*The Worried Wolf?*«, fragte Samuel und verzog das Gesicht.

»Außer dir gibt es noch ein paar weitere Menschen mit exotischeren Wurzeln«, erklärte sie. »Irgendwann hat sich ein Engländer hierher verlaufen und hat das Pub eröffnet. In gewisser Weise ein Segen für den Ort, wenn du mich fragst, trotz des eigentümlichen Namens.«

»Und das Hotel, von dem alle reden? Gibt es dort kein Essen?«

»Das war angedacht, aber jetzt, nach Mats Hanssons Tod, kann ich dazu leider nichts Genaueres sagen.«

»Dann will ich mal sehen, was sich auftreiben lässt. Dir jedenfalls guten Appetit. Ich begebe mich mal in das Schneetreiben«, sagte Samuel und trat hinaus.

Er musste an Kirche und Friedhof vorbei, um zum Dorfkern zu kommen, der aus einem Supermarkt, einem Spirituosenladen, einer Apotheke, einem Beerdigungsunternehmen, zwei Pizzerien, einem Imbiss und einem Antikhändler bestand. Blauweißes Flatterband hing noch immer vor der Friedhofsmauer, aber von Polizei oder Kriminaltechnik gab es sonst keine Spur mehr. Heute war Freitag und übermorgen der erste Advent, der erste Tag des Kirchenjahres. Ellinor hatte bereits angekündigt, dass die Heilige Messe unter Umständen in die Kapelle Fridnäs verlegt werden müsse oder in den Saal des Gemeindehauses. Größentechnisch war der Unterschied marginal zwischen diesen beiden Alterna-

77

tiven. Klar war nur, dass weder in die Kapelle noch in den
Saal so viele Menschen passten wie in die Kirche Klockarviks. Und das ausgerechnet am ersten Advent, wenn die
Kirchen im ganzen Land überquollen. Der Kantor, Gunnar
Halvarsson, war während der Besprechung im Zimmer auf
und ab gelaufen und hatte seinem Ärger darüber Luft gemacht, dabei konnte ja niemand etwas daran ändern. Samuel wandte sich, sooft er konnte, an den Boss dort oben
und bat um ein Wunder, aber es schien nicht sehr wahrscheinlich, dass eins eintreffen würde. Aber es waren ja noch
zwei Tage, was Samuel besonders entgegenkam, denn er hatte noch keine Idee, wie er die Predigt aufbauen wollte.

Als er aufschaute, merkte er, dass seine Schritte ihn geradewegs vors Neue Hotel geführt hatten. Der Wagen der
Kriminaltechnik stand davor, der Eingang war gesperrt.

»Schlimm, oder?«, fragte eine tiefe, angenehme Frauenstimme neben ihm.

Er schaute zur Seite.

»Erschreckend«, stimmte er zu.

Die Frau hatte rote Haare, die unter einer senfgelben
Strickmütze hervorlugten. Außerdem trug sie eine rostfarbe-
ne Steppjacke, hohe Stiefel und eine Tasche über der Schulter. Eine richtig teure Markentasche von Malene Birger, wie
Samuel nicht entging. Genau so eine hatte er in einem Schaufenster in Västerås gesehen und überlegt, ob das nicht ein
passendes Weihnachtsgeschenk für Marit sein könnte. Sie
brauchte ein bisschen Aufmunterung, und Samuel hatte ja
selbst eine gewisse Schwäche für feine Mode.

»Wer sind Sie eigentlich?«, fragte die Frau.

Samuel zog den Reißverschluss herunter, bis die »Briefmarke« sichtbar wurde, wie man das Kollar manchmal spaßeshalber nannte.

»Der Pfarrer?«

Das konnte er unmöglich abstreiten, also nickte er.

»Dann sind Sie also der Neue? Samuel Williams, nicht wahr?«

Er verneigte sich leicht und streckte die Hand aus.

»Kommt nicht oft vor, dass sich jemand meinen etwas ungewöhnlichen Namen sofort merken kann. Und Sie sind?«

Schnell zog sie den Lederhandschuh von ihrer rechten Hand, um die seine zu schütteln.

»Malin Knutsson, Chefin des *Fjällhotels*.«

»Dann war Finn Mats Hansson Ihre Konkurrenz?«, fragte Samuel und nickte zum Hoteleingang, wo gerade ein Mann in weißem Overall und mit lila Einmalhandschuhen auftauchte, der ein paar braune Umschläge herausbrachte und vorsichtig ins Auto legte.

»Zweifellos«, antwortete Malin Knutsson, deren Stimme nun einen scharfen Ton bekommen hatte. »Wollen Sie damit etwas andeuten?«

Samuel riss entschuldigend die Hände in die Luft. Wieso hatte er das so gefragt? Er sollte erst mal nachdenken, bevor er sprach, ganz besonders, wenn er gerade seine neue Gemeinde kennenlernen wollte.

»Oh, da bitte ich vielmals um Entschuldigung, so war das gar nicht gemeint. Ich dachte nur, ein neues Hotel bedeutet ja automatisch Konkurrenz. Hat sich das schon an der Belegung bei Ihnen bemerkbar gemacht?«

Sie entspannte sich sichtlich und der angenehme Ton war zurück.

»Es hat eine gewisse Sorge entfacht, um ehrlich zu sein«, sagte sie. »Oben im *Fjällhotel* gibt es nicht nur schöne Zimmer, sondern auch ein Restaurant und andere Unterhaltungsmöglichkeiten. Wer hier unten hängen bleibt, verpasst eine ganze Menge Spaß, und uns entgehen dadurch natürlich auch Gäste.«

Die Frau war attraktiv, obwohl sie ein bisschen kühl wirkte, wie Samuel fand. Vermutlich hatte sie recht mit dem, was sie sagte. Aber auch wenn sie nicht direkt zugeben wollte, was für ein beängstigender Konkurrent das Neue Hotel im Grunde war, so traf es vermutlich dennoch zu. Immerhin könnte sie ihm vielleicht helfen.

»Gibt es im *Fjällhotel* einen Fitnessraum?«, fragte er.

»Ach, unser neuer Pfarrer will sich fit halten, damit er problemlos die Kanzel erklimmen kann, höre ich da richtig?«

Sie lächelte ein wunderschönes Lächeln. Ihr Akzent war deutlich von Stockholm geprägt, aber da war auch noch etwas anderes dabei. Er gefiel ihm.

»Aber um auf Ihre Frage zu antworten: Ja, wir haben ein kleines Fitnessstudio im Hotel und einen wirklich sensationellen Wellnessbereich«, fuhr sie fort. »Die Aussicht vom Pool ist atemberaubend. Man kann den gesamten Klockarviksee überblicken und sogar noch viel weiter.«

Das klang gar nicht so verkehrt, aber dann müsste er immer den Wagen nehmen, denn das Hotel lag sicher zehn Kilometer weit weg auf dem Berg.

»Ist es das einzige Fitnessstudio in Klockarvik?«, fragte er.

»Sagen Sie, was halten Sie davon, wenn wir einfach zusammen essen? Ich merke, dass ich langsam hungrig werde.«

Den Vorschlag nahm sie an, und so gingen sie zusammen die Hauptstraße entlang, wo sie ein paar geschlossene Geschäfte und Frisörläden passierten.

»Hier unten gibt es auch ein Fitnessstudio«, sagte Malin Knutsson. »Das wäre für Sie vielleicht sogar besser, dann haben Sie es nicht so weit. Da gehen massenweise Rentnerinnen hin, und Gruppen haben die auch, meine ich. Oder Sie kommen zu mir hinauf und trainieren Langlauf. Oder machen beim Yoga mit, damit halte ich mich fit.«

Samuel blieb stehen und schaute sie an.

»Langlauf?«, fragte er.

»Ja«, antwortete Malin Knutsson, »bis zum Wasalauf sind ja nur noch drei Monate, und es ist Tradition, dass einer der Geistlichen bei der Dorfstaffel mitmacht. Hat Ihnen das noch niemand gesagt?«

Trotz Kälte trat Samuel der Schweiß auf die Stirn.

»Aber ... Das kann ich doch gar nicht«, protestierte er. »Ich bin Stadtkind und stand vor hundert Jahren zuletzt auf Skiern. Wir waren mal im Winter irgendwo hier in der Ecke mit der Schule, da war ich zehn. Ich weiß nicht mal mehr, wie Langlauf geht.«

Sie blieben vor der Tür des *The Worried Wolf* stehen. Auf dem Schild war ein zähnefletschender Wolf abgebildet. Speichel troff von seinen Zähnen. Ein richtig gruseliges Schild, das man vielleicht sogar provokant nennen konnte, denn vermutlich war die Bevölkerung hier sehr eindeutig für oder gegen den Wolf.

»Doch, das wissen Sie sicher«, führte Malin Knutsson die Unterhaltung fort. »Und ein bisschen Training bringt einen weit. Jetzt aber mal rein in die gute Stube, heute ist Freitag, da gibt es Fischgratin. Und seien Sie gespannt, wie viele verschiedene Biersorten dieser Brite zu bieten hat!«

Das Essen war gut, und die Einrichtung entsprach ziemlich genau dem, was man von einem englischen Pub erwarten würde: dunkel und gemütlich. Samuel konnte sich gut vorstellen, häufiger herzukommen. Es war leicht, sich mit Malin Knutsson zu unterhalten, und er erfuhr, dass sie mal verheiratet gewesen war, in Stockholm gewohnt hatte und gebürtig aus Dalarna kam.

»Das erklärt den Stockholmer Einschlag«, sagte Samuel. »Schön, da fühle ich mich gleich ein bisschen heimisch. Ich bin in einem der südlichen Vororte aufgewachsen und bin Stockholm bis vor wenigen Jahren treu geblieben, dann ging's nach Västerås.«

»Familie?«, fragte Malin.

»Ich habe zwei Kinder, Alva und Gabriel, bin aber von ihrer Mutter geschieden. Die beiden leben bei ihr in Stockholm.«

»Dann sehen Sie sich vermutlich nicht oft«, sagte sie. »Das ist schade.«

»Ach, wir haben da eigentlich eine ganz gute Regelung«, antwortete Samuel. »Sie verbringen die Ferien bei mir und auch eine ganze Menge der Wochenenden.«

»Wie schön. Dann kommen sie vielleicht auch mal zum Skifahren her?«

Darauf antwortete er nicht, sondern lächelte nur. Durch ihre Unterhaltung hatte er plötzlich unendliche Sehnsucht nach den beiden. Von Stockholm nach Västerås brauchte man nur eine Stunde. Bis nach Klockarvik müssten sie mehrere Stunden lang im Zug sitzen.

»Kaffee?«, fragte Samuel nach einer Weile, um auf andere Gedanken zu kommen.

»Gern«, sagte Malin. »Schwarz, und bitte keinen unnötigen Süßkram.«

Samuel musste ein bisschen anstehen, ehe er an der Reihe war. Vorsichtig, damit nichts überschwappte und er niemanden anrempelte, trug er die beiden Kaffeebecher vor sich her. Er schaute auf und sah, dass Malin nicht allein war. Ein Mann war an ihren Tisch getreten und lehnte sich sehr nah zu ihr. Samuel blieb stehen und betrachtete die beiden. Ihrer Miene nach zu schließen, sprachen sie über etwas sehr Ernstes. Malin fühlte sich offenbar beobachtet, denn sie schaute auf, entdeckte Samuel und schaute dann schnell wieder zu dem Mann. Der richtete sich auf, streichelte ihr zärtlich über die Wange und verabschiedete sich.

»Hier kommt der Kaffee«, sagte er. »Wer war denn das?«, fragte er, während er die Becher abstellte. »Nicht, dass mich das was anginge, ich würde einfach nur gern die Gemeindemitglieder kennenlernen.«

»Neugierig sind Sie also auch noch«, sagte Malin und lächelte. »Das war Mikael Vedberg.«

Da klingelte irgendwas, den Namen hatte Samuel schon mal gehört, aber konnte sich nicht mehr an den Zusammenhang erinnern.

»Und was macht er?«

»Er ist Finn Mats Hanssons Geschäftspartner«, erklärte Malin. »Ehemaliger Geschäftspartner, muss man wohl jetzt sagen. Er ist gerade ein bisschen bedrückt, weil Mats ihn in Schwierigkeiten gebracht hat. Und jetzt ist er tot.«

Jetzt wusste Samuel es wieder. Mikael Vedbergs Name war gefallen, während er mit der Polizei auf dem Friedhof stand.

»Wie gut, dass er eine Freundin wie Sie hat«, sagte er zu Malin. »Es kann nicht leicht sein, gleichzeitig einen Freund und Geschäftspartner zu verlieren.«

Darauf erwiderte Malin nichts. Sie trank ihren Kaffee aus, stand auf und zog ihren Mantel an.

»Vielen Dank für Ihre Gesellschaft, das war eine kurzweilige Mittagspause«, sagte sie. »Wir sehen uns dann oben auf dem Berg, wenn Sie genug Mut geschöpft haben.«

Samuel schaute ihr durch das Pubfenster nach. Mit bestimmten Schritten ging sie zu einem dunkelblauen Wagen und stieg auf der Beifahrerseite ein. Als das Auto vorbeifuhr, sah Samuel das Gesicht des Fahrers. Es war Mikael Vedberg.

~ ZEHN ~

Nach dem Essen kehrte Samuel in seine neue Wohnung zurück, eine nette Zweizimmerwohnung im Obergeschoss einer Jugendstilvilla. Zwei Nächte hatte er erst hier verbracht, dabei aber geschlafen wie ein Stein. Die Eindrücke der ersten Tage forderten ihren Tribut.

Tyra Lundin, die innerhalb der Gemeinde eine Art Mädchen für alles zu sein schien und auch im Kirchenrat saß, war seine Vermieterin. Gemütlich hatte sie es ihm gemacht, hatte Gardinen aufgehängt, hübsche Tischdecken hingelegt und Kerzenständer in der gesamten Wohnung verteilt. In allen Fenstern standen Dalapferde, die fand man hier sowieso überall. Im Gemeindehaus, in den Geschäften, selbst in der Kneipe. Das bekannteste Markenzeichen Dalarnas war offenbar nicht nur bei den Touristen beliebt.

Das war sehr nett von Tyra, auch wenn das Mobiliar nicht direkt Samuels Geschmack traf. Er hatte einen Nagel in die Wand gegenüber des Betts geschlagen und ein kleines Kruzifix aufgehängt, geerbt vom Großvater mütterlicherseits, seines Zeichens Dekan. Die Gitarre stellte er in die Ecke, ohne sie würde er nicht überleben. Hoffentlich fand er dafür auch Verwendung und konnte mit den Jüngsten und Ältesten der

85

Gemeinde singen. Im Schlaf- und Wohnzimmer standen Kachelöfen, und Tyras Mann, Sven-Erik, hatte versprochen, damit einzuheizen. Darauf freute er sich schon und stellte sich vor, wie er in den kommenden Wintermonaten dasaß und über seiner Predigt brütete. Knisterndes Birkenholz lieferte sicher eine angenehme Atmosphäre und Inspirationsquelle.

Ach ja, die Predigt! Die durfte er nicht vergessen. Am Sonntag würde er seine allererste Predigt vor der Gemeinde Klockarviks halten, und sie warteten noch immer auf die Auskunft, ob die Heilige Messe in der Kirche stattfinden konnte oder nicht. Vielleicht war eine Verlegung aber gar nicht so schlimm. Eng würde es so oder so werden, und eine kleinere Räumlichkeit brachte sie gleich noch näher. Am ersten Advent kamen alle Leute in die Kirche, auch jene, die man sonst eher nicht bei den Gottesdiensten sah. Wenn sie Glück hatten, war die Arbeit der Kriminaltechnik auf dem Friedhof rechtzeitig abgeschlossen und sie könnten trotz allem in der Kirche sein. Maja-Sofia Rantatalo hatte etwas in die Richtung gesagt.

Nach der ersten Nacht war Samuel ausgeschlafen erwacht und hatte einen Morgenspaziergang durch den Ort gemacht. In der Kirche hatte Licht gebrannt, dort wurden wohl eifrig Spuren gesichert. Auf dem Friedhof, wo er den Toten entdeckt hatte, war eine Art Zelt aufgestellt worden. Das Innere war hell erleuchtet gewesen. Schätzungsweise lagen die Spuren dort unter der dichten Schneedecke verborgen, aber vielleicht entdeckten sie ja trotzdem etwas, das erklären konnte, was genau passiert war und wer den Hoteldirektor ums Leben gebracht hatte.

Samuel trat an den Herd und stellte den Wasserkocher an. Er hatte endlich alles ausgepackt und konnte einen Kaffee vertragen. Alles, was seit seiner Ankunft in Klockarvik geschehen war, ging ihm durch den Kopf. Nicht nur die tätowierte Leiche mit dem Dalapferd direkt oberhalb der Brustwarze beschäftigte ihn, sondern auch der erste Hausbesuch, in den er ja praktisch gepurzelt war. Zwei Frauen, die darauf bestanden, die nächste Angehörige von Finn Mats Hansson zu sein. So hieß er doch, Finn Mats? Oder war es Knis? Nein, das war der Name des Polizisten, Knis Petter Larsson. Finn Mats war das Opfer. Diese ganzen komischen Namen würden ihn noch wahnsinnig machen.

Maja-Sofia Rantatalo hatte die jüngere der beiden Frauen mit aufs Revier genommen, nachdem sie die Todesnachricht überbracht hatten. Samuel war mit Katrin zurückgeblieben, aber nur kurz, denn sie brauchte weder ein seelsorgerisches Gespräch noch zeigte sie sich sonderlich betrübt über den tragischen Fortgang ihres Mannes.

»Hatte Ihr Mann Feinde?«, hatte Samuel sich zu fragen erdreistet.

Katrin war aufgestanden und vor dem Panoramafenster auf und abgegangen. Weit unter ihnen ruhte der vereiste See von Klockarvik mit seinen Inseln. Am anderen Ufer funkelten die Lichter in den Häusern. Schließlich war sie stehen geblieben und hatte ihn angesehen.

»Ob er Feinde hatte?« Ihre Mundwinkel waren nach oben gewandert, aber herausgekommen war kein fröhliches Lächeln. »Eine ganze Menge. Wie viel Zeit haben Sie?«

Samuel hatte mit den Schultern gezuckt.

»Zählen Sie einfach auf, wer Ihnen in den Sinn kommt.«

»Mikael Vedberg«, war der erste Name, der fiel. »Sein Geschäftspartner. Micke versteckt sich sicher gerade irgendwo und ist wahnsinnig wütend. Mats hat ihn ordentlich ausgenommen. Dann natürlich Halbton, ein unfassbar gutmütiger Mensch, selbst wenn er hin und wieder seine Ausbrüche hat.«

»Halbton?«

Über seine Verwunderung hatte sie gelacht.

»Gunnar Halbton Halvarsson, falls Ihnen das was sagen sollte, Sie sind ja noch so neu hier. Das ist jedenfalls der Kantor.«

»Der Kantor? Gunnar wird Halbton genannt? Das ist ja lustig! Ja, dem bin ich kurz auf dem Friedhof begegnet. Er war ziemlich aufgeregt. Warum würden Sie ihn denn zu den Feinden zählen?«

»Er hat meinem Mann Geld geliehen. Recht viel sogar. Das wird er nie wiedersehen, schätze ich«, hatte Katrin geantwortet.

Samuel schenkte sich Kaffee nach und setzte sich dann in den Korbstuhl vorm Kachelofen. Die verschmähte Ehefrau hatte weitere Namen genannt, unter anderem Malin, die Chefin des *Fjällhotels*. Sie war also definitiv nicht Mats Hanssons beste Freundin. Samuel fragte sich, ob Maja-Sofia Rantatalo das wohl schon wusste. Sie hatte ihm ihre Visitenkarte gegeben … Wo hatte er sie bloß hingesteckt? Er kramte in seiner Tasche, bis er fündig wurde. Sollte er? Oder lieber nicht? Er fing gerade an, die Nummer zu tippen, als eine SMS von Marit eintraf: »Du hast gestern gar nicht mehr angerufen. Wie geht's? Ich drück dich! M.« Sein schlechtes Gewissen versetzte ihm sofort einen Stich. Er hatte versprochen, sich zu melden, aber es war mehr passiert, als er hatte vorhersehen können, und an den beiden letzten Abenden war er früh schlafen gegangen. Was sollte er ihr antworten? Dass er aus dem Wagen gestiegen und unmittelbar einen Toten gefunden hatte, der auf Klockarviks Friedhof an ein Grabkreuz geknotet worden war? Nein, das musste warten. Schnell schrieb er zurück: *Viel los, rufe heute Abend an. Kuss.* Danach tippte er Maja-Sofia Rantatalos Durchwahl.

»Polizei, Rantatalo«, antwortete sie sofort.

»Ja, hallo. Hier spricht Samuel Williams.«

»Der Pfaffe mit dem komischen Namen«, sagte sie und lachte. »Danke noch mal, dass Sie mich zum Haus der Hanssons begleitet haben. Was kann ich für Sie tun?«

Schon wieder ein Witz über seinen Namen. Danach hatte sie sich glücklicherweise am Riemen gerissen und war sehr förmlich geworden.

»Ich wollte Ihnen nur etwas mitteilen, das Katrin gesagt hat, als sie ...«

»Fällt das nicht unter Ihre Schweigepflicht?«, unterbrach Maja-Sofia Rantatalo ihn.

»Eigentlich würde das Gesagte darunterfallen, ja, aber es handelt sich dabei nicht gerade um ein Geheimnis oder etwas, das sie mir tatsächlich im Vertrauen gesagt hat. Sie erwähnte ein paar Feinde von Mats Hansson, und da dachte ich, das könnte für Sie vielleicht interessant sein.«

Am anderen Ende wurde es still. Für einen Augenblick glaubte Samuel, sie hätte aufgelegt.

»Hallo? Sind Sie noch da?«

»Ja, ja, doch. Ich höre«, sagte Maja-Sofia.

»Also, da wäre zum einen Mikael Vedberg. Er war der Geschäftspartner von Mats Hansson. Oder ist. Das weiß ich nicht so genau.«

»Was Sie nicht sagen.«

»Und dann Gunnar Halvarsson, der Kantor«, fuhr Samuel fort, »aber das halte ich eher für unwahrscheinlich. Nicht, weil ich ihn kenne, das tue ich ja gar nicht.«

»Halvarsson sagten Sie?«

»Ja, er wird auch Halbton genannt, soweit ich weiß. Cooler Name für einen Organisten.«

Maja-Sofia lachte nicht.

»Gibt es noch mehr Namen oder haben Sie noch mehr zu erzählen?«, fragte sie stattdessen.

Samuel zögerte, sonderbarerweise klang sie nämlich nicht gerade freundlich.

»Nicht so recht«, antwortete er leicht verunsichert.

»Danke für diese hilfreichen Informationen«, sagte sie.

Samuel saugte das Lob auf. Also war sie doch zufrieden.

»Ich ahne, dass ich hier einen Privatschnüffler in der Leitung habe«, fuhr sie fort, »und für so jemanden haben wir keinerlei Verwendung. Wenn das für Sie in Ordnung ist, würde ich dann mit meiner Polizeiarbeit fortfahren.«

Es klickte im Hörer. Sie hatte das Gespräch beendet.

»Selbstverständlich«, murmelte Samuel und spürte, dass er rot anlief.

Da hatte er sich ja schön blamiert. Trotzdem hätte sie ihn nicht so abfertigen müssen. Vielleicht hatte sie einfach einen schlechten Tag, sagte er sich. Doch die Gedanken ließen ihn nicht los, und er schleuderte das Handy auf den Tisch, jedoch mit solcher Wucht, dass es darüber hinweg rutschte und auf den Boden knallte. Dabei hatte Maja-Sofia Rantatalo recht, er sollte sich auf die Predigt konzentrieren. Und darauf, seine neuen Kolleginnen und Kollegen kennenzulernen. Außerdem müsste er mal in den Ort, einkaufen gehen. Vermutlich gab es dort auch die eine oder andere verirrte Seele, mit der er sprechen konnte. Er schob das Kollar unter seinen Hemdskragen und warf einen prüfenden Blick in den Spiegel, ob auch alles saß, wie es sollte. Dann warf er sich die hässliche Jacke über, zog den Reißverschluss aber nicht bis ganz nach oben. So war das kleine, weiße Viereck in der Drosselgrube sichtbar, und alle konnten sofort erkennen, dass er der neue Pfarrer war. Dann schaute er sich nach seinen Handschuhen um. Wo zur Hölle hatte er die noch mal hingelegt? Ach, dort, auf dem alten Holzherd.

Als er gerade die Hand auf die Türklinke gelegt hatte, fing sein Handy zu klingeln an, was ihn daran erinnerte, dass es ja noch auf dem Wohnzimmerboden lag. Sofort hastete er zurück und beugte sich hinunter, um es aufzuheben. »Unbekannte Nummer«, stand im Display. Er wusste also gar nicht, was ihn erwartete.

»Samuel Williams«, meldete er sich.

»Im Übrigen muss ich Ihre Aussage aufnehmen«, hörte er Maja-Sofia Rantatalos Stimme. »Das kann gern heute Nachmittag passieren, da bin ich sowieso im Gemeindehaus. Um drei. Sorgen Sie dafür, dass Sie dann auch dort sind.«

~ ELF ~

»Wir können uns hier hinsetzen«, sagte Samuel und deutete zu zwei einfachen blassrosanen Sesseln, zwischen denen ein kleiner Tisch stand. Auf dem Tisch standen, Dank Tyra Ludin, eine Schale mit Obst und eine Flasche Mineralwasser bereit. Das war sehr nett von ihr, fand Samuel, er durfte nicht vergessen, sich dafür bei ihr zu bedanken. Die Obstschale hatte Gesellschaft von einem aufgeschlagenen Gesangbuch bekommen, da ihm bewusst geworden war, dass es höchste Zeit war, die Lieder für Sonntag festzulegen. Viele waren vorgegeben für einen so wichtigen Feiertag wie den ersten Advent, aber man konnte ja jederzeit etwas Neues einstreuen.

Maja-Sofia zog ihre Jacke aus und ließ sie einfach hinter sich auf den Sessel sinken. Dann fuhr sie sich mit der Hand durchs schwarze Haar und lehnte sich zurück. Darüber amüsierte Samuel sich, weil er das selbst oft genauso machte.

»Wann genau sind Sie in Klockarvik angekommen?«, startete Maja-Sofia ihre Vernehmung und blätterte bis zu einer leeren Seite in ihrem Notizbuch.

Samuel schlug ein Bein über das andere in dem Versuch, entspannt zu wirken, doch es fiel ihm schwer. Sie hätte ein angenehmeres Gesprächsklima schaffen können, indem sie erst einmal etwas übers Wetter oder sonst etwas gesagt hätte, das nichts mit dem Mord zu tun hatte. Offenbar kam sie aber lieber gleich zum Punkt.

»Das weiß ich sogar noch«, antwortete er. »Am 23. November um 10:45 Uhr habe ich direkt vorm Friedhof geparkt. Ich bin zwar früh losgefahren, aber zwischendurch in widriges Schneetreiben gekommen.«

»Wieso erinnern Sie sich so exakt an die Uhrzeit?«

»Ellinor Johannesson, die Pastorin, wie Sie sicher wissen, hatte mich gebeten, mich um elf einzufinden, und ich war ein bisschen zu früh.«

»Warum sind Sie nicht sofort zu ihr gegangen?«

»Ich wollte mir etwas die Füße vertreten, die Fahrt war doch recht anstrengend gewesen. Die Viertelstunde bis zu unserem Termin hatte sich angeboten, um einen Abstecher in die Kirche zu machen, aber sie war leider verschlossen gewesen.«

Es wurde angeklopft und Tyra Lundin kam mit zwei Tassen Kaffee herein.

»Wir machen um diese Uhrzeit immer Kaffeepause«, sagte sie, »und ich wollte nicht, dass Sie außen vor bleiben.«

Sowohl Samuel als auch Maja-Sofia lächelten sie an. Tyra stellte die Tassen auf den Tisch und entfernte sich diskret wieder, nicht ohne die Tür hinter sich zuzuziehen. Maja-Sofia trank sofort einen Schluck.

»Mmh«, machte sie und ihre Miene wurde sogleich sanfter. »Das ist schon was anderes als unsere Automatenplörre. So lecker! Ich muss sie mal fragen, was ihr Geheimnis ist.

Kocht sie ihn vielleicht sogar richtig? Na, egal, wo waren wir? Ach ja, die Kirche. Warum wollten Sie denn ausgerechnet dorthin?«

Samuel dachte kurz über seine Antwortmöglichkeiten nach. Sollte er einfach behaupten, dass er einen schnellen Blick in die Kirche werfen wollte? Oder sollte er die Wahrheit sagen? Er entschied sich für Letzteres.

»Ich wollte mit dem Boss sprechen«, sagte er.

»Dem Boss?«

Samuel deutete vielsagend mit dem Zeigefinger Richtung Himmel, woraufhin Maja-Sofia tatsächlich ein bisschen grinsen musste.

»Ah, *der* Boss, verstehe«, sagte sie. »Er ist folglich dann auch der einzige Zeuge, der mitbekommen hat, was Sie dort gemacht haben?«

»Aber gäbe es einen besseren Zeugen?«, fragte Samuel. »Zumindest, wenn man bereit ist zuzuhören?«

Seine letzte Frage kommentierte sie nur mit einem leicht schiefen Lächeln.

»Kann jemand bestätigen, wann Sie morgens losgefahren sind?«, fragte sie. »Und wo genau sind Sie eigentlich zu Hause?«

Samuel leerte seine Kaffeetasse und lehnte sich zurück. Dann legte er die Fingerspitzen aneinander, was er für eine fromme und demütige Geste hielt.

»Ich bin in Västerås gestartet«, sagte er, »das kann meine Freundin Marit bestätigen. Sie war nicht gerade glücklich darüber, dass ich diese Stelle hier bekommen habe. Trotzdem habe ich sie angenommen. Sprechen Sie einfach mit ihr. Ich war am Vorabend nicht hier und habe mit dem armen Mann auf seinem Familiengrab nichts zu tun.«

Maja-Sofia nickte.

»Danke, dann bräuchte ich noch Marits Telefonnummer«, sagte sie. »Wir prüfen das. Aber: Freundin?«, fuhr sie fort. »Müssen Pfarrer nicht verheiratet sein?«

Er lächelte sie an.

»Das werden wir sein«, sagte er. »Schon bald. Aber das hat vermutlich nicht viel mit dem zu tun, was hier passiert ist.«

Maja-Sofia räusperte sich.

»Wieso sind Sie sicher, dass Finn Mats Hansson am Vorabend gestorben ist?«, fragte sie.

Sie schaute ihm in die Augen und er hielt ihrem Blick stand.

»Das ist nicht der erste Tote, den ich gesehen habe«, sagte Samuel. »Zwar der erste, der so brutal verstarb, aber dennoch. Dieser Mann hing schon ein paar Stunden dort, als ich ihn fand, daran besteht kein Zweifel. Das war nicht gerade ein schöner Anblick. Ich wünschte, er wäre mir erspart geblieben.«

Ihr Handy piepste, und sie schaute kurz aufs Display, bevor sie fortfuhr.

»Västerås ...«, sagte sie schließlich. »Wohnen Sie da schon lange?«

»Seit neun Jahren. Davor in Stockholm.«

»In Västerås habe ich auch mal gewohnt«, antwortete sie.

Daher kam sie ihm also so bekannt vor! Er hatte sie nur nicht direkt zuordnen können.

95

»Wir sind uns schon mal begegnet«, sagte sie, als hätte sie seine Gedanken gelesen. »Das waren auch keine angenehmeren Umstände. Ein ermordeter Mann auf dem Djäkneberg. Sie hatten sich damals der Partnerin angenommen, meine ich.«

Ja, jetzt erinnerte er sich. Ein Unfall, der sich später als Totschlag herausgestellt hatte. Der Mann war die Treppe des Wasserturms hinabgestoßen worden. Seine Witwe war fast untröstlich gewesen.

»Mir war so, als würden wir uns kennen«, sagte er, »aber ich bin nicht darauf gekommen, woher. Jetzt erinnere ich mich. Das war auch so ein sonderbarer Fall, oder? Hatte es nicht auch was mit Wanderfalken zu tun? Wieso sind Sie denn hierhergezogen? Hat es Ihnen in Västerås nicht gefallen? Dort gibt es doch mehr zu tun, würde ich schätzen. Im Normalfall.«

Sie antwortete nicht gleich. Sie schien sich sehr tief in ihren Gedanken zu verlieren.

»Västerås war schon gut«, sagte sie schließlich, »aber manchmal braucht die Seele einfach ein bisschen mehr Ruhe. Deshalb habe ich mich für Klockarvik entschieden. Es hat viele Ähnlichkeiten mit meiner Heimat.«

Sieh an, ein wenig Privates hatte sie also doch preisgegeben. Samuel hätte gern mehr erfahren, aber das war nicht der richtige Zeitpunkt, um persönliche Fragen zu stellen. Maja-Sofia zog ihre Jacke wieder an.

»Das war es für den Moment«, sagte sie. »Aber einen Tipp habe ich noch. Halten Sie sich an Ihren neuen Job und mischen sich nicht in meinen ein.«

Schon klang sie wieder so streng und formal wie am Telefon.

»Stehe ich unter Verdacht?«, fragte Samuel.

»Wir befragen alle mehr oder weniger Beteiligten, auch um Leute auszuschließen«, erklärte sie, »und da Sie die Leiche gefunden haben, war es wichtig, auch mit Ihnen zu sprechen. Danke für den guten Kaffee. Ich melde mich, sollte mir noch etwas einfallen.«

Schon war sie durch die Tür. Samuel blieb in dem blassrosa Sessel sitzen und dachte nach. Ihr Blick war sehr finster geworden, als sie gesagt hatte, dass die Seele manchmal ein bisschen Ruhe bräuchte.

~ ZWÖLF ~

Samstag, 26. November

Früh am Samstagmorgen waren sie wieder im kleinen Besprechungszimmer zusammengekommen, Larsson, Jarning und Maja-Sofia. Der übliche Pappbecher mit Automatenkaffee stand vor ihnen, heute gab es außerdem eine halb volle Tüte Mandel-Biscotti, die aber niemand anrührte. Alle starrten von ihren eigenen Notizen immer wieder zur Magnettafel, an der in den letzten Tagen eine stattliche Übersicht herangewachsen war.

»Ich habe Viktor Hanssons Kontostand überprüft«, sagte Jarning. »Der Knabe braucht unablässig Geld, um seinen ausschweifenden Lebensstil zu finanzieren. Sowohl Ein- als auch Ausgänge sind alles andere als Kleinstbeträge.«

»Und wir glauben«, sagte Larsson, »dass er behaupten wird, am Tag vor dem Mord Damenbesuch gehabt zu haben.«

»Damenbesuch?«, sagte Rantatalo. »Das macht ihn aber doch nicht zum Mörder, oder?«

»Das kommt darauf an.« Larsson grinste. »In diesem Fall handelte es sich bei der Dame nämlich um die neue Flamme des Vaters.«

»Wie bitte? Amanda Snygg? Ist das dein Ernst?«

Larsson nickte.

»Ich habe mir auch ihre Kontobewegungen mal angesehen«, sagte Jarning. »Sie hat Tickets für den Nachtzug gekauft. Hinfahrt am 21. November, Rückfahrt am 22. November, also am Tag des Mordes. Hat sie davon etwas erwähnt, als du ihre Aussage aufgenommen hast, Rantatalo?«

Maja-Sofia schüttelte den Kopf. Die Befragung von Amanda, kurz nachdem sie von Mats' Tod erfahren hatte, war nicht gerade erfolgreich verlaufen. Amanda hatte extrem unter Schock gestanden oder es zumindest sehr gut vorgespielt. Das war schon am Tag selbst schwer zu beurteilen gewesen, aber Maja-Sofia hatte eine schwierige Situation nicht weiter verkomplizieren wollen.

»Allerdings«, fuhr Jarning fort, »habe ich bereits den Zugbegleiter und Lokführer der gebuchten Fahrt erreicht, und keiner von beiden kann sich an sie erinnern.«

»Können die sich denn für gewöhnlich an alle Reisenden erinnern?«, fragte Maja-Sophia. »Das dürften manchmal ja schon ordentlich viele sein.«

»Das ist doch nur ein kleiner Nachtzug«, erklärte Jarning. »Streng genommen nur ein Triebwagen. Man verbringt fünf Stunden zusammen, wenn man von hier nach Östersund fährt, das schafft schon eine recht persönliche Atmosphäre. An eine so hübsche, junge Frau wie Amanda hätten sie sich erinnert, sagen sie beide.«

Maja-Sofia spielte mit dem Stift, während sie nachdachte. Sie betrachtete noch mal die Belege, die Jarning gefunden hatte, und überlegte, wie sie Sundell die Sache schildern konnte, damit sie einer weiteren Befragung Amandas zustimmte. Wenn Snygg zum fraglichen Zeitpunkt nicht in

Östersund gewesen war, hätte sie die Möglichkeit gehabt, ihren deutlich älteren Freund zu ermorden, um sich seiner zu entledigen und den Weg zu dessen Sohn frei zu machen. Einem Sohn, der allem Anschein nach ordentlich erben würde.

»Sollten wir nicht noch mal mit ihr sprechen?«, fragte Larsson. »Jetzt wissen wir immerhin schon mal, wo sie nicht war.«

»Gute Idee«, sagte Rantatalo. »Gerade ist sie außerdem verängstigt, da bekommen wir sie sicher zum Reden, wenn wir sie noch mal herbestellen. Aber ich hab so ein Gefühl, dass das der ollen Sundell nicht gefallen wird.«

Kaum hatte Maja-Sofia ihren Namen ausgesprochen, tauchte ihre Chefin schon ohne anzuklopfen in der Tür auf.

»Da schau an«, sagte sie und warf ein gezwungenes Lächeln in die Runde. »Der gesamte Ostdalarnatrupp hat sich versammelt. Kommt ihr voran?«

Maja-Sofia und ihre Spießgesellen murmelten alle eine Begrüßung.

»Der eifrige Journalist der *Mora Zeitung* hat Wind von der Geschichte bekommen«, fuhr Jeanette Sundell fort, »das heißt, über kurz oder lang wird der Fall von überregionalem Interesse sein. Ihr müsst einen Zahn zulegen. Ich möchte nicht, dass sich jemand von höherer Stelle einmischt. Das hier lösen wir selbst. Morgan Eriksson traut mir.«

Eriksson war der Staatsanwalt und zuständig bei schweren Verbrechen dieser Art. Er saß in Falun, und Maja-Sofia kannte ihn nicht besonders gut. Sie hatte ihn bisher nur ein paar wenige Male getroffen, nicht ausreichend, um sich ein

Bild von ihm zu machen. Vermutlich stimmte, was Sundell sagte, vermutlich vertraute er darauf, dass sie die praktische Arbeit erledigte und ihm dann Bericht erstattete.

Das stahlgraue Haar ihrer Chefin lag perfekt an ihrem Kopf und ähnelte einem Stahlhelm. Und auch das graue Polohemd unter dem grauen Blazer sorgte nicht gerade für farbliche Auflockerung. Es verriet so einiges über ihre Persönlichkeit, dachte Maja-Sofia, die hörbar seufzte, die Arme verschränkte und sich gegen die Stuhllehne fallen ließ. Jeanette Sundell war ihre stellvertretende Chefin, was Maja-Sofias Ansicht nach das einzig Gute an ihr war. Die Vertretung lief noch bis zum 1. Juli des kommenden Jahres, und in der Zwischenzeit würde dann der Leitungsposten der Polizei in Mora ausgeschrieben werden. Maja-Sofia musste die Zähne zusammenbeißen und darauf hoffen, dass Jeanette Sundell nicht auf die Idee kam, sich dafür zu bewerben.

»Es gibt da eine, die eher undurchsichtige Angaben gemacht hat, wo sie sich zum Zeitpunkt des Mordes befand«, sagte sie. »Jarning und Larsson haben hart recherchiert und sind da was auf der Spur.«

»Eine? An wen denkt ihr denn?«, fragte Sundell.

»Amanda Snygg, Finn Mats Hanssons Geliebte. Davon sind wir zumindest ausgegangen, dabei scheint sie sich eher für seinen Sohn zu interessieren. Wir müssen die junge Dame noch einmal einbestellen und befragen. Das Motiv muss klarer werden. Es könnte sich um mehr handeln als einen familiären Liebeskonflikt.«

Sundell lehnte sich mit dem Rücken gegen die Wand und verschränkte, ganz wie Maja-Sofia, die Arme vor der Brust.

Ein dickes Silberarmband lugte aus ihrem Ärmel hervor. Es war der einzige Schmuck, den sie trug.

»Amanda Snygg? Das halte ich für völlig unwahrscheinlich, da müsst ihr euch verrannt haben. Ich hatte mir Belastbareres erhofft.«

»Was spricht dagegen?«, fragte Rantatalo. »Stille Wasser sind bekanntlich tief. Und selbst wenn wir falschliegen, können wir sie nach einer weiteren Befragung zumindest ausschließen.«

»Nicht Amanda!«, sagte Jeanette Sundell bestimmt. »Ich kenne ihre Mutter sehr gut, ihren Vater auch. In dieser Familie gibt es keine Mörderin, das kann ich euch versprechen. Ihre Mutter ist, genau wie ich und andere vernünftige Frauen, Mitglied bei Zonta, und ihr Vater erfüllt in der Gemeinde mehrere vertrauensvolle Aufgaben. Nein, nicht deren Tochter, davon werdet ihr mich niemals überzeugen.«

Plötzlich fühlte sich Maja-Sofia sehr, sehr müde, denn nicht zum ersten Mal stockten Ermittlungen wegen starker Freundschaftsbande zwischen Jeanette Sundell und gewissen auserwählten Teilen der Bevölkerung. Allesamt waren sie gut betucht, gingen zu den wichtigen Kulturveranstaltungen und waren einflussreich, weil sie so sonderbaren Organisationen angehörten wie diesem Zonta, was zum Teufel das nun wieder war. Bei allen möglichen Gelegenheiten hielten sie sich gegenseitig den Rücken frei, und genau das führte dazu, dass Maja-Sofia sich hin und wieder zurück zur Polizeiwache einer größeren Stadt sehnte. Zwar war man auch dort vor so etwas nicht gefeit, aber es wurde einfach nie so deutlich wie auf dem Land.

»Soll das heißen, dass wir sie nicht mal herbitten dürfen?«, fragte Larsson und beäugte Sundell misstrauisch, die nur mit den Schulten zuckte.

»Ich will mich gar nicht einmischen, aber durch eine weitere Befragung dürfte sie so oder so für die Ermittlungen uninteressant werden, da sie nicht die Mörderin ist«, antwortete sie. »Ich habe gestern erst ihre Mutter getroffen, die erzählte, dass das arme Mädchen völlig niedergeschmettert ist von den Geschehnissen. Also entschuldigt, aber ich hätte gern einen besseren Vorschlag, und zwar schnell. Die Uhr tickt. Örebro will, dass wir liefern.«

Jeanette Sundell verließ das Zimmer und zog die Tür hinter sich zu. Maja-Sofia öffnete sogleich das Fenster und wedelte den Schnee vom Fensterbrett. Kalter, frischer Wind drang herein. Soso, die Sundell wollte sich also nicht einmischen, dabei machte sie genau das.

»Ich muss sie hier kurz rauslüften«, sagte Maja-Sofia und wedelte mit der Hand. »Was für ein penetrantes Parfum.«

»Und die will objektiv sein?«, sagte Larsson. »Ob der Staatsanwalt das wohl genauso sieht?«

»Was machen wir denn jetzt?«, fragte Jarning.

»Wir bestellen Amanda trotzdem her«, antwortete Larsson. »Fühlen ihr ein bisschen auf den Zahn und finden wasserdichte Beweise, die selbst die Sundell überzeugen. Oder aber wir schließen sie dadurch tatsächlich von den weiteren Ermittlungen aus, und dagegen ist doch letztlich auch nichts einzuwenden.«

»Okay«, sagte Maja-Sofia und schloss das Fenster. »Kümmert ihr euch darum?«

Die beiden nickten, und gerade als Maja-Sofia erneut den Mund öffnete, klingelte ihr Handy.

»Rantatalo, Kriminalkommissarin«, sagte sie. »Ach, ehrlich? Das ist ja interessant. Ich komme runter und hole sie.«

Sie legte auf und schaute in die kleine Runde.

»Das war der Empfang«, erklärte sie. »Wir haben Besuch. Liss Katrin Hansson steht unten – und sie will ein Geständnis ablegen.«

∾ DREIZEHN ∾

Samuel setzte sich mit einer Tasse Kaffee an den langen Gemeinschaftstisch. Darauf lag ein rotgrüner Läufer, auf dem in regelmäßigen Abständen Dalapferde standen, deren Rücken Platz für Kerzen bot. Zum Frühkaffee an diesem Samstag vorm ersten Advent hatten nur wenige den Weg ins Gemeindehaus gefunden. Die Pastorin war da und wirkte ziemlich gestresst, für sie standen am Nachmittag gleich zwei Taufen direkt nacheinander an. Der Kantor war in Begleitung seines Chors da, sie hatten im Versammlungssaal geprobt und tranken ihren Kaffee unter sich. Annika Rask wirbelte durch die Küche, denn für den morgigen Kirchenkaffee musste sie mit vielen Gästen rechnen. Die Diakonin, die Cillan Svensson hieß, unterhielt sich mit Torbjörn Rask. Torbjörn machte einen netten Eindruck, fand Samuel. Er war etwas kleiner geraten und erledigte seine Aufgaben immer schnell und zuverlässig. Mit Cillan hatte Samuel bisher nur wenige Worte gewechselt. Sie hatte jetzt, vor Weihnachten, alle Hände voll zu tun, verteilte Lebensmittelpakete und traf Menschen, die sich vor der Einsamkeit der bevorstehenden Feiertage fürchteten.

»Ist die Predigt schon fertig?«, fragte die Pastorin und

betrachtete Samuel quer über den Tisch hinweg. »Morgen ist ein großer Tag für dich, für uns alle.«

»Ja, die Predigt ist fertig«, sagte Samuel und tätschelte seine Brusttasche. »Ich trage die Stichpunkte sicher bei mir.«

Die Pastorin stellte die Kaffeetasse ab und schaute ihren Neuzugang verwundert an.

»Stichpunkte? Damit kommst du klar? Es handelt sich schließlich um den ersten Tag des Kirchenjahres, wäre es da nicht gut, wenn du die Predigt ausformulieren würdest?«

Samuel trank ein paar große Schlucke Kaffee, ehe er antwortete.

»Das kann schon sein, aber ich kann das einfach nicht anders. Unser allmächtiger Vater legt mir die Worte in den Mund, wenn ich sie brauche. Das hat Er versprochen, deshalb musst du dir keine Sorgen machen.«

»Gut, dann bin ich beruhigt. Glaube ich«, sagte Ellinor und grinste.

»Ich bin ja nicht neu im Geschäft«, erwiderte Samuel, »sondern schon eine Weile dabei. Wie sieht es denn nun mit der Kirche aus? Hat die Polizei sie schon freigegeben?«

Genau in dem Moment kam Gunnar Halvarsson herein und setzte sich mit seinem Kaffee zu ihnen. Samuel musste an seinen lustigen Spitznamen denken. Ob er wohl wusste, dass man ihn Halbton nannte?

»Die Akustik ist mit der in der Kirche nicht zu vergleichen. Absolut nicht«, sagte Halvarsson und schüttelte betrübt den Kopf. »Wie soll das nur werden?«

Die Pastorin schlug vorsichtig mit einem Löffel gegen die Tasse, um die Aufmerksamkeit aller zu erregen.

»Ich habe eine frohe Botschaft«, sagte sie und strahlte, »heute Morgen kam die Nachricht der Polizei, dass wir ab sofort wieder uneingeschränkten Zugang zur Kirche haben.«

Sie lächelte breit in die Runde. Halbton stand auf, um die Pastorin spontan zu umarmen.

»Das ist das Beste, was ich seit Langem gehört habe!«, rief er aus. »Jetzt bleibt keine Zeit mehr für Kaffee, wir müssen sofort in die Kirche und dort weiterproben. Bis dann!«

Hausmeister Torbjörn Rask stand auch auf.

»Dann müssen wir schnell die Tannenbäume reinbringen«, sagte er und nahm direkt Cillan mit, die sich über die zusätzliche Aufgabe zu freuen schien. Tindra und die drei Flüchtlingskinder, die gerade noch an ihren Handys gespielt hatten, folgten ihnen, wenngleich etwas langsamer.

»Jetzt macht mal voran! Wir brauchen viele Hände, um die Lichterketten aufzuhängen«, sagte Torbjörn, um sie anzutreiben.

Samuel und Ellinor blieben allein zurück und unterhielten sich noch ein bisschen.

»Heute ist es so weit, Samuel«, sagte Ellinor und warf einen Blick zur Wanduhr. »Sigvard sollte eigentlich längst hier sein.«

Sie warteten auf «den Fremdenführer«, wie die Pastorin ihn beharrlich nannte.

»Du hast mir einen Oldtimer an die Hand gegeben«, sagte Samuel. »Wie soll das funktionieren? Hält er überhaupt so lange durch?«

»Das wirst du schon bald selbst herausfinden«, antwortete die Pastorin. »Rüstigere Fünfundachtzigjährige kannst du lange suchen. Ah, da kommt er ja!«

Sie nickte zur Tür.

Samuel stand auf und ging auf den alten Mann zu. Er hatte sichtbar Schwung, sein Gesicht war wettergegerbt und faltig. Man sah ihm an, dass er viel Zeit an der frischen Luft verbrachte. Er trug eine dicke, beigefarbene Jacke von weiß Gott wann, dazu eine blaue Mütze mit klappbarem Ohrenschutz, dicke Skihosen und Lederstiefeln mit farbenfrohem Besatz.

»Da ist also der junge Mann«, sagte Sigvard und streckte die Hand aus.

Sein Händedruck war stark.

»So jung bin ich gar nicht mehr«, antwortete Samuel und lächelte, »aber in manchen Punkten vielleicht noch etwas unwissend. Was den Ort angeht zum Beispiel.«

»Kaffee, Sigvard?«, fragte Ellinor.

Er winkte ab.

»Nein, danke, hab ich schon zu Hause getrunken. Dann wollen wir mal los, junger Mann. Aber willst du wirklich in den Klamotten raus?«, fragte Sigvard und beäugte skeptisch Samuels grellgrüne Jacke und orangene Mütze.

Samuel konnte nur mit den Schultern zucken.

»Leider konnte der Anglerladen mit nichts anderem aufwarten. Ich habe die völlig falschen Sachen mitgebracht. Nur meinen Kaschmirmantel und ein Paar viel zu dünne Stiefel.«

Sigvard starrte einen Moment lang auf Samuels Füße.

»Immerhin die Schuhe wirken annehmbar«, sagte er dann.

»Gut, dann starten wir mit einer Tour zum See. Wanderst du viel?«

»Also, ich gehe viel spazieren und jogge auch regelmäßig«, sagte Samuel und versuchte, mit dem alten Mann mitzuhalten, der nicht nur rüstig war, sondern Siebenmeilenschritte machte. »Im Fitnessstudio bin ich auch regelmäßig.«

Schnell marschierten sie an der Kirche vorbei, die nicht länger durch Flatterband abgesperrt war. Jetzt parkten Autos davor, die Fenster waren hell erleuchtet, und man hörte, dass der Chor probte. Was ein Glück, dass sie an einem so wichtigen Sonntag keine anderen Räumlichkeiten hatten finden müssen, dachte Samuel.

»Dann starten wir morgen also ins neue Kirchenjahr«, sagte Sigvard. »Das ist ja immer feierlich.«

»Ja, und außerdem ist es mein Begrüßungsgottesdienst«, sagte Samuel. »Ich hoffe, meine Predigt kommt gut an.«

Sigvard lachte leicht.

»Die Seelen, die sich nur zu den hohen Feiertagen in die Kirche verirren, hören sowieso nicht so gut hin. Du könntest vermutlich sagen, was du willst.«

Darauf erwiderte Samuel nichts. Sigvard war ein abgebrühter Altpfarrer, und irgendwie hatte er sicher recht, aber deshalb war es umso wichtiger, gerade diese Leute mit einer mitreißenden und engagierten Predigt zu erreichen – und für gewöhnlich gelang ihm das. Wenn er das auch hier schaffte, kamen manche vielleicht an einem der folgenden Sonntage wieder, weil sie merkten, dass Kirche richtig nett sein konnte.

Samuel und Sigvard spazierten an eher einfachen Mietshäusern vorbei und erreichten dann das Villenviertel. Schöne Kästen inmitten hübscher, schneebedeckter Gärten, viele mit Beleuchtung in den Büschen. In den Fenstern hingen bereits Weihnachtssterne, außerdem waren die ersten elektrischen Weihnachtsbögen aufgestellt worden.

»Was möchtest du denn wissen?«, fragte Sigvard, als sie in einen Weg bogen, der sie zum Seeufer führen würde.

Samuel zuckte zusammen, so sehr war er in seine eigenen Gedanken vertieft gewesen. Er hatte an diese Polizistin, Rantatalo, gedacht und sich gefragt, was sie wohl gerade machte. War sie schon einen Schritt weitergekommen bei der Suche nach dem Mörder? Die Lokalpresse wollte Antworten, das hatte er mitbekommen, und vermutlich erhöhte das nur den Druck auf Maja-Sofia und ihr Team.

»Gern mehr über die Menschen, die hier leben. Wer nett ist, vor wem ich mich in Acht nehmen sollte, wo es noch alte Feindschaften gibt, welche der älteren Damen gewöhnlich zu Groupies werden, sobald ein neuer Pfarrer ins Dorf kommt, und nicht zuletzt, wer diesen armen Hotelbesitzer ermordet hat.«

Sigvard steuerte eine Bank an, von der aus man auf den zugefrorenen See schauen konnte. Am gegenüberliegenden Ufer funkelten die Lichter des benachbarten Orts.

»Wie heißt das Dorf dort drüben?«, fragte Samuel und deutete über das Eis.

»Orsa«, sagte Sigvard.

»Ach«, sagte Samuel. »Wie cool! Da war ich mal als Kind auf Skifreizeit.«

»Jetzt ist der See schön durchgefroren. Demnächst präparieren sie eine Bahn, auf der man Langlaufschlittschuh fahren kann. Machst du das?«

»Ich habe es ein paarmal probiert. Meine Freundin fährt gern. Das ist ja ein sehr populärer Sport in Västerås. Und du?«

Sigvard drehte sich nach ihm um.

»Klar fahre ich. Schon immer. Sagtest du gerade etwas von einer Freundin? Dann lebt ihr in Sünde, weil ihr unverheiratet ein Bett teilt? Berichtige mich, wenn ich falschliege.«

Samuel würdigte das nicht einmal mit einer Antwort. Der alte Mann war schließlich auch auf keine seiner Fragen eingegangen. Wenn Sigvard schon fand, dass das Zusammenleben mit Marit sündhaft war, würde es ihm bestimmt noch weniger schmecken, wenn er von Samuels Scheidung erfuhr. Er seufzte innerlich. Wenn alle Spaziergänge so laufen würden, konnten sie das auch gleich bleiben lassen. Dann war es besser, wenn er die Sache selbst in die Hand nahm. Dieses liebe Mädchen, Tindra, die gerade in der Kirche ein Praktikum machte, schien nicht auf den Kopf gefallen, die konnte ihm sicher das eine oder andere erzählen.

Sie standen auf und setzten ihren Gang auf einem noch schmaleren Pfad fort. Auf der einen Seite lag der Fluss, still und eisbedeckt, auf der anderen reihten sich die feinen Villen aneinander. Sigvard deutete von der einen zur anderen und erläuterte ihm, wer wo wohnte und ob sie in die Kirche kamen oder nicht. Samuel gab sein Bestes, sich alles zu merken. Sie trafen mehrere Menschen, die mit ihren Hunden Gassi gingen. Sigvard hob jedes Mal seine Mütze an und grüßte. Dann deutete er auf Samuels Kopf.

»Mit so einer Mütze kannst du die Gemeindemitglieder nicht anständig grüßen«, stellte er fest. »Du musst dir wenigstens eine Kappe besorgen.«

»Das mache ich, sobald ich das nächste Mal in der Stadt bin«, antwortete Samuel und machte einem Mann Platz, der mit voller Geschwindigkeit auf ihn zuhielt. »Die Idee hatte ich nämlich auch schon, aber bisher hat sich die Gelegenheit noch nicht ergeben. Glaub bitte nicht, dass ich mit diesem Ding hier glücklich bin.«

»Die ist wirklich abscheulich«, stellte Sigvard fest und trat nun selbst ein Stück beiseite.

Samuel blieb stehen und schaute dem Mann nach, der gerade an ihnen vorbeigelaufen war. Er trug einen Geigenkoffer auf dem Rücken. Das war doch der Mann, der an der Friedhofsmauer gestanden hatte, als Samuel den Toten fand?

»Wer war das?«, fragte er. »Den kennst du doch sicher, oder? Wieso hast du ihn nicht gegrüßt?«

»Er heißt Markus, aber dass ich ihn kenne, kann man nicht behaupten«, antwortete Sigvard ausweichend und wurde wieder schneller. Er ging leicht vornübergebeugt, den Blick zu Boden gesenkt. »Manche sterben für das sündige Menschengeschlecht«, murmelte er.

»Wie bitte? Das verstehe ich jetzt nicht«, sagte Samuel.

Aber darauf bekam er keine Antwort. Sigvard schwieg für den Rest des Spaziergangs. Sonderbarer Knabe. Beim Gemeindehaus blieb er stehen und zog seinen Handschuh aus, um erneut Samuels Hand zu schütteln.

»Auf Wiedersehen«, sagte Sigvard. »Möge der Herr dir morgen beistehen. Ich werde beim Gottesdienst anwesend sein und dir hinterher mein Urteil mitteilen. Ich gehe davon aus, dass es eine Evangelienprozession geben wird?«

»Ja, das ist auf jeden Fall angedacht.«

»Dieser katholische Kram«, schnaubte er. »Heutzutage bekreuzigen sich plötzlich alle, mit so was habe ich mich nie aufgehalten. Ach so, und halte dich morgen an das alte Vaterunser. Das neue kann noch niemand auswendig, ganz besonders nicht die, die sowieso nur selten zur Kirche kommen. Damit hast du sofort einen Pluspunkt.«

∼ VIERZEHN ∼

Maja-Sofia Rantatalo musterte die Frau, die ihr gegenüber-saß. Jarning hatte sich zurückgezogen, um alle Informatio-nen über die Witwe zusammenzusammeln, die sie finden konnte. Larsson saß neben ihr und hatte die Aufnahmefunk-tion seines Handys gestartet.

Katrin war genauso elegant wie bei ihrem letzten Auf-tritt. Sie hielt sich sehr gerade und aus ihrem hübschen Ge-sicht blickten zwei braune Augen. Sie war ungeschminkt, gehörte aber zu der Sorte Mensch, die auch gar keine Schmin-ke brauchte. Sie war von Natur aus schön. Vielleicht waren die Ringe unter ihren Augen seit ihrem ersten Besuch ein we-nig dunkler geworden, und vielleicht waren ihre Haare et-was zerzaust. Das Geschehene hinterließ seine Spuren, und vermutlich schlief sie gerade nicht unbedingt erholsam.

»Gespräch mit Liss Katrin Hansson, 27. November, 09:50 Uhr«, sagte Larsson.

Maja-Sofia schaute Katrin direkt an.

»Dann erzählen Sie uns mal, warum Sie heute hergekom-men sind.«

Katrin faltete die Hände in ihrem Schoß und blickte Maja-Sofia direkt in die Augen.

»Ich bin hier, um den Mord an meinem Mann zu gestehen«, sagte sie. Die so perfekte Fassade bekam Risse, ihre Stimme brach. »Finn Mats Hansson.«

Dann verfiel sie in Schweigen und senkte den Blick auf ihre Hände.

»Frau Hansson«, sagte Maja-Sofia und lehnte sich vor. »Wieso kommen Sie jetzt mit einem Geständnis? Bei unserem letzten Gespräch wollten Sie mit dem Mord nichts zu tun haben, wenn ich mich recht erinnere.«

Katrin schaute auf, blinzelte.

»Ich weiß, da habe ich gelogen«, sagte sie leise. »Aber ich *habe* ihn getötet. Sie wissen ja, dass ich einen guten Grund habe, das habe ich Ihnen schon erzählt.«

»Wiederholen Sie das gern noch mal«, sagte Maja-Sofia und deutete auf Larssons Handy.

»Er wollte die Scheidung, und ich habe das einfach ausgeschlagen. Verstehen Sie?«

Kaum war das Wort Scheidung über ihre Lippen, wurde ihr Ton schrill und ihre Augen funkelten wütend.

Maja-Sofia kommentierte ihre Aussage nicht weiter, aber sie fragte sich, ob eine Scheidung wirklich ein ausreichendes Motiv für diese Frau war, ihren Mann zu töten.

»Dann war die drohende Scheidung Ihr Motiv?«

»Ich wollte Mats nicht so leicht davonkommen lassen. Ich lasse mich doch nicht einfach gegen ein Mädchen austauschen, das gerade erst mit der Schule fertig ist«, zischte sie.

»Das verstehe ich. Dann müssten Sie uns jetzt bitte alles erzählen. Was genau haben Sie getan?«, wollte Maja-Sofia wissen. »Wie kam es zu dem Mord?«

Katrin lehnt sich zurück und schaute aus dem Fenster. Maja-Sofia folgte ihrem Blick. Flocken fielen sachte zu Boden, das würde kein leichter Heimweg werden. Eine Hölle aus flimmerndem Schneetreiben in den Scheinwerfern. Immerhin musste sie nur eine halbe Stunde fahren.

»Wir haben uns gestritten, aber das habe ich ja schon erwähnt«, sagte Katrin. »Die Scheidung. Amanda. Dabei ist sie nicht die Einzige, nur eine von vielen. So ist Mats einfach. War er, meinte ich.«

»Bitte, fahren Sie fort«, sagte Maja-Sofia.

»Ich war wütend und habe mit der Laptoptasche auf ihn eingedroschen. Aber ich verspreche Ihnen, ich wollte ihn nicht töten. Der Schlag war nur so heftig, dass Mats gegen die Heizung knallte. Es war ein Unfall, aber ich war einfach so wütend auf ihn. Er hatte es so gedreht, dass ich aus allem rausmanövriert werde. Das konnte ich nicht akzeptieren, mir ist die Sicherung durchgebrannt. Plötzlich lag er tot da und Blut lief aus seinem Kopf.«

»Wo waren Sie, als das passierte?«

Katrin schaute sie mit großen Augen an.

»Im Hotel natürlich. Er hatte sich ein Zimmer genommen und schlief oft dort. Deshalb bin ich hingefahren.«

»Wo genau liegt das Zimmer?«

»Im Erdgeschoss, Nummer zehn. Ganz in der Nähe vom Hinterausgang. Ich habe mir Müllsäcke besorgt und ihn damit zu meinem Wagen bugsiert, um ihn zum Friedhof zu fahren.«

»Hat Sie denn niemand gesehen? Das wird ja eine Weile gedauert haben.«

Katrin schüttelte den Kopf.

»Nach zehn ist kein Personal mehr im Hotel«, sagte sie.

Maja-Sofia notierte etwas auf einen Zettel und wandte sich an Larsson.

»Würdest du Jarning bitten, bei der Kriminaltechnik zu fragen, ob sie schon in Zimmer zehn waren, und anfordern, dass sie das nachholen, falls nicht?«

»Sollen sie sich auch ihren Wagen vornehmen?«, fragte er.

»Nein, damit warten wir noch.«

Larsson stand auf und verließ das Zimmer. Maja-Sofia stoppte die Aufnahme.

»Wir machen eine Pause, bis Kriminalinspektor Larsson zurück ist«, erklärte sie und öffnete eine Mineralwasserflasche. Dann holte sie zwei Gläser und schenkte ihnen ein. Katrin leerte ihr Glas in einem Zug.

Als Larsson zurückkehrte, führten sie die Vernehmung fort.

»Frau Hansson, sind Sie sicher, dass Finn Mats Hansson direkt tot war?«, fragte Maja-Sofia.

Katrin nickte.

»Ja, sonst hätte ich ihn gar nicht so fortschaffen können, wie ich ihn letztendlich fortgeschafft habe.«

Maja-Sofia wartete gespannt auf die Fortsetzung.

»Bitte, erzählen Sie doch, wie es weiterging«, ermunterte sie Katrin und warf Larsson einen Blick zu. Es war deutlich zu sehen, dass auch er kein Wort von Katrins Geschichte glaubte.

»Ich hab ihn also, wie schon gesagt, zur Hintertür rausgezogen. Da ist auch der Pool. Aber seither hat es so wahnsinnig viel geschneit, Spuren wird man sicher keine mehr finden.«

»Kann man mit dem Auto bis hinters Hotel fahren?«

Katrin schüttelte den Kopf.

»Nein, das hatte ich ja eingangs vor, aber das ging nicht. Aber ich hätte ihn auch unmöglich allein in den Kofferraum bekommen.«

»Was haben Sie also getan?«

»Das Hotel hat mehrere Tretschlitten gekauft, damit die Gäste sich welche leihen können. Die standen hinterm Hotel. Ich habe ihn auf einem festgebunden und bin so durchs Dorf.«

»Mit dem Tretschlitten? Und dabei hat Sie niemand gesehen?«

Katrin spielte an ihrer Goldkette. Maja-Sofia fiel auf, dass an zwei ihrer Finger der Nagellack abgesplittert war. Es war eine Berufskrankheit, auch auf die kleinen Dinge zu achten, und mittlerweile wusste sie nur zu gut, dass selbst das, was auf den ersten Blick bedeutungslos erschien, sich oft als entscheidend erweisen sollte.

»Nein, nein. Es war ja schon spät«, sagte Katrin und riss die Augen auf. »Nach zehn Uhr ist doch in Klockarvik niemand mehr unterwegs. Und wenn ich wirklich jemanden getroffen hätte, hätten die niemals sagen können, ob er tot oder lebendig ist. Ich hatte ihm extra Jacke und Mütze übergezogen.«

Maja-Sofia musste aktiv ein Seufzen unterdrücken. Katrin Hanssons Aussage würde besser in ein Theaterstück passen als in eine Polizeivernehmung. Sie stand auf und lief ein paarmal im Zimmer auf und ab. Noch ein paar Fragen, dann konnte sie diese idiotische Zusammenkunft beenden, die nichts als Zeitverschwendung war.

»Was haben Sie mit Jacke und Mütze getan, nachdem Sie Mats auf dem Friedhof zurückgelassen hatten?«, fragte sie.

Katrin öffnete den Mund und schloss ihn wieder, ohne zu antworten. Sie ähnelte einem Fisch an Land, der um Luft rang.

»Was ich damit gemacht habe? Ich glaube, ich verstehe die Frage nicht.«

»Liss Katrin Hansson«, sagte Maja-Sofia streng und setzte sich wieder. »Sie haben keine Ahnung, wie Ihr seliger Gatte ermordet wurde oder was er trug, als er gefunden wurde, nicht wahr?«

Die Frau gegenüber von ihr senkte den Blick auf ihre Hände.

»Wen wollen Sie schützen, Frau Hansson? Ich gehe davon aus, dass Sie nur deshalb dieses Geständnis abliefern, nicht wahr?«

Katrin schwieg weiter.

»Ist Ihr Sohn mittlerweile in Klockarvik eingetroffen?«, meldete Larsson sich zu Wort.

Jetzt schaute Katrin von der einen zum anderen. Angst lag in ihrem Blick. Die roten Flecken an ihrem Hals wurden immer größer. Larssons Frage hatte ins Schwarze getroffen.

»Er kommt heute an«, flüsterte sie. »Glaube ich. Sie dürfen ihn nicht festnehmen, das dürfen Sie einfach nicht.«

Eine Träne lief über ihre Wange. Katrin wusste, dass sie besiegt war.

»So was habe ich mir schon gedacht«, sagte Maja-Sofia. »Frau Hansson, wieso glauben Sie denn, dass Ihr Sohn involviert sein könnte?«

Katrin presste die Lippen aufeinander.

»Frau Hansson?«

Sie schüttelte nur den Kopf, woraus Maja-Sofia schloss, dass sie heute nicht mehr aus ihr herauskriegen würden. Sie schaute zu Larsson, der nur mit den Schultern zuckte.

»Sie können jetzt gehen«, sagte Maja-Sofia. »Wir haben Wichtigeres zu tun, als uns ausgedachte Geschichten anzuhören. Wenn Ihr Sohn uns etwas zu sagen hat, dann sollte er das tun, wenn wir ihn befragen.«

Liss Katrin Hansson stand auf und verließ das Zimmer ohne ein weiteres Wort, gerade als Martina Jarning Kaffee brachte.

»Ihr habt sie gehen lassen?«, fragte sie und schaute ihr verwundert nach.

»Sie ist unschuldig«, erklärte Larsson. »Zumindest was den Mord angeht. Sie wollte ihren Sohn schützen, den sie aus irgendeinem Grund für den Mörder hält. Aber den konnten wir noch nicht vernehmen.«

Rantatalo leerte den Kaffeebecher mit einem Zug.

»Hört mal«, sagte sie. »Heute hält doch der Zug aus Östersund in Klockarvik. Vielleicht sitzt er da ja drin. Wollen wir ihm ein warmes Willkommen bereiten? Wir müssen ihn ja nicht umgehend nach Mora mitnehmen. Reicht doch, wenn wir ihm im Hotel einmal auf den Zahn fühlen. Vielleicht bringt uns das weiter.«

Spät am Abend, weit über ihren eigentlichen Feierabend hinaus, fuhr Maja-Sofia nach Hause. Die Sicht war gut, es hatte aufgehört zu schneien, dafür waren die Straßen noch nicht geräumt. Der Schneepflug kam sicher nicht hinterher. Sie schob eine CD ins Autoradio und drehte die Lautstärke auf. Traditionelle Musik aus ihrer Heimat erfüllte den Wagen. Lieder in ihrer Muttersprache, meänkieli, die sie mitsingen konnte. Viele von ihnen hatten ihre Mutter, ihr Vater, ihr Bruder und sie lauthals mitgegrölt, wenn sie ihre Autoausflüge in die Nordkalotten gemacht hatten. Als das Leben nichts als ein einziger Mitternachtssonnentag war und es keine Sorgen gab. Viele Jahre vor der Katastrophe.

Der Grund dafür, dass sie erst jetzt nach Hause fuhr, war Katrin und Mats Larssons Sohn, Viktor, auf dessen Eintreffen sie gewartet hatte. Die Befragung des Sohnes hatte sie jedoch einer Lösung keinen Schritt nähergebracht. Genauso wenig der Besuch im Neuen Hotel, den sie auch noch untergebracht hatte. Viktor Hansson behauptete entschieden, dass er nicht viel über das Hotel wisse. Er schien ein fröhlicher, sorgloser junger Mann zu sein, der den Verlust seines Vaters nicht groß betrauerte. Nein, das hatte sie wirklich nicht weitergebracht. Maja-Sofia blieb bei dem, was sie zu Sundell gesagt hatte. Ihr Verdacht hatte sich sogar erhärtet, seit sie gesehen hatte, wer noch zum Empfangskomitee am Bahnsteig gehörte: Amanda Snygg, Finn Mats Hanssons Geliebte. Sie war nicht nur dagewesen, nein, sie hatte sich Viktor geradezu an den Hals geworfen, als dieser aus dem Zug gestiegen war. Das hatte ein bisschen zu vertraut ausgesehen, um als Freundschaft durchzugehen. Sundell konnte über ihre Bekannte sagen, was sie wollte, Maja-Sofia würde Amanda morgen trotzdem noch mal vernehmen.

Am Bahnsteig waren sie und Larsson an das überrumpelte Pärchen herangetreten, um sich vorzustellen. Dann hatten sie die beiden mitgenommen ins Hotel. Maja-Sofia sprach im Restaurant mit Viktor, wo sie die einzigen Gäste waren, während Larsson mit Amanda in einen der Konferenzräume ging. Doch keine der beiden hatte sich verplappert oder irgendeine Mittäterschaft angedeutet. Auf Larssons Frage, ob Viktors Vater ihr zu langweilig geworden war, hatte Amanda nur den Mund zugekniffen. Viktor antwortete bereitwillig auf alle Fragen, tat aber so, als wären das alles Bagatellen. Zwar ein sehr sonderbares Verhalten für jemanden, der gerade seinen Vater verloren hatte, aber nicht direkt kriminell.

»Brauchen Sie Geld?«, hatte Maja-Sofia wissen wollen.

»Braucht man das nicht immer?«, hatte Viktor gekontert.

»Haben Sie ein Verhältnis mit Amanda?«

»Das wäre eine schöne Vorstellung. Sie ist schließlich sehr hübsch. Und dazu sehr nett.«

»Wo waren Sie in der Nacht vom 22. auf den 23. November?«

Da hatte er die Stirn in tiefe Falten gelegt und lange gezögert.

»Ich habe, ehrlich gesagt, nicht die leiseste Ahnung«, kam dann schließlich, »aber ich bin jedenfalls in Östersund aufgewacht.«

»Allein?«

»Ja, leider.«

Maja-Sofia seufzte beim Gedanken daran, wie sinnlos dieses Unterfangen gewesen war. Viktor war ihren Fragen permanent ausgewichen, und schlussendlich hatte sie ihn laufen lassen müssen. Gerade war nicht mehr aus ihm herauszubekommen, aber wenn er etwas verheimlichte, dann würde sie und ihr Team das herausfinden, da war Maja-Sofia sicher. Sie waren schließlich alle schon lange im Polizeidienst tätig.

Maja-Sofia fuhr auf ihren nicht geräumten Hof. Der Schnee war mehrere Zentimeter tief und sie sackte bis weit über die Knöchel ein, als sie ausstieg. Diesen Abend wollte sie mit einem Glas Cava in ihrem Whirlpool verbringen und von dort in den Sternenhimmel blicken. Den Job und alle Gedanken daran wollte sie gleich an der Fußmatte abstreifen. Gerade als sie dabei gewesen war, das Hotel zu verlassen, war sie mit Samuel Williams zusammengestoßen. Er hatte vorgeschlagen, etwas essen zu gehen, aber sie hatte abgelehnt. Sie hatte keinerlei Interesse daran, mit einem neugierigen Pfarrer essen zu gehen, der noch dazu leicht versnobt wirkte.

~ FÜNFZEHN ~

Sonntag, 27. November
Erster Advent

»Samuel Williams, das hast du gut gemacht«, sagte Samuel wenige Stunden nach der Messe zu seinem Spiegelbild.

Er öffnete die sieben Knöpfe seines Kaftans und zog das Kollar aus dem Kragen. Der Gottesdienst war wie am Schnürchen gelaufen, und er hatte guten Grund, zufrieden zu sein. Wie üblich war die Kirche am ersten Advent voll besetzt gewesen, und es war wie immer überwältigend, als alle aufstanden, um *Tochter Zion, freue dich* zu singen, unterstützt von den Bläsern. Beim Einmarsch mit dem Chor hatte er richtig Gänsehaut bekommen, so schön war es gewesen. Doch nicht nur für die Ohren, auch für die Augen, denn in den Bänken saßen die Dorfbewohner zu Ehren des besonderen Tages in ihren farbenfrohen Trachten. So sah es in der Domkirche von Västerås nie aus. Selbstverständlich gab es auch dort hin und wieder jemanden in traditioneller Kleidung, aber nie so viele auf einmal und definitiv nie in Trachten wie diesen. Schwarze Röcke, rote Westen und weiße Blusen. Dazu rote oder grüne Schürzen, je nach Herkunftsort. Manche trugen Hauben, andere nur bunte Bänder um den Kopf. Mitten in einer der Bänke hatte eine Frau gestanden, die herausstach. Die Schürze war quergestreift und die Kopfbedeckung ähnelte einer großen, schwarzen Spitztüte. Samuel kannte die Tracht, hatte sie schon häufig im Stiftsgård in Rättvik gesehen.

Er hatte seine Predigt gehalten, über das neue Jahr gesprochen und über Ankunft, was die direkte Bedeutung des Wortes Advent war. Ohne zu zittern, hatte er die erste Kerze oben auf der Kanzel entzündet und dann den Blick über die Gemeinde wandern lassen. Er entdeckte Sigvard im Talar, sein Kollar hüpfte unter seinem Kinn, wenn er sich bewegte. Zwei Frauen, die ihm bekannt waren, saßen nebeneinander in der ersten Bank, eine im traditionellen Gewand, die andere in gewöhnlicher Kleidung: Liss Katrin Hansson und Malin Knutsson. Ebenfalls in der ersten Bank, aber auf der anderen Seite des Mittelgangs, saß Amanda Snygg mit einem jungen Mann, den Samuel noch nicht gesehen hatte. Konnte das Finn Mats Hanssons Sohn sein? Das war sehr wahrscheinlich, denn heute wurde die Verabschiedung für Hansson verlesen, und da war es Usus, dass der Trauerhaushalt anwesend war. Die Frage war bloß, wer in diesem Fall zum Trauerhaushalt zählte. Die Lage war zweifellos unübersichtlich gewesen, als sie eingetroffen waren, um die Todesnachricht zu überbringen, und sowohl Amanda als auch Katrin anwesend waren.

Ganz hinten saß eine Frau mit dunklem Haar und leicht schmalen Augen. Samuel verhaspelte sich kurz, als er sie erblickte. Maja-Sofia Rantatalo, die Kriminalkommissarin. War sie hier, um mögliche Verdächtige zu beobachten? Dafür eignete sich der Adventsgottesdienst sehr gut, schließlich konnte man damit rechnen, dass fast das gesamte Dorf sich eingefunden hatte. Samuel hatte sie direkt nach dem Gottesdienst nicht wiedergefunden und zum Kirchenkaffee war sie auch nicht gekommen. Sie musste direkt nach dem Postludium aufgebrochen sein.

Er hängte seinen Kaftan zum Lüften auf den kleinen Balkon und zog sich bequemere Kleidung an. Jeans und einen Pulli, danach hatte er sich schon den ganzen Tag gesehnt. Und nach noch etwas sehnte er sich: einem richtig guten Burger mit Pommes und einem Bier. Vom Kirchenkaffee wurde man nicht satt, auch wenn dort alles selbstgebacken und viel zu lecker war. Kaum hatte er die Jeans an, vermeldete sein Handy, dass ein Facetime-Anruf einging. Sofort griff er danach und sah, dass es seine geliebten Kinder waren.

»Mensch, hallo! Wie schön, dass ihr euch meldet. Geht's euch gut?«

Alva und Gabriel versicherten ihm, dass es ihnen gut ging und alles in Ordnung war.

»Wollt ihr an Weihnachten nach Dalarna kommen und Ski fahren?«, fragte Samuel, nachdem sie sich über die Schule und alles Mögliche ausgetauscht hatten. »Hier in der Nähe gibt es einen ordentlichen Berg für Abfahrtski. Ich trainiere allerdings gerade Langlauf.«

»Was?«, fragte Alva. »Ernsthaft? Du fährst Ski, Papa?«

»Ja, ich muss im März an so einer Wasastaffel, oder wie immer das heißt, teilnehmen.«

»Cool«, sagte Gabriel.

Als Samuel es vorher schon einmal kurz angesprochen

hatte, schien es, als wäre Gabriel gern hergekommen, doch jetzt teilte Alva ihm mit, dass sie entschieden hatten, über Weihnachten in Stockholm zu bleiben.

»Aber sprich doch nachher mit Mama«, sagte sie. »Wir kommen gern über Silvester, wenn das passt.«

Nach dem Telefonat schnürte Samuel seine Stiefel, griff zu Jacke und Mütze und verließ die Wohnung, um einen stärkenden Winterspaziergang zu unternehmen, der ihn zur Mahlzeit seiner Begierde führen sollte. Er fühlte sich leicht und beschwingt, das Gespräch mit seinen Kindern hatte ihm viel Energie gespendet. Und wenn sie statt an Weihnachten über Silvester kamen, war das sogar noch besser. Da hatte er weniger Gottesdienste und konnte mehr mit ihnen unternehmen.

Der etwa einen Kilometer währende Spaziergang war genau, was er brauchte. Frische Luft unter den Flügeln, ein klarer Kontrast zu der Anspannung, die er trotz allem vor seiner ersten Predigt in dieser neuen Gemeinde gespürt hatte. Der Imbiss lag in unmittelbarer Nähe zu dem oft erwähnten Hotel. Bisher hatte er dort noch nicht gegessen, aber heute war der Tag der Tage. Eigentlich war es mehr als nur ein Imbiss, man konnte fast sagen ein einfaches Restaurant. Sie hatten eine richtige Karte, sodass man sein Bier entweder mit einem Burger, einer Wurst oder sogar einem Minutensteak genießen konnte.

Samuel bestellte einen Doppelcheeseburger mit Pommes, dazu ein großes Bier und setzte sich an einen der Tische.

»Sieh an, der Pfarrer ist unterwegs und gönnt sich ein

Bierchen am ersten Advent«, höhnte eine Stimme hinter ihm.

Sam drehte sich zu zwei Bewohnern von Klockarvik um, die er noch gar nicht bemerkt hatte. Auf den ersten Blick wirkten sie nicht gerade wie Alkoholiker. Eher wie zwei Junggesellen, die lieber auswärts und in Gesellschaft aßen als allein daheim.

»Das ist wohl wahr«, sagte Samuel und hob sein Glas. »Man braucht Abwechslung im Leben, oder?«

»Kommen Sie und setzen Sie sich zu uns«, sagte einer von ihnen und klang schon freundlicher. »Ich heiße Johan Tysk und war heute im Gottesdienst. Sie verstehen Ihr Handwerk, Sie hatten viel Gutes zu sagen.«

Der andere Mann stellte sich als Ingemar Tysk vor.

»Sind Sie Brüder?«, fragte Samuel.

»Cousins«, antworteten Johan und Ingemar wie aus einem Mund.

»Ich nenne Ingemar allerdings Brysk«, sagte Johan und lachte. »Tysk und Brysk, das sind wir. Wenn Sie wissen wollen, was im Dorf los ist, dann müssen Sie sich nur an uns wenden. Nicht, wahr, Ingemar?«

Ingemar Tysk-Brysk nickte, während er in seinen Burger biss. Als Samuels Essen kam, aß er schweigend, während Tysk und Brysk ein Fußballspiel verfolgten, das auf dem Wandfernseher lief. Sie kommentierten hin und wieder, was die Spieler hätten besser machen können. Weitere Gäste kamen, bestellten ihr Essen und gingen entweder gleich wieder oder setzten sich ebenfalls. Als Samuel fertig war, schob er den Teller weg und leerte sein Glas.

»Noch eins«, sagte er zum Wirt, nachdem er dessen Aufmerksamkeit erregt hatte.

»Der erste Advent hat Spuren hinterlassen, wie man sieht«, kommentierte Johan.

»Das kann man wohl sagen«, stimmte Samuel zu. »Und nicht nur der. Das ist ja immer viel auf einmal, wenn man an einen neuen Ort kommt. Noch dazu war meine Ankunft ja nicht gerade gewöhnlich.«

Im selben Moment ging die Tür auf und eine bekannte Gestalt kam herein. Es war der lustige kleine Mann, den Samuel schon ein paarmal gesehen hatte. Der mit dem leicht wiegenden Gang und dem Geigenkoffer auf dem Rücken. Tysk und Brysk hoben die Hände, um ihn zu grüßen. Der Geigenmann wartete an der Theke auf seine Bestellung und verließ den Imbiss sofort wieder, als er sein Essen bekommen hatte. Samuel stellte sein Bierglas ab und lehnte sich vor.

»Wer ist das eigentlich?«, fragte er und deutete mit dem Daumen zur Tür, die gerade zufiel.

»Wer? Deppen-Markus?«, fragte Brysk zurück.

»Wie? Heißt er wirklich Deppen-Markus?«

Tysk wippte mit dem Stuhl und erntete dafür einen warnenden Blick vom Wirt.

»Natürlich nicht«, sagte er und grinste. »Er heißt Markus ... ja, wie eigentlich weiter? Brysk, wie heißt Deppen-Markus' Mutter noch mal?«

»Stina Lundström«, antwortete sein Cousin, ohne den Fernseher aus den Augen zu lassen.

»Ja, genau. Lundström heißt er, aber so nennt ihn eigentlich niemand.«

129

Dann richtete auch er wieder seine volle Aufmerksamkeit auf das Fußballspiel.

Samuel nippte an seinem Bier und fragte sich, wie er sich wohl am besten beim Boss dafür bedanken sollte, dass heute alles so reibungslos verlaufen war. Am besten machte er auf dem Rückweg noch einen Schlenker zur Kirche. Ein Zwiegespräch am heiligen Ort war definitiv prächtiger als am heimischen Küchentisch.

»Es kursiert übrigens ein altes Gerücht über ihn«, sagte Johan Tysk und löste den Blick vom Fernseher. »Angeblich ist Markus der Sohn eines ziemlich hohen Tieres hier im Dorf.«

Samuel spitzte die Ohren.

»Ach? Und wer gilt hier so als hohes Tier?«

»So jemand wie Sie«, lachte Tysk und deutete auf Samuel. »Und der Arzt, der Zahnarzt und der Rektor, ja, die Volksvertreter. Das ist schon immer so. Und hier in Klockarvik wurden auch wohlhabende Geschäftsleute dazugezählt.«

»Ja, genau«, sagte Brysk. »Kein Rauch ohne Feuer, wie es so schön heißt. Wer weiß schon, wie die alten Knacker sich damals die Hörner abgestoßen haben.«

»Aber gesichert ist das natürlich nicht«, sagte Tysk, »die Leute reden viel, wenn der Tag lang ist, aber ich habe es recht oft gehört über die Jahre hinweg. Seine Mutter war angeblich recht freizügig.«

Samuel musste sofort an den gestrigen Spaziergang mit Sigvard denken. Markus war ihnen begegnet, doch Sigvard hatte ihn nicht gegrüßt, nur was von Sünde und Tod gemurmelt, was er auf Samuels Nachfrage nicht näher erklärt hatte. Vielleicht hatte er damit Markus' unsichere Herkunft gemeint. Außerdem hatte er völlig vergessen, Maja-Sofia Rantatalo zu erzählen, dass er Markus an der Friedhofsmauer gesehen hatte, als er den Toten fand. Schnell trank er sein Bier aus. Er musste sie sofort anrufen und ihr das durchgeben.

Er stand auf und verabschiedete sich von den Cousins Tysk.

»Ich muss los«, sagte er. »Ich hab da was vergessen. Wir sehen uns! Frohes neues Kirchenjahr!«

Er zog seine Jacke an und trat hinaus in die Kälte. Dort blieb er stehen und suchte in der Innentasche nach Rantatalos Visitenkarte. Sein Herz schlug schneller, während er ihre Nummer wählte. Als er zuletzt mit ihr sprach, hatte er gefragt, ob sie mit ihm einen Happen essen gehen wollte, doch sie hatte abgelehnt. Sollte er noch mal ein Treffen vorschlagen?

Ohne wirklich darüber nachzudenken, schlug er den Weg zur Kirche ein und wog das Telefon in der rechten Hand. Anrufen oder nicht, das war hier die Frage. Aber der kleine Mann hatte nicht sonderlich aggressiv gewirkt, und gegen seine Schweigepflicht verstieß er auch nicht, wenn er ihr gegenüber erwähnte, dass er ihn an der Friedhofsmauer gesehen hatte, wie er den Toten anstarrte. Vielleicht fand die Polizei dieses Detail nicht mal wichtig. Nur eine Nichtigkeit. Aber man sollte ja auch keine Informationen zurückhalten.

»Ich muss ein paar Worte mit dem Boss wechseln«, murmelte er und wollte gerade die Tür zur Kirche aufdrücken, da ging sie von innen auf.

»Mit wem sprechen Sie, Sam?« Tindra blieb in der Tür stehen und schaute ihn verwundert an.

»Tindra? Hallo! Ich … Ich spreche manchmal mit meinem Chef. Klingt vielleicht verrückt, aber es hilft.«

»Und Ihr Chef ist …«, sagte Tindra und deutete Richtung Himmel.

»Ganz genau«, antwortete Samuel. »Der Boss mit dem großen B. Und du, was machst du in der Kirche? Alle anderen sind doch sicher längst nach Hause gegangen. Hast du ganz allein hier gesessen?«

Tindra lächelte, und Samuel war darüber erleichtert. Für einen Moment hatte er befürchtet, sie wäre traurig und hatte sich deshalb zurückgezogen.

»Ich komm manchmal her«, sagte sie. »Eigentlich aus ähnlichen Gründen wie Sie, aber nicht ganz. Ich visualisiere, und das geht in der Kirche am besten.«

»Sie visualisieren?«

»Ja, man stellt sich praktisch vor, was man möchte«, erklärte sie. »Gerade habe ich beispielsweise die ganze Langlaufstrecke visualisiert, die ich vor mir habe. Dann läuft es meist richtig gut, wenn ich tatsächlich auf der Loipe bin.«

Samuel legte ihr die Hand auf die Schulter.

»Du bist echt pfiffig, Tindra«, sagte er. »Wenn ich den Wasalauf überstehen soll, den ich ja offenbar mitmachen muss, nehme ich mir das zu Herzen. Visualisieren. Danke für den Tipp.«

Es waren noch drei Monate bis zu dem vermaledeiten

Wettkampf. Ihm blieb nicht viel Zeit, um sich Sorgen zu machen, aber er musste unbedingt mit dem Training anfangen. Die Pastorin hatte bestätigt, was Malin Knutsson gesagt hatte: An der Staffel nahm immer ein Pfarrer teil.

»Aber das ist doch nicht der echte Wasalauf.« Tindra lachte. »Sie machen beim Staffellauf mit. Das bekommen Sie schon hin, warten Sie nur ab. Was wollen Sie den Boss denn fragen?«

»Tindra«, sagte Samuel und seufzte schwer. »Wenn du wüsstest, dass jemand mitangesehen hat, dass etwas Schlimmes passiert ist, würdest du das der Polizei melden?«

»Wollen Sie damit sagen, dass jemand den Mord mitangesehen hat? *Oh my God*, wie schrecklich!«

»Vielleicht nicht den Mord an sich.«

»Die Polizei hat gesagt, wenn wir uns daran erinnern, etwas Ungewöhnliches gesehen zu haben, sollen wir uns melden«, sagte Tindra nach kurzem Nachdenken.

»Ganz genau. Aber ich bin Pfarrer, die Menschen müssen mir trauen können. Ich will absolut nicht tratschen.«

»Ist es wichtig, dass Sie diesen Jemand gesehen haben?«

»Ich weiß es nicht. Das kann vermutlich nur die Polizei entscheiden«, sagte Samuel betrübt.

»Dann, finde ich, sollten Sie es erzählen«, sagte sie. »Ich schätze, der Boss ist da meiner Meinung, falls Sie sich deshalb Sorgen machen.«

»Danke, Tindra. Ich denk mal drüber nach«, antwortete Samuel und war gleich erleichtert. Dieser kurze Austausch mit der Praktikantin hatte ihm sehr geholfen.

Sie verabschiedeten sich, und Sam ging in die Kirche, wo

er eine Kerze entzündete. Eine Weile blieb er am Kerzenständer stehen und dachte nach. Tindra hatte recht, der Boss
würde auch ihrer Meinung sein, da musste er gar nicht erst
fragen.

∽ SECHZEHN ∽

Montag, 28. November

Nach einem wohlverdienten, ruhigen Sonntag saß Maja-Sofia wieder im Besprechungszimmer und hörte sich die Aufnahme ihres Gesprächs mit Samuel Williams an. Eins musste sie diesem Pfarrer lassen, wortgewandt war er, aber er sollte sich einfach nicht in ihren Job einmischen. Sie waren beide Profis in ihren Bereichen, er bei Taufen, Beerdigungen, Trauungen, Gottesdiensten und was immer noch zu seinen Aufgaben gehörte, und damit sollte er sich auch schön weiter befassen. Was würde er denn sagen, wenn sie einfach hereintrampelte und seine Arbeit infrage stellte? Oder wenn sie ihn für seine Unterhaltungen mit »dem Boss« ausgelacht hätte? Wenn davon jemand im Dorf erfuhr, war's vorbei und er das Gespött der Leute, da war sie sicher.

Larsson erschien in der Tür und riss sie aus ihren Gedanken.

»Sie kommt«, flüsterte er.

Maja-Sofia wusste sofort, wen er meinte. Sie richtete sich auf, warf eine Mandarinenschale in den Mülleimer und hoffte, dass sie gefasst und kompetent aussah. Larsson schlüpfte direkt hinter Jeanette Sundell ins Zimmer.

»Wo ist Jarning?«, fragte Sundell, ohne sich mit Begrüßungsfloskeln aufzuhalten. »Wieso seid ihr nicht alle hier? Das erstaunt mich.«

»Guten Tag, Jeanette«, antwortete Maja-Sofia und versuchte sich an einem freundlichen Lächeln. »Jarning sitzt an ihrem Rechner und sucht alles zusammen, was sie über die Privatkontakte des Opfers finden kann. Und Larsson und ich machen unsere Befragungen und werten alles aus.«

»Ich hab das hier mitgebracht«, sagte sie sauer und knallte einen Ausdruck auf den Tisch. »Die Gerichtsmedizin war schnell, finde ich. Das ist die Ergänzung zu ihrem vorläufigen Bericht.«

Maja-Sofia las, was Tamara Pettersson geschrieben hatte, und Larsson spähte dabei über ihre Schulter, um nichts zu verpassen. Der Schlag gegen den Kopf mit einem stumpfen Gegenstand sei gegen etwa zehn Uhr abends erfolgt, der Tod maximal zwei, drei Stunden später eingetreten. Schwarze Farbsplitter waren in der Wunde gefunden worden. Laut Bericht könnten diese von einem frisch gestrichenen Objekt stammen. Die Rechtsmedizinerin betonte erneut, dass der Schlag nicht die unmittelbare Todesursache gewesen sei, aber das wussten sie ja bereits. Tatzeit und Todeszeitpunkt unterschieden sich nicht von ihrem ersten Bericht.

Maja-Sofia schaute zu Sundell, die vom einen auf den anderen Fuß trat und eine Reaktion erwartete.

»Dreh das Blatt um«, forderte Sundell und klopfte ungeduldig mit dem Zeigefinger auf den Tisch.

Also tat Maja-Sofia, wie ihr geheißen, und las weiter. Der Leichnam war an Hand- und Fußgelenken festgebunden gewesen, und zwar mit einem Bademantelgürtel. Das war ihr bereits bekannt, das hatte sie mit eigenen Augen gesehen. Doch der nächste Satz ließ sie zusammenzucken. »Der Gürtel trägt einen mit Gold eingestickten Namen: das Neue Hotel.«

Maja-Sofia dachte nach. »Das Neue Hotel ... das könnte bedeuten ...«

»... dass ihm der Schlag in seinem eigenen Hotel verpasst wurde und er dann auf irgendeine Weise – lebendig – zum Friedhof gebracht wurde, um dort ans Grabkreuz geknotet zu werden«, beendete Larsson den Satz.

»Das klingt logisch«, sagte Maja-Sofia nachdenklich. »Niemand nimmt einfach so einen Gürtel mit und schlägt jemanden an anderer Stelle halbtot. In dem Punkt stimmt Katrin Hanssons Aussage wohl, auch wenn der Rest völliger Unsinn war.«

»Wer ist denn so krank und macht so was?«, fragte Larsson.

Maja-Sofia schaute zu Larsson, dann zu Sundell.

»Jemand, der findet, dass man, wenn man so gut wie tot ist, schon mal auf den Friedhof muss?«, schlug sie vor. »Vielleicht was Rituelles?«

»Wer immer das war, hatte Zugang zum Hotel. Also entweder ein Angestellter oder ein aktueller Gast«, sagte Larsson.

Sundell tippte weiter mit dem Finger auf das Blatt. Maja-Sofia wäre am liebsten aus der Haut gefahren. Konnte sie mit dieser nervigen Unart nicht aufhören?

»Ganz genau!«, entfuhr es ihrer Chefin. »Es ist eure Aufgabe, herauszufinden, wer es war. Und zwar schnell. Ich will, dass wir das allein schaffen, ohne Hilfe von oben. Mir geht es auf den Geist, dass die Stockholmer sich immer so aufspielen müssen.«

»Und wenn wir deren Expertise brauchen?«, fragte Larsson. »Wir haben schließlich nicht viel Erfahrung bei der Ermittlung solch schwerer Verbrechen.«

»Wenn dieser Fall nicht in dreißig Tagen gelöst ist, werden sich andere einmischen, ob wir wollen oder nicht«, erwiderte Sundell. »Ich halte die Leitung in Örebro auf dem Laufenden. Habt ihr schon alle aus dem nächsten Umfeld des Opfers befragt?«

»Die Mehrheit«, sagte Maja-Sofia. »Larsson und ich prüfen gerade die Ergebnisse, Alibis und möglichen Motive. Jarning beschäftigt sich mit allem rund ums Hotel und schaut, wer da noch verwickelt sein könnte. Ich selbst habe zuletzt den Pfarrer aus Klockarvik vernommen.«

»Den Pfarrer? Wieso denn das?«, fragte Jeanette.

»Er hat den Toten gefunden, falls du das vergessen haben solltest.«

Kaum war ihr der letzte Halbsatz rausgerutscht, war ihr klar, dass sie sich diesen unnötig sarkastischen Kommentar hätte sparen können. Aber sie kam mit der Sundell einfach nicht klar, und das war schon seit Tag eins so. Eigentlich war sie so ziemlich das Einzige, was sie an dem Job in Dalarna auszusetzen hatte. Sundell verhielt sich, als wüsste sie immer am besten, wie die Ermittlungsarbeit auszusehen hätte, dabei hatte sie noch nie als Ermittlerin gearbeitet. Zur Intendantin taugte sie auch nicht wirklich. Vielleicht wäre das Leben leichter mit einem himmlischen Boss, wie Samuel Williams ihn hatte. Mit seinem schien man wenigstens reden zu können. Jeanette Sundell verzog den Mund und starrte Maja-Sofia finster an, bevor sie auf dem Absatz kehrtmachte und das Zimmer verließ.

»Jetzt hast du vielleicht ein bisschen zu viel gesagt«, flüsterte Larsson, als die Tür ins Schloss gefallen war. »Unnötige Streits mit ihr lohnen sich nicht, das weißt du doch.«

»Ja, ja, ich weiß«, seufzte Maja-Sofia. »Aber wenn die im Zimmer steht, wird mir immer so wahnsinnig unwohl. Was soll's, vertiefen wir uns lieber wieder in die Alibis.«

Maja-Sofia suchte die nötige Datei auf ihrem Rechner. Sie fing mit Liss Katrin Hansson an.

»Bei Katrin Hansson müssen wir davon ausgehen, dass ihr sogenanntes Geständnis erstunken und erlogen war. Davor hat sie gesagt, dass sie in der Tatnacht im *Fjällhotel* gearbeitet hat und gegen zehn zu Hause war. Auf dem Heimweg hat sie bei der Villa gehalten, um ein paar Sachen zu holen.«

»Das kann der neugierige Nachbar sogar bestätigen«, sagte Larsson. »Er führt Buch darüber, wann wer kommt und geht.«

»Na, irgendein Hobby muss man ja haben.« Mehr fiel Maja-Sofia dazu nicht ein. »Aber in diesem Fall ist seine Neugierde ja ganz nützlich. Was sagen denn Katrin Hanssons Nachbarn im Dorf?«

»Von denen hat niemand was mitbekommen. Und Amanda Snygg ist ziemlich gerissen«, sagte Larsson. »Mats Hanssons Geliebte hat behauptet, den Zug nach Östersund genommen zu haben, aber das Zugpersonal ist sicher, dass sie nicht an Bord war. Besagter Nachbar, ein sehr rüstiger, wacher Kerl über neunzig, hat sie gegen vier am Nachmittag mit ihrem roten Toyota davondüsen sehen – und der Zug nach Östersund verlässt Klockarvik bereits um 13:40 Uhr. Danach blieb es im Haus dunkel und abgesehen von Katrin Hanssons kurzem Besuch hielt auch kein anderer Wagen.«

»Wieso ist er sich da so sicher?«

»Er verlässt seinen Fensterplatz nur selten, um mit dem Hund zu gehen. Er lebt schon sein Leben lang im Ort und hat bei Mats die Frauen kommen und gehen sehen, das scheint ihm irgendwie Freude zu machen. Er hat sogar für jede neue Braut, die Hansson angeschleppt hat, eine Kerbe in eins der Bretter seiner Scheune gemacht.«

Maja-Sofia riss die Arme in die Luft.

»Dann waren die nie glücklich, er und Katrin?«, fragte sie. »Waren es nie nur die beiden?«

»Doch, doch, aber nicht lange. Hansson muss ein richtiger Casanova gewesen sein. Die werden ihn mit Jubel in Empfang genommen haben. Endlich gibt es auch jemanden für die sich verzehrenden Engelchen.« Larsson grinste.

»Mensch, Larsson«, sagte Jarning, die gerade zu ihnen gestoßen war. »Was du alles übers Leben nach dem Tod weißt!«

»Wie steht es denn mit den beiden aktuellen Damen von Hansson?«, fragte Maja-Sofia und betrachtete ihren Kollegen. »Könnte eine von ihnen Mats ermordet haben?«

Larsson zuckte mit den Schultern.

»Noch könnte ihn jeder ermordet haben. Katrin Hanssons Motiv wäre Eifersucht, aber Amanda könnte seinen Tod genauso gewollt haben, selbst wenn wir noch keinen Grund dafür kennen. Ihr müssen wir unbedingt noch einmal auf den Zahn fühlen.«

»Und dann ist da noch der Sohn, der alles weglächelt, mit dem man ihn konfrontiert«, seufzte Maja-Sofia. »Das war echt eine ermüdende Befragung. Dabei ist gerade sein Vater gestorben, noch dazu war es kein natürlicher Tod. Er hat jedenfalls behauptet, zum Zeitpunkt des Todes in Östersund gewesen zu sein, was mit Katrin Hanssons Aussage übereinstimmt.«

Jarning räusperte sich.

»Ich hab da was gefunden, was vielleicht ein Anhaltspunkt sein könnte«, sagte sie und nahm sich eine Clementine aus der Obstschale.

»Das wäre ja schön«, sagte Larsson. »Wir vertrödeln hier unsere Zeit mit teils zweifelhaften Alibis und kommen gefühlt keinen Schritt weiter.«

Jarning aß das erste Stückchen Clementine, während sie ihren Laptop aufklappte.

»Das Hotel läuft nicht so super. Es sieht zwar alles elegant und teuer aus, aber das meiste gehört der Bank«, erläuterte Jarning.

»Das überrascht mich nicht«, sagte Maja-Sofia trocken.

»Der Kredit ist hoch, was vielleicht nicht verwunderlich ist, dafür das hier aber umso mehr: Finn Mats Hansson ist nicht der Kreditnehmer. Ich hab mit der Bank gesprochen und erfahren, dass er dort als ›verbrannt‹ galt. Er hatte noch eine Menge Schulden, deshalb bekam er keinen Kredit für dieses Vorhaben.«

141

»Wer ist denn dann der Kreditnehmer?«, fragte Larsson.

»Mikael Vedberg«, antwortete Jarning. »Die Frage ist also: Wo war Vedberg in der Mordnacht?«

Petter Larsson stand auf und trat an die Magnettafel, wo er auf Vedbergs Namen zeigte.

»Das kann ich euch sagen. Er hat eine Hütte in einer der kleinen Ortschaften oben im Wald«, sagte Larsson. »Dort war er, hat sich betrunken und war nicht in der Lage, auch nur die geringste Straftat zu begehen. Das hat mir Malin Knutsson bestätigt. Sie hat ihn am Abend hingefahren, und er hat sie in der Nacht noch mehrfach angerufen. Daran, dass er betrunken war, bestand für sie kein Zweifel.«

In diesem Moment klingelte Maja-Sofias Handy. Sie warf einen Blick aufs Display. Schon wieder Samuel Williams. Dieser Pfarrer ließ wohl nie locker.

∼ SIEBZEHN ∼

Maja-Sofia blieb in der Tür zur Küche von Markus Lundström stehen. Das Chaos war unbändig. Die Hausdurchsuchung, die Jeanette Sundell beim Staatsanwalt erwirkt hatte, würde länger dauern, als sie angenommen hatten. Es war eine drastische Maßnahme, aber Sundell wollte der Presse und Staatsanwalt Morgan Eriksson um jeden Preis eine Festnahme präsentieren. Deshalb hatte sie Markus zum Hauptverdächtigen erklärt, und nach Samuel Williams Aussage, dass er ihn an der Friedhofsmauer gesehen hatte, war sie nicht mehr zu stoppen gewesen.

Maja-Sofia schaute sich um. Die Arbeitsfläche war voll von Töpfen und Tellern, ein Teil davon eher notdürftig abgetrocknet. Sofort dachte sie an etwas, an das sie nie wieder hatte denken wollen – das Haus in Kuivalihavaara, wo vor so vielen Jahren das Allerschlimmste geschehen war. Das, als sie es mit ihrem Vater betreten hatte, genauso unordentlich gewesen war wie dieses hier. Soziales Elend, dazu das hässliche Gesicht des Todes. Sie schüttelte sich. Sie konnte nicht dastehen und an die Vergangenheit denken, sie musste arbeiten und dabei objektiv bleiben.

Auf dem Tisch lagen Stapel von ... Ja, was waren das?

Noten? Ja, massenweise Noten. Auf dem Boden lagen Berge des *Dala-Demokraten* und Moras Lokalzeitung. Es waren so viele Zeitungen, dass es sich um mehrere vollständige Jahrgänge handeln musste. Mitten in diesem Durcheinander roch es verwirrend gut nach frisch gekochtem Kaffee. Markus nahm gerade den Topf mit dem Kaffee vom Herd, als Maja-Sofia, Jarning und Larsson die Küche betraten.

»Guten Morgen!«, sagte Maja-Sofia. »Ich nehme an, Sie sind Markus Lundström?«

Der klein gewachsene Mann drehte sich um und schaute sie verwundert an.

»Das kommt drauf an, wer fragt«, antwortete er.

»Die Polizei«, sagte sie freundlich, aber bestimmt. »Wir müssen hier eine Hausdurchsuchung durchführen. Wissen Sie, was das bedeutet?«

Markus machte ein paar Schritte zurück und nickte. Maja-Sofia deutete das als Ja und machte einen Schritt auf ihn zu.

Mit zitternden Händen füllte Markus Kaffee in eine Tasse mit Rosenmuster und Macken. Dann setzte er sich an den Tisch und schlürfte ihn in sich hinein. Maja-Sofia lief das Wasser im Mund zusammen. Eine Tasse richtig guten Kochkaffees war purer Luxus, aber sie wagte nicht, um eine zu bitten, allein wegen des hygienischen Zustands, in dem sich das Haus befand.

Larsson und Jarning verließen die Küche und gingen in den Nebenraum, um dort mit der Suche zu beginnen.

»Ich hab ihn gesehen«, sagte Markus, ehe Maja-Sofia überhaupt eine Frage stellen konnte. »Beim Kreuz. Auf dem Friedhof.«

»Wen?«, fragte Maja-Sofia.

»Den Pfarrer.«

Sie setzte sich hin und sah ihm direkt in die Augen.

»Welchen Pfarrer?«

Markus schlürfte weiter den Kaffee und schüttelte den Kopf. Es war schwierig mit ihm. Sie musste die Fragen anders formulieren. Himmel, dieser Kochkaffee kitzelte in der Nase. Sie konnte sich kaum auf die Arbeit konzentrieren, so gut roch er.

»Wann haben Sie ihn gesehen? Wissen Sie das noch?«

Er schüttelte den Kopf.

»In der Nacht?«

Markus wirkte, als wolle er gerade antworten, doch dann ging die Haustür auf und Jeanette Sundell erschien.

Die Inkompetenz dieser Frau kannte keine Grenzen, dachte Maja-Sofia wütend. Wie unnötig, herzukommen und Markus Angst einzujagen. Außerdem hatten sie gerade erst mit der Durchsuchung angefangen. Sundell blieb im Türrahmen stehen und stemmte die Arme in die Seiten, den Blick auf Maja-Sofia gerichtet.

»Wie läuft's?«, fragte sie. »Schon was gefunden? Ihr müsst mal ein bisschen anziehen.«

Maja-Sofia, die kurz davor gewesen war, Markus etwas Wichtiges zu entlocken, brannte die Sicherung durch.

»Was zur Hölle willst du denn hier? Seit wann interessierst du dich für Hausdurchsuchungen?«

»Seit es um Mord geht und ich das halt so beschlossen habe«, antwortete Sundell ruhig und ging ins Wohnzimmer, wo Larsson und Jarning bei der Arbeit waren.

Maja-Sofia versuchte, das Gespräch mit Markus wieder aufzunehmen. Erfolglos. Sundells Erscheinen und ihre Worte hatten ihn definitiv beunruhigt. Er wippte vor und zurück und summte dabei etwas, das wie ein Schlaflied klang. Einmal hielt er kurz inne, um den Kaffee auszutrinken, bevor das Wiegen weiterging.

»Markus hat niemanden erschlagen«, wimmerte er. »Niemanden erschlagen.«

»Markus, wir müssen mit Ihnen sprechen«, sagte Maja-Sofia im Versuch, ihn zu beruhigen. »Wir müssen alles untersuchen, damit wir ausschließen können, dass Sie das waren.«

Sie stand auf und trat an die Spüle. In dem Chaos entdeckte sie eine Tasse, die kopfüber auf dem Abtropfgitter stand. Sie begutachtete sie und fand, sie sah sauber genug aus. Die Kaffeesehnsucht war überwältigend.

»Darf ich?«, fragte sie und hob den Topf an. »Ich liebe Kochkaffee.«

Markus nickte nur, also schenkte Maja-Sofia sich ein. Sie nahm einen ersten Schluck und ließ ihn sich über die Zunge rollen.

»Lieber Himmel, ist der gut!«, entfuhr es ihr.

Da stellte Markus das Wippen und Wimmern ein und lächelte sie stattdessen breit an. Sie lächelte zurück. Kaffee konnte er kochen, dieser sonderbare Mann, auch wenn er sonst nicht viel von der Arbeit im Haushalt zu halten schien.

Larsson kam in die Küche.

»Rantatalo, das solltest du dir vielleicht mal ansehen.«

Er trug Handschuhe und hielt einen langen Gegenstand in den Händen. Hinter Larsson stand die Sundell und wollte wohl wichtig aussehen. Die grauen Haare waren wie immer perfekt frisiert, um den Hals trug sie eine fette Silberkette. Aber für Einmalhandschuhe war sie sich wohl zu fein.

»Was ist das?«, fragte Maja-Sofia.

»Das scheint eine Halterung für Gartenkerzen zu sein«, sagte Larsson. »Vermutlich für die Wand.«

»Genau«, sagte Jarning und gesellte sich zu ihnen. »Die hab ich im Baumarkt gesehen. Das sieht echt hübsch aus, wenn man die aufhängt. Hab selbst überlegt, mir welche zuzulegen.«

»Und da ist Blut dran!«, sagte Sundell triumphierend und nickte zu Markus. »Damit wäre die Sache klar, nehmen wir den Schuldigen fest.«

Markus war still geworden und starrte sie erschrocken an. Eine nach der anderen.

»Blut?«, fragte Maja-Sofia. »Wie kannst du dir da so sicher sein?«

Sundell zuckte mit den Schultern.

»Irgendwas ist da jedenfalls dran, das siehst du doch selbst!«, sagte sie. »Ich gehe davon aus, dass wir die Mordwaffe gefunden haben. Schön, dann kommen wir ohne Verstärkung aus und haben das selbst gelöst.«

Maja-Sofia wandte sich von Sundell ab und schaute Markus an.

»Markus«, sagte sie ernst. »Wissen Sie, was das ist?«

»Nicht von Markus«, antwortete er. »Nicht meins, nicht meins.«

»Wir haben es hinter der Orgel gefunden«, sagte Larsson.

»Es sieht sogar so aus, als wäre auch Blut an der Wand dahinter«, sagte Jarning. »Aber darum soll sich lieber die Kriminaltechnik kümmern, zur Sicherheit. Ich hoffe, wir haben hier nicht zu viele Spuren verwischt.«

Jarning, sonst die Ruhe in Person, warf bei diesem Zusatz einen finsteren Blick Richtung Sundell.

Maja-Sofia trank den Kaffee aus und stellte die Tasse in die Spüle. Dann griff sie vorsichtig nach Markus' Arm.

»Wir werden dann mal ein Stückchen fahren«, sagte sie. »Sie werden uns nach Mora begleiten, das ist doch in Ordnung?«

Mit großen Augen starrte er sie an und deutete dann wortlos auf seinen Geigenkoffer, der ganz oben auf dem Notenstapel auf dem Tisch lag.

»Ich bitte einen meiner Kollegen, ihn mitzubringen«, sagte Maja-Sofia und führte Markus hinaus.

In der Haustür blieb sie stehen und starrte den Mann an, der sich ungebeten auf eine der Bänke der Veranda gesetzt hatte.

»Samuel Williams, was wollen Sie denn hier?«, fragte sie. »Hier ist erst mal Zutritt verboten, nur damit Sie das wissen.«

»Wieso nehmen Sie Markus mit?«, fragte er. »Er hat ja wohl kaum was damit zu tun.«

Darauf erwiderte sie nichts, sondern brachte Markus zum Wagen.

»Kann ich irgendwie helfen?«, fragte der Pfarrer, der aufgestanden war und ihnen nun folgte.

Maja-Sofia bedachte ihn mit einem strengen Blick.

»Darüber, ob er schuldig ist oder nicht, sollten gerade weder Sie noch ich spekulieren«, sagte sie, »aber vernehmen müssen wir ihn – und ja, Sie könnten sich tatsächlich nützlich machen.«

»Was immer Sie wünschen, *Detective*. Es ist schließlich meine Schuld, dass es so weit gekommen ist.«

»Pfarrer Samuel scheint mir zu viele englische Krimis zu gucken«, murmelte Maja-Sofia vor sich hin, während sie Markus auf die Rückbank des Streifenwagens half.

Als Martina Jarning mit dem Geigenkoffer aus dem Haus kam und ihn Markus auf den Schoß legte, wandte sich Maja-Sofia erneut an Samuel.

»Halten Sie sich bitte einfach aus unserer Arbeit raus«, sagte sie streng, »aber es ist sicher keine schlechte Idee, wenn Sie sich hinterher um ihn kümmern. Vielleicht braucht er Trost oder Beruhigung. Das fällt doch in Ihren Zuständigkeitsbereich, oder?«

»Ja, vollkommen«, sagte er. »Selbstverständlich werde ich für ihn da sein. Haben Sie denn was bei ihm gefunden?«

Auf die Frage antwortete sie nicht.

In diesem Moment kam Jeanette Sundell aus dem einfachen Haus. Sie klopfte sich die Uniformjacke und -hose ab, als hätte sie dort drin die Schwerstarbeit geleistet.

»Nun bringt den Täter schon weg«, sagte sie laut und bestimmt.

Mit wenigen Schritten war sie am Wagen. Maja-Sofia wollte gerade die Tür zuschlagen, da hielt die Sundell eine Hand hoch.

»Halt, halt!«, sagte sie, ihr Ton war unerbittlich. »Privatsachen müssen zu Hause bleiben.«

Bevor irgendjemand reagieren konnte, hatte sie auch schon dem armen Markus den Geigenkoffer vom Schoß gerissen. Dass er sofort wieder zu wimmern und wippen anfing, ignorierte sie komplett. Sie reichte den Koffer an Jarning, die aussah, als wäre ihr übel, aber nichts anderes tun konnte, als ihn zurück ins Haus zu bringen.

Maja-Sofias und Samuels Blicke trafen sich.

»Wir hören uns«, sagte sie. »Es wäre gut, wenn Sie sich um ihn kümmern könnten.«

»Selbstverständlich. Das wollte ich mit meinem Anruf wirklich nicht anrichten. Ich bezweifle stark, dass Markus der Schuldige ist.«

»Das herauszufinden, ist immer noch unsere Aufgabe«, sagte Maja-Sofia Rantatalo knapp und schloss die Autotür hinter sich und Markus.

ACHTZEHN

Samuel setzte sich zu dem kleinen Mann. Er hatte eine ganze Weile warten müssen, bis er endlich in die Zelle durfte. Markus kauerte auf einer Pritsche und schob sich weiter zur Wand, als sich Samuel neben ihm niederließ. Er hatte die Knie bis zum Kinn gezogen und umklammerte sie fest mit beiden Armen. Dazu wippte er leicht vor und zurück und wimmerte leise.

Samuel hatte ein fürchterlich schlechtes Gewissen, vielleicht hätte er doch nicht bei der Polizei anrufen sollen. Aber er hatte das nicht leichtfertig getan, sondern ordentlich nachgedacht und sogar Tindra um Rat gebeten. Es hatte sich angefühlt, als würde er das Richtige tun. Jetzt fühlte er sich nur noch wie ein Angeber. Eine einfältige Petze. Nein, er musste unbedingt seinen Ruf retten. Wenn auch nur vor sich selbst.

»Markus«, sagte Samuel, »du brauchst keine Angst vor mir zu haben, ich möchte dir nur helfen, sonst nichts.«

Sofort hörte Markus auf zu wippen und zu wimmern und schaute ihn an.

»Ich hab dich gesehen«, sagte er. »Auf dem Friedhof.«

»Ich weiß, ich hab dich auch gesehen. Du hattest deine Geige dabei.«

Da stand Markus plötzlich auf, sah sich um und ging in der kleinen Zelle auf und ab. Es wirkte ganz so, als würde er etwas suchen.

»Suchst du etwas?«, fragte Samuel, obwohl er die Antwort ahnen konnte.

»Meine Geige«, sagte Markus und starrte ihn mit ängstlichem Blick an. »Meine Fidel. Die Hexe hat sie genommen. Hat nicht die andere gesagt, Markus darf sie mitnehmen?«

»Ich kümmere mich um deine Fidel, versprochen«, sagte Samuel. »Ich helfe dir gern, wenn du möchtest.«

Markus setzte sich wieder, stützte jetzt den Kopf mit beiden Armen auf die Knie.

Niemals war dieser kleine Mann in der Lage, die Leiche eines ausgewachsenen Mannes quer über den Friedhof zu schleppen und an ein Grabkreuz zu knoten.

»Was hat die Polizei bei dir gefunden, weißt du das?«

Markus fing sofort wieder an zu wippen.

»Nicht von Markus, nein. Nicht Markus' Leuchter.«

»Hat die Polizei einen Leuchter bei dir gefunden, Markus?«

»Langes Ding«, sagte Markus. »Mit Blut, meinen die. Markus hat das noch nie zuvor gesehen.«

Da verstand Samuel mit einem Mal. Nach so einem Fund war es nicht weiter verwunderlich, dass sie Markus auf die Wache mitgenommen hatten.

Samuel versuchte, sich einen langen Leuchter vorzustellen, aber erfolglos. Wie sollte so was aussehen? Vielleicht so eine Art Stange, die man aus einer Halterung ziehen konnte? So was hatte er mal in einem Film gesehen, es war an einer Kutsche befestigt gewesen.

»Markus, wenn das nicht deins war, wieso war es dann bei dir zu Hause?«, fragte Samuel und warf dabei einen Blick auf die Uhr. Ihm waren nur zehn Minuten bei Markus versprochen worden und die waren schon bald um.

»Das kann Markus nicht wissen«, sagte er. »Markus will seine Geige. Dann wird alles wieder gut, nicht?«

Flehend schaute er Samuel an, der nicht begriff, warum der arme Kerl sein geliebtes Instrument nicht hatte mitbringen dürfen. Was sollte er damit für einen Schaden anrichten? Und sicherer würde er sich mit ihr allemal fühlen, das war offensichtlich. Aber ihm war klar, dass er darauf kaum Einfluss haben würde. Samuel betrachtete den kleinen Mann. Wenn Markus wider Erwarten doch der Täter war, was war dann sein Motiv?

»Markus, kanntest du Finn Mats Hansson?«, fragte Samuel.

Markus schüttelte den Kopf.

»Nein, nicht gekannt. Aber Markus weiß, wer er ist«, antwortete er.

Da klimperte ein Schlüssel im Schloss und eine Polizistin erschien in der Tür.

»Die zehn Minuten sind um«, sagte sie.

Samuel stand auf.

»Ich komme wieder, Markus«, versprach er. »Und ich besorge dir einen Anwalt, der dafür sorgen wird, dass du hier rauskommst. Aber zuallererst mache ich mich auf die Suche nach deiner Geige.«

Auf dem Weg nach draußen traf Samuel den Polizisten, den er schon bei Markus und auf dem Friedhof gesehen hatte. Den mit dem heimischen Namen.

»Hallo«, sagte Samuel. »Sie waren doch in Klockarvik und haben Markus festgenommen, oder?«

»Ja, hallo! Sie haben die Leiche gefunden, nicht wahr? Knis Petter Larsson, falls Sie sich nicht erinnern.«

Ach, genau! Knis Petter Larsson, wie hatte er den Namen nur vergessen können? Der Mann schien ungefähr in seinem Alter zu sein.

»Und dass Sie Pfarrer sind, kann man praktisch nicht übersehen«, fügte Knis Petter hinzu mit einem demonstrativen Blick zu seinem Kollar.

Samuel führte sofort die Hand zu seinem Kragen.

»Nein, da haben Sie recht«, sagte er und lächelte. »Ich war gerade bei Markus. Er ist ziemlich überwältigt.«

Larsson nickte.

»Wir mussten ihn leider direkt mitnehmen. Aber gut, dass Sie herkommen konnten, um mit ihm zu sprechen. Wir versuchen, das so schnell wie möglich zu klären.«

»Ich habe den Eindruck, dass er ziemlich verloren ist ohne seine Geige. Ist die noch bei ihm zu Hause? Ich könnte sie holen und herbringen, wenn das in Ordnung ist.«

Larsson kratzte sich am Kopf, wirkte mit einem Mal unsicher.

»Oh, da bin ich überfragt«, sagte er. »Das muss Rantatalo entscheiden.«

»Hab ich da meinen Namen gehört?«, fragte Maja-Sofia Rantatalo, die neben ihnen aufgetaucht war. »Ach, der neugierige Pfarrer ist zu Besuch, wie ich sehe. Schön, dass Sie extra wegen Markus hergekommen sind. Vielen Dank dafür.«

Larsson wandte sich an seine Kollegin.

»Was machen wir jetzt mit der Geige? Die ist noch bei ihm zu Hause, oder?«

»Sundell wollte absolut nicht, dass er sie mitbringt«, sagte sie und runzelte die Stirn. »Warum?«

»Er scheint sie wirklich zu brauchen«, mischte sich nun Samuel ein. »Ich glaube, er wäre viel ruhiger, wenn er sie bei sich hätte. Wäre das möglich, was meinen Sie?«

Er betrachtete Maja-Sofia genau, während sie ihre Antwort formulierte. Zwischen ihren Augenbrauen tauchte eine sehr niedliche Falte auf. Und diese schmalen Augen hatten schon etwas sehr Spezielles. Und dieser Mund, er war hübsch und wohlgeformt.

»Das tut mir leid, und ich kann Ihren Gedankengang gut nachvollziehen, aber ich weiß wirklich nicht, ob wir da was machen können«, sagte sie und riss ihn damit aus seinen hinfort galoppierenden Gedanken. »Sundell scheint da ihre eigenen Vorstellungen zu haben.«

»Sundell? Ist das diese dickfellige Frau, die vor Markus' Haus stand und so rumgebrüllt hat?«

Larsson lachte leise, und Maja-Sofia riss sich die Hand vor den Mund und warf schnell einen Blick den Flur entlang, um sicherzustellen, dass ihnen niemand zuhörte. Sie antworteten nicht, aber das war auch nicht nötig.

»Okay«, sagte Samuel. »Ich glaube, ich hab schon verstanden. Trotzdem werde ich mal zu ihm nach Hause fahren und schauen, ob ich die Geige auftreiben kann.«

»Da ist gerade die Spurensicherung«, erinnerte ihn Maja-Sofia.

»Ich weiß«, erwiderte Samuel. »Aber die Wege des Herrn sind unergründlich, das wissen Sie doch. Der arme, kleine Mann dort ist kein Schurke, und wenn ich dafür sorgen kann, dass es ihm ein bisschen besser geht, indem ich seine Geige herbringe, dann will ich das herzlich gern versuchen. Wenn die ranghöchste Henne mir dazu ihre Vorstellungen mitteilen will, kann sie sich gern direkt an mich wenden.«

Auf der Rückfahrt nach Klockarvik dachte Samuel über das Wenige nach, was er bisher hatte in Erfahrung bringen können. Welchen Grund sollte Markus haben, diesen fürchterlichen Mord zu begehen? Die Cousins hatten ihm erzählt, dass Markus' Vater eins der höheren Tiere der Gegend sein könnte. Was, wenn an dem Gerücht etwas dran war? Würde das als Motiv ausreichen? Oder war es Hass? Geldsorgen oder der Wunsch nach Kontakt zur eigentlichen Familie? Oder war Markus einfach ein Sonderling? Jemand, über den kaum wer etwas wusste und der plötzlich durchdrehte und die denkbar schlimmsten Verbrechen beging? Das Letzte hielt Samuel für äußerst unwahrscheinlich, denn dann hätte er ganz anders auf den Besuch der Polizei reagiert. Aber sicher konnte man sich natürlich nie sein.

Es hatte zu dämmern angefangen, als Samuel vor Markus' kleinem Haus parkte. Von der Kriminaltechnik war nichts mehr zu sehen, aber das Haus war noch mit Flatterband abgesperrt. Samuel streifte seine feinen Handschuhe über, hob das Flatterband an, schlüpfte darunter hindurch, ging zum Eingang und drückte die Türklinke hinunter. Wenig überraschend war die Tür abgeschlossen. Aber hier auf dem Land lag der Schlüssel meist irgendwo versteckt. Er schaute nach oben und tastete den Balken der Veranda ab. Es klapperte und dann fiel etwas Blankes in den Schnee vorm Haus. Nach kurzer Suche fand er den Schlüssel und konnte die Tür öffnen.

Samuel wollte kein Licht anmachen und damit unnötig viel Aufmerksamkeit erregen. Mithilfe der Lampe an seinem Handy bewegte er sich durchs Haus, doch viel Licht spendete sie nicht, weshalb er fast sofort über ein Stiefelpaar stolperte. Etwas vorsichtiger manövrierte er sich zwischen Zeitungsstapeln hindurch in die Küche. Dort ließ er den Lichtkegel umherwandern. Eine Geige oder ein Geigenkasten … Was suchte er eigentlich? So viele Zeitungsstapel, selbst auf dem Küchentisch türmten sie sich. Unendlich viele Tageszeitungen – und obendrauf ruhte der Geigenkasten. Was für ein Glück! Er musste nicht das ganze Haus durchsuchen. Er öffnete den Kasten, alles war da. Die Geige, der Bogen und ein Harzstück. Samuel machte ihn schnell wieder zu, klemmte ihn sich unter den Arm und verließ das Haus, schloss die Tür ab und legte den Schlüssel wieder auf den Balken. Dann trug er den Geigenkasten zu seinem Wagen, und als er gerade die Fahrertür geöffnet hatte, rauschte mit Vollgas ein Auto an ihm vorbei, das ihn aufblicken ließ. Es kam aus dem Dorf und bog rasant in den Weg ein, wo es seines Wissens nach keine weiteren Häuser gab und niemand sonst wohnte. Wie sonderbar, dachte er. Aber weil die Reifen so viel Schnee aufwirbelten, hatte Samuel trotz

aller Anstrengung weder das Kennzeichen erkennen können noch um welche Marke es sich handelte oder wer am
Steuer saß.

~ NEUNZEHN ~

Mittwoch, 30. November

Samuel nahm einen der Zahnstocher aus dem Ständer am Tisch und versuchte, ihn diskret zu benutzen, während er sich im Restaurant des Hotels umsah. Eine Gruppe von etwa zehn Besuchern hatte gerade unter viel Gelächter ihr Mittagessen abgeschlossen. Er selbst war auch sehr zufrieden mit seiner Mahlzeit. Selbst gemachte Frikadellen gab es gerade eher selten für ihn. Besonders mit Kartoffeln und frischem Gurkensalat.

Er schob den Zahnstocher in seine Serviette und trank den Kaffee aus. Es war kurz nach eins und nur vereinzelte Tische im Restaurant waren besetzt. Kein bekanntes Gesicht war dabei, wurde ihm da bewusst. Aber mit der Zeit würde er die Dorfbevölkerung schon noch besser kennenlernen. Wenn er denn wollte. Schließlich hatte er hier nur eine Übergangsstelle für ein halbes Jahr angenommen, die schon bald zur Neubesetzung ausgeschrieben werden würde. Jemand mit einer Vorliebe für Dalarna war vielleicht gerade auf der Suche, würde herkommen und für immer und ewig bleiben. Das hatte Samuel nicht vor. Er hatte die Ausschreibungen in der Kirchenzeitung fest im Blick auf der Suche nach einer für ihn passenderen Stelle. Das hier war für seinen Lebenslauf nur ein befristeter Ausrutscher aufs Land.

Er ließ den Blick zum Empfangsbereich und der prächtigen Treppe ins nächste Stockwerk wandern. Sie hatten erstklassige Arbeit bei der Renovierung des alten Hotels geleistet, Finn Mats Hansson und sein Geschäftspartner, wie immer sein Name noch mal war. Samuel stand auf und ging zur Rezeption. Dort saß eine Frau, die wie gebannt auf den Bildschirm vor ihr starrte.

»Hallo«, sagte Samuel.

Sie schreckte auf.

»Oh, Entschuldigung! Ich habe Sie gar nicht kommen sehen.« Sie nickte zu seinem Kollar. »Sind Sie der neue Pfarrer?«

»Ja, mein Name ist Samuel Williams. Schön, Sie kennenzulernen.«

»Anna Lilja«, stellte sie sich vor, obwohl er das auch auf ihrem Namensschild lesen konnte.

Sie streckte die Hand aus und schüttelte fest die seine.

»Ich wollte fragen, ob ich mich mal umschauen dürfte. Das Hotel sieht so toll aus, das muss viel Mühe gemacht haben. Vielleicht bietet es sich ja als Unterkunft für zukünftige Kirchengäste an.«

Sie antwortete nicht gleich, sondern musterte ihn erst kurz.

»Finn Mats Hansson hat das hier in Gang gebracht«, sagte sie dann. »Er war ziemlich auf Zack. Nichts war unmöglich. Selbstverständlich ist sein Fortgang bedauerlich, aber gleichzeitig ist es dadurch viel ruhiger.«

»Ach?«

»Ich will jetzt nicht hier stehen und mich beklagen, aber er war ziemlich fordernd, um es mal so auszudrücken. Er und Micke hatten sich recht oft in der Wolle«, erklärte sie.

»Micke?«, fragte Samuel, obwohl ihm klar war, wen sie meinte.

»Mikael Vedberg, der Miteigentümer«, sagte sie. »Oder wie immer die Verhältnisse auch waren. Aber was steh ich hier und tratsche. Bitte, schauen Sie sich gern um. Hier haben Sie den Schlüssel für eine sehr schöne Suite im ersten Stock.«

Samuel nahm ihn entgegen und versuchte, sich nicht anmerken zu lassen, wie erstaunt er darüber war, wie leicht er nicht nur einen Schlüssel, sondern auch die Erlaubnis – ja, fast schon Aufforderung - bekommen hatte, sich umzusehen. Er nahm die prächtige Treppe hinauf in den ersten Stock und erreichte einen breiten Flur. Sofort hatte er den Eindruck, in einem Hotel der Großstadt zu sein.

Er fand die richtige Tür und betrat eine weitläufige Suite. Ihr lieben Mächte, wie herrlich! Die musste er mal buchen, wenn Marit zu Besuch kam. Das wäre eine vortreffliche Überraschung. Vom Fenster aus konnte er über die Felder sehen, in denen immer wieder Ansammlungen kleiner, roter Häuser standen, bis schließlich der Wald anschloss. Ein Stück hinter dem Hotel verlief die Eisenbahnlinie. Er öffnete das Fenster und schaute auf eine Holzterrasse hinab, auf der ein Holzpool stand. Er war abgedeckt, aber konnte sicher auch im Winter verwendet werden, wenn das Wasser geheizt wurde. Wie wunderbar das sein musste, dort umschlossen von Wärme zu liegen, den Blick in den Himmel gerichtet.

161

Er wurde neugierig auf den Pool und beschloss, ihn sich näher anzuschauen. Er verließ die Suite, nahm die Treppe nach unten und bog in den nächstbesten Gang, in der Hoffnung, von dort auf die Terrasse zu gelangen, aber er fand keinen Ausgang. Vielleicht gelangte man über den Keller dorthin? Denn es musste ja einen Keller mit Duschen und Umkleide geben, oder? Am Ende des Flurs war ein kleines Schild, das den Wellnessbereich ankündigte, zu dem man über eine schmale Treppe gelangte. Dort fand er endlich, was er gesucht hatte: einen Raum zur Entspannung mit einem kleinen Pool und der Tür zum Außenbereich.

Samuel prüfte die Klinke. Natürlich abgeschlossen. Er schaute sich um, vielleicht war der Schlüssel ja ganz in der Nähe. Er tastete oben den Türrahmen ab, aber ohne Erfolg. Ganz so leicht wie bei Markus war es in einem Hotel wie diesem offenbar nicht. Am Ende der Treppe befand sich ein sehr kleiner Tresen. Er ging dahinter und durchsuchte die Regalfächer. Tatsächlich fand er einen kleinen Plastikkorb mit Schlüsseln, die alle ordentlich beschriftet waren.

»Yes«, flüsterte er, als er den richtigen Schlüssel in der Hand hielt. »Zum Pool«, stand auf dem Anhänger.

Er schloss die Tür auf und blieb dann kurz auf der Holzterrasse stehen, um die matte Dezembersonne zu genießen. Fackelgleiche Kerzenhalter hingen an den Wänden bereit, um an dunklen Winterabenden für schönes Licht zu sorgen, wenn jemand sich im Pool erholte. Ohne richtig zu wissen, warum, fing Samuel an, die Kerzenhalter zu zählen. In der Mitte kam er jedoch ins Stocken, also setzte er von der anderen Seite neu an. Wieder kam er in der Mitte ins

Stocken. Er erkannte, dass einer der Halter fehlte, genau in der Mitte. Es hätten zehn sein müssen, aber es waren nur neun.

Samuel blieb völlig reglos stehen und versuchte zu verstehen, was er da sah. Konnte das der Leuchter sein, von dem Markus gesprochen hatte? War die Kriminaltechnik nicht längst hier gewesen? Er holte sein Handy hervor und wählte ihre Nummer. Sollte sie ihn doch stur oder aufdringlich finden, das musste er ihr einfach mitteilen.

»Polizei Mora, Rantatalo«, meldete sie sich. Über ihren so melodischen Akzent musste er gleich lächeln. Wie irritierend, sofort wurde er wütend auf sich, weil er sich so leicht ablenken ließ. Er rief doch wegen eines ernsten Anliegens an, er musste sich wirklich zusammenreißen.

»Samuel Williams«, meldete er sich. »Ich bin im Neuen Hotel in Klockarvik.«

Ihr tiefes und enttäuschtes Seufzen war nicht zu überhören, aber er ging einfach darüber hinweg. Sie musste erfahren, was er gerade entdeckt hatte.

»Pfarrer Williams«, sagte sie. »Ja, wo sollte die Kelle sonst sein als mitten in der Suppe? Was wollen Sie diesmal?«

Er ließ sich nicht davon abbringen, wie sarkastisch sie klang. Sie musste nur hören, was er zu sagen hatte, dachte er sich. Kriminalkommissarin Rantatalo würde sich ihm zu Füßen werfen, sobald sie von seiner Entdeckung erfuhr.

»Haben Sie so eine Art Fackelhalter für den Garten bei Markus gefunden?«, fragte er ohne Umschweife.

Am anderen Ende wurde es still. Manchmal sagte Schweigen mehr als tausend Worte, das hatten ihn die vielen Gespräche gelehrt, die er schon geführt hatte.

»Also ja«, antwortete er sich selbst. »Dann habe ich das also richtig gedeutet, Markus hatte sich da nicht so klar ausgedrückt. Ich habe jedenfalls den Ort gefunden, an den dieser Halter eigentlich gehört.«

»Was bitte haben Sie?«

»Wenn keiner Ihrer Experten schneller war, dann habe ich wohl den Tatort gefunden«, sagte er. »Den Ort, an dem Finn Mats Hansson bewusstlos geschlagen wurde.«

»Samuel Williams, sind Sie sich wirklich sicher mit dem, was Sie da behaupten?«, fragte Maja-Sofia mit ernster Stimme.

»Ja, ganz sicher. Kommen Sie zum Neuen Hotel. Am besten direkt auf die Rückseite, das wäre am einfachsten. Dort fehlt einer der Kerzenhalter an der Wand hinter dem Außenpool.«

Sie legten auf. Samuel blieb erst mal reglos stehen und genoss die Aussicht. Plötzlich hörte er Schritte hinter sich. Anna Lilja von der Rezeption war aufgetaucht.

»Was machen Sie denn hier?«, fragte sie ohne jede Spur von Freundlichkeit. »Für diese Tür hatten Sie doch gar keinen Schlüssel.«

»Ich muss falsch abgebogen sein«, murmelte er. »Der Schlüssel steckte, da bin ich kurz rausgekommen. Der Pool sieht gemütlich aus.«

Sie beäugte ihn misstrauisch, schob ihn dann wieder in den Wellnessbereich und schloss die Tür hinter ihnen, bevor sie ihm die offene Hand hinhielt.

»Oh, klar«, sagte er und legte den Schlüssel zur Suite hinein. »Sehr, sehr schön. Vielen Dank für die Möglichkeit, mich mal umzuschauen.«

Samuel verließ das Hotel und wartete am Hintereingang. Zwanzig Minuten später hielt ein Zivilfahrzeug direkt neben der Holzterrasse. Nachdem Maja-Sofia Rantatalo und ihr Kollege, der Soundso Larsson hieß, ausgestiegen waren und ihm zugenickt hatten, deutete er zur Wand.

»Dort«, sagte er. »Mir ist unbegreiflich, wie Sie das übersehen konnten.«

Dafür erntete er einen finsteren Blick von Maja-Sofia, und das gar nicht zu Unrecht. Seine Aussage war eine schlecht kaschierte Kritik an ihrer Arbeit.

»Man kann die Kerzenhalter von hier sehen.« Er zeigte in die Mitte. »Einer fehlt, das müsste der sein, den Sie bei Markus gefunden haben, also …«

»Wie sind Sie denn da hochgekommen?«, unterbrach sie ihn. »Das sind ja ein paar Meter von hier.«

»Ich bin durch den Wellnessbereich gegangen«, sagte er. »Ich war im Hotel, habe mir die Räumlichkeiten angesehen. Das hat mir die nette Dame von der Rezeption erlaubt. Sie hat mir sogar den Schlüssel für eine der Suiten gegeben.«

»Mit anderen Worten haben Sie hier rumgeschnüffelt«, stellte Maja-Sofia fest. »Larsson, wir gehen rein. Von hier kommen wir nicht nah genug ran. Sie warten hier draußen.«

Ein völlig unnötiger Hinweis, Samuel hatte gar nicht vorgehabt, sie zu begleiten. Er wartete darauf, dass sie auf der anderen Seite auftauchten, und schon bald öffnete sich die

Tür zur Holzterrasse. Die beiden Polizisten kamen mit blauen Schutzüberziehern an den Schuhen heraus. Da wurde ihm plötzlich bewusst, was er getan hatte: Er war am Tatort rumgetrampelt und hatte sicher wichtige Spuren zerstört. Wie unfassbar dumm! Aber er hatte das ja nicht wissen können, schließlich hatte er erst danach die Kerzenhalter entdeckt. Die Frage war nur, was Maja-Sofia Rantatalo später dazu zu sagen hatte.

Larsson machte Fotos von den Halterungen, dem Pool und der Umgebung. Maja-Sofia verschwand, kam mit der Rezeptionistin zurück und fragte sie, wann der Pool zuletzt benutzt worden war.

»Der wurde noch gar nicht benutzt«, antwortete sie. »Wir konnten ihn bisher noch nicht einweihen. Eigentlich war das fürs kommende Wochenende geplant, aber das war vor Hanssons Tod.«

»Leider kann ich das sowieso erst mal nicht gestatten«, sagte Maja-Sofia. »Vielmehr brauche ich jemanden, der das Schloss austauscht oder erst mal ein Vorhängeschloss anbringt. Der Wellnessbereich muss auf jeden Fall sofort und bis auf Weiteres geschlossen werden.«

Die Rezeptionistin nickte und verschwand wieder im Hotel, wahrscheinlich, um schnell den nächstbesten Schlosser aufzutreiben.

»Herr Pfarrer«, sagte Larsson, »könnten Sie mal das Absperrband aus dem Kofferraum holen und mir hier hochreichen?«

Natürlich konnte Samuel das, und schon bald war der Pool ein gesicherter Tatort. Auch Maja-Sofia hatte in der

Zwischenzeit etwas entdeckt. Sie zeigte auf die Kante des Pools.

»Mach mal ein Foto, Larsson. Das sieht aus wie getrocknetes Blut, aber das wird die Kriminaltechnik später genauer bestimmen können.«

»Mist, die Kamera liegt im Auto«, sagte Larsson. »Wieso gibt es hier denn keine Treppe? So muss ich ja einmal außen rum laufen. Schade, dass wir keine Leiter im Auto haben. Der Pfarrer hätte sich noch mal nützlich machen können.«

Maja-Sofia schaute zu Samuel, als hätte sie vergessen, dass es ihn überhaupt gab. Als wäre sie überrascht, ihn dort zu sehen.

»Samuel Williams, Sie müssen nicht warten«, sagte sie.

»Aber ...«

»Wir übernehmen. Und Sie haben sicher anderes zu tun, nehme ich an?«

Samuel kam sich schrecklich abgewiesen vor. Da hatte er ihnen einen vermeintlich wichtigen Ort für die Ermittlungen gezeigt, und sie sagte einfach nur, er solle gehen. Wäre er nicht so aufmerksam gewesen, hätten sie den Tatort noch gar nicht gefunden. Vielleicht sogar nie. Er schlug den Mantelkragen hoch, zog seine Handschuhe an und ging davon.

»Danke für Ihre Hilfe«, rief sie ihm nach. »Das war sehr aufmerksam von Ihnen. Wir melden uns.«

Samuel winkte wenig enthusiastisch und setzte seinen Weg zum Gemeindehaus fort. Denn eigentlich hatte sie tatsächlich recht, er hatte anderes zu tun.

~ ZWANZIG ~

Donnerstag, 1. Dezember

Maja-Sofia Rantatalo riss das gestrige Datum vom Kalender im Besprechungszimmer. Heute war Donnerstag, der 1. Dezember, Namenstag von Oskar und Ossian. Ein Tag, den sie liebend gern überspringen würde. Sie knüllte das Blatt zusammen und warf es in den Müll. Da war der Advent schon fast eine Woche alt, und sie hatte zu Hause noch nicht mal Sterne ins Fenster gehängt oder sonst irgendwie geschmückt. Ehrlich gesagt hatte sie das schon lange nicht mehr getan, nicht seit das Allerschlimmste passiert war. Es ging einfach nicht. Bei ihr wollte keine Weihnachtsstimmung aufkommen, aber für dieses Jahr hatte sie sich fest vorgenommen, es mal wieder zu versuchen. Sie wollte ihre eigene Weihnachtstradition etablieren. Danne Ylitalo würde nicht noch einmal Gelegenheit dazu bekommen, ihr Weihnachten zu zerstören – oder ihr Leben.

Gestern Abend hatte ihr Telefon geklingelt, und als sie abhob, vermeldete eine automatische Stimme: »Ein Insasse aus dem Strafvollzug möchte mit Ihnen sprechen. Um das Gespräch anzunehmen, drücken Sie die Rautetaste«. Maja-Sofia hatte, wie immer, sofort aufgelegt und wusste, dass Danne dieselbe automatische Stimme hören würde, die ihm mitteilte, dass sie das Gespräch abgelehnt hatte. Immerhin hatte sie das erst mal wieder hinter sich. Ein schwacher Trost, denn sie wusste, dass er niemals aufgeben würde. Es brauchte schon ein Wunder, dass er endlich aufhörte, sie zu kontaktieren, und damit war nicht zu rechnen.

Maja-Sofia verscheuchte die finsteren Gedanken und konzentrierte sich stattdessen auf Weihnachten. Sie liebte die traditionellen Köstlichkeiten dieser Jahreszeit, aber das Backen lag ihr so gar nicht. Deshalb hatte ihre Mutter versprochen, ihr Anisbrot, Safrangebäck, Pfefferkuchen und Brotkäse zu schicken. Das ließ sie an ihren Vater denken. Yngve Rantatalo, legendärer Ermittler in Kiruna und Umgebung. Sooft sie konnte, hatte sie ihn in ihrer Kindheit begleitet, weshalb ihr die Berufswahl nie schwergefallen war. Selbstverständlich wollte auch sie zur Polizei. Wenn sie ihren Vater doch nur um Rat hätte fragen können. Aber nicht nur befand er sich so viele Kilometer entfernt, nein, er hatte noch dazu mit der Pensionierung jedes Interesse an der Polizeiarbeit abgelegt und beschäftigte sich nur noch mit Skifahren, Kreuzworträtseln und Urlaubsreisen in die Sonne mit Maja-Sofias Mutter.

Knis Petter Larsson und Martina Jarning kamen herein und setzten sich an den Tisch. Jeanette Sundell hatte angedroht, ebenfalls vorbeizukommen, aber erst am Nachmittag. Das war gut, so konnten sie sich erst mal einen ungestörten Überblick über alles verschaffen, was vorlag und anstand, ohne Rücksicht auf sie nehmen zu müssen. An der Magnettafel prangte in der Mitte all ihrer zusammengetragenen Daten ein Foto des Opfers. Alle Personen, die mit ihm in Verbindung standen, waren ebenfalls vertreten, ein paar mit Foto, ein paar nur mit Namen. Markus war neu hinzugekommen, und Amanda Snygg war ein wenig zur Seite gewandert, um Platz für eine Aufnahme des Orts zu machen, an dem Hansson mit höchster Wahrscheinlichkeit bewusstlos geschlagen worden war.

»Jarning!«, setzte Rantatalo an. »Gute Arbeit mit der Tafel. Sollen wir mal alles durchgehen?«

»Klar«, sagte Jarning und stand auf. »Fangen wir mit dem Pool im Hotel an, und allen, die mit dem Opfer dort gewesen sein könnten. Viele kommen nicht infrage. Sein Sohn Viktor war nach eigenen Angaben zum Tatzeitpunkt nicht in Klockarvik. Angeblich war er in Östersund.«

»Aber war er das wirklich?«, fragte Larsson. »Er hätte ein finanzielles Motiv, um nach Klockarvik zu kommen, seinen Vater zu töten und dann wieder nach Östersund zu fahren. Theoretisch ist das mit dem Auto durchaus schaffbar. Die Frage ist nur, ob Geld ein ausreichend starkes Motiv ist.«

»Er hat ein Auto, einen alten Käfer«, sagte Jarning. »Möglich wäre das also allemal. Und im Hotel seines Vaters kann er sich sicher auch frei bewegen. Dass er sich dort aufhielt, wäre also ebenfalls nicht sonderlich überraschend.«

Rantatalo deutete zur Tafel.

»Was wissen wir über Amanda Snygg? Sie könnte in diesem Zusammenhang auch interessant sein.«

»Ja, Amanda. Da wird's spannend«, sagte Jarning. »Ich habe noch mal mit ihr gesprochen, und ein wasserdichtes

Alibi hat sie für die Mordnacht nicht. Wie ihr ja wisst, hatte sie ein Zugticket nach Östersund, und als ich ihr klarmachte, dass sich niemand vom Zugpersonal an sie erinnern konnte, wurde sie unglaublich wütend und beschimpfte das Personal aufs Übelste. Sie beharrt darauf, dass sie in besagtem Zug saß und weder in Hanssons Villa war noch im Hotel.«

Rantatalo nickte.

»Irgendwas hat sie definitiv zu verbergen«, kommentierte Larsson.

»Den Eindruck habe ich auch«, stimmte Jarning zu. »Wäre nur gut, wenn wir wüssten, was.«

»Ich bin ganz eurer Meinung«, sagte Rantatalo. »Ich finde sie auch sehr verdächtig. Aber schauen wir erst mal weiter.«

»Da ist noch die Ehefrau, die nicht nur wahnsinnig wütend ist, sondern auch ein Motiv hat«, fasste Jarning zusammen. »Und auch wenn wir gerade eher zu Amanda tendieren, könnte es sehr gut Liss Katrin Hansson gewesen sein. Stark und durchtrainiert ist sie auch. Und das muss man sein, um einen erwachsenen Mann zu bewegen, sofern man keine Hilfe hat.«

»Noch dazu haben wir ihr Geständnis, auch wenn das nicht viel wert ist«, sagte Larsson. »Allerdings hat Sundell sie ja praktisch von den Ermittlungen ausgeschlossen.«

»Vielleicht aber zur Abwechslung mal keine so schlechte Entscheidung von der Sundell«, sagte Maja-Sofia. »Katrin Hansson hat zwar gestanden, aber es war ja offensichtlich, dass sie das nur getan hat, um von ihrem Sohn abzulenken.«

171

Maja-Sofia musterte die Magnettafel. Übrig waren nur noch der immens frustrierte Geschäftspartner namens Mikael Vedberg, der Kantor Gunnar Halbton Halvarsson und Malin Knutsson, die Chefin des Fjällhotels. Und natürlich Markus, der gerade in Untersuchungshaft saß.

»Und was sagen wir zum Rest?«, fragte sie. »Sein Geschäftspartner zum Beispiel. Der hätte doch auch ein Motiv, oder?«

»Und ob«, sagte Larsson. »Der Mann ist am Boden zerstört. Sein gesamtes Vermögen und damit auch die Möglichkeit auf ein einigermaßen erträgliches Leben ist futsch. Dazu hat er einen Kredit aufgenommen und alles ins Hotel investiert, aber wurde dabei völlig von Hansson an der Nase herumgeführt.«

»Absolut«, stimmte Jarning zu. »Ich hab beim Amt für Beitreibung nachgehakt. Das Wort Katastrophe trifft es nicht mal im Ansatz.«

»Kaum hatte er investiert und Hansson, was er wollte«, erläuterte Larsson, »hat Mats seinen Partner aus dem Geschäft gedrängt. Angeblich, weil er nicht länger mit ihm zusammenarbeiten wollte. Laut Vedbergs Aussage durfte er nicht mehr ›mitmischen‹, blieb aber allein auf den immensen Schulden sitzen.«

»Und jetzt erwartet ihn ein Leben bei Wasser und Brot?«, fragte Maja-Sofia.

»So ungefähr«, sagte Jarning. »Zumindest ein Alltag mit Reis und Bohnen. Und ganz bestimmt keine gemütlichen Freitagabende mehr mit teurem Whisky, was sicher eins seiner großen Hobbys ist.«

»Wie sehr du dich in ihn hineinversetzen kannst.« Larsson lachte.

»Mit dem möchte ich noch mal sprechen«, sagte Rantatalo. »Er kennt doch bestimmt jeden Winkel und jedes Versteck des Hotels. Außerdem hat er ein starkes Motiv. Wie steht es um sein Alibi?«

»Soweit wir wissen, war er zur Tatzeit in seiner Hütte«, sagte Jarning, »und Malin Knutsson hat bestätigt, dass sie ihn hingefahren hat. Aber natürlich wissen wir nicht, wie glaubwürdig sie ist. Sie sind eng befreundet, vielleicht deckt sie ihn.«

»Sind sie zusammen?«, fragte Maja-Sofia.

»Es macht nicht den Eindruck, aber genau weiß ich das natürlich nicht«, sagte Larsson.

Jarning und Larsson berieten weiter über die unterschiedlichen Verdächtigen und ihre möglichen Motive. Maja-Sofia verlor für einen Moment den Fokus, denn ihr fiel ein, dass sie auch noch einen Weihnachtsbaum besorgen musste. Sie sollte wenigstens versuchen, es sich gemütlich zu machen. Ihr Magen zog sich bei dem Gedanken förmlich zusammen, aber sie hatte nun mal entschieden, sich in diesem Jahr ihren Dämonen zu stellen. Schließlich lag die Katastrophe nun schon elf Jahre zurück. Allerdings besaß sie gar keine Weihnachtsdeko, sie musste also einen Ausflug ins Dorf einplanen. Vielleicht ein paar Dalapferde als Anhänger für den Baum? Die müssten ja leicht zu bekommen sein. Möglich, dass sie auch in einem Secondhandladen fündig wurde.

Ihr Magen fing an zu knurren. Bald war es Zeit, sich in

der Stadt was zu essen zu besorgen. Eine ausgedehnte Mahlzeit würde ihr guttun, während der sie den Gedanken freien Lauf lassen konnte. Dann kamen die Antworten meist von allein. Vielleicht sollte sie direkt danach einen Abstecher zum Kramladen machen. Am besten ließ sich das Chaos im Kopf während einer Skitour ordnen, aber dazu reichte die Zeit nicht. Dabei könnte sie die Bewegung auch gut brauchen, um die Gedanken an den neuen Pfarrer loszuwerden, der ständig auftauchte. So irritierend. Er sollte wissen, wo die Grenze war, und sich nicht in ihre Arbeit einmischen. Trotzdem war es natürlich eine große Hilfe, dass er die Halterung der mutmaßlichen Mordwaffe entdeckt hatte, das musste sie widerwillig eingestehen.

»Was ist denn mit dem Kantor?«, fragte sie, um sich wieder am Gespräch der Kollegen zu beteiligen.

»Tja«, machte Jarning. »Der hat Hansson auch Geld geliehen, aber nicht mal im Entferntesten in den Dimensionen, in denen sich das bei Vedberg bewegt. Nur zweihunderttausend Kronen.«

»Nur?« Maja-Sofia lachte. »*Perkele*, was für eine Summe. Aber mordet man für den Betrag? Vielleicht, oder? Kommt drauf an, was man damit eigentlich vorhatte.«

Sie verfielen in Schweigen und dachten über Rantatalos Worte nach. Maja-Sofia betrachtete die Namen an der Tafel nacheinander. Die Ex-Frau, die gestanden hatte, aber wohl nur, um den Sohn zu schützen, den sie aus unerfindlichen Gründen für den Täter hielt. Markus, der vermutlich keiner Fliege was zuleide tun konnte. Wer war er eigentlich genau? Hatte er noch Verwandtschaft?

»Jarning, kannst du Markus noch mal gründlich prüfen? Hat der noch Verwandte im Dorf?«

»Wird gemacht«, antwortete sie.

»Okay, dann machen wir jetzt Mittagspause«, sagte Maja-Sofia und erhob sich von ihrem Stuhl. »Und wenn wir wieder da sind, müssen wir durchstarten, nicht dass die Sundell wirklich noch Verstärkung rufen muss.«

»Das wird sie nicht tun«, sagte Larsson bestimmt. »Sie hat doch längst entschieden, dass wir den Fall unter allen Umständen selbst lösen.«

Kurz darauf drängten sie sich um einen der winzigen Tische im Zorn-Café und aßen die Tagessuppe mit köstlichem, selbst gemachtem Sauerteigbrot. Dazu sprachen sie über alles zwischen Himmel und Erde, nur nicht über den Mord. Der eine oder die andere erkannte sie und grüßte, aber weil sie in zivil unterwegs waren, zogen sie nicht unbändig viel Aufmerksamkeit auf sich.

»Die war gut«, sagte Maja-Sofia und legte den Löffel in den nun leeren Teller. »Topinambursuppe bekommt man auch nicht alle Tage. Möchte jemand Kaffee? Ich gehe welchen holen und nehme auch gern schon eure leeren Teller mit.«

Maja-Sofia stand auf und brachte das Geschirr zur Sammelstelle. Als sie sich gerade umgedreht hatte, um zum Kaffeetisch zu gehen, entdeckte sie ein Paar am Tresen. Ein großer, schlaksiger Typ und ein blondes Mädel mit langen Wimpern. Schnell befüllte sie drei Tassen und eilte zurück zu ihrem Tisch.

»Guckt mal, wer da an der Kasse steht«, flüsterte sie.

»Da schau an: Viktor und Amanda«, flüsterte Jarning. »Sagen wir das nicht schon die ganze Zeit? Da läuft doch offensichtlich was zwischen den beiden.«

~ EINUNDZWANZIG ~

Gunnar Halbton Halvarsson hatte ihnen sehr deutlich zu verstehen gegeben, dass er keine Zeit hatte, zu ihnen aufs Revier zu kommen. Knis Petter Larsson musste sich also auf den Weg nach Klockarvik machen, um ihn in der Kirche auf der Chorempore zu treffen.

»Ich habe so viel um die Ohren wegen Lucia und Weihnachten, da kann ich keine Fahrt nach Mora unterbringen«, hatte er gesagt, und Larsson hatte nichts gegen den Ausflug einzuwenden gehabt. Es war befreiend, das Revier mal zu verlassen und sich ins Feld zu stürzen.

Larsson öffnete die große Kirchentür und schlüpfte hinein. Die Kirche wurde erfüllt von einer Orgelmelodie, die ihm vage bekannt vorkam. Irgendein Weihnachtslied. Zuletzt war er zur Taufe des jüngsten Kindes seiner Schwester in der Kirche gewesen, und das war drei Jahre her. Das Mal davor war der Sohn seines Bruders konfirmiert worden. Vielleicht war es mal wieder Zeit. Er wählte eine Tür zur Linken, die ihn hoffentlich zur Chorempore hinaufbringen würde, sofern er sich nicht verkalkuliert hatte.

Oben angekommen begrüßte ihn Halvarssons Rücken. Der Kantor war völlig ins Spielen vertieft und schien seine

Ankunft nicht mitbekommen zu haben. Larsson räusperte sich, doch ohne Wirkung. Die Orgelmusik war nicht zu übertönen. Er suchte sich eine Sitzgelegenheit und wartete ab, bis Halvarsson fertig war. Der Ausblick von hier oben war mehr als angenehm, und die Weihnachtsmelodie sorgte für Entspannung im ganzen Körper. Eine willkommene Abwechslung von der Ermittlungsarbeit.

Die Musik verklang, und Gunnar Halvarsson drehte sich um.

»Mir war so, als hätte ich jemanden gehört«, sagte er und blinzelte Larsson über die Hornbrille auf seiner Nasenspitze hinweg an. »Sie sind vermutlich von der Polizei?«

Larsson hielt seine Dienstmarke hoch, damit Halvarsson sie sehen konnte.

»Knis Petter Larsson, Kriminalinspektor«, sagte er.

»Soso«, antwortete Halvarsson, »dann schießen Sie mal los. Ich habe nichts zu verbergen. Nicht viel jedenfalls.«

Larsson zog seinen Hocker näher zur Orgel und setzte sich dem Kantor direkt gegenüber. Halvarsson war nicht gerade groß und zudem recht schlank. Er war recht einfach gekleidet, und um ehrlich zu sein, sah es so aus, als würde er in Trainingssachen proben.

»Sind Sie unterwegs zum Sport?«, fragte Larsson.

»Ja, ich laufe ziemlich viel. Das brauche ich, weil ich tagsüber so viel sitze. So halte ich mich in Form. Bevor Sie erst fragen müssen, kann ich es ja auch selbst sagen: Ich war oft mit Mats Hansson laufen. Aber umgebracht habe ich ihn nicht.«

»Sie waren also befreundet?«

Halvarsson verschränkte die Arme vor der Brust und richtete den Blick in den Kirchenraum. Eine ganze Weile lang schwieg er.

»Tja, waren wir befreundet ...?«, sagte er schließlich. »Ich weiß nicht recht, was ich darauf antworten soll. Eine Freundschaft mit Mats fußte voll und ganz auf seinen Vorgaben und Bedürfnissen. Manchmal brauchte er jemanden, der mit ihm laufen ging, und dann war ich gefragt.«

»Was haben Sie am 22. November abends gemacht?«, fragte Larsson. »Das war ein Dienstag. Gern so ausführlich wie möglich, jedes Detail kann wichtig sein.«

Halvarsson strich sich das Kinn und ließ sich Zeit mit der Antwort.

»Ich war den Großteil des Abends hier«, setzte er an. »Der Kinderchor probt um sechs, und danach bin ich noch ein bisschen geblieben. Dann war ich im Gemeindehaus, um meine Sachen zu holen, und da habe ich den ganzen Kirchenrat getroffen, inklusive Mats. Sie waren gerade fertig geworden.«

»Haben Sie mit ihm gesprochen?«

Halvarssons Miene verfinsterte sich.

»Ja, habe ich. Ich habe ihn beiseitegenommen, um ihn zu fragen, wann ich denn mit dem Geld rechnen kann, das ich ihm geliehen habe.«

»Viel Geld?«

Halvarsson nickte.

»Das kann man wohl sagen. Zweihunderttausend, die ich beiseitegelegt hatte. Jetzt frage ich mich natürlich, ob ich das jemals wiedersehen werde.«

»Zweihunderttausend Kronen sind wirklich viel«, sagte Petter Larsson. »Was hat er geantwortet?«

Halvarsson lachte bitter.

»Er hat sein charmantestes Lächeln aufgesetzt, mir auf die Schulter geklopft und mir gesagt, ich solle mich beruhigen. ›Das Geld kommt‹, waren seine Worte. Ich solle mir keine Sorgen machen.«

»Wie haben Sie reagiert?«

»Ich war stinkwütend. Hab auf dem Absatz kehrtgemacht und bin abgehauen. Ich wäre liebend gern nach Hause zu meinem Freund gefahren, um erstklassigen Wein zu trinken und das Mitleid zu bekommen, das ich verdiente, aber das ging nicht.«

»Warum nicht?«

»Ich musste zum Stiftsgård nach Rättvik, wo ich ziemlich bald schlafen gegangen bin. Am nächsten Tag stand ein Treffen mit den Kirchenmusikern des Stifts an.«

Larsson schrieb mit.

»Wann sind Sie dort ungefähr angekommen?«

»Das müsste gegen zehn gewesen sein. Es war jedenfalls spät, da war niemand mehr an der Rezeption, es lag nur mein Zimmerschlüssel auf dem Tresen.«

»Vielleicht müssen wir auch noch mit Ihrem Freund sprechen. Würden Sie mir seinen Namen verraten?«

»Jonny. Jonny Olsson. Er ist aus Älvdalen. Aber wieso sagen ich Ihnen das, das hat ja eigentlich nichts mit dieser Sache zu tun.«

Das hatte es in der Tat nicht, dachte Larsson, notierte aber dennoch Telefonnummer und Adresse. Gunnar Halvarsson war dem Opfer am Mordabend sehr nahe gekommen. Aber vielleicht stimmte sein Alibi ja. Dann müsste er Klockarvik gegen neun verlassen haben. Ein Motiv hatte er jedenfalls, die Frage war nur, ob es ausreichend stark war.

»Jonny und ich wollten heiraten«, sagte Gunnar Halvarsson ungefragt. »Das Geld war für die Hochzeit gedacht, aber das ging ja nun ordentlich in die Hose.«

»Haben Sie Finn Mats Hansson ermordet?«

Gunnar Halvarsson schüttelte den Kopf.

»Verstehen Sie mich nicht falsch, das eine oder andere Mal hätte ich ihm gern eine verpasst«, sagte er. »Immer hatte er das Ruder in der Hand, immer habe ich ihm alles rechtgemacht. Schon seit der Grundschule. Und über die Sache mit dem Geld und der deshalb abgesagten Hochzeit bin ich natürlich traurig und wütend. Aber ihn deshalb ermorden? Nein, seinen Mörder finden Sie nicht auf der Chorempore in Klockarvik.«

Dann schwang er herum und haute erneut in die Tasten. Ohrenbetäubende Akkorde dröhnten aus der Orgel. Mehr würde Larsson nicht von ihm erfahren, so viel war klar. Er stand auf und ließ Gunnar Halbton Halvarsson an seiner Orgel zurück.

～ ZWEIUNDZWANZIG ～

Freitag, 2. Dezember

Maja-Sofia Rantatalo schloss die Tür zu ihrem Mietshäuschen hinter sich und machte so wenig Licht wie möglich, während sie ihre Jacke aufhängte und aus ihren Stiefeln stieg.

»Endlich Wochenende!«, sagte sie laut in die imposante Halle.

Ja, endlich. Zeit zum Alleinsein. Heute Abend musste sie nicht länger Kriminalkommissarin Rantatalo sein, nur noch Maja-Sofia. Die vergangenen drei Tage waren geprägt gewesen von den Vernehmungen all derer, die dem Opfer am nächsten standen. Sundell hatte sie angetrieben, und Larsson und Jarning hatten über allem gebrütet, was sie bisher zutage gefördert hatten.

Maja-Sofia ging direkt in die Küche. Sie liebte ihr kleines, gemütliches, aber auch recht ungewöhnliches ehemaliges Missionshaus. Jedes Nachhausekommen war wie eine warme Umarmung. Sobald die schwere Tür hinter ihr ins Schloss fiel, gab es nur noch Ruhe und Frieden.

Sie stellte ihre Einkäufe auf die Arbeitsfläche und fing an, auszupacken. Die kleine Sektflasche wanderte als erstes in den Kühlschrank, damit sie hoffentlich schnell kalt wurde.

Dann holte sie zwei Schüsselchen aus dem Schrank und füllte Chips und Erdnüsse hinein, bevor sie eine Dose Bier öffnete, das sie in der Zwischenzeit trinken wollte, bis die Wanne vollgelaufen war. Die war das allerbeste an diesem Häuschen und einer der Gründe, weshalb sie sofort zugesagt hatte. Eine Sauna und eine Wanne mit Relax-Düsen, genau das Richtige für eine müde Polizistin. Nirgendwo sonst konnte sie so gut abschalten. Draußen gab es sogar noch einen Whirlpool, kleiner als der im Neuen Hotel, aber für Maja-Sofias Zwecke völlig ausreichend.

Sie ging ins Bad, um das Wasser anzustellen. Dann zündete sie drei Kerzen an, die sie strategisch im Raum verteilte, und startete eine Klassik-CD. Kein Pop, kein Rock, keine schnellen Weihnachtslieder, nein, nur die sanften Töne eines Streichorchesters. Während die Wanne langsam volllief, zog Maja-Sofia sich aus. Jedes Kleidungsstück flog sofort in die Waschmaschine, und als sie fertig war, hängte sie sich den Bademantel um. Wie sehr hatte sie diesen Moment herbeigesehnt! Schon die ganze Woche lang. Wenn nichts Unvorhergesehenes geschah, hatte sie bis Montagmorgen frei, und das hatte sie auch dringend nötig. Sich mit etwas ganz anderem beschäftigen, um dann am Montag wieder mit frischem Geist parat zu stehen. Sie duschte schnell und huschte dann in die Sauna, wo sie so viel Wasser auf die Steine goss, bis es ordentlich dampfte und auf der Haut zwickte. Das war Genuss in Reinform.

Maja-Sofia blieb so lange in der Sauna, wie sie es aushielt, dann ging sie hinaus, duschte sich kalt ab, holte schnell den Sekt und glitt sogleich in die warme Wanne, wo sie sich von den Düsen massieren ließ. Sie schloss die Augen und dachte an nichts. Nicht mal an das Allerschlimmste, das sie schon so lange verfolgte und sich jeden Dezember umso stärker aufdrängte. Jahrelang hatte sie Weihnachten gar nicht feiern können, hatte absichtlich Sonderschichten übernommen und sich so über die Feiertage gerettet. Sie griff nach dem Sektglas.

»Prost!«, sagte sie laut. »Bald ist das hier vorbei, wir kriegen das hin.«

Die Frage war bloß, wie. Hätte sie doch nur die »Kräfte«, die eine ihrer Verwandten besaß. Eine Frau, die Dinge sah, die anderen entgingen. Sie nannte sich selbst Lapplandhexe, das Medium aus dem Norden. Zweifellos wäre sie eine unschätzbare Unterstützung für die Polizei, aber würde Maja-Sofia sie ins Boot holen, würden die Sundell und der Staatsanwalt in Falun an die Decke gehen.

Als das Wasser allmählich zu kühl wurde, stieg sie aus der Wanne und schlang den Bademantel um sich. Sie nahm die nun halb leere Sektflasche mit in die Küche, um sich etwas zu essen zusammenzustellen. Sie hatte Hunger, es sollte zum Sekt passen und Lust zu kochen hatte sie keine, deshalb mussten Walnüsse, ein Stück Grünschimmelkäse und ein paar Birnenscheiben reichen. Glücklich nahm sie ihre kleine Mahlzeit am Kamin ein.

Als sie satt und zufrieden war, blieb sie noch ein bisschen so sitzen und genoss einfach das Dasein. Sofort wanderten ihre Gedanken wieder zu dem neuen Pfarrer, den sie nun schon ein paar Tage nicht gesehen hatte. Samuel Williams, der Typ, der offenbar nicht anders konnte, als sich in ihre Arbeit einzumischen. Dabei sah er auch noch so verdammt gut aus, wie sie sich widerwillig eingestehen musste. Vielleicht würde sie einfach Sonntag in die Messe gehen. Nicht, weil sie sonderlich christlich war, aber das war zur Weihnachtszeit ja auch nicht unbedingt der ausschlaggebende Grund. Ohne die Gottesdienste kam man ja eigentlich gar nicht richtig in Weihnachtsstimmung. Außerdem konnte sie sich dann eine Meinung über den Kantor bilden, mit dem Larsson gesprochen hatte, dem armen Kerl, der es sich nicht länger leisten konnte, seinen Jonny aus Älvdalen zu heiraten. Larsson hatte auch mit Mikael Vedberg geredet und ihr noch vorm Wochenende erzählen können, was er herausgefunden hatte. Es war mehr als deutlich geworden, wie enttäuscht Vedberg von Finn Mats Hansson gewesen war.

»Aber getötet habe ich ihn nicht!«, hatte er geschrien. »Obwohl ich durchaus Lust dazu gehabt hätte. Dieser Drecskerl hat endlich bekommen, was er verdient hat. Er hat mein Leben ruiniert!«

Maja-Sofia legte Holz nach und setzte sich dann mit angewinkelten Beinen wieder aufs Sofa. Das Essen, der Alkohol und das warme Bad hatten sie müde gemacht, lange würde sie nicht mehr wachbleiben können. Kommende Woche mussten sie den Fall lösen, sonst würde Verstärkung geschickt. Sie schob den Gedanken beiseite. Erst mal brauchte sie eine ordentliche Mütze Schlaf und morgen eine ausgedehnte Langlauftour, um ihre Akkus aufzuladen. Ungebeten wanderten ihre Gedanken wieder zu diesem Pfarrer. Was machte ein Pfarrer an einem Freitagabend? An seiner

Sonntagspredigt schreiben? Wenn sie sich das nächste Mal sahen, würde sie ihn fragen.

Sie griff nach ihrem Handy und rief die Homepage der Lokalzeitung des Norrbottens auf. Sie wollte auf dem Laufenden sein über das, was in der Heimat geschah. Sie folgte auch ein paar Familienmitgliedern in den sozialen Medien. Kioskeinbrüche, Brände, illegale Jagd und Geschichten übers Tageslicht eng verwoben mit Geburts- und Todesanzeigen. Ihr Blick wanderte über die Seiten, bis er plötzlich hängen blieb. Eine kleine Notiz erregte all ihre Aufmerksamkeit. Sofort hatte sie das Gefühl, als würde sich eine eiskalte Hand um ihr Herz schließen: »Frühe Haftentlassung für Verurteilten, schon an Weihnachten zu Hause.« Sie musste gar nicht weiterlesen, sie wusste sofort, um wen es in der Notiz ging. Danne Ylitalo.

～ DREIUNDZWANZIG ～

Sonntag, 4. Dezember

Zweiter Advent

»Dann wollen wir mal«, sagte Sigvard und stapfte los. »Damit wir noch was schaffen.«

Samuels Fremdenführer klang nicht gerade begeistert, offenbar sah er den Auftrag, den neuen Pfarrer herumzuführen und ihm von der Gemeinde zu erzählen, doch eher als Pflicht an. Oder er war von Natur aus eher ein harter Knochen. Das war schwer zu beurteilen.

»Wo gehen wir denn heute lang?«, fragte Samuel. »Nicht, dass das eine Rolle spielt, aber ich gehe davon aus, dass du einen Plan hast?«

Sigvard nickte.

»Was hältst du davon, wenn wir zu mir gehen? Ich wohne im Nachbarort, etwa vier Kilometer von hier. Ich komme immer zu Fuß oder mit dem Rad her. Der Herr hat mir einen Körper gegeben, da ist es meine Aufgabe, ihn zu hegen und zu pflegen.«

»Klingt gut«, antwortete Samuel und beugte sich zu seinen Stiefeln, um sie etwas fester zu binden.

Sich bei Sigvard umsehen zu können, wäre sicher interessant. Ganz besonders, weil Samuel davon ausging, dass

Sigvard seine beste Anlaufstelle für Fragen rund um Markus war.

»Wie lange warst du hier Pfarrer?«, fragte Samuel, nachdem sie sich in Gang gesetzt hatten.

Das Thermometer war auf minus fünfzehn Grad gefallen, die Kälte biss in die Wangen und der Schnee knirschte ordentlich unter den Sohlen.

»Tja, wie lange wird das gewesen sein? Meine Ordination war 1960, und ich bin gleich als Pfarradjunkt hergekommen und einfach geblieben.«

»Dann sind es schon sechzig Jahre«, stellte Samuel fest. »Kein Wunder, dass du alles von allen weißt.«

Sie folgten der Hauptstraße hinaus aus dem Ort, überquerten die Brücke, die sich über den Klockarfluss spannte, und schon bald wurde es spürbar ländlicher. Endlose Felder gespickt mit Gehöften, die teils recht nah beieinanderlagen. Rote Häuser, groß und klein, wohin das Auge reichte.

»Wieso stehen die Häuser hier so dicht?«, wollte Samuel wissen. »Hätte man das nicht anders planen können, damit alle ein bisschen mehr *space* haben sozusagen?«

»*Space?*«

»Platz«, verdeutlichte er.

»Ach so, nein, das funktioniert hier nicht. Oder vielmehr hat es das nicht, sollte ich vielleicht besser sagen. Die Häuser, die so dicht stehen, gehören Leuten, die miteinander verwandt sind. Zwei Brüder haben auf dem Grundstück ihrer Eltern gebaut, zum Beispiel. Ihre Kinder dann ebenfalls, als sie erwachsen waren, und so weiter, bis es so aussah wie jetzt.«

»Dann waren die sich hoffentlich alle grün«, lachte Samuel. »Weiß der Kuckuck, ob ich so dicht bei meinen Eltern wohnen wollte.«

Sigvard trat gegen einen Schneeklumpen, der im Weg lag.

»Das hat man hier anders gesehen«, murrte er nur und erhöhte das Tempo.

Der Mann war rüstig, da konnte niemand widersprechen. Samuel musste sich bemühen, um mit ihm Schritt zu halten. Immer wieder deutete Sigvard zu Häusern und Höfen, an denen sie vorbeikamen, und erzählte etwas über die Menschen, die dort wohnten. Hier hausten Kirchgänger, da welche, die nicht mal konfirmiert waren. Dort gab es ungetaufte Kinder, hier getaufte, und da hatte jemand Gott getrotzt und sich selbst das Leben genommen.

»Und dort«, sagte Sigvard und zeigte auf ein zweistöckiges Haus, das besonders hervorstach, weil es gelb gestrichen war. »Dort haben die Glockenleser gewohnt.«

»Klingt wie eine Sekte.«

»Nicht ganz, nur eine Freikirche, trotzdem sah man ihre Gründung hier im 17. Jahrhundert nicht unbedingt gern. Aber das waren kluge Leute, die gut klarkamen und den Grundstein für die Baptisten hier in der Gegend legten.«

Sigvard konnte gut und anschaulich erzählen, und Samuel gab sich große Mühe, sich zu merken, wer in welchem roten Haus lebte. Doch nach einer Weile musste er sich eingestehen, dass das ein sinnloses Unterfangen war, er konnte die Häuschen ja nicht mal auseinanderhalten. Selbst die Höfe ähnelten einander. Aber über die Glockenleser wollte er gern mehr erfahren, das klang spannend.

»Die ist aber schön«, sagte er und zeigte auf ein Gebäude, das aussah wie eine alte Freikirche. »Und so gepflegt. Wird sie noch genutzt?«

Sigvard blieb vor dem Gartentor stehen.

»Das war mal ein Missionshaus, das aber schon vor langer Zeit eine Familie aus dem Dorf gekauft hat. Die haben das Heilige Haus in ein Wohnhaus umgewandelt. Gerade sind sie in Kanada, der Mann ist nämlich Diplomat.«

»Aber es sieht so aus, als würde jemand dort wohnen«, sagte Samuel und deutete in die säuberlich geräumte Auffahrt und die Lampe, die am Eingang brannte.

»Die haben es vermietet. Jetzt gerade wohnt da diese Polizistin.«

Sofort hatte Samuel einen Stein im Magen.

»Ach? Maja-Sofia Rantatalo meinen Sie?«

Sigvard hatte die Hände auf dem Rücken gefaltet und schien weitergehen zu wollen.

»Ja, irgendwie so heißt sie wohl. Sie stammt nicht von hier, deshalb weiß ich nicht, ob sie konfirmiert ist oder nicht.«

»Getauft vielleicht?« Sam grinste. Das war wirklich ein seltsamer Kauz, kategorisierte die Menschen allein aufgrund ihrer Kirchenzugehörigkeit. »Sie stammt aus einer laestadianisch geprägten Gegend weit im Norden Lapplands, soweit ich weiß. Dort lebt man noch sehr traditionell, glaube ich. Auf jeden Fall ein schönes Haus.«

»Na, was du nicht alles über die Polizistin weißt«, brummelte Sigvard. »Jetzt ist es jedenfalls nicht mehr weit bis zu mir. Feg deine Stiefel ordentlich ab, bevor du reinkommst.« Er zeigte auf sein Haus.

Als sie den schön eingefassten Hof erreichten, blieb Samuel erst mal stehen. Es gab ein Wohnhaus, einen Kuhstall und eine kleine Backstube. Alles war schneebedeckt und sah aus wie eine idyllische Weihnachtskarte.

»Wow, ist das schön!«, entfuhr es ihm. »Bist du hier aufgewachsen?«

»Wäre das mal der Fall gewesen«, sagte Sigvard, »ist es aber leider nicht.«

»Aber du kommst doch ursprünglich von hier, oder nicht?«, fragte Samuel. »Oder habe ich das falsch verstanden?«

Sigvard hielt ihm die Tür auf.

»Nein, nein, aber mein Elternhaus hat mein Bruder geerbt«, sagte er. »Jemand musste es ja erben.«

Samuel setzte sich auf einen der Stühle in der gemütlichen Küche. Die Schränke schienen noch aus den Fünfzigern zu stammen, waren aber sehr gepflegt. Ein Holzofen rundete zusammen mit den rustikalen Kiefernmöbeln das Bild ab.

»Lebt dein Bruder noch?«, fragte Samuel.

»Nein.«

»Wer wohnt denn dann jetzt dort im Haus?«

Sigvard zuckte mit den Schultern.

»Keine Ahnung, jemand aus Stockholm, den ich nicht kenne. Möchtest du Kaffee?«

Das bejahte Samuel nur zu gern, zog seine Jacke aus und hängte sie über die Stuhllehne. Am liebsten hätte er sofort nach Markus gefragt, aber er wusste nicht, wie er ansetzen sollte.

»Wohnst du allein?«, fragte er schließlich vorsichtig.

Sigvard holte ein paar Plätzchen aus einer Packung und legte sie auf einen roten Glasteller. Die Kaffeetassen, die er bereitstellte, waren von Stig Lindberg, wie Samuel nach einem kurzen Blick auf die Unterseite erfuhr. Marit schwärmte schon länger sehnsüchtig von einem Set genau dieser Marke, aber bisher war ihnen das immer zu teuer gewesen.

»Sie fragen viel«, sagte Sigvard.

»So ist das, wenn man etwas wissen möchte.«

»Meine Frau ist tot«, sagte Sigvard. »Und Kinder hatten wir keine, die Frage kannst du dir also sparen.«

»Apropos«, sagte Samuel, »dieser Mann, den die Leute hinter der Hand Deppen-Markus nennen, weißt du, wer sein Vater ist?«

Sigvard fuhr herum und starrte Samuel an. In der einen Hand hielt er die Kaffeedose, in der anderen den Löffel. Die Dose zitterte.

»Markus?«, zischte Sigvard, sein Gesichtsausdruck wandelte sich in weniger als einer Sekunde. Jetzt raste er vor Wut.

Es war richtig unangenehm. Samuel wäre liebend gern unter den Tisch gekrochen, ganz wie er es früher gemacht hatte, wenn er was Dummes angestellt hatte. Verschwinden, so tun, als gäbe es ihn nicht.

»Im Dorf wird gemunkelt«, sagte Samuel leise. »Ich dachte, du weißt vielleicht mehr, schließlich weißt du hier alles.«

»Wenn du damit auf das böswillige Gerücht anspielst, dass ich, der sonderbare, alte Pfarrer, Markus' Vater sein soll, dann solltest du dir noch mal gehörig überlegen, was du so glaubst.« Sein Ton war scharf. Langsam löffelte er den Kaffee in den Filter. »Das ist hier Regel Nummer eins: Glaub nicht alles, was du hörst. Die Leute tratschen, das dient einfach ihrer Unterhaltung. Man reimt sich irgendeinen Blödsinn zusammen oder bläst Kleinigkeiten zu großen Geschichten auf.«

»Niemand hat deinen Namen genannt«, sagte Samuel.

»Vielleicht kommt das noch. Deshalb betone ich das ja gerade.«

»Verstehe.«

Sigvard verschloss die Dose wieder, stellte sie zurück in den Schrank und knallte die Tür unnötig laut zu. Während der Kaffee kochte, sprach keiner von ihnen ein Wort. Samuel war definitiv in ein Minenfeld getrampelt, da war es sicher besser, erst mal zu schweigen. Aber er hielt nicht lange durch, bis ihn die Neugierde überwältigte.

»Markus sitzt wegen Mordes in Untersuchungshaft, aber das weißt du sicher schon. Was sagst du dazu? Hältst du es für möglich, dass dieser kleine Mann das getan haben könnte? Vermutlich ist er nicht mal in der Lage, einen ausgewachsenen Mann herumzuschleppen.«

Sigvard schenkte ihnen ein, setzte sich zu ihm und nahm sich ein Zuckerstück. Er steckte es sich zwischen die Zähne und schlürfte langsam den Kaffee.

»Auch ein kleiner Mensch kann sehr stark sein«, sagte er dann. »Das darf man nicht unterschätzen, aber was weiß ich schon. Die haben was bei ihm gefunden, nicht wahr? Irgendwas, das ihn mit dem Mord in Verbindung bringt?«

»Ein Kerzenhalter für den Garten«, sagte Samuel. »Die Polizei darf dazu natürlich keine Auskunft geben, aber ich hab es trotzdem rausbekommen. Ich hab nämlich den Ort gefunden, wo der Halter hingehört, und das der Polizei gemeldet.«

»Ach ja? Und wo?«

»Beim Neuen Hotel«, sagte Samuel. »Oder vielmehr hinter dem Neuen Hotel, da gibt es so einen Außenpool.«

Sigvard schob ihm den Teller mit den Plätzchen hin.

»Mich werden die auch noch vernehmen«, sagte er.

»Echt? Warum das denn?«, fragte Samuel verwundert.

Sigvard zuckte mit den Schultern.

»Wir hatten an dem Abend, als der Mord geschah, ein Kirchenratstreffen, und Mats war ja der Vorsitzende. Schätzungsweise waren wir die letzten, die ihn lebend gesehen haben. Alle Kirchenratsmitglieder werden wohl vernommen werden.«

»Verstehe. Aber Sigvard, nun sag doch mal, wer war es, was glaubst du? Hast du eine Vermutung? Du kennst hier doch schließlich jeden.«

Sigvard lehnte sich vor.

»Nein, ich habe keine Vermutung, und ich habe auch nicht vor, mir darüber den Kopf zu zerbrechen«, sagte er. »Außerdem finde ich, du solltest dich da auch nicht weiter einmischen. Mach das, wofür du hergekommen bist, sonst führt das zu nichts als Ärger.«

Samuel schaute in seine Kaffeetasse. Er musste sehr durstig gewesen sein, denn die Tasse war leer und er schenkte sich gleich nach.

»Das klingt ja fast wie eine Drohung«, sagte er schließlich.

Sigvard straffte ein bisschen die Schultern.

»Du kennst die Leute hier nicht«, sagte er. »Es ist wichtig, dass man sich um seinen eigenen Kram kümmert und sich nicht in das einmischt, was andere tun und lassen. Lass dir das gesagt sein. Du machst dich nicht beliebt, wenn du in dieser Mordsache herumschnüffelst. Niemand weiß, wer schuldig ist, und die Sache ist ernst. Außerdem bist du kein Polizist.«

»Dann halte ich mich an das, was du sagst«, erwiderte Samuel. »Das ist alles nicht so leicht zu überblicken, wenn man aus der Stadt kommt und all die ungeschriebenen Regeln nicht kennt.«

Sigvard bot ihm an, noch einmal nachzuschenken, doch Samuel lehnte dankend ab und zog seine hässliche Jacke an. Schlimm, dass er es noch immer nicht geschafft hatte, nach Mora zu fahren, um sich was Schöneres zu kaufen. Aber jetzt, wo vier Kilometer Heimweg im Dunkeln vor ihm lagen, war diese Jacke definitiv sehr praktisch. Sie hielt ihn warm und die reflektierenden Streifen machten ihn gut sichtbar.

Sigvard stand auf, sein Ton war jetzt freundlicher: »Komm, ich zeig dir noch was, bevor du gehst.«

Er marschierte voran ins Arbeitszimmer. Dort stand ein alter Schreibtisch in der Mitte. Darauf lagen nichts als eine alte Lederunterlage und ein schöner, silberner Stifthalter mit Tintenmulde. Ein ordentlicher Arbeitsplatz, der einem alten Pfarrer gerecht wurde. Wahrscheinlich hatte er hier unzählige Predigten erdacht.

»Sehr schön«, sagte Samuel und deutete mit der Hand zum Tisch.

195

»Den habe ich von meinem Vater geerbt, zusammen mit dem Stifthalter«, erläuterte Sigvard. »Das war mein Vorschuss, eine Art Kompensation für den Hof und das Waldgrundstück, das meinem Bruder überschrieben wurde.«

»Das klingt nicht nach einer fairen Verteilung.«

»Dumm bist du nicht«, sagte Sigvard. »Und mein Neffe hat Hof und Grundstück verkauft und dann all das schöne Geld in seinem Projekt versenkt.«

»Ach, welches Projekt denn?«

»Das Hotel«, sagte Sigvard. »Der Hof ging an den Stockholmer, und das ganze Geld verschwand in dem luxuriösen Neuen Hotel, wie er es getauft hat.«

»Dann war dein Bruder …«

Sigvard nickte.

»Finn Mats Hanssons Vater und kein anderer. Aber wir hatten nie viel füreinander übrig und daher auch kaum Kontakt.«

Samuel schwieg einen Moment und drehte die Mütze zwischen den Händen. Was für eine traurige Geschichte. Aber die Information über Sigvards unerwartete Verwandtschaft ließ ihn an etwas anderes denken.

»Also, das mit den Nachnamen hier in Dalarna habe ich immer noch nicht ganz verstanden. Müsstest du dann nicht Finn Sigvard soundso heißen?«

»Doch, heiße ich sogar auch«, antwortete Sigvard. »Finn Sigvard Andersson, weil mein Vater Anders hieß. Mats Vater hieß Hans, daher kommt das Hansson. So einfach ist das.«

»Und wieso heißt du dann Nordqvist?«

»Ich habe den Mädchennamen meiner Mutter angenommen, als ich geheiratet habe. Ich wollte nicht mit meinem Bruder in Verbindung gebracht werden, und meine Frau war auch ganz froh über den anderen Namen.«

Samuel wanderte durch die einbrechende Dunkelheit. Licht fiel aus den kleinen, roten Häuschen auf die Schneewehen. Die klirrende Kälte ließ den Rauch kerzengerade aus den Schornsteinen in den Himmel steigen, und es knirschte ganz herrlich unter den Stiefeln. Ganz bewusst wählte er den Weg, der am Missionshaus vorbeiführte, und blieb kurz davor stehen. Ob er anklopfen sollte? Einfach um Hallo zu sagen? Nach dem Stand der Ermittlungen fragen? Nein, da bräuchte er einen besseren Anlass. Oder würde das, was er von Sigvard erfahren hatte, schon ausreichen? Wusste Maja-Sofia Rantatalo, dass Sigvard der Onkel des Opfers war? Samuel zögerte, entschied sich aber schließlich, einfach nach Hause zu gehen. Sein Handy vibrierte in der Tasche. Er holte es heraus und las die Nachricht, die Marit ihm geschickt hatte. Der Sternenhimmel über dem kleinen Missionarshaus funkelte nur so. Er war nur ein kleines, unbedeutendes Teilchen Gottes schöner, weiter Welt.

~ VIERUNDZWANZIG ~

Nachdem Samuel gegangen war, machte Sigvard es sich in seinem Lesesessel in der Bibliothek gemütlich. In diesem Zimmer war er am liebsten, umgeben von seinen Büchern. Hier, an diesem Schreibtisch, hatte er alle seine Predigten geschrieben. Zwei Fenster spendeten tagsüber herrliches Licht, und unter einem standen zwei Lesesessel, getrennt durch einen runden Tisch. Der eine war Sigvards, der andere der seiner Frau. Er stand noch immer dort, obwohl seine Frau nicht mehr lebte. So viele Jahre hatten sie hier nebeneinandergesessen, jeweils in einen guten Roman vertieft. Manchmal hatten sie sich gegenseitig eine Passage vorgelesen. Nach der Sonntagsmesse und einem ausgedehnten Spaziergang war es schön gewesen, einfach in einem guten Buch abzutauchen. Meist handelte es sich um christliche Literatur, aber Sigvard hatte auch eine feine Sammlung guter, alter Krimis. Die waren sein liebstes Hobby gewesen, wenn ihm während seines Studiums in Uppsala alles zu viel wurde und er eine Atempause brauchte. Abgelegt hatte er diese Leidenschaft nie, nein, er hatte eigentlich immer einen guten Krimi zur Hand.

Er öffnete ein brandneues Buch in der Mitte und bog es

weit auf. Dann strich er sorgfältig mit der Hand über die Seiten, schlug das Buch an anderer Stelle auf und wiederholte das Prozedere, bis es sich so blättern und lesen ließ, wie er es mochte. Erst jetzt schlug er die erste Seite auf. Die Autorin war bekannt und für den August-Preis nominiert worden, hatte ihn aber nicht bekommen. Sigvard würde sich nun selbst ein Bild machen.

Er fing an zu lesen, gab aber schon nach wenigen Minuten wieder auf. Er konnte sich einfach nicht konzentrieren, seine Gedanken wanderten immer wieder zu Samuel Williams und den beiden Stunden, die sie zusammen verbracht hatten. Einen ersten Eindruck vom neuen Pfarrer hatte er während der Messe am ersten Advent bekommen. Sigvard musste zugeben, dass er ein gewandter Redner war. Die Anwesenden hatten wie gebannt gelauscht, und er hatte nicht vergessen, auf die Herkunft des Wortes Advent hinzuweisen. Noch dazu hatte er eine schöne Singstimme, was sich immer positiv auf die Qualität eines Gottesdienstes auswirkte. Was das anging, war Sigvard sehr zufrieden mit ihm, aber er hatte ganz vergessen, etwas dazu zu sagen. Ihr heutiges Gespräch hatte von anderem gehandelt. Der junge Mann war neugierig und hatte Themen angesprochen, zu denen Sigvard sich nicht äußern wollte.

Er seufzte und beschloss, dass er sich nur zusammenreißen müsse, um sich auf den Text zu konzentrieren. Schon bald war er wie gefesselt von der schönen Sprache und der auf den ersten Blick einfachen Darstellung, die direkt zu seinem Herzen sprach. Warum hatte diese vortreffliche Autorin den August-Preis nicht bekommen? Sigvard las eine ganze

Weile weiter, während draußen die Dunkelheit zunahm. Irgendwann döste er weg.

Schon bald schreckte er hoch, denn irgendetwas war anders. Bloß was? Irgendwas leuchtete auf dem Hof.

Er legte das Buch weg, stützte sich auf die Sessellehnen und hievte sich hoch. Dann steckte er die Füße in seine Pantoffeln und öffnete die Haustür. Erst mal sah er nichts, also schaltete er die Außenbeleuchtung ein. Aber sosehr er seine Augen auch bemühte, er entdeckte nichts, was darauf hindeutete, dass jemand Unbefugtes auf seinem Grundstück war. Einzig seine und Samuels Fußstapfen waren im Schnee zu sehen. Er musste sich getäuscht haben. Doch jetzt, wo er ja schon fast draußen war, konnte er genauso gut Holz holen. Taschenlampe und Korb kamen mit, und Sigvard ließ sich Zeit, er wählte nur die besten Birkenscheite aus. Mit vollem Korb kehrte er zum Hauseingang zurück und leuchtete von dort aus noch einmal über den Hof. Lungerte vielleicht doch noch jemand hinter einem der anderen Gebäude? Aber die Schneedecke war intakt, und sein Wagen stand, wo er immer stand. Es kam nicht oft vor, dass Sigvard sein Herzstück nutzte, eigentlich nur, wenn er mal etwas in Mora zu erledigen hatte. Mittlerweile konnte man es fast einen Oldtimer nennen, und in einem Monat würde die Steuerpflicht wegfallen, so alt war es. Ein gepflegter Volvo 240, sein ganzer Stolz. Mindestens zehn Zentimeter Schnee lag gerade auf Dach und Motorhaube. Eigentlich könnte er das gute Stück auch verkaufen und die paar Male, die er in die Stadt musste, den Bus nehmen. Zum Gemeindehaus ging er immer zu Fuß oder nahm, wenn der Schnee zu hoch lag, den

Tretschlitten. Oder die Langlaufski und kreuzte quer über die Felder. Im Sommer fuhr er viel Rad. So hielt er sich fit, und er hoffte, dass der neue Pfarrer sich ein Beispiel an ihm nahm. Wenn man sich in Form hielt, arbeitete es sich leichter – körperlich und geistig.

»Hallo?«, rief Sigvard. »Ist da jemand?«

Der darauffolgende Knall war ohrenbetäubend. Sigvard presste sich instinktiv gegen die Haustür. Hohe Flammen schlugen aus dem Auto. Wie gelähmt stand er mit schrillenden Ohren da und starrte vor sich, ohne zu begreifen, was er da sah.

Der Nachbar von gegenüber kam angerannt, einen Feuerlöscher im Anschlag.

»Geh nicht zu nah ran!«, rief Sigvard. »Kann sein, dass da noch was in die Luft fliegt! Ich verständige die Feuerwehr.«

»Die hab ich schon gerufen«, sagte der Nachbar.

Sigvard hob die Hand zum Zeichen, dass er ihn verstanden hatte.

»Die Gefahr, dass die Flammen übergreifen, ist nicht so groß«, sagte der Nachbar. »Es ist windstill und der Wagen steht weit genug von allen Gebäuden entfernt. Bist du verletzt?«

Bevor Sigvard antworten konnte, war der Mann schon bei ihm. Sigvard sackte auf der kleinen Bank zusammen. Seine Knie schlotterten und sein Herz schlug wie wild in seiner Brust. In der Ferne war schon eine Sirene zu hören.

»Da kommt sie schon«, sagte der Nachbar und legte Sigvard etwas unbeholfen eine Hand auf die Schulter. »Jetzt geht dieser Scheiß auch hier los. Ich dachte, Autos werden nur in den Städten angezündet.«

»Ja«, sagte Sigvard mit zitternder Stimme. »Offenbar bleibt niemand verschont.«

Während er zusah, wie sich sein heiß geliebtes Auto in unbrauchbaren Schrott verwandelte, ging ihm langsam auf, wer mit großer Sicherheit dahintersteckte.

∾ FÜNFUNDZWANZIG ∾

Montag, 5. Dezember

Freie Montage waren keine so dumme Erfindung und ein schöner Nebeneffekt des Pfarrerdaseins. Die Pastorin hatte ihm noch mal die Sportanlage auf dem Berg schmackhaft gemacht, also hatte Samuel entschieden, den Tag der körperlichen Ertüchtigung zu widmen. Außerdem musste er auch endlich ausprobieren, ob er sich überhaupt noch auf Langlaufskiern halten konnte, aber leichter als Abfahrtski sollte es in jedem Fall sein. Er hatte Wettkämpfe im Fernsehen geschaut, und es sah nicht sonderlich schwer aus, wie die Läufer sich in der Loipe fortbewegten. Glücklich über seinen Entschluss lächelte Samuel sein Spiegelbild an und setzte seine Mütze schief auf. Er war bereit für Langlauf, Fitnessstudio und im Anschluss ein gutes Mittagessen. Was für ein vortreffliches Tagesprogramm. Zum Abend hin würde er hoffentlich als neuer Mensch ins Dorf zurückkehren. Ein Pfarrer mit frischer Energie.

Als er auf dem Parkplatz des *Fjällhotels* aus dem Wagen stieg, lief er Tindra in die Arme.

»Oh, hallo!«, sagte Samuel gut gelaunt. »Wie schön, dich wiederzusehen.«

»Guten Morgen, Herr Pfarrer!« Sie strahlte ihn an und wedelte mit ihren Skistöcken.

»Aber heute ist doch Montag«, sagte Samuel. »Entschuldige die Frage, müsstest du nicht in der Schule sein?«

»Na, ich hab doch erzählt, dass ich gerade so eine Art Praktikum bei der Kirche mache. Schulmüde sozusagen.«

»Ach, stimmt ja. Das hattest du erwähnt.«

»Und ich muss nicht nur Gesangbücher ins Regal räumen, ausgebrannte Kerzen austauschen oder Cillan ins Altersheim begleiten, falls Sie das glauben.«

Samuel schloss seinen Wagen ab und nahm Kurs auf das Hotel. Bei seinem Essen mit Malin im *The Worried Wolf* hatte sie erwähnt, dass er bei ihr Langlaufski leihen konnte. Tindra folgte ihm.

»Ist sicher schön für die Heimbewohner, dass du sie besuchst.«

»Ja, das sagen sie zumindest. Ich spreche ja auch unseren Dialekt, das gefällt ihnen. Manchmal kann ich für Cillan dolmetschen.«

Er hatte ein ungewöhnliches Mädchen vor sich, so viel war klar.

»Und Skifahren gehört auch zu deinen Aufgaben?« Samuel lachte. »Na ja, wenn du Pastorin oder Diakonin werden willst, ist es natürlich immer gut, den Menschen begegnen zu können, wo sie sich tummeln. Auch wenn es auf der Piste oder in der Loipe ist.«

»Ganz genau«, sagte Tindra. »Und heute habe ich eine Sonderaufgabe.«

Samuel blieb stehen.

»Das klingt spannend, was musst du denn machen?«

Tindra kicherte.

»Heute steht auf meinem Plan … Ihnen das Langlaufski-fahren beizubringen!«

Samuel klappte die Kinnlade runter.

»Wie bitte? Du sollst mir das Langlaufen beibringen?«

»Jepp. Sie haben Ihnen doch gesagt, dass es noch drei Monate bis zum Staffellauf sind und Sie daran teilnehmen, oder?«

»Indirekt«, murmelte Samuel. »Ich meine, die Hotelchefin hat es erwähnt, aber von Ellinor kam bisher kein Ton, nur der Vorschlag, mich heute mal auf die Skier zu wagen. Tindra, ich bin ehrlicherweise ein bisschen skeptisch.«

Sie glitt auf ihren Skiern voraus zum Hoteleingang.

»Keine Sorge«, rief sie über die Schulter. »Das kriegen wir hin, ich nehme sogar an Wettkämpfen teil. Drei Monate sind eine lange Zeit, und Sie sollen ja nur am Staffellauf teilnehmen. Ab in den Schuppen mit Ihnen, damit wir die passenden Schuhe und Ski für Sie finden können.«

»Ist dieser Staffellauf eigentlich lang?«, fragte Samuel, während sie sich durch die Ausrüstung probierten.

»Das kommt darauf an. Ein Team besteht aus fünf Leuten und man teilt die Gesamtstrecke untereinander auf. Insgesamt sind es neunzig Kilometer.«

Samuel überschlug die Strecke schnell im Kopf, das machte etwa achtzehn Kilometer pro Person.

»Das ist ganz schön viel pro Nase«, seufzte er. »Dann ist es umso wichtiger, dass wir mit dem Training anfangen.«

Er musste dafür sorgen, den kürzesten Abschnitt zu bekommen, dachte er, oder zumindest den, der am leichtesten war. Dann würde er seine Kilometer abspulen und die Aufgabe an jemand anderen übergeben. Es galt, diese Plage so schnell wie möglich loszuwerden.

Tindra hielt ihm Ski und Stöcke hin.

»Welche Schuhgröße?«, fragte sie.

»Zweiundvierzig«, antwortete Samuel.

»Hier!«, sagte sie und hielt ihm ein Paar Schuhe hin, das wenig mit den klobigen Dingern gemein hatte, die er als Kind getragen hatte. »Ziehen Sie die an, dann können wir auch schon los. Wir fangen erst mal in der Loipe für Kinder an.«

Nach zwei Kilometern flachsten Terrains mit dem vereinzelten Buckel ließ Samuel sich direkt vor dem *Fjällhotel* auf die nächstgelegene Bank plumpsen.

»Meine Füße!«, stöhnte er laut. »Und Arme! Wie willst du mich jemals in Form kriegen, Tindra? Schön war's, aber damit meine ich die frische Luft und all das. Wenn es nur nicht so schwer wäre, sich gleichzeitig auf den Beinen zu halten und nicht zu sehr mit den Stöcken zu wedeln.«

»Dabei sind Sie doch nur einmal wirklich gefallen«, sagte Tindra.

Samuel schnaufte. Er war richtig, richtig k. o. nach dieser ersten Runde.

»Ach, wenn ich mich da an dem leichten Abhang nicht auf den Hosenboden gesetzt hätte, wäre ich geradewegs in die Birke geknallt.«

»Das haben Sie gut gemacht. Sie sind cool, Sam«, lobte seine Lehrerin.

»Danke«, keuchte Samuel.

»Morgen machen wir weiter. Ich muss jetzt wieder runter in die Stadt und Cillan helfen. Wir verteilen Essenspakete an Bedürftige. Sie wollten noch ein bisschen ins Fitnessstudio, oder?«

Er betrachtete die fröhliche, rotwangige junge Frau. Tindra hatte eine Engelsgeduld mit ihm gehabt. Offenbar hatte sie darüber hinaus auch noch ein gutes Herz. Und eine ganze Menge Energie.

»Danke für deine Hilfe, Tindra«, sagte er. »Ich werde mein Bestes geben, weil du dir so eine Mühe mit mir gibst.«

»Kein Ding«, sagte Tindra und zog ihre Handschuhe an.

»Und du fährst jetzt wirklich mit den Skiern nach unten ins Dorf?«, fragte er.

»Klar!«

»Das sind doch sicher mindestens zehn Kilometer, vielleicht sogar mehr.«

»Ja, aber es geht ja runter«, lachte sie, wurde jedoch schnell wieder ernst. »Oh, was ich völlig vergessen habe zu erwähnen«, sagte sie. »Sigvard Nordqvists Auto ist gestern explodiert. Sie beide sind doch gerade oft zusammen unterwegs, oder?«

Samuel stand viel zu schnell auf. Er war zwar gut trainiert, aber der Langlauf schien ganz andere Muskeln anzusprechen und er stöhnte leicht.

»Wie bitte? Wo denn?«, fragte er beunruhigt.

»Bei ihm vorm Haus«, sagte Tindra. »Schlimm, oder? Einem alten Mann so was anzutun. Aber ich muss jetzt wirklich los. Bis morgen!«

Tindra verschwand quer über den Parkplatz geradewegs in den Wald. Wahrscheinlich war sie auf der Loipe geboren, dachte Samuel.

∼ SECHSUNDZWANZIG ∼

Der Fitnessraum des Hotels war perfekt, und Samuel drehte zwei Runden an den Geräten, um die Muskeln nach der ungewohnten Belastung zu lockern. Zum krönenden Abschluss gönnte er sich noch einen Besuch in der Sauna und zog dann seine normale Kleidung an, damit er fürs Mittagessen gerüstet war. Wenn er dieses Programm ein paarmal die Woche durchzog, war er in drei Monaten in Topform und brachte seinen Teil der Staffel schnell hinter sich, dachte er zufrieden. Aber jetzt war erst mal essen angesagt. Gerade als er das Kollar in den Kragen schieben wollte, klopfte es vorsichtig an der Tür zur Umkleide.

»Herein!«, sagte er laut, damit man ihn auch hörte.

Die Tür öffnete sich einen Spalt breit und Liss Katrin Hanssons Gesicht erschien darin. Samuel hatte sie nicht gesehen, seit sie ihr die Todesnachricht überbracht hatten.

»Entschuldigung«, sagte sie. »Ich weiß nie, ob jemand hier drin ist oder nicht. Ich wollte gerade putzen, aber ein nackter Mann möchte vielleicht ungestört sein. Ich komme später wieder.«

Er lächelte sie an. Die Witwe von Finn Mats Hansson. Zumindest auf dem Papier war sie das.

209

»Frau Hansson«, sagte er und machte eine einladende Geste. »Wie geht es Ihnen?«

Sie schob ihren Putzwagen herein.

»So lala«, antwortete sie. »Nicht gerade toll.«

»Das ist ja nicht weiter verwunderlich, wenn man bedenkt, was Sie gerade durchmachen«, sagte Samuel, während er Handtuch und Sportsachen in seiner Tasche verstaute. »Wenn Sie möchten, könnten wir gern einen Moment reden. Ist Ihnen schon klar, wie Sie die Beerdigung gestalten wollen?«

Liss Katrin Hansson setzte sich gegenüber von Samuel auf die Bank.

»Ja, sie ist ja schon am Freitag. Diese blöde Amanda beteiligt sich kein bisschen. Offenbar hat sie anderes zu tun. Solang sie Zugang zu Mats' Geld hatte, war alles schön und gut, aber es reicht wohl nicht dazu, ihrem Liebhaber einen würdigen Abschied zu bereiten.«

»Meinen Sie mit ›anderes‹ Ihren Sohn?«

Katrin Hansson zuckte zusammen und schaute ihn besorgt an.

»Viktor? Wissen Sie da was?«

»Von der Kanzel hat man einen recht guten Überblick«, sagte er und lächelte. »Beide waren zur Verabschiedung Ihres Mannes vor Ort.«

Sie schwieg, und er wollte sie nicht drängen.

»Sagen Sie«, setzte sie irgendwann an. »Sie stehen doch unter Schweigepflicht, oder?«

»Absolut«, antwortete er. »Was immer Sie sagen, bleibt unter uns. Hundert Prozent.«

»Selbst wenn es schrecklich und unverzeihlich ist?«

»Selbst dann«, sagte er. »Sie können mir trauen.«

Sie holte tief Luft.

»Ich war bei der Polizei«, sagte sie. »Aber die wollten mir nicht glauben.«

Maja-Sofias Gesicht tauchte vor seinem inneren Auge auf, und es kostete ihn große Mühe, gedanklich bei Katrin Hansson zu bleiben.

»Was wollten die Ihnen nicht glauben?«

»Dass ich schuldig bin. Dass ich meinen Mann ermordet habe. Dass ich ihn erschlagen und zum Friedhof geschafft habe. Pfarrer Samuel, ich habe alles gestanden, aber die wollen mir einfach nicht glauben.«

Sie fing zu weinen an, und Samuel suchte schnell ein unbenutztes Taschentuch heraus. Sie schnäuzte sich und schluchzte dann noch eine Weile. Er wartete geduldig ab. Wie häufig er das schon erlebt hatte. Schließlich verebbten die Tränen und ein zaghafter Gesprächsversuch war wieder möglich. Konnte es stimmen, was sie da erzählt hatte? Wieso glaubte die Polizei ihr nicht?

»Haben Sie genau wiedergegeben, was passiert ist?«, fragte er. »Wie Sie vorgegangen sind?«

Sie nickte. Sie war groß und sah stark aus. Daran, dass sie in der Lage war, einen ausgewachsenen Mann vom Hotel zum Friedhof zu bugsieren, zweifelte er keine Sekunde.

»Ist das denn wirklich die Wahrheit? Haben Sie Mats umgebracht?«

Sie starrte auf ihre Hände, die in ihrem Schoß lagen.

»Eins müssen Sie verstehen«, sagte sie, während weitere

Tränen schwarze Wimperntuschespuren auf ihren Wangen hinterließen. »Ich hatte wirklich ein Motiv. Er durfte sich nicht von mir scheiden lassen.«

»Aber warum denn nicht?«

Katrin Hansson schaute auf, ihm direkt in die Augen.

»Wir haben einen Ehevertrag«, sagte sie. »Darin steht, wenn wir uns scheiden lassen, bekomme ich nichts. Weder das Haus, noch die Möbel, das Hotel oder irgendwas anderes. Dann hätte ich vor dem Nichts gestanden.«

»Und im Falle seines Todes?«

Sie tupfte sich notdürftig die Tränen ab.

»Als Witwe fällt mir alles zu. So steht es im Vertrag.«

»Und Viktor? Der erbt nichts?«

»Nicht vor meinem Tod«, sagte sie. »Da muss er warten, bis er an der Reihe ist.«

Nachdenklich legte sie die Stirn in Falten. Ein schauerlicher Gedanke schwang darin mit. Samuel schaute ihr in die Augen und auch Katrin Hansson schien das gerade bewusst geworden zu sein. Sie könnte das nächste Opfer sein. Gleichzeitig hatte auch sie ein Motiv. Amanda war auf der Bildfläche erschienen und hatte sich ihren Mann geangelt, und offenbar hatte Mats sich ihretwegen scheiden lassen wollen. Für Katrin Hansson ging es also weniger um Eifersucht, sondern mehr, vielleicht sogar überwiegend, um das Risiko, alles zu verlieren, was sie mit aufgebaut hatte. Ein sicheres Leben.

»Was sagt Ihr Gott dazu?«, fragte sie. Ihre Augen wurden wieder feucht.

»Er ist auch Ihr Gott«, antwortete Samuel, »und Gott vergibt Ihre Sünden, solange Sie dafür einstehen.«

»Das habe ich ja. Ich habe gestanden, aber sie wollten mir nicht glauben.«

»Frau Hansson«, sagte Samuel. »Wenn die Profis Ihnen nicht glauben wollten, könnte es dann nicht sein, dass sie recht haben und Sie in Wirklichkeit jemanden schützen wollen?«

Liss Katrin Hansson stand abrupt auf. Alle Farbe war aus ihrem Gesicht gewichen, und für einen Moment befürchtete er, sie könnte ohnmächtig werden. Stattdessen drehte sie sich um, nahm einen Eimer von ihrem Wagen, stellte ihn unter den Wasserhahn und drehte ihn voll auf. Es wurde unmöglich, das vertrauliche Gespräch fortzuführen. Aber so schnell wollte Samuel sich nicht geschlagen geben. Er trat zu ihr und stellte das Wasser wieder ab. Katrin Hansson stellte es sofort wieder an.

»Frau Hansson«, sagte er laut, um das Rauschen zu übertönen. »Sie können sich jederzeit an mich wenden, wenn Ihnen danach ist. Und ich bitte Sie inständig, passen Sie auf sich auf.«

Sie stellte das Wasser ab und fing an, die Bänke abzuwischen. Samuel sammelte seine Sachen zusammen und verließ die Umkleide, nachdem er sich verabschiedet hatte. Eine Reaktion bekam er nicht.

Wenig später saß er im Restaurant und genoss Lammschnitzel mit hausgemachtem Kartoffelpüree. Die Schnitzel hatten eine Panade aus geriebener Zitronenschale und Parmesan, was seinen Geschmacksknospen gefiel. Das musste er selbst mal ausprobieren und Marit servieren, wenn sie sich das nächste Mal sahen. Oder vielleicht sollte er Maja-Sofia Rantatalo zu sich einladen?

Schon wieder waren seine Gedanken in eine unangemessene Richtung gewandert. Er legte das Besteck beiseite und faltete die Hände. »Entschuldige, Boss«, sagte er so leise, dass ihn niemand sonst hören konnte. Seine Antwort war unmissverständlich: *Du sollst nicht begehren deines Nächsten Weib.*

»Aber sie ist niemandes Weib«, protestierte er. »Sie lebt allein.«

Aber er wusste, was der Boss darauf erwidern würde, noch bevor er es vernahm. *Aber du nicht, Samuel, mein Diener, du lebst nicht allein.*

Als er auf den Parkplatz trat, parkte gerade ein weißer Ford Fiesta aus. Samuel hob die Hand zum Gruß, doch Katrin Hansson sah ihn nicht. Ja, sie hatte ein Motiv und irgendwie war sie verdächtig, aber die Leute von der Polizei lagen bestimmt richtig; Hanssons Mörder war sie nicht.

∼ SIEBENUNDZWANZIG ∼

Katrin beschloss, nicht gleich nach Hause zu fahren. Zu Hause ... Die kleine Wohnung im Dorf war nicht sehr einladend und gemütlich, und ehrlich gesagt fühlte sie sich dort auch nicht zu Hause. Sicher, sie könnte sie herrichten, aber dazu reichte die Zeit nicht, und Lust hatte sie auch keine. Es hingen zwar Gardinen vor den Fenstern, aber die Wände waren kahl. In die geschmackvolle Einrichtung des Hauses oben auf dem Berg hatte sie eine Ewigkeit investiert, hatte stundenlang teure Einrichtungsmagazine gewälzt und das Abgebildete nachgeahmt. Sie hatten unbesehen das eleganteste Haus der Gegend, dessen war sie sich sicher. Die Aussicht hatte ihr Übriges getan. Der Blick über den See war atemberaubend gewesen, egal ob nun an einem wolkenverhangenen oder sonnenintensiven Tag. Man konnte bis zu den Skihängen sehen.

Sie bog in eine kleinere Straße ab, die sich den Berg hinaufschlängelte. Es gab immer etwas, das sie aus der Villa mitnehmen konnte. Eigentlich gehörte ihr jetzt sowieso alles, was dort war, eigentlich konnte sie wieder dort einziehen. Dieses kleine Flittchen, mit dem Mats sich vergnügt hatte, würde sich bestimmt aufbäumen und sich das meiste unter den Nagel reißen wollen, aber auf welcher Grundlage? Sie war schließlich nicht mit Mats verheiratet gewesen. Nach ihr kam Viktor in der Erbfolge, und der war mit dem Ehevertrag vertraut. Er wusste, dass seine Mutter bei einer Scheidung nichts bekäme. Könnte er das Amanda gegenüber erwähnt haben? Katrins Magen zog sich zusammen. Der Pfarrer hatte die Zusammenhänge sofort begriffen, und auch Viktor wusste, dass alles ihm gehören würde, sobald es auch sie nicht mehr gab.

Nachdem sie geparkt hatte, stapfte sie durch den Schnee bis zum Tor. Das Haus lag komplett im Dunkeln. Der Weg vom Tor bis zum Haus war notdürftig geräumt, ein Stück blauweißes Flatterband war noch da und hing tragisch am Treppengeländer. Nichts war sicher vor der eingehenden Prüfung der Polizei, nicht mal ihr schönes Zuhause.

Draußen ging der Nachbar mit seinem dicken, kleinen Hund vorbei. Man konnte fast nicht mehr erkennen, dass es sich um einen Rauhaardackel handelte, so fett war er. Katrin wusste, dass der Mann den Hund eigentlich zur Baujagd angeschafft hatte, aber jetzt konnte er seine Beute vermutlich nur noch anbellen. Der Nachbar winkte ihr zu.

»Oh, sind Sie wieder zu Hause?«, rief er und blieb stehen.

»Ja, wieso nicht?«, rief Katrin zurück.

Der Nachbar schüttelte nur den Kopf und deutete zu etwas hinter dem Haus. Sie folgte seinem Zeigefinger. Was meinte er bloß? Sie machte ein paar Schritte in den Schnee, bis sie sah, was er meinte. Hinter dem Haus stand Amandas roter Toyota.

»Sie ist von hinten rangefahren«, erklärte er. »Dachte, das sollten Sie wissen. Sie hat bestimmt nicht gedacht, dass ich was sage.«

Katrin stapfte in ihrer Spur zurück und ging zum Hauseingang. Was bildete sich dieses Flittchen eigentlich ein? Kam hierher, obwohl es Mats nicht mehr gab? Nein, jetzt musste sie verschwinden, und zwar sofort! Das hier war Katrins und in nächster Linie Viktors Haus, aber definitiv nicht Amandas. Sie steckte den Schlüssel ins Schloss, drehte ihn um und öffnete die Tür lautlos. Nach wenigen Schritten stolperte sie fast über ein Paar Winterstiefel im Flur. Es hatte oben Fransen, das mussten Amandas sein, aber da stand noch ein weiteres Paar, ein großes, das nur einem starken Mann gehören konnte. Was zum Teufel? Nicht nur hatte dieses Mädchen Hausfriedensbruch begangen, nein, sie hatte auch noch einen neuen Kerl angeschleppt? Oder war vielleicht wahr, was der Pfarrer angedeutet hatte?

Im Haus war es dunkel und still. In der Küche war niemand, auch das Wohnzimmer lag verlassen da. Katrin griff zu einem Schirm, um sich mit etwas verteidigen zu können, und ging langsam die Treppe hinauf. Sie wusste genau, welche Stufe sie meiden musste, die sonst geknarrt hätte. Wenn Amanda da oben gerade Wertsachen einsackte, konnte sie sich aber auf was gefasst machen.

Die Tür zu Viktors Kinderzimmer stand offen. Auf dem Bett lag eine Tasche. Ein schneller Blick ins Arbeitszimmer verriet ihr, dass immerhin der Safe nicht aufgebrochen worden war. Die Schlafzimmertür war geschlossen, was aber nicht verhinderte, dass Geräusche herausdrangen. Es klang, als würden zwei Menschen ... Du lieber Gott, sie wollte den Gedanken nicht mal zu Ende denken.

Langsam drückte sie die Klinke hinunter und öffnete die Tür. Sie wappnete sich und holte mit dem Schirm aus. Für den Notfall.

»Was wird das denn hier?«, fragte sie, als sie die nackten Körper im Bett entdeckte.

»Mama?«, wimmerte Viktor und riss die Decke an sich, um sich zu bedecken.

Amanda hatte Katrin noch nicht bemerkt. Sie stützte sich auf die Ellbogen und schien mit ihrer Nacktheit überhaupt kein Problem zu haben. Wie hatte Mats sich denn in eine Frau mit so winzigen Brüsten verlieben können? Das hatte ihm doch nie gefallen.

»Was soll das? Mir ist kalt«, quengelte Amanda und zog an der Decke. Viktor zeigte zur Tür. Amanda keuchte, als sie Katrin entdeckte.

»Du verdammte Hexe«, schrie Katrin da. »Du Hure! Und du, Viktor, wie kommst du auf die Idee, es in meinem Bett zu treiben? In meinem und Papas Bett?«

Sie starrten sie wortlos an.

»Du«, sie richtete den Blick auf Amanda, »packst jetzt deine Sachen und siehst zu, dass du dich hier nie wieder blicken lässt! Nie wieder!«

Amanda wühlte im Bett nach ihrer Unterwäsche. Katrin lehnte sich gegen die Wand und genoss es, ihr beim Anziehen zuzusehen. Wie erniedrigend das für sie sein musste. Viktor hatte sich schnell in die Decke gewickelt und war im Bad verschwunden.

»Das hier ist nicht dein Zuhause«, murmelte Amanda trotzig. »Mats hat gesagt ...«

»Was mein Mann gesagt oder getan ist, ist völlig unerheblich«, unterbrach Katrin sie. »Das Recht ist auf meiner Seite. Und du kleine Glückssucherin konntest nicht mal vor meinem Sohn haltmachen. Mein Mann und mein Sohn, pfui! Ganz ehrlich, das ist widerlich!«

Amanda streifte ihren Minirock über und ein kurzes T-Shirt. Viktor kehrte angezogen ins Schlafzimmer zurück. Amanda suchte sofort Unterstützung bei ihm, doch er schaute nicht einmal auf.

»Es ist besser, wenn du gehst«, murmelte er.

Immerhin dazu reichten seine Manieren, dachte Katrin grimmig.

»Aber Viktor ...«, setzte sie an.

Er zuckte nur mit den Schultern.

Katrin schob Amanda vor sich die Treppe hinunter und blieb im Flur stehen, bis sie Jacke und Schuhe angezogen hatte. Dann öffnete sie ihr die Tür. Ein kalter Wind drang herein.

»Ich kann wohl nicht verhindern, dass du zur Beerdigung kommst«, sagte sie, während Amanda hinausging, »aber wenn du dich hier im Haus noch mal blicken lässt, sorge ich dafür, dass du das bereust.«

Die junge Frau schaute sie mit schmalen Augen an, ohne den Blick abzuwenden.

»Ist das eine Drohung?«

»Davon kannst du ausgehen. Und jetzt verschwinde!«, sagte Katrin und wies ihr den Weg.

»Verdammte Hexe!«, fluchte Amanda, bevor sie um die Ecke bog. Schon bald startete ihr Wagen.

Katrin blieb in der Tür stehen und schaute zum Haus des Nachbarn. Er und sein fetter Dackel waren gerade auf dem Weg in die Scheune. Sie wusste genau, warum. Er würde einen Strich unter Viktors Namen machen für dessen erste Eroberung auf heimatlichem Territorium.

Als sie die Tür schloss, kam Viktor langsam die Treppe herunter. Er schaute sie abwartend an. Sie widerstand dem Impuls, seine wild abstehenden Haare zu glätten.

»Mama«, sagte er und streckte die Hand aus.

Katrin ballte die Hände zu Fäusten.

»Ich wollte dich schützen«, zischte sie. »Und wie dankst du mir? Wie konntest du nur?«

~ ACHTUNDZWANZIG ~

Dienstag, 6. Dezember

»Diese Autoexplosion am Sonntag, könnte es da einen Zusammenhang mit unserem Mord geben?«, fragte Maja-Sofia Rantatalo und warf einen Blick in die Runde.

Sie saßen wieder zusammengepfercht in dem kleinen Besprechungszimmer und gingen den Stand der Ermittlungen durch. Sie brauchten einen Durchbruch, denn gerade schien alles zu stagnieren. Wahrscheinlich hatten sie die Mordwaffe gefunden, wahrscheinlich sogar den Tatort. Beides durch Mithilfe von Samuel Williams, wie Maja-Sofia widerwillig eingestehen musste. Tatort und Tatwaffe deuteten darauf hin, dass sich der Täter im Hotel auskannte. Sundell war zufrieden, weil in der Zeitung stand, dass ein Verdächtiger festgenommen worden war. Die Dorfbevölkerung sah das etwas anders. Niemand glaubte daran, dass Markus schuldig war. Sie gingen sogar noch weiter und vermuteten den Täter eher außerhalb Klockarviks. Ein wütender Bürger hatte sogar seiner Frustration darüber Luft gemacht, dass die Weihnachtsstimmung in Gefahr wäre, wenn die Polizei nicht langsam den wahren Schuldigen fand. Maja-Sofia war in manchen Punkten ganz ihrer Meinung, weshalb sie nicht nur überrascht, sondern auch wütend darüber war, dass der Staatsanwalt Markus' Festnahme zugestimmt hatte. Die Bestätigung von Tamara Pettersson, dass es sich bei dem Blut am Kerzenhalter in der Tat um das von Finn Mats Hansson handelte, hatte ihn überzeugt. Dass besagter Kerzenhalter bei Markus gefunden worden war, machte die Sache nicht leichter, trotzdem bedeutete es nicht automatisch, dass Markus schuldig war. Er war einfach nur zum Sündenbock erkoren worden, da war Maja-Sofia sich sicher. Sie konnte es zwar nicht beweisen, aber ihr Bauchgefühl war da eigentlich untrüglich. Bloß reichte das nicht. Außerdem hörte der Staatsanwalt lieber auf Sundell.

»Die Explosion«, wiederholte Larsson. »Also, irgendjemand hat da offenbar ein Problem mit dem alten Knaben. Und Nordqvist kennt jeden in Klockarvik, da ist es schwer, erste Rückschlüsse zu ziehen.«

»Vielleicht sollten wir mal hinfahren?«, schlug Jarning vor. »Die Kollegen waren zwar schon da, aber schaden kann es trotzdem nicht, oder? Obwohl brennende Autos jetzt auch nicht so ungewöhnlich sind.«

»In der Großstadt vielleicht nicht«, sagte Maja-Sofia. »In Västerås hatten wir das recht oft, aber von hier kann man das nicht gerade behaupten. Außerdem handelte es sich eben tatsächlich um eine Explosion, nicht nur um einen Brandsatz. Und das auch noch bei ihm auf dem Hof, nicht irgendwo im Dorf.« Resolut stemmte sie sich mit beiden Händen auf den Tisch und stand auf. »Wir sprechen mit ihm. Wie hieß er gleich? Sigvard?«

»Sigvard Nordqvist«, antwortete Larsson. »Fahren wir hin oder holen wir ihn her?«

»Wir machen es folgenermaßen«, sagte Maja-Sofia. »Wir fahren ins Gemeindehaus nach Klockarvik und borgen uns dort ein Zimmer, diesmal aber mit vertauschten Rollen. Jarning kommt mit mir, und du, Larsson, klemmst dich an den Computer und suchst alles über Nordqvist zusammen, was du finden kannst. Vielleicht gibt es ja eine Erklärung dafür, dass sein Wagen in die Luft geflogen ist. Auch ein ehemaliger Pfarrer kann Feinde haben.«

Sie rechnete mit Protest, doch es kam keiner. Larsson hatte offenbar keine Lust, schon wieder nach Klockarvik zu fahren, Jarning hingegen war froh, die Wache mal verlassen zu können.

»Na, dann wollen wir mal«, sagte Maja-Sofia.

Auf dem Weg ins Dorf sprach sie die Markussituation an.

»Ich finde es wirklich schrecklich, dass die Sundell das nicht kapiert«, sagte sie.

»Seine Fingerabdrücke sind auf dem Leuchter«, entgegnete Jarning. »Das ist für sie wohl Beweis genug, und eigentlich liegt sie damit auch nicht ganz falsch.«

Statt einer Antwort machte Maja-Sofia ein Geräusch, das man am ehesten noch Knurren nennen konnte.

»Aber vielleicht gibt es dafür auch eine ganz einfache Erklärung. Und es gibt noch so viele offene Fragen: Was hat er im Hotel gemacht? Wieso war er draußen auf der Terrasse? Und hätte die Kriminaltechnik dort nicht Spuren von ihm finden müssen?«

»Wir dürfen nicht vergessen, dass nach der Tat ein paar Tage verstrichen sind, bevor die Kriminaltechnik vor Ort war. Da könnte das eine oder andere verloren gegangen sein«, merkte Maja-Sofia an und bog auf den Parkplatz des Gemeindehauses ein. Genau im gleichen Moment kam aus der anderen Richtung ein alter Mann auf Langlaufskiern angesaust und hielt direkt vorm Eingang.

Sie stupste Jarning an.

»So ein rüstiger Kerl! Hast du gesehen, wie schnell der unterwegs war?«

»Der macht bestimmt schon sein Leben lang beim Wasalauf mit«, sagte Jarning. »Und jetzt will er Kaffee und die Zeitung umsonst, wart's nur ab.«

Sie verließen den Wagen und betraten das Gemeindehaus. Der alte Mann stand an der Garderobe und zog gerade Mütze und Handschuhe aus. Er war außer Atem, aber nur ein bisschen, und ihn umgab eine Wolke frischer, kalter Luft.

»Das war ja beeindruckend«, sagte Maja-Sofia. »Haben Sie eine lange Tour hinter sich?«

Der Mann zuckte mit den Schultern.

»Heute nicht, nur die vier Kilometer von zu Hause, aber das ist eine flache Strecke. Und ein Auto habe ich ja nicht länger.«

Da begriff Maja-Sofia, wen sie vor sich hatte.

»Ach«, sagte sie. »Dann sind Sie Sigvard Nordqvist, der Mann, mit dem wir hier verabredet sind?«

»Ganz genau«, sagte der alte Mann und reichte ihr die Hand. »Wir sind fast Nachbarn, ich wohne nur wenige Hundert Meter vom Missionshaus entfernt.«

Sein Händedruck war fest, und er schaute Maja-Sofia direkt und sehr tief in die Augen. Sie war es, die den Blick zuerst abwandte.

»Wir müssen einen Ort finden, an dem wir uns ungestört unterhalten können«, sagte sie und schaute sich um.

Jarning stand ein Stück entfernt und sprach mit Ellinor Johannesson, die auf eine halb offene Tür zeigte und dann auf sie zukam.

»Willkommen! Sigvard, schade um deinen schönen Volvo«, sagte Ellinor. »Wie gut, dass du nicht dringesessen hast.«

Sofort wurde Maja-Sofia schlecht. Hätte er im Auto gesessen, hätten sie es mit einem weiteren Mord zu tun. Oder versuchtem Mord. Oder Totschlag. Und das wäre bedeutend mehr gewesen, als ihre kleine Polizeiwache hätte leisten können.

»Sie können gern Sigvards ehemaliges Dienstzimmer nehmen«, sagte Ellinor. »Ich stelle Ihnen Kaffee und Zimtschnecken bereit.«

»Ihr ehemaliges Dienstzimmer?«, fragte Maja-Sofia, nachdem sie sich gesetzt hatten.

»Ich habe hier viele Jahre gearbeitet«, erklärte Sigvard. »Kam als Pfarradjunkt her und bin geblieben. War leitender Pfarrer und Hauptpastor, da war an Sie noch nicht zu denken.«

Damit hatte er vermutlich recht, dachte Maja-Sofia. Sigvard Nordqvist musste steinalt sein und eine Menge miterlebt haben.

»Wann sind Sie denn in Rente gegangen?«, fragte sie und tunkte ein Stück Zimtschnecke in ihren Kaffee.

»In Rente?« Sigvard hob die Augenbrauen. »Wir Kirchenleute hören eigentlich nie auf zu arbeiten. Aber seit der Jahrhundertwende gibt es hier einen neuen Pfarrer, sodass ich mich immer mehr zurückziehen kann. Schließlich wollen nicht mehr alle auf einen alten Pfarrer hören, der für sie überholte Sachen predigt.«

Maja-Sofia schätzte, dass Sigvard etwas über achtzig sein musste. Wenn sie in seinem Alter noch in Ansätzen so fit war wie er, würde sie sich glücklich schätzen. Aber daran würde sie arbeiten müssen, ganz wie es der Mann gegenüber von ihr zu tun schien.

»Wir sollten über Ihr Auto sprechen«, sagte Maja-Sofia, die leider keine Zeit zum Plaudern hatte, dabei hätte sie gern sehr viel mehr erfahren.

Sigvard leerte seine Kaffeetasse und lehnte sich zurück. Er verschränkte die Arme vor der Brust und strahlte die gleiche Kraft aus wie Maja-Sofias Vater, der ungefähr genauso rüstig war wie Sigvard, nur zwanzig Jahre jünger.

»Erzählen Sie mir doch bitte, was passiert ist«, forderte sie ihn auf.

Sigvard beschrieb, wie er dagesessen und gelesen und dann den Eindruck bekommen hatte, es befände sich jemand auf dem Hof.

»Ich hatte es mir gerade bequem gemacht, nachdem der junge Pfarrer Williams aufgebrochen war.«

»Samuel?«, fragte Maja-Sofia und ärgerte sich, dass ihre Wagen rot anliefen, nachdem sie seinen Namen ausgesprochen hatte.

Sigvard betrachtete sie prüfend.

»Ja, ich bin sein Mentor, sozusagen. Zeige ihm das Dorf. War eine Idee der Pastorin, damit er sich hier schneller zurechtfindet und die Gemeinde kennenlernt.«

»Ich verstehe. Und was machen Sie so zusammen?«

»Wir gehen viel spazieren«, sagte er. »Kreuz und quer durchs Dorf, und dann erzähle ich ihm, wer wo wohnt, wer für gewöhnlich zum Gottesdienst kommt und wer sturer Heide ist.«

»Dann kennen Sie hier selbstverständlich alle, nehme ich an?«, fragte Maja-Sofia. »Haben Sie eine Ahnung, wer Ihnen schaden wollen würde? Und zwar in dem Maße, dass er oder sie Ihr Auto in Brand steckt?«

Der alte Pfarrer schwieg eine ganze Weile und rieb sich das Kinn. Die vorhin noch leicht rosigen Wangen waren etwas blasser geworden.

»Liebe Frau Kommissarin«, sagte er. »Ich habe die meisten der Leute hier in Klockarvik getauft, verheiratet und beerdigt. Das sind bedeutungsvolle Momente im Leben eines Menschen, man wird so etwas wie ein Familienpfarrer. Mir fällt niemand ein, der so etwas tun würde. Vielleicht waren das ja nur Jugendliche, die sonst nichts zu tun hatten und auch mal ein Auto anzünden wollten wie die in der Stadt. Und da ist ein alter, verbitterter Mann wie ich ja ein dankbares Opfer.«

Vermutlich hatte er recht. Ein Jungenstreich, kein versuchter Mord. Trotzdem musste sie weiter nachhaken, bis sie verstanden hatte, was passiert war.

»Außer ...«, setzte Sigvard an.

»Ja?«

»Ich bin ja auch seelsorgerisch tätig und da greift die Schweigepflicht. Aber es ist möglich, dass es jemanden gibt, der mir Angst machen möchte. Jemanden, der vermutet oder glaubt, dass ich mehr weiß, als der Fall ist.«

»Über den Mord an Finn Mats Hansson, meinen Sie?«

Mit zitternder Hand schenkte er sich Kaffee nach.

»Vielleicht wirkt es ein bisschen an den Haaren herbeigezogen«, sagte er, als er die Kanne wieder abgestellt hatte. »Aber ich wollte es nicht unerwähnt lassen.«

»Vielleicht hält Sie aber auch jemand für den Mörder und wollte sich rächen?«

Sigvard strich sich mit der rechten Hand durch das schüttere Haar und schien über das nachzudenken, was Maja-Sofia gerade gesagt hatte. Das Kratzen von Jarnings Stift war das einzige Geräusch im Dienstzimmer.

»Ich soll diese widerwärtige Tat begangen haben?«, sagte Sigvard Nordqvist schließlich. »Wohl kaum, wir sprechen hier schließlich von meinem Neffen.«

»Hansson war Ihr Neffe? Entschuldigen Sie, das war mir gar nicht bewusst«, staunte Maja-Sofia, »ich wollte eigentlich nur sagen, dass die Menschen manchmal auf die komischsten Ideen kommen. Es wird ja immer getratscht, egal ob nun Wahres oder Unwahres. Das weiß ich aus eigener Erfahrung, ich komme aus einem kleinen Dorf hoch oben im Norden. Vor der Gerüchteküche ist niemand gefeit, ganz egal wo.«

»Ja, Sie machen nur Ihre Arbeit«, sagte er und sah plötzlich unendlich müde aus.

»Schaffen Sie es gleich noch nach Hause?«, fragte sie. »Oder sollen wir Sie eben absetzen?«

Er winkte nur ab.

»Haben Sie nicht jemanden festgenommen?«, fragte Sigvard. »Das steht zumindest in der Zeitung.«

»Damit ist unsere Arbeit noch nicht abgeschlossen«, war Maja-Sofias ausweichende Antwort.

Sie wollte nicht erwähnen, dass sie nicht eine Sekunde glaubte, dass Markus der Mörder war.

»Offenbar herrscht noch Unsicherheit«, stellte Sigvard fest. »Das ist ja nicht zu überhören.«

»Dazu darf ich mich leider nicht äußern, aber wo wir schon beim Thema sind«, sagte Maja-Sofia, »wo waren Sie am Abend des 22. November?«

Sigvard leerte seine Tasse in einem Zug und steckte die Hand in die Hosentasche. Ein kleiner Kalender kam zum Vorschein, in dem er zum gefragten Datum blätterte.

»Kirchenrat«, sagte er. »Wir haben uns hier getroffen, und da war Mats natürlich auch anwesend.«

»Und danach?«, fragte sie. »Was haben Sie danach gemacht?«

Sigvard hob die Arme.

»Bin nach Hause«, sagte er. »Gab keinen Grund, im Dorf zu bleiben.«

»Waren Sie an dem Abend auch mit den Skiern unterwegs?«

Der alte Mann lächelte matt.

»Nein, ich war mit dem Wagen da. Das mache ich selten, aber am Nachmittag war ich in Mora und bin von dort direkt zum Kirchenratstreffen gefahren.«

»Und wann waren Sie zu Hause?«

»Tja«, seufzte Sigvard. »Ich meine, das Treffen war gegen acht vorbei, danach habe ich noch eine Pizza beim Imbiss gegessen, und dann bin ich nach Hause. Allerdings nicht direkt, ich habe zwischendurch noch gehalten und mir die Sterne angeschaut.«

»Kann jemand bestätigen, wann Sie nach Hause gekommen sind?«

»Das glaube ich kaum. Vielleicht mein Nachbar. Sie wissen schon, der, der die Feuerwehr gerufen hat, nachdem mein Auto in die Luft geflogen ist. Der hat eigentlich immer ein Auge auf alles.«

Maja-Sofia gingen allmählich die Fragen an Sigvard Nordqvist aus. Er hatte bisher glaubhaft auf alles antworten können.

»Nur eins noch«, sagte sie. »Haben Sie eine Ahnung, wer Finn Mats Hansson ermordet haben könnte?«

»Schwer zu sagen«, erwiderte der alte Pfarrer. »Man möchte nicht glauben, dass überhaupt jemand zu so einer Tat fähig ist, aber die Wege des Herrn sind unergründlich, und was im menschlichen Gehirn vor sich geht, weiß niemand. Das haben mich meine vielen Jahre als Seelsorger gelehrt.«

Wenig später verstaute Jarning die Langlaufausrüstung im Kofferraum und sie brachten Sigvard doch noch nach Hause. Das ausgebrannte Fahrzeug stand nach wie vor im Hof, und Maja-Sofia machte ein paar Fotos. Dann sah sie sich um. Das Haus war rot und sehr schön. Sie war hier schon häufig vorbeispaziert und hatte den Hof bewundert, ohne zu wissen, wer ihn bewohnte. Schräg gegenüber wohnte der Nachbar, der die Feuerwehr verständigt hatte. Es brannte Licht im Fenster und hinter der Gardine bewegte sich eine

Gestalt. Rundherum standen noch weitere rote Häuschen, aber das waren vermutlich alles Sommerhütten, die jetzt einsam und leise der Winterdunkelheit standhielten. Maja-Sofia hatte Mitleid mit dem alten Mann. Hoffentlich übernahm die Versicherung den Schaden, sodass er sich ein neues Auto leisten konnte und nicht immer mit den Skiern ins Dorf fahren musste. Wenngleich dies eine gute Möglichkeit war, sich fit zu halten. In ihrer Kindheit in Kuivalihavaara hatte Maja-Sofia professionell Skilanglauf betrieben. Seit ihrem Umzug in den Süden war das völlig in Vergessenheit geraten. Vielleicht sollte sie das Training wieder ernsthaft aufnehmen. Sie genoss die Skitouren ja sehr, man bekam den Kopf so schön frei und gut für den Körper war es allemal.

~ NEUNUNDZWANZIG ~

Mittwoch, 7. Dezember

»Das war die letzte«, sagte Cillan, als sie alle Tüten verteilt hatten und zurück ins Auto stiegen. »Zehn waren es heute, ganz schön viel. Schön, dass du mithelfen wolltest.«

»Selbstverständlich«, erwiderte Samuel. »Das nimmt ja ganz schön mit, muss ich sagen. Die Frau mit den fünf Kindern, zum Beispiel. Wie die das alles allein hinbekommt!«

»Manchmal wird es auch ihr zu viel«, sagte die Diakonin. »Da ist es eine Erleichterung, dass es uns gibt.«

Bei der Morgenbesprechung hatte Samuel gehört, dass die Diakonin wieder zu Bedürftigen fahren wollte. Der örtliche Supermarkt hatte Tüten voller Lebensmittel vorbereitet, und sie mussten sie nur abholen und an jene verteilen, die sich gemeldet hatten. Samuel hatte es für eine schöne Möglichkeit gehalten, weitere Gemeindemitglieder und auch den Ort besser kennenzulernen. Unter anderem waren sie bei Flüchtlingsfamilien mit großer Kinderschar gewesen, wo das Essen sehr willkommen war und dankend entgegengenommen wurde. Unter den Lebensmitteln befand sich Gemüse, Fleisch oder Fisch und manchmal auch Käse oder anderer Brotbelag. Milch und Hefe war ebenfalls beliebt, weil viele ihr Brot selbst backten. Alles war fast abgelaufen und Cilla betonte, dass sie es schnell verbrauchen mussten. Eine der Familien bekam ein großes Bündel Glattpetersilie, die schon ein bisschen traurig aussah, und eine ganze Menge Tomaten, die zwar weich, aber noch gut essbar waren. Die Freude war groß, die Mutter wollte sofort Tabbouleh machen, was sie sich sonst nicht hätte leisten können.

Beim nächsten Halt wartete ein alleinerziehender Vater mit einem Haufen Kinder. Ihrem Heim merkte man an, dass es an viel Materiellem fehlte, aber nicht an Lebensfreude. Die Kinder suchten ständig die Aufmerksamkeit des Vaters, und er hörte ihnen geduldig zu. Trotz der Armut gab es Herzenswärme, die für alle reichte.

Wohin sie auch gingen, wurden sie herzlich willkommen geheißen, und Samuel war zutiefst dankbar und bekam sogar ein ziemlich schlechtes Gewissen, weil es ihm so gut ging. Marit und er hatten immer genug zu essen, und sie konnten sich hin und wieder auch eine Flasche teuren Wein leisten. Alva und Gabriel hatten es auch gut, mussten keinen Mangel an Nahrung oder Kleidung erleben, dafür konnten er und ihre Mutter sorgen.

Auf dem Rückweg kamen sie an dem kleinen Haus von Markus vorbei.

»Und er?«, fragte Samuel. »Bekommt er nie was?«

»Ein einziges Mal haben wir ihm was gebracht«, erzählte Cillan. »Aber er ist einfach zu stolz. Und er kommt mit dem, was er angelt, und den selbst angebauten Kartoffeln über die Runden. Außerdem bekommt er eine kleine Rente. Ach ja, der arme Kerl, im Moment müssten wir ihm sowieso nichts bringen, gerade ist er ja hinter Schloss und Riegel. Man fragt sich echt, wer ihn da ans Messer geliefert hat, nur weil er ein bisschen komisch ist. Ich glaube nämlich absolut nicht, dass er jemanden ermorden könnte.«

Samuel wagte nicht, ihr in die Augen zu sehen. Wenn sie wüsste, dass er im Dorf Gerüchte über ihn gehört und dann die Polizei verständigt hatte, weil er ihn am Tatort gesehen hatte ... Wieso hatte er sich nur eingemischt?

»Danke, dass ich mitkommen durfte«, sagte er deshalb schnell. »Du kannst mich beim Fitnessstudio rauslassen, das wollte ich mir mal genauer anschauen.«

»Das klingt doch nach einem schönen Vorhaben«, sagte Cillan. »Ich selbst leite gleich eine Trauergruppe. Das hat auch etwas für sich, aber auf einer ganz anderen Ebene.«

Samuel wusste genau, was sie meinte. Wer einen nahestehenden Menschen verloren hatte und Unterstützung bei der Trauerbewältigung suchte, fand diese bei der Kirche. Auch er hatte solche Gruppen schon geleitet. Sie hatte recht, auch das war eine wichtige und lehrreiche Aufgabe.

»Viel Spaß mit den Ladys des Handwerksvereins«, sagte sie, als er ausstieg.

Er lehnte sich wieder in den Wagen.

»Des Handwerksvereins?«, fragte er und hob die Augenbrauen.

Cillan lachte.

»Das ist ihr liebster Aufenthaltsort, wenn sie nicht gerade bei mir sind und nähen oder stricken«, sagte sie. »Du wirst schon sehen. Sie sind ziemlich gut im Boxen.«

Nach einem kurzen Rundgang, bei dem ihm gezeigt wurde, was das Fitnessstudio zu bieten hatte, holte er sich eine Trainingskarte für einen Monat und bekam eine erste Einweisung ins Gerätetraining. Die Diakonin hatte recht, fast jedes Gerät war von einem Mitglied der »Silberliga« besetzt, die eifrig ihren schweißtreibenden Übungen nachgingen. Tyra Lundin winkte ihm zu.

»Willkommen, Samuel! Wir geben hier alles!«

»Das sehe ich«, sagte er und winkte zurück. »Toll!«

Schon bald war er umgezogen und wärmte sich auf dem Laufband auf. Die Geräte für Arme, Beine und Rumpf waren die gleichen wie die im Studio in Västerås, das er mit Marit besuchte. Er brauchte also keine Erklärung, sondern konnte direkt starten.

Aber es fiel ihm schwer, sich zu konzentrieren. Cillans Worte nagten an ihm und wollten ihm keine Ruhe lassen. Es ging natürlich um ihre Frage, wer Markus wohl ans Messer geliefert hatte. Samuel hatte mit großem Interesse die Berichterstattung in den Zeitungen verfolgt, aber es war nicht Maja-Sofia Rantatalo gewesen, die über den Fortschritt der Ermittlungen sprach, sondern ihre Chefin Jeanette Sundell. Als Markus nicht nach wenigen Tagen freigelassen, sondern richtig in U-Haft genommen wurde, gab es ein großes Bild von Sundell in der Zeitung. »Das war der Durchbruch«, lautete die Schlagzeile, und in dem Artikel hieß es, dass wahrscheinlich die Mordwaffe gefunden worden war, die den Verdächtigen endgültig mit der Tat in Verbindung brachte. Aber war das wirklich so? Samuel konnte das nicht so ganz glauben.

Er wechselte zum Ergometer, dem Trainingsgerät, das er am allerwenigsten mochte, wählte den kleinstmöglichen Widerstand und strampelte los. Dieser seltsame kleine Mann, war er wirklich in der Lage, eine Leiche herumzuschleppen? Vermutlich brauchte man dafür nicht nur körperliche, sondern auch mentale Stärke, wir sprachen hier schließlich von einem Toten, und beides konnte er Markus nicht unbedingt attestieren. Vielleicht war er einfach nur ein netter, alter Kerl, ein Opfer blöder Gerüchte und der ausufernden Fantasie seiner Mitmenschen. Auch Samuel war in diese Falle getappt, ohne eine Sekunde zu zögern. Einfach nur wegen dem, was ihm die Cousins Trygg und Brygg – oder wie auch immer sie hießen – erzählt hatten. Nein, Tysk war es. Tysk und Brysk.

Tyra Lundin und ihre Gruppe waren zu Ruderbewegungen übergegangen, die sie mithilfe von Gummibändern durchführten, die an der Wand befestigt waren. Samuel strampelte derweil weiter und dachte über Markus und seine Rolle in dessen Freiheitsberaubung nach. Aber, bei Gott, was gab es hier für rüstige Rentnerinnen. Gerade hatte er die Boxhandschuhe entdeckt, die in zwei großen Taschen bereitlagen. Nach der Arbeit an den Gummibändern würden sie also noch lange nicht aufhören. Samuel war beeindruckt. Respekt der Silberliga!

Als Samuel bei Markus gewesen war, hatte dieser seine Unschuld beteuert. Über die mutmaßliche Mordwaffe, die die Polizei bei ihm gefunden hatte, wusste er nichts, obwohl seine Fingerabdrücke darauf gewesen waren. Markus hatte ihm nur erzählt, dass er »diesen Leuchter« hinter seiner

Orgel entdeckt, hochgehoben, aber dann wieder zurückgelegt hatte.

»Damit niemand wütend wird, weil Markus ihn genommen hat«, so hatte er sich ausgedrückt.

Samuel hatte versucht, ihn dazu zu bewegen, das auch Maja-Sofia zu erzählen, aber ob er es getan hatte oder nicht, wusste Samuel nicht. Immerhin etwas Gutes hatte er bewirken können, denn er hatte Markus mit seiner Geige wiedervereint. Markus hatte ihm auf den Rücken geklopft, übers ganze Gesicht gestrahlt, sie ausgepackt und zu spielen begonnen. Was für ein Glück, dass der Mann nicht wusste, wer die Polizei auf seine Spur gebracht hatte. Samuel war ein ziemlicher Judas.

Nach zwei Runden an den Geräten und einer kurzen Dusche hatte er sich entschieden. So konnte es nicht weitergehen. Er hatte so ein schlechtes Gewissen, dass er auf direktem Weg in die Kirche musste. Ein Gespräch mit dem Boss würde ihm mit diesen schweren Gedanken helfen.

Die Kirchentür war nicht abgeschlossen, und er schien allein zu sein, was für ein Glück. Oft war der Kantor hier und probte, der Hausmeister war auch meist da, und Tyra Lundin war nicht nur Küsterin, sondern putzte auch ein paarmal pro Woche die Kirche, so wie er das mitbekommen hatte. Aber für den Moment war er allein. Er bekreuzigte sich und ging mit schnellen Schritten bis zum Altar, wo er auf die Knie fiel.

»Boss«, sagte er und betrachtete das Altargemälde, auf dem die Jünger ihren Herrn umgaben. »Wird mir je vergeben werden?«

237

Er wartete auf eine Antwort, aber es blieb still. Also fragte er noch einmal.

»Wird uns nicht allen vergeben? Jeden Sonntag sage ich: ›Im Namen Christi, deine Sünden sind vergeben.‹ Gilt das nicht auch für mich?«

Er faltete die Hände fester, schloss die Augen und lauschte in sich hinein. Erst hörte er nichts, doch dann war da eine leise Stimme, die allmählich lauter und lauter wurde.

Samuel, mein unschuldiges Kind. Was dein überstürztes Handeln angeht, das Konsequenzen für Markus hatte, da kannst du etwas tun, etwas tun, etwas tun …

Er schaute auf, richtete den Blick wieder auf das Altargemälde.

»Kann ich?«

Selbstverständlich kannst du das, aber …

»Aber? Aber was, Boss?«

Samuel konnte selbst hören, wie nervös er wurde.

Die Gedanken an sie sind schlimmer.

Samuel drehte sich um. Da war niemand, er war noch immer allein in der Kirche.

»Maja-Sofia Rantatalo?«, flüsterte er.

Darauf folgte lange nichts. Samuel wartete mit gefalteten Händen ab.

Wie soll es weitergehen, mein Sohn? Denk an Marit.

Abrupt stand Samuel auf und richtete seine Hosenbeine. Mit zur Decke gerichtetem Blick antwortete er.

»Ich weiß es nicht, Boss. Ich weiß es einfach nicht.«

Kurz darauf verließ Samuel die Kirche und trat in die hereinbrechende Dunkelheit. Das war ein langer Tag mit vielen neuen Eindrücken gewesen, höchste Zeit, nach Hause zu gehen und sich auszuruhen. Er hatte eine Abkürzung entdeckt, eine kleinere Dorfstraße, über die er etwas schneller nach Hause kam. Er hielt sich am Straßenrand, tief in Gedanken versunken. Wenn der Boss hinterfragte, warum er sich so sehr mit Maja-Sofia beschäftigte, warum hatte er sie ihm dann überhaupt geschickt? Das wollte ihm einfach nicht in den Kopf. Oder war dies eine der Prüfungen, die er den Menschen manchmal stellte? Aber wie er die Sache auch drehte und wendete, er kam zu keinem rechten Schluss.

Ohne Vorwarnung tauchten ein paar Autoscheinwerfer vor ihm in der Dunkelheit auf. Samuel hielt sich weiter am Rand und vertraute auf die Reflexstreifen an seiner hässlichen Jacke. Der Wagen fuhr erstaunlich schnell, bemerkte er, und hielt direkt auf ihn zu. Was zur ...? Er wurde nicht langsamer, dabei hatte er ihn fast erreicht. Im letzten Moment warf sich Samuel zur Seite und versank im tiefen Schnee des Straßengrabens. Schockiert schaute er dem Wagen hinterher. Ein paar Buchstaben des Kennzeichens hatte er gesehen, und dass das Auto hell war. Um ehrlich zu sein, ähnelte es dem Wagen, der an ihm vorbeigerast war, als er Markus' Geige geholt hatte. Verfolgte ihn da etwa jemand?

Er blieb eine Weile lang ganz still liegen, um wieder zu Atem zu kommen. Als sein Herzschlag sich normalisiert hatte, krabbelte er auf allen vieren zurück auf die Straße. Seine

Beine schlotterten. Da hatte tatsächlich jemand versucht, ihn zu überfahren. Sollte das nur eine Warnung sein? Oder war es ein Mordversuch?

∼ DREISSIG ∼

»Ich komme sofort. Wenn Sie können, warten Sie bitte genau dort. Ich bin in maximal zehn Minuten da.«

Samuel starrte auf sein Handy. Gerade hatte er noch Maja-Sofias so melodischen Tornedalsdialekt im Ohr gehabt, jetzt war da nur noch das Display mit der Uhranzeige und einem Foto von Gabriel und Alva. Wie gut, dass die beiden nicht wussten, dass ihr Vater gerade knapp am Tod vorbeigeschrammt war.

Er war aus dem Straßengraben gekrabbelt, hatte verwirrt dagestanden und dann bei Maja-Sofia angerufen. Was anderes war ihm nicht eingefallen. Das Auto, das die ganze Zeit auf ihn zugehalten hatte, war in letzter Sekunde ins Schlingern gekommen und dann mit hohem Tempo verschwunden. Samuel hatte nur erkennen können, dass es hell war, vielleicht sogar weiß. Außerdem die Buchstaben Y und K und eine fünf auf dem Kennzeichen. Glaubte er zumindest. In so einer Lage irrte man sich schließlich leicht.

Samuel dankte Gott für die guten Stiefel und die warme Hose aus dem Angelladen, und dafür, dass er überlebt hatte. Er klopfte sich so gut es ging den Schnee ab. Lange stand er fast reglos da, ließ sich von der Dunkelheit umfangen und schaute in den Sternenhimmel. Neumond war erst ein paar Tage her, sodass nur eine schmale Sichel am Himmel stand. Wie überwältigend viele Sterne es doch gab, dachte er, darüber hatte er noch nie nachgedacht. In der Stadt gingen sie in der immerwährenden künstlichen Beleuchtung unter.

Als der erste Schock überwunden war und die Gedanken wieder in geordneteren Bahnen verliefen, begriff Samuel, dass die Seitenstraße völlig im Dunkeln lag, und er wollte nicht, dass Maja-Sofia ihn übersah. Ja, er trug die reflektierende Jacke, aber zur Sicherheit nahm er auch noch die Mütze ab, betastete die vordere Krempe und drückte auf die Erhöhung. Sofort musste er die Augen zusammenkneifen, als das Licht der eingebauten Stirnlampe ihn traf. Im gleichen Augenblick bog jemand in die Seitenstraße und blitzte mit dem Fernlicht auf. Das musste Maja-Sofia sein. Er winkte mit beiden Armen, und sie kam langsam vor ihm zum Stehen.

Maja-Sofia Rantatalo öffnete die Fahrertür und stieg aus.

»Mit der Lampe sieht man Sie schon von Weitem«, sagte sie anstelle einer Begrüßung.

»Guten Abend«, sagte Samuel und sein Herz stolperte ein bisschen, was nicht nur an dem abebbenden Schock lag.

Aufpassen, mahnte die Stimme des Bosses.

»Ja, hallo«, sagte Maja-Sofia. »Da hatte der Herr Pfarrer wohl ziemliches Glück, was?«

Ja, weil ich dich damit herlocken konnte, hätte er fast gesagt, konnte es aber gerade noch verhindern.

Sie leuchtete mit ihrer Taschenlampe auf die Stelle, an der er sich in den Straßengraben geworfen hatte, und begutachtete dann die Reifenspuren.

»*Perkele*, das war knapp«, sagte sie. »Sie müssen gute Schutzengel haben.«

»Die habe ich gemeinhin, ja. Ein Pluspunkt meines Jobs«, sagte er und lächelte schwach.

Sie machte ein paar Fotos von den Schneespuren.

»Konnten Sie das Kennzeichen erkennen?«

»Nicht komplett, aber ich meine, ich habe ein Y und K gesehen, und eine fünf. Aber sicher bin ich mir nicht.«

»Hm, vielleicht können wir das Auto ja trotzdem finden, wenn wir davon ausgehen, dass es jemandem aus dem Dorf gehört. Und das Y deutet ja darauf hin, dass es auch nicht das älteste Modell sein dürfte. Groß oder klein? Farbe?«

»Hell auf jeden Fall«, sagte er. »Vielleicht sogar weiß.«

»Marke?«

»Marke? Nein, die habe ich so schnell nicht erkannt. Aber ein Kleinwagen müsste es gewesen sein.«

Maja-Sofia nahm ihr Handy zur Hand und verschickte ein paar Nachrichten. Samuel fing an zu frieren. Wie lange würden sie noch hier in der Kälte stehen müssen? Er schaute noch einmal in den Nachthimmel hinauf und zuckte zusammen. Da hatte ihn doch ein Stern angeblinzelt, oder nicht?

»Danke«, flüsterte er.

Gern geschehen. Aber pass in Zukunft besser auf. Und wie wäre es mit einem warmen Getränk? Lade die Dame bitte sofort ein.

»Großartige Idee«, flüsterte er.

Maja-Sofia schaute von ihrem Handy auf.

»Haben Sie was gesagt?«

Er lachte verlegen.

»Da steh ich hier und rede mit mir selbst«, murmelte er. »Aber ist der Sternenhimmel nicht schön?«

Samuel machte eine ausladende Geste, und Maja-Sofia steckte das Handy weg.

»Prächtig, könnte man auch sagen. Eigentlich betrachtet man ihn viel zu selten. Ich habe den Kollegen geschrieben, mal schauen, ob sie anhand Ihrer spärlichen Hinweise etwas finden können. Wir werden mal unsere üblichen Verdächtigen abklappern. Aber jetzt müssen Sie sich erst mal aufwärmen. Wollen wir noch kurz ins Pub?«

»Das wollte ich auch gerade vorschlagen«, sagte Samuel und lächelte breit.

Er stieg ins Auto und stellte die Sitzheizung an. Warmer Apfelsaft mit Kognak, ob sie so was im *The Worried Wolf* zustande brachten? Er hoffte es.

Kurze Zeit später saßen sie sich an einem kleinen Tisch gegenüber, der in einem abgeschiedeneren Teil des Pubs stand. Samuel hatte bekommen, was er sich gewünscht hatte, und genoss große Schlucke davon. Langsam kehrte die Wärme in seine verfrorenen Körperteile zurück. Maja-Sofia hatte ein alkoholfreies Bier bestellt, sie musste ja noch fahren.

»Alltagsluxus«, sagte Samuel.

»Absolut«, stimmte Maja-Sofia zu. »Jetzt fehlt nur noch das Essen, und dann sind Sie bald wieder der Alte.«

Sie hob das Glas.

»Prost«, sagte sie.

»Prost!«

»Wo wohnen Sie eigentlich?«, fragte Maja-Sofia. »Haben Sie ein Haus oder eine Wohnung?«

»Weder noch«, sagte Samuel. »Gerade miete ich eine gemütliche Bude im ersten Stock der Villa von Tyra und Sven-Erik Lundin, falls Sie die kennen. Nichts Weltbewegendes, aber es reicht für mich und meine Belange.«

»Dann wohnen Sie allein? Keine Familie? Eigentlich müsste es doch eine Pfarrersfrau und einen Haufen Kinder geben«, lachte sie. »Gabe Gottes oder so. Zumindest ist das bei den Laestadianern so.«

»Meine Kinder leben bei ihrer Mutter in Stockholm«, erklärte Samuel. »Und meine Lebensgefährtin ist noch in Västerås. Bevor Sie fragen: Ja, ich bin geschieden, und die Kinder kommen mich in den Ferien besuchen, und auch sonst, wenn ihnen danach ist.«

»Ach, ich bin ja ein hoffnungsloser Fall«, sagte sie. »Artet das hier in eine Vernehmung aus. Das war gar nicht meine Absicht, scheint eine Berufskrankheit zu sein.«

Samuel winkte ab.

»Ist ja nicht weiter schlimm«, sagte er, »ich kann gern für den Ausgleich sorgen. Haben Sie jemanden?«

»Ich komme sehr gut allein klar«, antwortete sie. »Ist auch ganz nett, nicht ständig alles mit jemandem abstimmen zu müssen, sondern allein entscheiden zu können.«

»Keine Kinder?«

Ihm entging nicht, dass ihr Blick sich verfinsterte.

»Nein«, war ihre knappe Antwort. »Bisher kam es nicht dazu, und allmählich ist es zu spät.«

Ihre Burger wurden gebracht, und sie aßen schweigend. Irgendetwas umgab die Kommissarin, so als würde sie ein Geheimnis in sich tragen. Ein Geheimnis, das er durch seine Frage nach Kindern und Familie heraufbeschworen und das eine unsichtbare Grenze zwischen ihnen gezogen hatte. Er sollte also erst mal nicht in diese Richtung weiterfragen.

Als Samuel aufgegessen hatte, wischte er sich den Mund ab und faltete die Serviette zusammen. Irgendwie wusste er nicht, was er sagen sollte, und von oben kam keine Hilfe. Gott fand seinen Weg wohl nicht bis in die Kneipe.

»Das war gut«, sagte Maja-Sofia, die alles Düstere abgeschüttelt zu haben schien und nun wieder lächeln konnte. »Prost, Pfarrer! Dann wollen wir mal sehen, wer von uns den Fall zuerst löst.«

Samuel lehnte sich leicht vor, um nachzuschauen, ob jemand sie gehört haben könnte. Freilich, es waren nicht viele Gäste da, aber man konnte sich nie sicher sein.

»Woher wissen Sie, womit ich mich beschäftige?«

Maja-Sofia zuckte mit den Schultern.

»Das ist ein kleiner Ort«, sagte sie. »Die Leute reden, und soweit ich höre, ermitteln Sie auf eigene Faust und befragen die Dorfbewohner. Insofern war das jetzt nicht schwer herauszufinden.«

»Ich habe gar nicht viel gefragt«, sagte Samuel peinlich berührt.

Das hätte ihm klar sein müssen, schließlich hatte Sigvard etwas ganz Ähnliches betont. Die Leute redeten. Noch dazu war er neu zugezogen. Da war es nicht weiter verwunderlich, dass er besonders auffiel und beobachtet wurde.

»Ich finde, Sie sollten sich das noch mal gut überlegen«, sagte sie. »Legen Sie das Hobby Privatdetektiv nieder und konzentrieren Sie sich auf das, was Sie gut können.«

»Und wenn ich das nicht mache?«

»Sie haben doch heute Abend erlebt, was passieren kann«, sagte sie. »Vermutlich war das nur ein Warnschuss, aber wenn Sie weitermachen ... Tja, dann könnte das richtig schlimm für Sie enden.«

»Ich wähne mich nicht in Gefahr, ich bin schließlich nie allein unterwegs«, sagte er und stand auf, um sich an der Theke ein Bier zu holen.

»Okay«, sagte er, als er sich wieder an den Tisch gesetzt hatte. »Ich habe verstanden, was Sie mir mitteilen wollten, aber ein bisschen muss ich mich trotzdem einmischen.«

»Ach ja?«

»Ja, weil Sie definitiv nicht den wahren Mörder gefasst haben«, sagte Samuel.

»Sie meinen Markus«, sagte sie. »Dabei kam die Hausdurchsuchung bei ihm doch nur durch Ihren Tipp zustande, wie Sie sich vielleicht erinnern.«

Beschämt murmelte er: »Ich bin auf das Gerede reingefallen.«

»So oder so großes Pech für Markus.«

»Wessen Fingerabdrücke haben Sie denn auf der Waffe gefunden?«

Maja-Sofia schwieg. Das durfte sie sicher gar nicht beantworten. Vielleicht hatte sie sowieso schon zu viel gesagt.

»In der Zeitung stand jedenfalls, dass Sie ihm die Waffe zuordnen konnten«, fuhr Samuel fort.

Maja-Sofia wiedersprach nicht.

»Irgendein Feigling muss sie zu ihm ins Haus geschmuggelt haben, da bin ich hundertprozentig sicher«, entfuhr es ihm. »So ein richtiger Mistkerl.«

»Ich sehe das gar nicht anders als Sie«, sagte sie. »Aber die Frage bleibt offen: Wer ist der Mörder, wenn er es nicht war? Es muss jemand sein, der Markus kennt, der weiß, wo sein Schlüssel liegt und wann er nicht zu Hause ist. Wenn wir diesen Jemand finden, können wir Markus laufen lassen. Aber das ist mein Job, nicht Ihrer.«

Samuels Handy fing an zu klingeln. Er schaute kurz aufs Display – Marit –, ehe er den Anruf wegdrückte. Er würde sich später bei ihr melden müssen, was sollte sie sonst denken? Schnell schob er das Handy in die Jackentasche.

»Aber wie kann man beweisen, dass er es nicht war?«, fragte Samuel. »Markus scheint nicht viel Kontakt zu anderen zu haben. Cillan, unsere Diakonin, war wohl mal bei ihm. Ich könnte vorsichtig nachhaken, ob es noch andere gibt, die regelmäßig nach ihm sehen. Vielleicht ja ein Pflegedienst? Wobei ich mir das nicht vorstellen kann. Er scheint allein klarzukommen.«

Maja-Sofia hatte gerade ihr Glas angehoben und knallte es nun auf den Tisch.

»Sie sollen sich doch nicht einmischen«, beharrte sie. »Aber diese Cillan, mit der würde ich gern mal sprechen.«

»Mein Dienstzimmer«, sagte Sam. »Morgen um zwei. Und Sie bekommen frischen Kaffee.«

Ihr Handy summte, und sie las die Nachricht, bevor sie ihn wieder ansah.

»Die Kollegin«, sagte sie. »Der Wagen, mit dem Sie fast überfahren wurden, könnte Liss Katrin Hansson gehören. Aber ob sie auch am Steuer saß, das müssen wir morgen herausfinden. Bis dahin können Sie ja mal überlegen, ob sie einen Grund dafür hätte, wütend auf Sie zu sein.«

~ EINUNDDREISSIG ~

Donnerstag, 8. Dezember

Maja-Sofia betrachtete das Dokument, das Jarning vor sie gelegt hatte. Es gab es keinen Zweifel, es war Liss Katrin Hanssons Wagen gewesen, der gestern geradewegs auf Samuel zugehalten hatte. Offen blieb nur die Frage, wer am Steuer gesessen hatte. Und war der neue Pfarrer Klockarviks jemand, den man aus dem Weg schaffen musste? Wenn ja, warum?

Larsson trat an die Tafel, auf der sie alle bisher gewonnenen Informationen zum Mord zusammengetragen hatten. Dort klemmte er das Foto des Pfarrers neben das von Liss Katrin Hansson und malte ein Fragezeichen darunter.

Dass Samuel nun auch an dieser Tafel vertreten war, ärgerte sie. Und sie fragte sich, was er selbst dazu wohl sagen würde.

»Ein weißer Ford Fiesta«, sagte Maja-Sofia und trommelte mit dem Stift auf den Tisch. »Wer könnte ihn gefahren haben, wenn sie es nicht selbst war?«

»Der Sohnemann«, sagte Jarning und deutete auf das Foto des immer sorglos grinsenden Viktor. »Wenn er zu Besuch ist, wird er auch Zugriff auf das Auto der Mutter haben, oder?«

»Guter Punkt«, sagte Maja-Sofia. »Aber was wäre sein Motiv? Wieso sollte er den Pfarrer überfahren wollen? Kennen die sich überhaupt?«

Schweigen legte sich über den kleinen Raum. Sie schüttelte den Kopf.

»Katrin kennt er definitiv, das weiß ich«, sagte sie.

Larsson wandte sich zu ihr.

»Woher weißt du das denn?«, fragte er und grinste sie an.

Maja-Sofia zuckte mit den Schultern und ärgerte sich darüber, dass sie rote Wangen bekam. Es war doch gar nichts passiert!

»Das ist ja wohl egal«, sagte sie schroff, »eine Sache ist jedenfalls klar: Der Mann, den Sundell hinter Schloss und Riegel gebracht hat, ist unschuldig.«

Niemand hatte Schritte im Flur gehört, doch plötzlich stand Jeanette Sundell in der Tür.

»Habe ich da gerade meinen Namen gehört?«, fragte sie, kam herein und trat an die Tafel, an der Jarning gerade das Foto von Viktor Hansson etwas mehr in die Mitte rückte. Direkt unter Samuel und Katrin.

»Hast du«, sagte Maja-Sofia und teilte der Sundell mit, dass jemand am Vorabend versucht hatte, mit Katrin Hanssons Wagen den neuen Pfarrer zu überfahren.

Sundell betrachtete die Tafel eingehend, ehe sie mit Argusaugen ihre Untergebenen in den Fokus nahm.

»Und nur weil jemand dort im Schnee rumgeschlingert ist, meinst du, Liss Katrin Hansson hat es auf den neuen Pfarrer abgesehen?«

»Ihr Wagen war auf jeden Fall beteiligt«, sagte Maja-Sofia.

»Und ganz egal, wer nun versucht hat, sich des Pfarrers zu entledigen, du weißt genauso gut wie wir alle, dass da gerade der Falsche in U-Haft sitzt. Der Mörder ist jemand anderes.«

»Wenn das so ist, warum sollte der Mörder versuchen, den Pfarrer aus dem Weg zu räumen?«, fragte die Sundell.

»Wenn ich raten müsste: Weil er zu neugierig ist«, sagte Maja-Sofia. »Den genauen Grund kann ich natürlich nicht wissen, aber als Pfarrer erfährt er eine ganze Menge im Vertrauen, und er ist nicht gerade schüchtern. Er geht herum und unterhält sich mit den Leuten. Ich halte es für keine schlechte Idee, den Staatsanwalt darum zu bitten, Markus so schnell wie möglich wieder auf freien Fuß zu setzen. Er ist nicht der Mörder, glaub mir.«

Totenstille senkte sich über das Zimmer. Jarning stand noch an der Tafel, einen schwarzen Stift im Anschlag, Larsson hatte aufgehört, Däumchen zu drehen, und die Sundell starrte Maja-Sofia an, bevor sie weitersprach.

»Rantatalo, dass du dir anmaßt, mir zu erklären, wie ich meinen Job zu machen habe. Das verbitte ich mir. Deine Aufgabe war, diesen Mord so schnell wie möglich aufzuklären. Niemand hier will, dass wir das noch bis Weihnachten über uns hängen haben.«

Sie hatte »war« gesagt. Das war Maja-Sofia sofort aufgefallen.

Sundell machte einen Schritt auf sie zu. Ihr Ton war eiskalt.

»Und damit bist du, Rantatalo, von diesen Ermittlungen ausgeschlossen.«

»Bitte?« Hatte sie richtig gehört? Stand die stellvertretende Chefin da tatsächlich vor ihr und behauptete, dass sie nichts taugte?

»Larsson, du übernimmst ab sofort«, fuhr Sundell fort. »Für Rantatalo finden wir sicher eine administrative Aufgabe, bis diese Ermittlungen abgeschlossen sind.«

»Aber«, setzte Maja-Sofia an, »sollten wir Katrin Hansson nicht danach fragen, was genau gestern vorgefallen ist? Was ihren Wagen angeht, meine ich. Ob sie ihn verliehen hat?«

»Das ist nicht nötig«, sagte Sundell. »Oder zumindest ist es nicht mehr deine Aufgabe.«

Damit machte sie auf dem Absatz kehrt und knallte die Tür hinter sich zu. Die anderen drei starrten sich fassungslos an.

»*Perkele!*«, fluchte Maja-Sofia los. »Jetzt hab ich es zu weit getrieben.«

»Mann, ohne dich wird das ganz schön trostlos«, sagte Larsson.

Jarning war kurz davor, ein Tränchen zu verdrücken.

»Das schaffen wir doch gar nicht ohne dich. Wir funktionieren nur als Team. Begreift die das nicht?«

Maja-Sofia stand langsam auf.

»Ihr müsst euer Bestes geben«, sagte sie. »Ihr habt sie ja gehört. Ich drücke euch die Daumen und ziehe mich zurück, bevor sie noch auf die Idee kommt, mich zu feuern. Viel Glück, und vergesst nicht, was ich gesagt hab: Markus ist nicht der Mörder. Aber das wisst ihr selbst.«

Ohne großen Appetit aß Maja-Sofia in der *Wasastugan* zu

253

Mittag, bevor sie sich auf den Weg nach Klockarvik zu dem Treffen mit der Diakonin machte. Dass sie einfach so die Ermittlungen einstellte, das konnte die Sundell sich abschminken. Selbstverständlich würde sie weitermachen, von nun an halt hinter den Kulissen, damit ihre Chefin nichts mitbekam.

∼ ZWEIUNDDREISSIG ∼

Freitag, 9. Dezember

Eine leise Weihnachtsmelodie begleitete die vielen Besucher dabei, einen Platz zu finden. Schon bald war die Kirche voll besetzt. Als die letzten Töne verklungen waren, trat Sigvard Nordqvist an den Altar, gekleidet in ein Chorhemd mit schwarzer Stola.

»Im Namen des Vaters, des Sohnes und des Heiligen Geistes sind wir heute hier zusammengekommen, um Finn Mats Hansson zu segnen und zur letzten Ruhe zu betten.«

Samuel saß ganz hinten rechts und Maja-Sofia auf der genau gegenüberliegenden Seite des Mittelganges. Das hatten sie so vereinbart, bevor sie die Kirche betreten hatten, denn dadurch hatten sie einen besseren Überblick. So konnten sie vielleicht neue Erkenntnisse darüber gewinnen, wieso Finn Mats Hansson sein Leben lassen musste. Samuel hatte nicht schlecht gestaunt, als Maja-Sofia ihn angerufen und gefragt hatte, ob er ihr helfen wolle. Auf seine Verwunderung, dass sie plötzlich seine Schnüffelei unterstützte, hatte sie nur kurz erklärt, dass ihre Chefin sie von den Ermittlungen ausgeschlossen habe, sie aber nicht daran denke, den Fall sich selbst zu überlassen.

»Außerdem habe ich Sie so besser im Blick«, hatte sie

gesagt. »Dann bringen Sie sich nicht mehr so schnell in Gefahr.«

Samuel schaute nach vorn zum Chorraum. Sein Kollege stand etwas seitlich, um den Blick auf den Sarg nicht zu versperren. Finn Mats Hanssons Sarg war aus dunklem und schätzungsweise schweineteurem Holz gefertigt. Ein Großteil war von der Provinzflagge Dalarnas bedeckt, zwei goldene Pfeile auf blauem Grund. Das schrieb der Lokalpatriotismus vor. Zudem war der Sarg von einer wunderschönen, antiken Kutsche zur Kirche gebracht worden, die einen schwarzen Stoffhimmel und schwarze Gardinen mit Goldfransen hatte und von zwei weißen Schimmeln gezogen wurde. In seiner gesamten Zeit als Pfarrer hatte Samuel so etwas noch nicht erlebt.

Um den Sarg lagen große Kränze und prächtige Sträuße. Irgendeine Verbindung war ebenfalls vor Ort, drei Männer pro Seite. Samuel konnte nicht erkennen, wozu sie gehörten, da ihre Flaggen schlaff herunterhingen. Jede Stange zierte an der Spitze nicht nur das Trauerflor, sondern auch ein Messingemblem. Finn Mats Hansson war nicht einfach irgendwer gewesen, soviel war klar. Und dann war er auch noch auf so schreckliche Weise verstorben. Wahrscheinlich war das auch der Grund dafür, dass die Beerdigung so viele Menschen angelockt hatte, die Kirche war voll besetzt. Viele hatten den Toten gekannt, manch andere wussten nur von ihm und waren aus reiner Neugierde gekommen. Auch die Presse war da, sowohl vom *Dala-Demokraten* also auch von der *Mora Zeitung*. Maja-Sofia hatte Samuel diskret auf die Journalisten aufmerksam gemacht. Beide Lokalblätter waren erzürnt darüber gewesen, dass die Polizei den Fall noch nicht aufgeklärt hatte. Dass jemand in U-Haft saß, reichte ihnen nicht. Offenbar waren noch viele weitere Menschen außer Maja-Sofia und Samuel davon überzeugt, dass Markus nicht der Täter sein konnte.

Ganz vorn links saß Katrin, die rechtmäßige Witwe. Neben ihr saß Viktor, der anlässlich des Tages seine lange, blonde Mähne mit einem schwarzen Samtband zu einem Pferdeschwanz zusammengebunden hatte. Neben ihm saßen ein paar ältere Personen, vermutlich weitere Verwandte. Samuel schaute sich nach Amanda Snygg um, konnte sie jedoch nirgendwo entdecken. War sie gar nicht gekommen?

Während Sigvard in seiner Trauerrede betonte, welch herausragendes Leben der Tote geführt hatte, ließ Samuel den Blick über die Anwesenden wandern. Ein paar Reihen hinter Viktor entdeckte er eine junge Frau mit gesenktem Kopf. Das war sie, Amanda. Katrin hatte vermutlich verhindert, dass sie bei ihnen in der ersten Reihe saß. Neben Amanda saß eine groß gewachsene Frau, die sich ständig umsah. Nachdem er sie lange betrachtet hatte, erkannte er sie endlich: Malin Knutsson, die Chefin des *Fjällhotels*. Wie respektvoll von ihr, herzukommen und Abschied von einem Kollegen oder vielmehr Unruhe stiftenden Konkurrenten zu nehmen. In derselben Bank saß auch Mikael Vedberg. Samuel ging davon aus, dass die Polizei ihn ordentlich verhört hatte, es war schließlich herausgekommen, dass er ein starkes Motiv gehabt hätte, seinem ehemaligen Geschäftspartner den Tod zu wünschen. Vedberg lehnte sich zu Malin und flüsterte ihr etwas zu. Zuletzt hatte er sie gesehen, als Vedberg sie vor dem Pub eingesammelt hatte. Vermutlich brauchte er Trost, und Malin war hübsch, nett und schätzungsweise reich, eine vielversprechende Kombination, dachte Samuel.

Für den Moment klammerte er jedoch alle weiteren Spekulationen über die anderen Gottesdienstbesucher aus und schlug das Gesangbuch auf. Gunnar Halbton Halvarsson stimmte auf der Orgel *Geh unter der Gnade* an und die gesamte Gemeinde stimmte ein. Samuel schenkte dem Mann ein paar wohlwollende Gedanken, der beim Kaffee im Gemeindehaus ganz offen erzählt hatte, dass er dem Toten aus reiner Gutmütigkeit Geld geliehen hatte. Es war unwahrscheinlich, dass sich hinter der schüchternen Kantorfassade ein kaltblütiger Mörder verbarg. Aber sicher konnte man sich nie sein, manchmal trog der Schein.

Am Ende wurde der Sarg feierlich von sechs Männern hinausgetragen. Samuel wusste, dass sie nur bei Bedarf vom Beerdigungsinstitut gestellt wurden, nicht jeder wollte es so pompös. Alle sechs trugen schwarze Mäntel, weiße Schals und schwarze Handschuhe. Eine würdige letzte Reise. Beim letzten Akt draußen auf dem Friedhof, als zu den Klängen von *Näher, mein Gott, zu dir* der Sarg in den Boden versenkt wurde, erschauderte selbst Samuel. Er hatte schon so viele Beerdigungen geleitet, ganz gewöhnliche, einfache und traditionelle, aber auch sehr tragische, wenn es sich um Kinder oder junge Menschen handelte, die einfach nicht mehr hatten leben wollen. Dort lief alles von Popsongs bis hin zu *Engel, breite deine Flügel aus*. Aber einer so altmodischen

Feierlichkeit hatte er noch nicht beigewohnt. Sigvard hatte schöne Worte über den Verstorbenen gesprochen und drei Schippen Erde auf den Sarg geworfen, etwas, das heute auch nicht mehr alle wollten. *Von der Erde bist du genommen, zur Erde kehrst du zurück.* Manchmal hatte Samuel stattdessen drei Rosen niederlegen sollen.

Samuel hielt sich im Hintergrund und schielte zu den Grabkreuzen, wo sein neuer Job einen Blitzstart hingelegt hatte, weil er direkt nach seiner Ankunft die schneebedeckte Leiche von Finn Mats Hansson entdeckt hatte. Klar hatte ihn das schockiert, aber eigentlich hatte er es gut weggesteckt. Wenngleich er natürlich gern darauf verzichtet und sich einen angenehmeren Start gewünscht hätte. Andererseits hätte er dann kaum Maja-Sofia kennengelernt, und ihre Bekanntschaft war ein strahlendes Licht im Dunkel. Höchst beunruhigend, aber auch sehr angenehm.

Auch der Leichenschmaus im Neuen Hotel gestaltete sich anders, als er es gewohnt war. Statt Kaffee und Kuchen gab es Wein, Bier und belegte Brötchen. Die Hinterbliebenen hatten groß aufgefahren, und Katrin ging herum, um mit allen ein paar Worte zu wechseln. Maja-Sofia und Samuel saßen mit ein paar Dorfbewohnern am Tisch, die Samuel noch nicht kannte, und es war ja immer nett, neue Menschen kennenzulernen.

Während Ellinor Johannesson Erinnerungen und Wünsche an den Toten vorlas und das Personal Wein nachschenkte, schlich Samuel hinaus in die Garderobe. Nach dem ganzen guten Essen brauchte er unbedingt eine Portion Snus, und die Dose hatte er im Mantel gelassen. Er musste eine ganze Weile nach seinem guten Stück suchen, weil so viele Sachen dort hingen.

»Ach, hier sind Sie«, sagte eine wohlbekannte Stimme. »Schöne Beerdigung, nicht wahr?«

Tyra Lundin kam durch den Hoteleingang herein und brachte einen Schwung frische Luft mit ins Foyer.

»Ja, sehr schön«, stimmte Samuel zu.

»Wollen Sie nicht wieder mit hineinkommen?«, fragte sie und griff nach seinem Arm. »Das gute Essen und der gute Wein. Außerdem liest Ellinor Trauergrüße, das wollen Sie sicher nicht verpassen.«

»Ich komme sofort nach«, sagte Samuel. »Wollte nur kurz Snus holen und schnell die Nase pudern, wenn Sie verstehen. Wir sehen uns gleich drinnen.«

Tyra lächelte, nickte und ging wieder ins Restaurant. Samuel suchte weiter nach seinem Mantel mit der so herbeigesehnten Snus-Dose. Hinter den vielen Jacken und Mänteln hörte er ein schwaches Murmeln. Waren da etwa Trauergäste? Er ging ein bisschen näher, auch in der Hoffnung, dort vielleicht endlich seinen Mantel zu entdecken. Und tatsächlich, da war er. Gerade als er die Hand in die Tasche steckte und nach der Dose griff, hörte er die Stimme eines jungen Mannes: »Glaub ja nicht, dass du alles bekommst, das kannst du vergessen!«

Samuel verharrte reglos. Die Stimme kannte er.

»Und du solltest nicht rumrennen und mit Gold und grünen Wäldern rechnen, davon hatte er nämlich keine mehr«, entgegnete eine wütende Frauenstimme, die er ebenfalls kannte. »Ich erkenne dich nicht wieder. Wenn du ein echter Kerl wärst, würdest du Verantwortung für deine Taten übernehmen.«

»Aber ich war's nicht! Drehst du jetzt völlig durch? Dir muss doch klar sein, dass ich das nicht war.«

»Das kann ja jeder behaupten. Ich schäme mich wirklich für dich.«

Samuel bekam einen leichten Stoß in die Seite und zuckte zusammen. Neben ihm war Malin Knutsson aufgetaucht, die ebenfalls ihren Mantel suchte. Sie lächelte ihn an.

»Ich muss los«, flüsterte sie. »Zurück ins Hotel, die Pflicht ruft.«

Malin fand ihren Mantel recht schnell, stellte sich vor den Spiegel und zog ihre Lippen nach. Samuel tat so, als würde er immer noch die Taschen seines Mantels durchsuchen, damit er weiter das Gespräch hinter der Garderobe belauschen konnte.

»Aber ich weiß, wer es war. Und ich kann's dir beweisen«, sagte der junge Mann.

»Beweisen?«

»Ja, komm am Montagabend zur Sennhütte, dann wirst du schon sehen. Ich versprech's dir.«

»Sennhütte.« Die Frau schnaubte. »Was soll ich da und was für Beweise sollen dort oben im Wald sein?«

»Wirst du dann schon sehen«, sagte der Mann. »Um acht Uhr. Ich muss dir was Wichtiges zeigen.«

Viktor und Katrin. Und Viktor behauptete zu wissen, wer der Mörder war, und wollte seine Mutter zu einem Treffen in einer Sennhütte bewegen. Einer von ihnen hatte aller Wahrscheinlichkeit nach versucht, ihn vorgestern zu überfahren.

261

War es dieselbe Person gewesen, die auch Sigvards Wagen in die Luft gesprengt hatte? Aber warum? Jedenfalls durften sie ihn unter keinen Umständen hier entdecken und mitbekommen, dass er ihr Gespräch belauscht hatte.

So leise wie möglich wich er rückwärts zur Herrentoilette, wo er mit Mikael Vedberg zusammenstieß. Den hatte Samuel gar nicht bemerkt. Hatte er da schon lange gestanden? Womöglich sogar ebenfalls das Gespräch mitbekommen? Als ihre Blicke sich trafen, ging die Tür der Toilette auf, und Sigvard kam heraus. Der alte Pfarrer nickte ihnen kurz zu und warf dann einen schnellen Blick zur Garderobe, bevor er rasch daran vorbeiging, um ins Restaurant zurückzukehren.

∾ DREIUNDDREISSIG ∾

Markus saß auf der schmalen Pritsche in der kleinen Zelle. Sie war kalt und farblos. Einen Fernseher gab es, aber er wollte ihn nicht einschalten. Es würde ihn nur traurig machen, Sendungen zu sehen, in denen andere Menschen da draußen ein glückliches Leben führten, während er hier festsaß. Eingesperrt. Unschuldig. Dieser Mord war schrecklich. Er erschauderte. Damals hatte er auf der Straße vorm Friedhof gestanden und über die Mauer gesehen, wie der neue Pfarrer die Leiche am Grabkreuz fand. Dann hatte der Pfarrer ihm in die Augen geschaut, Markus hatte sich abgewandt und war nach Hause gegangen. Es war immer am besten, sich nicht einzumischen, sich von den Menschen fernzuhalten. Und an das andere, das Fürchterliche, was am Vorabend passiert war, daran wollte er erst recht nicht denken.

Der Geigenkasten lag offen auf dem kleinen Tisch, und Markus streckte die Hand nach dem Bogen aus, griff dann nach dem Harzstück und strich damit über das Rosshaar. Dann legte er den Bogen beiseite, nahm vorsichtig die Geige aus dem Kasten und klemmte sie unters Kinn. Langsam stimmte er die Saiten, drehte dazu an den Wirbeln und zog prüfend den Bogen darüber. Schon wanderten seine Finger wie von selbst über die Saiten und erfanden Melodien. Heute entfaltete die Musik sich vorsichtig und leise, eine Tonfolge in Moll. Er hatte sie noch nie gehört, sie kam von selbst, so war das schon immer gewesen. Markus spielte, wie er sich fühlte. Die Töne fingen das Glitzern des Klockarflusses und die Dunkelheit der heimischen Wälder ein. Irgendwann erhöhte sich das Tempo, und Markus klopfte mit dem Fuß leicht den Takt. Die Finger glitten schneller über die Saiten, die Melodie wurde fröhlicher. Beschwingte, alte Polkaklänge erfüllten die kleine Zelle, und je länger er spielte, desto besser fühlte er sich. Trotzdem machte er sich Sorgen. Die kleinen Vögel zu Hause brauchten ihr Futter und das Haus durfte nicht so lange ungeheizt bleiben, das war nicht gut. Er musste doch bald wieder nach Hause dürfen, schließlich hatte er nichts getan.

Es klopfte, dann rasselten Schlüssel. Markus reagierte nicht darauf. Sicher wollten sie ihn nur zu einer weiteren Vernehmung mitnehmen. Oder vielleicht war schon wieder Kaffeezeit? Er hoffte es, dann konnte er so tun, als wäre er zu Hause in seiner kleinen Küche und hätte selbst Kaffee gekocht. Der einen Polizistin hatte er geschmeckt. Die war nett. Die andere nicht.

»Was für schöne Musik«, sagte jemand, als die Tür aufging. »Ich glaube, ich habe noch nie Wanderlieder oder Polkas auf diesen Gängen gehört.«

»Markus, du hast Besuch«, sagte der Wachmann. »Das ist dein Verteidiger, Pelle Kronvik.«

Markus hörte auf zu spielen, legte die Geige in den Koffer und löste die Schraube am Bogen. Dann setzte er sich auf die Pritsche, die Hände im Schoß gefaltet, und betrachtete den Mann, der zur Tür hereinkam. Sie wurde gleich hinter ihm geschlossen, und sofort rasselte es wieder im Schloss.

»Hallo, Markus«, sagte der Mann, der eine warme Jacke, ein Käppi und einfache Stiefel trug. »Ich bin Pelle.«

»Sie sind Anwalt?«, fragte Markus.

»Ja, bin ich«, sagte Pelle und lächelte. »Warum fragst du?«

Markus ließ sich Zeit mit der Antwort.

»Na, weil ...«, sagte er dann. »Weil Anwälte normalerweise feine Anzüge und blank polierte Schuhe und teure Krawatten tragen. Das weiß Markus aus dem Fernsehen. Aber Sie sehen aus wie ein gewöhnlicher Mensch aus Klockarvik.«

»Das trifft fast zu, ich komme aus Furudal. Und die Kleidung, die du beschreibst, ist in vielen Zusammenhängen wichtig und vorgeschrieben, aber im Alltag nicht immer praktisch, oder? Dann wollen wir mal sehen, wie ich dir helfen kann. Ist es für dich in Ordnung, wenn wir uns duzen?«, fragte er.

Markus kroch in die Ecke der Pritsche und zog die Knie bis zum Kinn. Er wirkte ja ganz nett, dieser Pelleanwalt, aber sicher konnte er sich nicht sein. Trotzdem nickte er.

»Gut, du hattest Besuch von der Polizei«, stellte Pelle Kronvik fest und warf einen Blick auf seine Papiere. »Eine Hausdurchsuchung.«

»Die haben alles bei Markus durchsucht.«

»Und man hat etwas bei dir gefunden.«

Markus konnte darauf nicht antworten, nickte nur vorsichtig.

»Was haben sie gefunden, Markus?«

»Markus weiß, was es ist«, sagte er und streckte ein Bein aus. »Aber Markus hat diesen Kerzenhalter da nicht hingelegt.«

»Okay, ein Kerzenhalter also. Laut diesem Bericht hat man daran Blut und deine Fingerabdrücke gefunden. Aber auch noch ein paar weitere. Weißt du, wo er eigentlich hingehört?«

»Lohnt sich das?«

»Ich kann dir vermutlich besser helfen, je mehr ich weiß.«

»Vermutlich?«

»Ja.«

Markus dachte nach, bevor er antwortete. Wenn er die Wahrheit sagte, wurde vielleicht jemand wütend. Aber dieser Pelleanwalt machte keinen bösen Eindruck.

»Ins Hotel«, sagte er vorsichtig. »Das neue.«

»Ja?«

»Dieser Leuchter müsste da hängen, auf der Rückseite. Beim Pool. Da hängen noch mehr davon an der Wand. Das weiß Markus.«

»Verstehe. Warst du dort und hast ihn mitgenommen, Markus?«

Er schüttelte heftig den Kopf. Jetzt wurde es wieder falsch.

»Markus hat dabei geholfen, die aufzuhängen. Mit den Schrauben. Beim Pool. Hat dafür Essen bekommen.«

Der Anwalt machte sich Notizen und schaute ihn dann freundlich an. Vielleicht war er ja doch nett, dachte Markus.

»Dann habe ich das verstanden. Aber wie kam er zu dir nach Hause?«

Markus schüttelte den Kopf und spürte, wie ihm die Tränen kamen und er kaum noch Luft bekam. Wenn er doch nur Geige spielen könnte, aber das ging jetzt nicht, sie unterhielten sich ja gerade.

»Jemand hat ihn dort hingelegt«, sagte er. »Der Mörder. Markus hat es gesehen.«

Der Anwalt saß plötzlich ganz aufrecht und hörte auf zu schreiben.

»Wie bitte? Hast du den Mörder gesehen?«

Markus antwortete nicht.

»Markus, das ist sehr wichtig. Hast du gesehen, wer Finn Mats Hansson ermordet hat?«

»Nicht direkt, aber Markus stand an der Friedhofsmauer. Hat ihn am Grab gesehen. Kannst du zu mir nach Hause fahren und die Vögel füttern?«

Anwalt Pelle Kronvik sah völlig perplex aus.

»Deine Vögel füttern? Markus, bitte, wir versuchen gerade, dich hier rauszuholen. Ist das nicht wichtiger?«

Markus betrachtete den jungen Anwalt genau. Was verstand er von Dompfaffen und anderen Jahresvögeln? Und wusste er, was mit einem Haus passierte, das zu lange unbeheizt blieb?

»Und die Heizung anmachen«, sagte er. »Die muss an sein, damit mindestens zehn, zwölf Grad herrschen.«

»Ja, okay«, sagte Pelle Kronvik. »Darum kümmere ich mich, aber erst musst du mir erzählen, wen du gesehen hast.«

Markus kniff den Mund zu und verkroch sich tiefer in die Ecke. Nein, das fühlte sich nicht richtig an. Er würde nichts sagen.

∼ VIERUNDDREISSIG ∼

Samuel sprach mit ein paar Gemeindemitgliedern, aber behielt im Blick, wo Maja-Sofia sich zwischen den Trauergästen aufhielt. Eigentlich hatte er so schnell wie möglich mit ihr über das sprechen wollen, was er in der Garderobe belauscht hatte. Aber gerade stand sie vor dem alten Kamin und betrachtete Schwarzweißaufnahmen, die gerahmt daneben an der Wand hingen. Bilder einer vergangenen Zeit, als es in Klockarvik noch Pferde und Kutschen gab, Frauen in langen Röcken und Männer in Hüten. Der Ort war noch nicht so dicht besiedelt, und die Häuser waren niedriger. Er hatte selbst lange davorgestanden und sich gewundert, wie groß der Unterschied zwischen damals und heute war. Er hatte nichts wiedererkannt.

»Da schau an, der neue Pfaffe«, sagte ein älterer Herr weit über achtzig. »Sie haben die Leiche auf dem Friedhof gefunden, nicht wahr?«

Samuel hob die Augenbrauen. Er wollte nicht in ein Gespräch über diesen schrecklichen Tag verwickelt werden, und ganz besonders nicht zu dieser Gelegenheit, das fühlte sich unangemessen an.

»Er hat bekommen, was er verdient hat, dieser Hansson«,

sagte der Mann und grinste. »Er hätte es mit all dem hier nicht so übertreiben sollen.«

Er machte eine Geste, die das gesamte Hotel einschloss.

»Aha«, sagte Samuel. Einerseits wollte er weg, andererseits war er neugierig, worauf der alte Mann anspielte.

»Sein Vater dreht sich im Grabe um, glauben Sie mir«, sagte der Mann und nickte. »Seine Mutter genauso. Den guten Hof zu verhunzen. Aber diese Finn-Männer haben immer nach ihrer eigenen Pfeife getanzt. Ihre Probleme selbst gelöst. Das wissen Sie allerdings nicht von mir. Alles Gute, Pfarrer.«

Und schon war er weg. Samuel nutzte die Gelegenheit, um sich ebenfalls auf den Ausgang zuzubewegen. Gleichzeitig spürte er, wie jemand fast unmerklich neben ihm aufgetaucht war. Ein schwacher Duft nach Wald verriet ihm sogleich, wer es war, ohne dass er sich umdrehen musste. Es war derselbe Geruch, den er bei seinem ersten Zusammentreffen mit Maja-Sofia Rantatalo gerochen hatte.

»Nach dieser Jause brauchen wir noch was anderes«, sagte sie. »Darf man einen Mann der Kirche in eine einfache Behausung der Freikirchler einladen? Wir könnten bei einem Bierchen besprechen, was wir herausgefunden haben. Was meinen Sie?«

Samuel musste das kurz intern abwägen. Nach der mehrstündigen Beerdigung würde er sich eigentlich am liebsten erst mal in die Stille zurückziehen. Stille mit Pizza, einem Film und den Füßen auf dem Tisch.

»Müssen Sie denn morgen nicht früh raus?«, fragte er.

Maja-Sofia schüttelte den Kopf.

»Nein. Weil meine hochverehrte Vorgesetzte findet, meine Fähigkeiten sollten woanders als bei den Mordermittlungen eingesetzt werden, kann ich auch von zu Hause arbeiten. Ist vermutlich auch besser, wenn sie und ich uns erst mal aus dem Weg gehen.«

»Sie macht nicht gerade den klügsten Eindruck«, sagte Samuel.

Ihr Angebot war verlockend, aber war es wirklich in Ordnung, zu ihr nach Hause zu fahren? Dann wiederum, warum eigentlich nicht? Was sprach dagegen, sich mit einer Frau aus den norrländischen Wäldern auszutauschen, ganz wie sie es vorab vereinbart hatten? Ein Mord war eine ernste Angelegenheit, die konnte man nicht so einfach im *The Worried Wolf* besprechen.

»Sie können bei mir mitfahren«, sagte sie und strahlte ihn mit glänzenden, braunen Augen an. »Ich habe eine Sauna. Nichts ist nach einer Beerdigung besser. Und einen Whirlpool habe ich noch dazu.«

Sam zog seinen Mantel über. Das Angebot konnte er einfach nicht ausschlagen.

»Die Sauna hat mich überzeugt«, sage er. »Wer mit einer Sauna aufwarten kann, muss mit meinem Besuch rechnen.«

Als auch sie sich ihren Mantel übergezogen hatte, verließen sie das Hotel. Der Parkplatz hatte sich merklich gelichtet, nur vereinzelte Fahrzeuge standen noch da. Eins davon kannte er nur zu gut.

»Da!«, sagte er und zeigte auf einen Wagen. »Damit bin ich fast überfahren worden. Schreiben Sie das Kennzeichen auf, dann wissen wir mit Sicherheit, wer es war.«

271

»Sind Sie ganz sicher?«, fragte Maja-Sofia.

»Todsicher.«

Sie tippte ein Weilchen auf ihrem Handy herum, aber schon bald wussten sie, auf wen der weiße Ford Fiesta zugelassen war.

»Liss Katrin Hansson, ganz wie vermutet«, sagte sie.

Samuel pfiff durch die Zähne.

»Dann war sie es also tatsächlich«, sagte er. »Ich begreife nur nicht, warum um alles in der Welt sie mir Angst einjagen wollte. Ich habe ihr doch nichts getan.«

Maja-Sofia steckte das Handy weg und stieg in ihren Wagen.

»Es ist ihr Auto, aber wer es gefahren hat, wissen wir nicht«, sagte sie. »Das wird meine emsige Kollegin sicher noch herausfinden. Steigen Sie schon ein, damit wir loskönnen.«

Kurz darauf war er in Maja-Sofias Heim und schaute sich in dem ausladenden Saal der kleinen Freikirche um.

»Wie großartig!«, schwärmte er. »Und dann auch noch freistehend! Ein kleines Gotteshaus und ein schönes Stück schwedischer Kulturgeschichte, die es zu wahren gilt.«

Maja-Sofia kam mit einem Tablett zu ihm, auf dem zwei große Weingläser und je ein Bier waren. Sie stellte es auf einen kleinen Tisch bei der Sitzgruppe, die ein wenig erhöht stand. Dort musste mal der Altar gewesen sein.

»Bitte«, sagte sie. »Kommen Sie doch hoch, dann können Sie die ganze Pracht bestaunen. Ja, dieses Haus hat schon was. Aber ich vermute mal, für Sie dürfte es fast alltäglich

272

aussehen? Ich habe die Sauna schon mal angeschaltet, aber wir können ja derweil erst mal anstoßen.«

Er kam ihrer Einladung nach, ließ sich in einen urbequemen Sessel sinken, den sie sicher auf einem Flohmarkt erstanden hatte, und nahm dankbar das kühle Bier entgegen. Die Gedanken sausten nur so in seinem Kopf. Wollte sie gemeinsam mit ihm in die Sauna? Vielleicht war man in Tornedalen ja weit freizügiger? Aber wie sah das bei ihm aus? Sollte er es wagen?

»Keine Sorge«, sagte Maja-Sofia, als hätte sie seine Gedanken gelesen. »Wir gehen nacheinander rein. Wenn Ihnen danach ist, können wir uns dann ja zusammen in den Pool setzen. Das dürfte mit Badekleidung ja eher ungefährlich sein.«

Unwillkürlich musste er lachen, Maja-Sofia war einfach ein so herrlicher, entspannter, hübscher Mensch. Nur manchmal zeigte sich diese sonderbare Dunkelheit in ihrem Blick, wie zum Beispiel das eine Mal, als sie zusammen im Pub gesessen hatten. Da war es kurz, als wäre sie jemand anderes geworden. Welches Geheimnis sie wohl in sich trug? Attraktiv war sie noch dazu, auf ganz eigene Art. Ganz kurz dachte er an Marit, schob den Gedanken aber schnell beiseite. Er hatte gestern erst mit ihr gesprochen, und sie würden sich am Wochenende sehen, wenn er sie in Västerås besuchte. Marit hatte moniert, dass er unheimlich schwer zu erreichen sei, und er hatte es darauf geschoben, dass die ganze Zeit irgendwas passierte. Und so war es ja sogar.

»Mir wäre es sehr recht, wenn wir uns trotzdem einmal über die Verdächtigen austauschen könnten«, sagte sie und reckte ihre Hand nach einem Block, der im Regal hinter dem

Sessel lag. »Auch wenn wir uns Entspannung verdient haben, ist es vielleicht dennoch ganz gut, mal durchzugehen, was wir so in Erfahrung gebracht haben.«

»Dann wollen Sie sich also wirklich nicht raushalten?«

Sie schüttelte so energisch den Kopf, dass ihr dunkles, gerades Haar wippte.

»Das kann ich gar nicht, egal was die Sundell verfügt. Ich darf auf der Wache nicht mitmischen, aber wenn wir beide hier zusammen überlegen, kann sie das ja schlecht verhindern.«

Samuel trank von dem Bier und wischte sich dann den Schaum von der Oberlippe.

»Also gut. Wollen wir erst mal alle Namen aufschreiben?«, sagte er und deutete auf die leere Seite. »Liss Katrin, ihr Sohn Viktor und Amanda. Drei heiße Verdächtige und gleichzeitig die, die dem Opfer am nächsten standen. Wer noch? Gunnar Halbton Halvarsson und Mikael Vedberg, der Geschäftspartner. Letzterer ist eigentlich auch ein heißer Kandidat, so viel wie der ins Hotel gesteckt hat und dann einfach vor die Tür gesetzt wurde. Und Malin Knutsson, die Chefin des *Fjällhotels*.«

Er wurde übereifrig, und Maja-Sofia kam kaum noch hinterher, alle Namen untereinander aufzulisten.

»Dann wollen mir mal sehen, wer ein Alibi für die Tatzeit hat. Tamara hat gesagt, dass der Schlag gegen den Schädel zwischen zehn Uhr abends und Mitternacht erfolgt ist, und kurz darauf hat er den Geist aufgegeben. Es war kalt und er halb nackt. Sie glaubt, dass er maximal eine Stunde so überleben konnte«, sagte Maja-Sofia.

»Wer ist Tamara?«

»Die Gerichtsmedizinerin in Falun. Tamara Pettersson. Sie ist vor vielen Jahren von Murmansk nach Pajala gekommen und hat einen Glenn-Bertil geheiratet, seines Zeichens Polizist in Pajala. Er ist ein Kollege meines Vaters.«

Samuel lehnte sich vor.

»Ihr Vater ist auch bei der Polizei?«

»Ja, ich hab es quasi im Blut. Okay, weiter im Text. Ich glaube, ich kann mich noch an alles erinnern. Malin Knutsson hat oben im Hotel gearbeitet, den gesamten Nachmittag bis spät in die Nacht. Ein Uhr, meine ich. Da war eine Betriebsfeier und eine ganze Menge Leute konnten ihr Alibi bestätigen, das hat Jarning schon geklärt.«

»Dann streichen Sie sie gleich von der Liste.«

»Nicht so schnell. Sie hätte trotzdem einen Abstecher ins Dorf machen können, um Finn Mats Hansson zu erschlagen«, sagte Maja-Sofia nachdenklich. »Die Gäste der Feier haben ordentlich getrunken, da kann doch niemand mit Sicherheit behaupten, dass sie permanent vor Ort war. Ich lass sie mal noch stehen.«

»Und der Geschäftspartner?«, fragte Samuel und trank noch einen Schluck. »Wie steht es um sein Alibi? Haben Sie das geprüft?«

»Ja, und seine Konten. Der arme Mann sieht einer finsteren Zukunft entgegen, und ein wirklich wasserdichtes Alibi hat er auch nicht. Als Hansson ermordet wurde, saß Vedberg angeblich in seiner Hütte im Wald und hat sich betrunken. Bestätigen konnte das nur Malin, die ihn dort hingebracht hat.«

»Dann bleibt auch er erst mal auf der Liste«, sagte Samuel und deutete mit dem Bierglas zur Liste. »Die beiden scheinen sich jedenfalls nahezustehen. Das ist mir mehrfach aufgefallen.«

»Ja, uns auch«, sagte Maja-Sofia. »Wie steht's um den Kantor? Haben Sie den ein bisschen näher kennengelernt?«

»Gunnar Halbton Halvarsson war am fraglichen Abend im Stiftsgård in Rättvik bei einem Treffen für Kirchenmusiker. Teilgenommen haben mindestens fünfunddreißig Leute plus Personal, und die können sicher bestätigen, dass er am Tag nach dem Mord dort war.«

Maja-Sofia nickte.

»Ja, das hat Larsson geprüft. Der Kantor hat seinen Schlüssel am Abend abgeholt und auch das Essen zu sich genommen, das für ihn bereitgestellt worden ist. Was jedoch niemand sagen kann: Ob er eingecheckt hat und dann noch mal nach Klockarvik gefahren ist, um Hansson zu töten. Er hätte sich danach wieder in den Stiftsgård schleichen können, um am Morgen vor Ort zu sein.«

»Also, ich kenne ihn nicht gerade gut«, sagte Samuel, »aber auf mich wirkt er eher ein bisschen träge. Ich kann mir irgendwie nicht vorstellen, dass er das zustande gebracht hätte.«

»Er hat auch kein starkes Motiv«, stimmte Maja-Sofia zu. »Klar, er hat ihm Geld geliehen, aber war es wirklich genug, um jemanden zu ermorden? Behalten wir auch ihn erst mal auf der Liste. Ich werde Larsson darum bitten, ihn noch mal zu einer richtigen Aussage aufs Revier einzuladen.«

Sie hielt Samuel die Liste hin.

»Schauen Sie doch, wer noch übrig bleibt«, sagte sie. »Ich werfe mal einen Blick in die Sauna.«

Samuel prüfte die Liste der Verdächtigen. Alle hatten ein Motiv, manche ein stärkeres als andere. Alle außer Amanda und Viktor hatten glaubwürdige Alibis. Er musste an Katrin denken und den Ehevertrag. Im Falle einer Scheidung hätte sie nichts bekommen, nach seinem Tod war sie jedoch Alleinerbin. Ein starkes Motiv. Aber aufgrund seiner Schweigepflicht konnte er darüber nicht mit Maja-Sofia sprechen.

Sie kehrte zurück und sagte, er könne jetzt in die Sauna, wenn er wolle.

»Die beiden hier«, sagte er und deutete auf Amandas und Viktors Namen, »wo waren die denn in der fraglichen Nacht?«

Denn gerade in dem Moment war ihm aufgegangen, dass es deutlich leichter war, zu zweit eine Leiche auf diese makabere Art auf dem Friedhof zu drapieren als allein. Noch dazu wusste Viktor sicher, wo das Familiengrab war.

»Vielleicht waren sie hier und haben ihn abgemurkst«, sagte sie. »Oder sie waren in Östersund, haben zusammen gefeiert und sind unter Umständen sogar miteinander im Bett gelandet, was natürlich nicht rauskommen darf. Beiden fehlt ein glaubwürdiges Alibi.«

»Und Katrin?«, fragte Samuel, während er mit dem Stift auf den Block tippte. »Die ist ziemlich pfiffig, und jetzt wäre sicher ein guter Moment, Ihnen von der Unterhaltung zu erzählen, die ich heute nach der Beerdigung belauscht habe.«

Er gab ihr das Gespräch zwischen Viktor und Katrin wieder, wann und wo sie sich am Folgetag treffen wollten und dass sie sich alles andere als einig waren. Beide wollten das Erbe allein für sich. Und Viktor hatte behauptet, er könne jemand anderem den Mord nachweisen. Sonderbarerweise müssen sie sich dafür aber in irgendeiner Sennhütte treffen.

Je mehr er erzählte, desto aufrechter saß Maja-Sofia. Als er fertig war, hatte sie ihr Bier ausgetrunken.

»Wann wollen die sich genau treffen?«, fragte sie.

»Montagabend, um acht Uhr. Da bin ich mir absolut sicher, das hat er so gesagt.«

»Hat noch jemand das Gespräch mitbekommen?«

»Also, Mikael Vedberg stand vor der Toilette, er könnte was gehört haben. Und Sigvard Nordqvist kam eine Minute später ebenfalls aus besagter Toilette. Und Malin Knutsson hat etwa zur selben Zeit ihren Mantel geholt, ihre Lippen nachgezogen und ist dann gegangen. Aber was genau sie mitbekommen haben, kann ich unmöglich wissen. Nur, dass sie alles genauso gut hätten hören können wie ich.«

Maja-Sofia legte die Stirn in tiefe Falten. Dann trat sie die Stufe von dem kleinen Altarpodium hinunter und drehte ein paar Runden durch den kleinen Kirchsaal.

»Wenn Katrin die Täterin ist«, sagte sie, nachdem sie stehen geblieben war, »was definitiv möglich ist, weil sie ein sehr starkes Motiv hat, dann schwebt Viktor in großer Gefahr. Katrin war blind vor Eifersucht, und wenn sie jetzt herausbekommen hat, dass nicht nur ihr Gatte, sondern auch noch ihr Sohn was mit Amanda hat, macht das die Sache nicht besser.«

Ihr Motiv war sogar noch stärker, dachte Samuel und wünschte, er hätte Maja-Sofia das erzählen dürfen.

»Und wenn Viktor der Täter ist und es jetzt auch noch auf Katrin abgesehen hat? Aber das wäre ja völlig absurd. Beide Eltern!«, entfuhr es Samuel.

Maja-Sofia nickte.

»Wir müssen definitiv am Montag zu dieser Sennhütte.«

»Wir?«

»Ja, Sie kommen doch wohl mit, oder nicht? Sonst muss ich halt allein los.«

Sein Herz setzte einen Schlag aus. Nie im Leben würde er sie allein in den Wald fahren lassen – oder wo immer diese Hütte auch lag. Er musste dafür sorgen, rechtzeitig aus Västerås zurückzukommen, damit er sie begleiten konnte.

»Ich bin übers Wochenende in Västerås«, sagte er. »Morgen früh geht's los, und am Sonntag ist Kaffeestunde beim Bischof angesagt. Aber am Montag nehme ich den Mittagszug, dann sollte ich gegen sechs wieder hier sein.«

»Kaffeestunde beim Bischof? Sieh an.«

»Ja, das ist Tradition am dritten Advent«, erklärte Samuel. »Da kommen unheimlich viele Leute. Wenn Sie mich am Bahnhof abholen, sollten wir es schaffen, was meinen Sie?«

»Ja, klingt gut. Und wenn Ihr Zug Verspätung hat, stehen wir ja trotzdem in Kontakt. Dann fahre ich schon mal vor, und Sie folgen mir einfach in Ihrem eigenen Wagen. Aber jetzt reicht es erst mal. Jetzt baden wir!«

»Wir?«

Maja-Sofia grinste breit.

»Ab in die Sauna mit Ihnen! Ich lege mich so lange draußen in den Whirlpool und schaue in den Sternenhimmel.

Kommen Sie zu mir nach draußen, wenn Ihnen warm genug ist, aber vergessen Sie die Mütze nicht.«

»Draußen?«

»Was Sie für einsilbige Fragen stellen.« Sie lachte. »Ja, draußen. Und es ist unfassbar entspannend, dort im Pool zu dümpeln, das werden Sie schon sehen. Ich mache noch ein Feuer, das wird richtig schön. Luxus auf dem Land!«

Was für eine Frau sie doch war, diese Maja-Sofia! Ein Genussmensch mit einem lebensgefährlichen Beruf, und einen messerscharfen Verstand hatte sie noch dazu. Samuel musste sich eingestehen, dass er nur zu gern mit ihr im Pool sitzen und in die Sterne gucken wollte.

∾ FÜNFUNDDREISSIG ∾

Samstag, 10. Dezember

»Da wären wir«, sagte Maja-Sofia und parkte ihren Wagen vor dem Bahnhof. »Damit ist der Spaß vorbei.«

Samuel saß noch sehr müde neben ihr auf dem Beifahrersitz. Sie hatten bis spät in die Nacht im Whirlpool gesessen, Bier getrunken und in die Sterne geschaut, und dabei waren sie sich einig gewesen, dass Liss Katrin Hansson, ob nun schuldig oder nicht, eine gefährliche Frau war. Und sie hatte das stärkste Motiv, ihren Mann zu ermorden. Irgendwann war Samuel völlig ermattet auf dem Sofa im Kirchsaal des alten Missionshauses eingenickt und hatte sehr gut geschlafen, bis Maja-Sofia ihn wachgerüttelt und ihm gleich eine Tasse Kaffee in die Hand gedrückt hatte. Auf ihrem Weg zum Bahnhof hatten sie kurz bei ihm gehalten, damit er sich umziehen und das Nötigste für die Reise packen konnte.

Samuel schaute ihr in die Augen.

»Danke für diesen wirklich schönen Abend«, sagte er. »Ich wusste gar nicht, dass es mitten im Wald so luxuriös sein kann. Bier, gutes Essen, Sauna und ein Bad unter den Sternen. Das ist fast unschlagbar.«

»Auf dem Land müssen wir es uns nett machen«, antwortete Maja-Sofia, »sonst würden wir gar nicht überleben.«

Samuel nickte, da hatte sie recht. Er beeilte sich nicht gerade, den Wagen zu verlassen, im Gegenteil, er versuchte, die Unterhaltung in Gang zu halten.

»Dann sind wir uns einig, oder? Am Montag sehen wir uns genau hier, sofern der Zug pünktlich ist. Wenn nicht, muss ich eben allein zu dieser Sennhütte kommen. Katrin hat ein stärkeres Motiv, als man meint.« Samuel biss sich leicht auf die Zunge. War er jetzt zu weit gegangen?

»Wie meinen Sie das? Wissen Sie etwas, das ich nicht weiß?«, fragte Maja-Sofia misstrauisch.

»Mehr darf ich nicht sagen, da müssen Sie mir einfach trauen. Ich kann nur betonen, dass es ein starkes Motiv gibt, das sie geleitet haben könnte.«

Maja-Sofia betrachtete durch die Windschutzscheibe die wenigen Menschen, die auf den Zug warteten. Wie sich an dem Abend herausgestellt hatte, war Samuel ein richtig netter Typ. Mit ihm ließ sich zusammenarbeiten, auch wenn seine Schweigepflicht die Sache nicht gerade erleichterte.

»Verstanden«, sagte sie. »Ich werde mal auf dem Revier vorbeischauen, auch wenn die Sundell mich da nicht will. Wenn ich Glück habe, ist sie gerade dort, sonst muss ich sie anrufen. Sie muss dafür sorgen, dass Markus freigelassen wird. Und dass ein paar Kollegen am Montag zu dieser Sennhütte fahren.«

Der Zug, der zwischen Östersund und Mora pendelte, fuhr ein. Samuel legte seine Hand auf ihre.

»Danke für die Gastfreundschaft«, sagte er. »Passen Sie bitte gut auf sich auf, Sie sind wichtig.«

Was sollte sie darauf antworten? Weil ihr nichts einfiel, schwieg sie einfach. Samuel öffnete die Beifahrertür und stieg aus.

»Gute Reise. Und beste Grüße an den Bischof! Den hab ich mal getroffen, als ich noch in Västerås gearbeitet habe.«

»Bei einem Gottesdienst oder beruflich?«, fragte er.

»Sowohl als auch. Eine Verrückte ist auf die Chorempore geklettert, um den Organisten zu verprügeln.«

»Polizistin ist schon ein spannender Job«, sagte Samuel und lächelte. »Und jetzt muss ich leider los.«

Samuel schlug die Tür zu und schlenderte zum Zug. Bevor er einstieg, drehte er sich noch einmal um und winkte. Dann rollte der Zug an und schon bald war es wieder still an Klockarviks kleinem Bahnhof.

Maja-Sofia warf einen Blick in den Rückspiegel. Samuel war ziemlich müde gewesen, sie selbst spürte das gar nicht so sehr. Obwohl es spät geworden war, hatten sie eigentlich nichts Stärkeres als Bier getrunken, und gegen Ende war sie zu Wasser übergegangen. Sie startete den Motor, wendete und verließ das Dorf. Mit der Hand tastete sie in der Mittelkonsole herum, bis sie ein Minzbonbon gefunden hatte, um das Mundklima zu erfrischen.

Wenig später war sie auf dem Revier angekommen und stieß praktisch mit einem der Streifenpolizisten zusammen, der fast immer am Wochenende arbeitete.

»Hallo, Rantatalo«, sagte er. »Was machst du denn am Samstag hier?«

»Das kommt gar nicht so selten vor«, sagte Maja-Sofia streng. »Ist doch nichts Komisches dabei.«

Er hob die Hände in die Luft.

»Okay, okay, du musst ja nicht gleich bissig werden. Aber ich dachte, dass du von den Mordermittlungen freigestellt wurdest. Das hat zumindest Jarning gestern bei der Morgenbesprechung gesagt.«

Statt zu antworten fragte sie: »Ist die Sundell da?«

Er nickte in Richtung Dienstzimmer, ein Stück den Korridor hinunter.

»Da hast du Glück. Die Königin höchstselbst sitzt dadrin und versucht, Ordnung in eure Ermittlungen zu bringen. Nimm am besten gleich Kaffee mit, damit lässt sie sich vermutlich besänftigen«, sagte er und zwinkerte ihr zu.

Maja-Sofia befolgte seinen Rat. Mit zwei Pappbechern bewaffnet schob sie die Tür auf und betrat ungebeten das Büro ihrer Vorgesetzten.

»Rantatalo?« Jeanette Sundell hob die Augenbrauen. »Was machst du denn hier? Meinetwegen brauchst du dich am Wochenende nicht um deine Aktenordner zu kümmern.«

Maja-Sofia stellte einen der Becher vor sie.

»Wir sollten zu richtigen Tassen übergehen«, sagte sie. »Das ist ja die totale Papierverschwendung.« Dann verstummte sie abrupt. Das war keine gute Begrüßung. Warum musste sie die Sundell immer gleich kritisieren, wenn sie mit ihr sprach? Das war fast wie ein Tick.

»Ich werde mal darüber nachdenken, aber das ist wohl kaum der Grund für deinen Besuch an einem Samstag, schätze ich?« Sundell nahm den Becher in die Hand. »Dennoch ist das ein interessanter Gedanke, sprich das doch bei der nächsten Evaluation an.«

»Du musst den Staatsanwalt bitten, Markus freizulassen«, sagte Maja-Sofia wie aus der Pistole geschossen. Sie hätte sowieso nicht sanft auf das Thema überleiten können, da war es besser, direkt zu sein. »Deshalb bin ich hergekommen. Er *ist* unschuldig, egal was du glaubst.«

Sundell lehnte sich zurück und verschränkte die Arme vor der Brust. Ihr Stuhl hatte eine dieser nachgebenden Rückenlehnen und sah unfassbar bequem aus. Sicher schweineteuer. Weder Maja-Sofia noch jemand anderes im Haus hatte einen solchen Stuhl.

»Was du nicht sagst.« Sie grinste spöttisch. »Da bin ich tatsächlich ganz anderer Meinung. Du lässt also nicht nur außer Acht, dass sich seine Fingerabdrücke auf der Mordwaffe befinden, sondern auch«, sie stand auf, »dass wir sie bei ihm zu Hause gefunden haben. Was ist denn noch nötig, bis du glaubst, dass es wirklich er ist, den wir suchen?«

Maja-Sofia holte tief Luft und ballte die Hände zu Fäusten.

»Wir waren gestern bei der Beerdigung.«

»Wir?«

»Ich und der neue Pfarrer, Samuel Williams. Er hat ein Gespräch mitbekommen, das nicht für seine Ohren bestimmt war.«

Dann gab sie wieder, was Samuel ihr erzählt hatte. Dass die Witwe Katrin und ihr Sohn Viktor sich Montag in einer abgelegenen Sennhütte treffen wollen, wo Viktor ihr beweisen will, dass nicht er, sondern jemand anderes der Mörder ist. Sundell unterbrach sie erstaunlicherweise kein einziges Mal, sondern lauschte wie gebannt. Vielleicht konnte Maja-Sofia sie ja doch zur Einsicht bringen?

»Dann glaubst du, Viktor ist das nächste Opfer?«, fragte sie dann.

»Es besteht zumindest die Gefahr. Oder umgekehrt, das wäre genauso wahrscheinlich. Der Pfarrer hat zudem angedeutet, dass Katrin ein starkes Motiv hat, aber mehr kann er dazu nicht sagen, weil sie ihm das im Vertrauen erzählt hat.«

Sundell setzte sich wieder und lehnte sich zurück. Wippend dachte sie nach.

»Mutter und Sohn ... Kann das wirklich möglich sein?«, fragte sie dann.

»Es ist jedenfalls nicht unmöglich«, erwiderte Maja-Sofia. »Dazu reicht ja allein ein Blick in eine der Abendzeitungen. Drohungen, Gewalt, manchmal sogar Mord und Totschlag innerhalb der Familie, das sollte dir nicht neu sein.«

Darauf reagierte die Sundell gar nicht, weshalb Maja-Sofia fortfuhr:

»Das Gespräch an sich fand Samuel jedenfalls alarmierend, und wir sollten nicht ausklammern, dass etwas passieren könnte.«

Ihre Vorgesetzte hörte auf zu wippen.

»War Liss Katrin Hansson nicht sogar schon hier und hat den Mord gestanden?«, fragte sie.

Maja-Sofia nickte.

»Doch, aber wir haben schnell begriffen, dass sie ihren Sohn schützen wollte, den sie offenbar für den Schuldigen hält«, sagte sie. »Und das Gespräch, das Samuel mitbekommen hat, deutet ja darauf hin, dass sie das immer noch tut. Sie vergönnt dem Jungen seinen Teil des Erbes. Im schlimmsten Fall gehen sie sich gegenseitig an den Kragen.«

»Okay«, sagte Sundell. »Wir halten uns bereit. Ich schicke einen Wagen hin, sofern die um die Uhrzeit nicht was Wichtigeres zu tun haben. Du solltest jetzt nach Hause gehen, Rantatalo. Und ich möchte bitte nicht im Nachhinein hören, dass du eigenmächtig zu dieser Hütte gefahren bist, verstanden?«

Maja-Sofia antwortete nicht darauf.

»Und was ist jetzt mit Markus?«, fragte sie stattdessen. »Sprichst du mit dem Staatsanwalt und bittest ihn um die Freilassung?«

Jeanette Sundell schenkte ihr ein amüsiertes Grinsen.

»Das hättest du wohl gern«, sagte sie. »Deppen-Markus bleibt erst mal in Gewahrsam. Danke, Rantatalo. Das war alles für heute.«

∼ SECHSUNDDREISSIG ∼

Sonntag, 11. Dezember
Dritter Advent

Ein mächtiger Orgelakkord beendete den Gottesdienst in der Domkirche von Västerås. Der Bischof hatte eine gute, wohlformulierte Predigt gehalten, frei von der Leber, ganz wie er es immer tat. Vielleicht hätte Sigvard einen anderen Bogen zum heutigen Evangelium geschlagen, aber der Bischof schaffte es auch auf seine Art. Die Ein- und Ausgangsprozession waren richtig prunkvoll gewesen, erst der Chor, dann die Küsterin und die beiden Pfarrer. Nach der Messe überquerten die Besucher einmal den Domvorplatz, um danach in der Bischofsresidenz Kaffee zu trinken. Das war alte Tradition. Sigvard hatte schon häufig teilgenommen, und mehrere Bischöfe waren während seiner langjährigen Tätigkeit gekommen und gegangen.

Er legte sein Gesangbuch zurück und gab das gedruckte Programmheft an die Küsterin.

»Wie viele Besucher waren es wohl heute?«, fragte er. »Mir kam es sehr voll vor.«

Die Küsterin warf einen Blick auf den Klickzähler.

»Zweihunderteinundachtzig, sagt mein kleiner Helfer«, antwortete sie.

»Du lieber Himmel! Dann hoffen wir mal, dass nicht alle zum Kaffee bleiben. Sonst wird das ganz schön eng.«

Sie lächelte ihn an und nahm dann weitere Gesangbücher und Programmhefte entgegen.

Sigvard ging weiter, folgte langsam dem Strom, der sich Richtung Ausgang schob. Er nickte einer Vielzahl von Bekannten zu, andere, die er schon seit vielen Jahren kannte, grüßte er richtig. Irgendwann erreichte er den Ausgang, wo der Bischof und die Liturgin standen, eine Frau, deren Namen Sigvard sich nicht gemerkt hatte.

»Mein Bruder«, sagte der Bischof, als Sigvard die Hand ausstreckte. »Wie schön, dich heute hier zu sehen. Bleibst du zum Kaffee?«

»Danke, ja, ich hatte es vor«, sagte Sigvard und nickte der Liturgin kurz zu. »Mit Traditionen sollte man nicht brechen.«

Dann trat er hinaus und blieb bei der Statue von Johannes Rudbeckius stehen. Die Schlange zur Bischofsresidenz war schon jetzt lang, und er hatte nicht vor, mitten im peitschenden Wind zu warten.

»Sigvard!«, rief jemand direkt neben ihm. »Du bist auch hier? Das hast du ja mit keinem Wort erwähnt, sonst hätten wir dir einen Platz freigehalten.«

Vor ihm stand sein Adept, Samuel Williams, sein unfreiwilliger Wandergeselle. Das war ungewohnt für Sigvard. Er war sein Leben lang sehr gut allein klargekommen. Die Jahre waren ins Land gezogen, und er war gewiss nicht mehr jung, aber hielt sich fit. Sein Dasein an der frischen Luft bestand zum Großteil darin, zu philosophieren. Etwas,

289

durch das Klockarviks Pastorin ihm erst mal einen Strich gezogen hatte, indem sie ihm Samuel aufzwang. Sigvard hätte damit rechnen müssen, dass der junge Pfarrer hier sein würde, schließlich lebte seine Verlobte hier, und sicher rechnete er damit, über kurz oder lang wieder nach Västerås zurückzukehren, spätestens wenn Klockarvik einen Pfarrer fand, der bleiben wollte.

»Da schau an, dann willst du auch zum Kirchenkaffee?«, stellte Sigvard fest und nickte zu der Menschenschlange, die sich langsam durch die Tür der Bischofsresidenz schob.

»Ja, aber das wird noch dauern«, antwortete Samuel. »Was hältst du davon, wenn wir erst mal ein Ründchen drehen? Direkt neben dem Dom sind so wunderschöne, alte Häuser, hier können wir genauso schön wandern wie zu Hause in Klockarvik.«

Hört, hört, schon war es »zu Hause in Klockarvik«, dachte Sigvard. So hatte er bei ihrem letzten Gespräch noch nicht geklungen. Da war eher deutlich geworden, dass Bruder Samuel nicht geplant hatte, länger als nötig in Dalarna zu bleiben.

»Wohnt deine Verlobte nicht hier?«, fragte Sigvard. »Will sie nichts mit dir zu tun haben?«

Ein Lächeln huschte über Samuels Gesicht.

»Marit unterstützt den Bischof heute in der Küche. Sie ist für den Kaffee zuständig. Und ich bin schon seit gestern da und werde erst morgen abreisen, das heißt, wir sehen uns ausgiebig. Na, los, Sigvard. Bewegen wir uns.«

Sigvard zuckte mit den Schultern und trottete hinter ihm her. Warum denn nicht? Er hatte lange genug stillgesessen, und auch den Rest des Tages würde er mit viel Sitzen verbringen. Da war es keine schlechte Idee, sich ein bisschen die Füße zu vertreten.

»Wir könnten über den Wallinska-Friedhof gehen«, schlug Samuel vor, »dann müssen wir nur da vorn bei den hübschen, weißen Häusern abbiegen. Das wäre ein angemessener Spaziergang.«

Sigvard nickte und knöpfte seinen Mantel richtig zu. Ja, doch, das war schon eine gute Idee, sich zu bewegen statt eine halbe Ewigkeit in der Kälte zu warten, bis er seinen wohlverdienten Kaffee bekam.

»Hundert Kronen für dich, wenn du weißt, wer mal in diesem weißen Haus gewohnt hat«, sagte Samuel und wedelte eifrig mit dem Arm zu dem Gebäude, auf das seine Frage abzielte.

Sigvard betrachtete das Haus. Es lag direkt an der Ringmauer, die sich um den alten Stadtkern schmiegte. Ein sehr hübsches, großes, weißes Haus mit einem schwarzen Dach. Ein Pfarrhaus war es nicht gewesen, das wusste er. Welche prominenten Menschen hatten denn in dieser Stadt gewohnt? Erik Axel Karlfeldt selbstverständlich, ein Dalekarlier, der hier zur Schule gegangen war, wohl aber kaum in einem so schicken Haus gelebt hatte. Außer natürlich zur Untermiete, das wäre gar nicht so ungewöhnlich.

»Karlfeldt«, sagte er also, um etwas zu antworten. »In einem gemieteten Zimmer.«

»Falsch! Dann behalte ich den Hunderter wohl«, lachte Samuel. »Maria Lang hat dort gewohnt. Vielmehr Dagmar Lange, wie ihr eigentlicher Name war.«

»Die Krimiautorin?«, fragte Sigvard und blieb kurz stehen. »Mensch, das ist interessant. Hast du was von ihr gelesen?«

Samuel zuckte mit den Schultern.

»Ja, schon. Meine Großeltern hatten alle ihre Bücher. Ich war in den Ferien oft bei ihnen, und da habe ich viel gelesen. Auch Maria Lang. Die Bücher sind ja schon ziemlich retro. Schöne Sprache und irgendwie nette Fälle. Nicht so scheußliche Morde wie in unserem kleinen Klockarvik.«

Jetzt sprach er schon von »unserem Klockarvik«, bemerkte Sigvard. Wie schnell der junge Mann sich doch eingelebt hatte.

»Ich habe tatsächlich auch den einen oder anderen Krimi von ihr gelesen«, gestand er. »Sie konnte gut schreiben, die Frau Doktor Lange.«

Schweigend gingen sie weiter und bogen in die Kyrkbacksgatan ein, die sie direkt in das Viertel mit den ältesten Gebäuden führen würde. An fast jedem kündete eine Messingtafel davon, wer einst dort gewohnt hatte. Sigvard las jede einzelne. Nach einer Weile erreichten sie den Mästermansgården in der Djäknegatan. Dort blieb Samuel stehen.

»Hier haben die Henker gewohnt«, sagte sein Adept und zeigte auf das Schild. »Apropos ... Oh, vielleicht ist das eine blöde Assoziation, aber wir haben uns ja seit der Beerdigung nicht gesprochen. Wie war das für dich?«

Sigvard fuhr herum.

»Was meinst du?«

»Ich frage mich einfach, wie das ist. Jemanden begraben, der ermordet wurde. Und wieso hat Ellinor das nicht übernommen, du bist ja schließlich mit dem Toten verwandt?«

Langsam machten sie sich auf den Rückweg. Die Schlange vor der Bischofsresidenz war jetzt hoffentlich merklich kürzer geworden.

»Es ist unsere Aufgabe, Mörder, ja sogar Selbstmörder, zu beerdigen«, sagte Sigvard trocken.

»Das ist mir klar, Sigvard, aber das muss doch besonders tragisch gewesen sein für dich.«

Sigvard blieb vor einem kleinen Kunsthandel stehen. Die Gemälde im Schaufenster waren farbenfroh, positiv und weckten ganz andere Assoziationen als das düstere Gesprächsthema, das Samuel gewählt hatte.

»Was Finn Mats Hansson angeht, den habe ich getauft, konfirmiert und verheiratet. Sogar die Taufe seines einzigen Sohnes habe ich vollzogen. Da ist es nur richtig, dass ich ihn auch zur letzten Ruhe bette. Das macht man einfach, so ist das.«

Für eine Weile gingen sie strammen Schrittes weiter, doch genau auf der Höhe der Stiftskanzlei in der Västra Kyrkogatan blieb Samuel stehen.

»Sigvard, du kennst doch alle in Klockarvik. Du musst doch eine Vermutung haben, wer ihn ermordet hat.«

Sigvard deutete zur Bischofsresidenz, vor der nun keine Schlange mehr zu sehen war.

»Jetzt können wir direkt durchgehen«, stellte er fest. »Ich hoffe mal, deine Marit hat noch Kaffee für uns.«

»Du hast mir nicht geantwortet«, sagte Samuel.

»Wer immer es war, das Richten obliegt dem Höchsten«, sagte er. »Wir armen Sünder können nur darum bitten, dass er wieder alles in Ordnung bringt.«

~ SIEBENUNDDREISSIG ~

Montag, 12. Dezember

Samuel und Marit standen am Bahnsteig im eisigen Wind. Er hatte einen Arm um sie gelegt. Marits Nasenspitze war rot, und sie blinzelte ein paar Kältetränen weg. Sie hatte sich den ganzen Tag für ihn freigehalten, und sie hatten bis weit in den Morgen im Bett gelegen. Nackt hatte Marit sich an ihn gekuschelt und ihre weichen Hände über seinen Körper wandern lassen. Das hatte ihm gefallen, und er hatte es genossen, aber sonderbarerweise nicht wie sonst. Die ganze Zeit war ein anderes Gesicht vor seinem inneren Auge aufgetaucht, das ihn abgelenkt hatte. Ein schräger Pony und schmale, braune Augen. Danach, als er ihr Kaffee brachte, hatte sie ihn so eingehend gemustert, dass er sich ertappt gefühlt hatte.

»Du wirkst abwesend«, hatte sie gesagt. »Denkst du an irgendwas Bestimmtes?«

Er hatte den Kopf geschüttelt, ihr einen Kuss auf die Stirn gegeben und dann den Kaffee gereicht.

»Nein«, hatte er ihr versichert und sich beim Aussprechen der Worte schlimm gefühlt. »Gar nicht.«

Gestern Nachmittag, als Samuel sich in der Bischofsresidenz vom Bischof verabschiedet hatte, war Marit mit einer

Thermoskanne herangeeilt. Immer auf dem Sprung, immer arbeitswillig, das hatte sie schon von Kindsbeinen an von ihrer Mutter gelernt, einer sich selbst aufopfernden Pfarrersfrau. Ganz wie ihre Mutter war Marit jedoch nicht. Sie hatte sich zur Diakonin ausbilden lassen, aber sobald sich die Gelegenheit bot, packte sie freiwillig mit an.

»Da haben wir ja den Verlobten«, hatte der Bischof Samuel begrüßt. »Sorge gut für sie, so treue Frauen gibt es nicht wie Sand am Meer.«

»Nein, Marit ist was Besonderes«, hatte Samuel erwidert.

»Schön und klug, würde ich sagen. Eine hervorragende Wahl zur Pfarrersgattin. Wann wird die Hochzeit denn sein?«

»Zu Pfingsten, hoffen wir«, hatte Marit schnell eingeworfen. »Nicht wahr, Samuel? Kommt auch ein bisschen auf die Übergangsstelle oben in Dalarna an.«

Jetzt standen sie also am Bahnsteig, und Samuel plagte wieder das schlechte Gewissen. Es war offensichtlich, wie wenig Marit wollte, dass er wieder fuhr, dabei war er gedanklich längst wieder in Klockarvik und fragte sich, was nach seiner Ankunft geschehen würde. Und ob sie ihn dort erwartete.

»Das Wochenende ist viel zu schnell vergangen«, sagte Marit.

»Ja«, stimmte Samuel zu und schämte sich dabei. »Aber jetzt muss ich zurück und das *walking and talking* mit Sigvard wiederaufnehmen. Einen besseren Zugang zu den Dorfbewohnern kann man sich gar nicht vorstellen. Außerdem gibt es da in der Gemeinde ein ganz fantastisches Mädchen, die richtig Köpfchen hat. Die solltest du mal kennenlernen.«

»Ein Mädchen? Muss ich mir Sorgen machen?«

»Wegen Tindra?« Samuel lachte. »Sie ist eine niedliche Konfirmandin, die mir das Langlaufskifahren beibringt und für mich übersetzt, wenn ich mal wieder diesen starken, unbegreiflichen Dialekt nicht verstehe. Sie kommt auch mit ins Heim, wenn dort die Andacht gehalten wird. Ohne sie hätte ich keine Chance, die Bewohner und Bewohnerinnen zu erreichen.«

Marit löste sich aus seiner Halbumarmung und stellte sich vor ihn.

»Na, hör mal«, sagte sie. »Du musst doch eigentlich nur deine Gitarre mitnehmen und anfangen zu singen, dann hast du ihre Herzen doch schon im Sturm erobert, oder nicht? Dafür brauchst du keine Übersetzerin.«

Das Gesagte hatte einen leicht bitteren Unterton.

»Aber daran ist doch nichts Falsches? Das Ohr ist der Weg zum Herzen, das weißt du doch«, entgegnete Samuel, der merkte, wie er wütend wurde. Zwar wusste er, dass das unnötig war, aber er hatte oft den Eindruck, Marit kritisierte ihn dafür, wie leicht er Zugang zu den Menschen fand. Dabei mochten die Menschen es tatsächlich, wenn er sang, besonders wenn es sich um Lieder handelte, die er sich selbst ausgedacht hatte.

»Jetzt werd doch nicht sauer«, sagte sie und kam auf die Zehenspitzen, um ihm einen Kuss zu geben.

Samuel wandte den Kopf ab, sodass der Kuss im Mundwinkel statt auf den Lippen landete. Darüber wirkte nun wieder Marit verärgert.

»Wir haben ja trotzdem einiges unternehmen können, trotz Kaffeeverpflichtungen«, sagte sie.

Da hatte sie recht. Samstags waren sie zusammen in der Eckkneipe essen, wo sensationelle Pizza aus dem Steinofen serviert wurde. Eine Delikatesse, die man nicht überall bekam. Dazu gab es guten, einfachen Rotwein. Sonntags aßen sie bei Björn Karlsson im Restaurant *Officersmässen*, wo sowohl Essen als auch Wein ausgezeichnet waren. Wegen Marit hatte sich das Gespräch fast nur um Hochzeitspläne gedreht. Die Ideen waren geradezu aus ihr herausgesprudelt, und Samuel hatte fast nur zugestimmt. Erneut hatte sie angesprochen, wie gern sie Kinder haben wollte, und natürlich konnte er sie verstehen. Sie war achtunddreißig, in ein paar Jahren war es vielleicht zu spät. Kinder waren großartig, eine Gabe Gottes. Das Problem war nur, dass Samuel sehr glücklich mit den beiden Gaben war, die er bereits bekommen hatte.

Marit hatte weitergesprochen, doch Samuels Gedanken waren wieder auf Wanderschaft gegangen, weil ihm bewusst geworden war, wie viel er eigentlich ausließ, wenn er von seinem Alltag in Dalarna erzählte. Dass ein Mord geschehen war und die Leiche auf dem Friedhof gefunden wurde, das wusste Marit. Aber den Hinweis, wie tief Samuel eigentlich involviert war, hatte er ihr erspart. Und selbst wenn, hätte sie nicht viele Folgefragen gestellt, das war ihm klar. Wenn Samuel das Vertrauen verzweifelter Menschen genoss, dann bewahrte er Stillschweigen darüber, das wusste sie. Ihr selbst ging es mit ihrer Arbeit als Diakonin ja ganz ähnlich. Sie hatten beide großen Respekt vor der Schweigepflicht und den Aufgaben des jeweils anderen.

»Wie machen wir das denn an Weihnachten?«, fragte Marit.

»Weihnachten?«, sagte Samuel gedankenverloren und warf einen Blick zur Stationsuhr. Noch drei Minuten, bis der Zug einfahren würde.

»Ja, Weihnachten. Das steht jetzt bald an, falls du das vergessen haben solltest.« Marit lachte. »Du musst ja arbeiten, wie wäre es also, wenn ich zu dir komme? Wäre sicher interessant, die Feiertage in deiner kleinen Mietbude zu verbringen, Liebling.«

»So klein ist sie gar nicht.«

Wie würde das werden, mit Marit in Klockarvik über Weihnachten? So weit hatte er noch gar nicht gedacht. Bis Heiligabend waren es nicht mal mehr zwei Wochen, hoffentlich waren die Ermittlungen bis dahin abgeschlossen. Aber wenn nicht? Wie sollte er sich dann freistrampeln, um der Polizei helfen zu können?

Samuel strich Marit mit dem Zeigefinger über die Nase.

»Das wäre ganz großartig, wenn du kämst«, sagte er. »Ich muss ja nicht durchgehend arbeiten. Komm aber ein, zwei Tage eher, damit wir zusammen einkaufen können. In Klockarvik gibt es einen Spirituosenladen und ein Lebensmittelgeschäft.«

Innerlich hoffte er inständig auf ein Wunder, damit er während der Feiertage nicht permanent an eine ganz bestimmte, attraktive Polizistin denken musste. Er würde den Boss um die Kraft bitten, sich Marit gegenüber angemessen zu verhalten, denn alles andere reichte einfach nicht.

»Wie schön«, sagte Marit und lächelte breit. »Dann können wir auch weiter Hochzeitspläne schmieden. Im Frühling muss sie sein. Du hast ja gehört, was der Bischof gesagt hat.«

»Und er hat ja absolut recht. Du bist einfach viel zu gut für mich.«

Der Zug fuhr ein, und Samuel strich ihr noch einmal über die Wange. Da war plötzlich eine Traurigkeit in ihm, die er nicht richtig einordnen konnte. Marit umarmte ihn.

»Bis bald!«, flüsterte sie in sein Ohr.

Im anderen Ohr hörte er eine ganz andere Stimme. *Samuel Williams, da hast du dir was eingebrockt.* Samuel schickte einen finsteren Blick in die dunklen Wolken.

»Das werden wir ja noch sehen«, murmelte er, wofür er einen beunruhigten Blick einer Passagierin erntete.

»Wie bitte?«

»Oh, entschuldigen Sie, ich habe nur mit mir selbst geredet«, erwiderte Samuel etwas peinlich berührt und lockerte seinen Schal, damit das Kollar sichtbar wurde.

Sofort lächelte die Passagierin, offensichtlich entspannt durch die Tatsache, dass er Pfarrer war.

∼ ACHTUNDDREISSIG ∼

Samuel stieg in Klockarvik aus und ließ den Blick über den Bahnsteig wandern. Beim Bahnhofsgebäude stand eine kleine Frau mit schwarzer Mütze und dunkelblauer Daunenjacke. Die weißen Handschuhe mit Lovikkamuster verrieten, wo ihre Wurzeln lagen.

»Da sind Sie ja«, sagte Maja-Sofia, als er bei ihr angekommen war. »Ich hab mir schon fast Sorgen gemacht, dass Sie bei Ihrem Mädchen bleiben.«

Samuel verfluchte sich dafür, auch diesmal wieder in Halbschuhen unterwegs zu sein. Sofort fiel wieder Schnee hinein, und er bekam nasse Füße. Zu allem Überfluss trug er außerdem seinen Kaftan. Er war mit möglichst leichtem Gepäck gereist, da bot es sich einfach an, den Kaftan gleich anzuziehen, statt ihn umständlich mitzuschleppen. Eigentlich hatte er ja gewusst, dass er nach seiner Rückkehr in den Wald aufbrechen würde, und trotzdem hatte er nicht vorausschauend gepackt, wie er sich jetzt eingestehen musste. Maja-Sofias Anwesenheit hatte ihn zu sehr abgelenkt.

»Aber wir hatten doch vereinbart, uns hier zu treffen«, sagte er. »Ich breche ungern ein Versprechen. Schaffen wir es denn noch rechtzeitig?«

Er warf einen besorgten Blick zur Bahnhofsuhr. Maja-Sofia lachte darüber.

»Angeblich hat diese Uhr 1976 den Geist aufgegeben. Ziemlich genau zu dem Zeitpunkt, als hier sämtlicher Zugverkehr eingestellt und durch Buslinien ersetzt worden ist. Es ist schön, dass die Kommunen wieder zur Vernunft gekommen und zum wesentlich umweltfreundlicheren Zugverkehr zurückgekehrt sind – aber die Uhr haben sie dabei offenbar vergessen. Um Ihre Frage zu beantworten: Klar, das schaffen wir dicke. Aber diese Klamotten ...«

Samuel lachte verlegen und schaute an sich hinunter.

»Ich weiß. Können wir noch eben bei mir vorbeifahren, damit ich mich umziehen kann? In diesen Sachen bin ich ja schlecht gerüstet vor Kälte und Schnee.«

Maja-Sofia marschierte strammen Schrittes zum Parkplatz beim Hotel, und Samuel hatte Mühe mitzuhalten.

»Wir sollten keine Zeit verlieren«, sagte sie. »Aber das dürfte kein Problem sein, ich habe Ihnen einen Skianzug, Stiefel, Schal und Mütze mitgebracht. Sie können sich im Wagen umziehen, während ich das Schneemobil vom Hänger lasse.«

Samuel öffnete den Mund, um zu widersprechen, entschied sich dann aber dagegen. Maja-Sofia schien schnell einfache Lösungen zu finden, also beugte er sich ihrer Idee. Er faltete seinen Kaftan so sorgfältig es ging, legte ihn auf die Rückbank und zog dann an, was sie ihm mitgebracht hatte. Und das alles, während im Hintergrund der Motor des Schneemobils knatterte, das Maja-Sofia langsam vom Hänger ließ.

Samuel stieg aus dem Wagen und setzte sich die Mütze auf, die in der Tasche des Skianzugs gesteckt hatte.

»Wow, wow, wow, Sie sehen richtig gut aus, Pastorchen«, sagte Maja-Sofia anerkennend. »Dann klettern Sie mal hinter mich, damit wir loskönnen.«

Das tat Samuel sogleich, und schon waren sie unterwegs. Fort vom Parkplatz, über die Felder und hinein ins nächste Waldstück. Das war eine völlig neue Erfahrung für ihn. Er musste sich gut an den Griff hinter sich klammern, weil die Fahrt sehr holperig war. Viel lieber hätte er sich an Maja-Sofia festgehalten, aber das wagte er nicht. Dass sie eine geübte Fahrerin war, konnte man ihr nicht absprechen. Sie hielten sich an eine bereits existierende Spur. Um sie herum herrschte dunkelste Nacht, doch der Scheinwerfer war stark genug, ihnen den Weg zuverlässig zu leuchten. Die Kälte biss auf seinen Wangen, und es wurde noch schlimmer, als Maja-Sofia das Tempo anzog.

Es dauerte ungefähr eine halbe Stunde, bis sie eine Ansammlung kleiner Häuser erreichten, die eher an eine Spielzeuglandschaft erinnerte. Hier musste die Sennhütte sein, begriff Samuel. Maja-Sofia hatte die Spur verlassen und sich einen eigenen Weg durch den tiefen Schnee gebahnt, um unbemerkt auf die Rückseite der Sennhütten zu gelangen. Sie stellte das Schneemobil am Waldrand hinter der Holzhütte ab und schaltete den Motor aus. Die darauffolgende Stille war etwas, das Samuel so noch nicht erlebt hatte. Kein Baum rauschte, kein Ast bewegte sich, und keine Motorengeräusche störten die Ruhe und den Frieden. Alles lag in absoluter Stille da.

»Heftig«, sagte er atemlos.

»Was? Ach so. Ja, das hat schon was für sich im Wald nach Einbruch der Dunkelheit.« Sie klappte den Sitz des Schneemobils hoch.

Wie sich zeigte, verbarg sich darunter ein Fach. Maja-Sofia holte zwei Paar Schneeschuhe heraus, reichte ihm eins und erklärte, wie er sie an seinen Stiefeln befestigen musste.

»Es ist nur ein kurzes Stück«, sagte sie leise, »aber selbst das ist ohne Schneeschuhe nicht zu schaffen.«

Samuel hatte seine Zweifel, dass er das kurze Stück mit diesen seltsamen Dingern, die eher Tennisschlägern ähnelten, besser bewältigen konnte. Maja-Sofia ging voran, er ahmte sie nach und folgte in ihrer Spur. Und sie behielt recht: Zu seinem großen Erstaunen ging das richtig gut.

»Da sind wir«, sagte Maja-Sofia kurz darauf.

Die kleinen Hütten kauerten in der Dunkelheit im Schnee. Maja-Sofia deutete auf eine von ihnen.

»Wir verstecken uns im Heuboden, da bekommen wir unbemerkt mit, wer sich der Hütte über den normalen Weg nähert.«

»Okay. Gibt es da wirklich noch Heu? Das klingt so gemütlich.«

Er meinte das ernst, aber Maja-Sofia lachte leise über ihn.

»Bitten Sie mal lieber Ihren Gott darum, dass weder Katrin noch Viktor auf die Idee kommen, einen Blick in die Scheune zu werfen.«

»Das mache ich, darauf können Sie sich verlassen«, antwortete Samuel.

Kaum waren sie in der Scheune, deutete Maja-Sofia auf

einen Spalt in der Wand, durch den sie alles beobachten konnten. Samuel hockte sich neben sie ins pieksige Heu. Es roch ganz schwach nach getrocknetem Gras, was eine schwache Kindheitserinnerung heraufbeschwor. Vielleicht von einem Ausflug mit einem Freund draußen aufs Land.

»Gar nicht so ungemütlich«, sagte er und streckte sich aus.

Maja-Sofia legte sich dicht an ihn, wandte ihm dabei aber den Rücken zu. Dann verteilte sie Heu auf ihnen wie eine Decke.

»So frieren wir nicht«, sagte sie. »Wir wissen ja schließlich nicht, wie lange wir warten müssen.«

»Er hat doch acht Uhr gesagt. Wie spät ist es denn?«

Maja-Sofia fischte ihr Handy hervor, und im Licht des Displays konnte er ihr schönes Profil sehen. Wenn er doch nur über ihre Wange streicheln könnte, aber das war unmöglich. Maja-Sofia und der Boss hätten vermutlich Einwände. Sigvard sicher auch. Von Marit ganz zu schweigen.

»Fünf vor«, sagte sie. »Schlafen Sie jetzt bloß nicht ein.«

»Das wird nicht passieren, da können Sie sich sicher sein.«

Samuel wollte es sich gerade bequem machen, aber weiter kam er nicht, denn sogleich meldete sich eine wohlbekannte Stimme in seinem Kopf: *Aber, mein Sohn, was hast du nun wieder vor?* Samuel wusste genau, was er meinte, aber das war gerade nicht der richtige Moment. Er hatte keine Zeit für den Boss.

»Psst!«, machte Maja-Sofia plötzlich, und sofort lauschte Samuel angespannt. »Da kommt jemand.«

Samuel richtete sich langsam auf und klopfte leise das Heu ab. Maja-Sofia tat es ihm gleich. Zusammen schauten sie durch den Spalt, und Samuel wagte fast nicht, zu atmen.

Ein Schneemobil hielt auf sie zu, die Motorgeräusche wurden beständig lauter und die Scheinwerfer erleuchteten die kleine Häuseransammlung. Der Motor wurde abgestellt, und wieder war da nur noch Stille und Dunkelheit. Keine Stimmen, nur das Knirschen von Schritten im Schnee. Samuel hielt die Luft an.

»Eine oder zwei Personen?«, flüsterte Samuel so leise er konnte, direkt in Maja-Sofias Ohr.

»Eine«, flüsterte sie zurück. »Entweder Katrin oder Viktor.«

Die Schritte kamen immer näher. Wollte dieser Mensch etwa in den Heuboden? Wenn sie entdeckt würden, war es aus für sie. Samuel schickte ein Stoßgebet Richtung Himmel. Maja-Sofia musste seine Anspannung gespürt haben, denn sie legte beruhigend eine Hand auf seine.

Die knirschenden Schritte bogen ab in Richtung Kuhstall. Das Scharnier quietschte, als die Tür geöffnet und kurz darauf wieder geschlossen wurde.

»Wieso sind sie nicht zu zweit?«, flüsterte Sam. »Viktor wollte seiner Mutter doch etwas zeigen.«

»Wir müssen näher ran. Kommen Sie mit.«

Ihm dröhnte der Puls in den Ohren. Worauf hatte er sich hier eingelassen? Was, wenn dieser Jemand das Schneemobil oder ihre Spuren im Schnee gesehen hatte? Würde er sie verschonen, wenn der Mörder sie entdeckte? Unwahrscheinlich. Leise schickte er ein weiteres Stoßgebet zum Boss.

306

Sie verharrten hinter dem Scheunentor. Das Scharnier kreischte erneut, kurz darauf wurde das Schneemobil wieder gestartet.

Maja-Sofia öffnete das Tor einen Spalt und konnte gerade noch sehen, wie das Schneemobil sich in hohem Tempo entfernte und dabei ordentlich Schnee aufwirbelte.

»Was zur Hölle?«, entfuhr es ihr. »Was geht denn hier vor? Warum ist der wieder weggefahren?«

Mit so großen Schritten wie möglich rannte sie zum Kuhstall. Samuel blieb dicht hinter ihr. Er war es nicht gewohnt, sich in dem tiefen Schnee fortzubewegen, es war anstrengend. Er hätte die komischen Tennisschläger nicht abschnallen sollen.

Er schielte zu Maja-Sofia, die in ihre blaue Jacke griff und ihre Dienstwaffe hervorholte. Lieber Gott, die musste auch dort gewesen sein, als er so dicht bei ihr gelegen hatte. Sie zielte vor sich, während sie die quietschende Tür mit dem Fuß aufschob.

Samuel zeigte auf die Pistole.

»Nur zur Sicherheit«, flüsterte sie.

Was würde sie im Stall erwarten? Oder wer? Liss Katrin? Viktor? Mindestens eine Person war überstürzt abgehauen.

»Hallo!«, rief Maja-Sofia in den Kuhstall. »Polizei! Ist hier jemand?«

Keine Antwort.

»Polizei«, wiederholte sie, »geben Sie sich zu erkennen! Wir wissen, dass Sie hier sind.«

Noch immer kein Geräusch, nur das komische Gefühl, dass sie nicht allein waren.

»Sam, nehmen Sie meine Taschenlampe«, flüsterte sie. »Die steckt in meiner rechten Seitentasche.«

Vorsichtig tastete er ihr Bein entlang. Er fand die Lampe, schaltete sie an und leuchtete in den Stall. Der Lichtkegel fiel in eine der Boxen.

Samuel atmete heftig ein, als er die Leiche entdeckte. Sie lag auf dem Bauch, den Kopf zu ihnen gedreht. Die Augen waren weit aufgerissen und auf sie gerichtet.

∼ NEUNUNDDREISSIG ∼

»Lieber Gott!«, entfuhr es Samuel. »Dann ist Viktor doch der Schuldige.«

»Warm. Katrin ist noch warm«, sagte Maja-Sofia, die ihre Hand auf die Wange des Opfers gelegt hatte. »Wie schnell kann das denn gehen? Wie konnten wir das verpassen?«

Im gleichen Augenblick schlug die Tür hinter ihnen zu und es rasselte. Jemand drehte den altertümlichen Schlüssel im Schloss.

»Maja-Sofia!« Samuel klang panisch, er zeigte zur Tür.

»Verfluchte Scheiße!«

»Ich möchte fast zustimmen«, sagte Samuel mit zitternder Stimme. Dann richtete er sich auf und legte sich eine gekrümmte Hand hinters Ohr. »Hören Sie doch. Ist das noch ein Schneemobil?«

Sie lauschten intensiv. Das Motorengeräusch entfernte sich.

Samuel trat an die Tür, versuchte, sie zu öffnen, aber erfolglos.

»Wer immer da gerade abgefahren ist, muss schon vor uns hier gewesen sein«, sagte Maja-Sofia. »Er oder sie muss uns gehört haben.«

»Aber hätten wir dann keine Spuren sehen müssen?«, fragte Samuel.

»Nein, das Mobil kam aus einer anderen Richtung. Die Frage ist nur, wer zur Hölle das war? Ich verstehe absolut gar nichts.«

»Der Mörder«, flüsterte Samuel. In ihm zog sich alles zusammen, als er das schreckliche Wort aussprach.

Die Vorstellung, dass sie gesehen worden waren, machte ihm mehr Angst, als er sich eingestehen wollte. Sie könnten genauso gut tot neben Katrin liegen, aber er war damit davongekommen, mit Maja-Sofia in einen Kuhstall eingesperrt zu sein.

»Die Sundell hat mir versprochen, eine Streife herzuschicken«, sagte Maja-Sofia, »ich wüsste nur zu gern, wo die steckt. Alles muss man selbst machen!« Sie tippte eine Nummer in ihr Handy und schilderte, wo sie sich befanden. Es dauerte, bis Samuel begriff, dass sie mit ihrem Kollegen Knis Petter Larsson sprach.

»Ja, genau, die Sennhütten in Sundbacka, oberhalb der Bergdörfer«, sagte sie. »Ich mach dir einen Screenshot von der Karte, dann weißt du, welche ich meine. Versuch, ein Schneemobil abzufangen, das vor Kurzem von hier weggefahren ist. Ich nehme an, in südliche Richtung. Wir sind im Kuhstall eingeschlossen, zusammen mit dem Opfer.«

Die Gedanken jagten nur so durch Samuels Kopf, aber dann wurde ihm klar, dass es etwas gab, was er tun musste. Er pfiff darauf, dass die Kriminaltechnik sicher wenig begeistert darüber sein würde, wenn er sich dem Opfer näherte und damit Spuren verwischte, und kniete sich vor Liss

Katrin Hansson. Er legte ihr eine Hand auf die Stirn und wandte sich an Gott.

»Danke, lieber Gott, dass du Liss Katrin immer begleitet hast. In guten wie in schlechten Zeiten. Wir übergeben sie in deine Hände. Lass dein ewiges Licht für sie strahlen. Amen.«

Am liebsten hätte er ihre Augen geschlossen und sie mit etwas abgedeckt, wusste aber, dass das nicht ging. Mehr durfte er nicht berühren, das würde Maja-Sofia und ihre Kollegen ansonsten wenig erfreuen. Wobei erfreuen sicher nicht das richtige Wort war. Eine Frau hatte auf sehr unwürdige Weise ihr Leben gelassen.

Wie sollte er erklären, dass er allein mit Maja-Sofia Rantatalo in dem verlassenen Heuboden gewesen war? Denn die Frage würde unweigerlich aufkommen, das war ihm bewusst. Wenn es ihnen überhaupt gelang, hier lebend rauszukommen. Wie viel davon würde bis zu Marit durchdringen und wie schnell? Dabei war ja gar nichts passiert. Zumindest nicht mehr als seine sündigen Gedanken, und die blieben zwischen ihm und dem Boss. Er würde am Sonntag beim Schuldbekenntnis besonders aufmerksam sein müssen.

Samuel stand auf und richtete die Taschenlampe auf Maja-Sofia. Ihr stand eine Atemwolke vorm Mund. Die Kälte in dem alten Kuhstall ließ sich nicht leugnen.

»Was Sie alles können«, sagte sie. »Das war schön. Und würdig.«

Samuel freute sich über das Lob und hätte sie gern in den Arm genommen, traute sich aber nicht.

»Wir lagen richtig mit unserem Verdacht, Samuel«, sagte sie. »Wir beide. Wäre Katrin die Schuldige, würde sie jetzt vermutlich noch leben. So bleibt nur noch einer übrig.«

»Viktor Hansson«, sagte Samuel und ließ den Lichtkegel über die Wand des Stalls wandern. Überall waren Namen, Herzchen und Schnörkel eingeritzt, so etwas hatte er noch nie gesehen. Auch Jahreszahlen waren miteingraviert. Sein Blick fiel auf ein auffälliges, großes Herz von 1897. Die ganze Wand war ein einziges, über hundert Jahre altes Gästebuch.

»Viktor wollte ihr etwas zeigen«, sagte Samuel. »Ich frage mich, was.«

»Vielleicht wollte er sie auch nur herlocken«, erwiderte Maja-Sofia. »Ich muss an das denken, was Sie belauscht haben. Sie hat verlangt, dass er sich wie ein Mann verhält, Verantwortung übernimmt und gesteht. Er wurde zu gefährlich für sie.«

»So tragisch.«

»Das können Sie verdammt noch mal laut sagen«, stimmte Maja-Sofia zu. »Entschuldigen Sie mein Fluchen. Aber wie kann man denn seinen Vater und seine Mutter ermorden?«

»Wenn er es wirklich war, dann ist das ganz schrecklich. Aber noch steht ja nicht fest, dass er der Schuldige ist.« Samuel zerrte ein weiteres Mal an der Tür.

Draußen war kein Laut zu hören.

»Nein, das stimmt. Wer, hatten Sie gesagt, hat das Gespräch vielleicht noch mitbekommen?«

»Vedberg stand auch an der Garderobe«, sagte Samuel. »Vielmehr vor der Toilette. Er könnte mitbekommen haben, wohin sie wollten. Und mit Malin habe ich mich kurz unterhalten, als sie ihre Lippen nachzog. Sigvard kam aus der Toilette«, fuhr er fort, »aber wenn ich recht überlege ...«

»Ja, wer noch? Ist Ihnen jemand eingefallen?«

Samuel zögerte kurz, dabei war ihm klar, dass er ihr diese Information nicht vorenthalten konnte, ungeachtet dessen, wer es war.

»Tyra Lundin hat mich auch kurz angesprochen, aber ich habe keine Ahnung, wie viel sie mitbekommen haben könnte.«

»Lundin? Das ist doch Ihre Vermieterin, oder?«

»Ja, aber sie kann es unmöglich gewesen sein. Das kann ich mir einfach nicht vorstellen.«

Samuel ging wieder in die Knie und betrachtete die Tote näher.

»Leuchten Sie mir doch bitte mal eben«, bat er Maja-Sofia.

Eine Schlinge aus Stoff, vielleicht zwei Zentimeter breit, lag um den Hals. An deren Ende waren goldene Buchstaben zu erkennen.

»Gucken Sie mal!«, sagte er und zeigte darauf. »Das ist der Gürtel eines Bademantels. Vom Neuen Hotel.«

»Wie bei Finn Mats Hansson.«

»Wer hat Zugang dazu?«, fragte Samuel.

»Leider nicht wenige.« Maja-Sofia seufzte. »Familienmitglieder, Gäste, Personal. Aber jetzt müssen wir dieser Sache endlich auf den Grund gehen, da kann die Sundell sagen, was sie will.«

Schweigend standen sie da, und Samuel schätzte, dass sie dasselbe dachten.

»Markus«, sagte Maja-Sofia.

»Der Staatsanwalt muss ihn jetzt wirklich freilassen.«

»Genau mein Gedanke«, sagte sie. »Er kann nicht der Mörder sein, selbst wenn seine Fingerabdrücke auf dem sonderbaren Kerzenhalter sind.«

»Außerdem hätte er dann hier sein müssen, was ja gar nicht möglich ist, schließlich sitzt er im Gefängnis«, erwiderte er.

Als er das begriff, übermannte ihn eine unbändige Müdigkeit. Die ganze Situation war so absurd. Er war mit einer attraktiven Frau, über die er nicht weiter nachdenken durfte, in einen Kuhstall gesperrt, in dem eine Leiche am Boden lag. Draußen war es schweinekalt, verschneit und die Sterne funkelten. Samuel schaute sich in dem kleinen Stall um. Abgesehen von der Box, in der Katrin lag, gab es noch drei weitere. In der Ecke standen Geräte, Eimer und eine mit einem Schloss versehene Holzkiste, vermutlich für Getreide.

»Dort könnten wir uns hinsetzen«, sagte er und deutete zur Kiste, »es wird ja noch ein Weilchen dauern, bis Ihre Kollegen eintreffen, nehme ich an. Und ich bin wahnsinnig müde.«

»Die Lage wird auch nicht besser durch die leichenhausähnlichen Temperaturen«, sagte Maja-Sofia und die beiden setzten sich.

Samuel ließ den Kopf hängen und schloss die Augen. Er hätte auf dem Fleck einschlafen können und damit all das Schreckliche ausgesperrt. Morgen musste er ins Büro und der Pastorin erzählen, dass ein weiteres Gemeindemitglied tot war. Ein neuer Tag, eine neue Woche. Und ein neuer Mord. Langsam sank er in gesegneten Schlaf.

»Hören Sie das?«, flüsterte Maja-Sofia und knuffte ihn leicht in die Seite. »Die Kollegen sind da.«

Widerwillig standen sie auf. Durch das kleine Fenster sahen sie Blaulicht von dem Streifenwagen auf dem Parkplatz. Das flackernde Licht verlieh dem Wald ein gespenstisches Aussehen. Aus der anderen Richtung kamen zwei Polizeischneemobile mit starken Scheinwerfern. Sie steuerten den Kuhstall an, direkt davor stellten sie den Motor ab. Schon bald wurde der Schlüssel im Schloss gedreht und die Tür ging auf. Einfach so. Wer immer sie eingeschlossen hatte, hatte sich nicht mal die Mühe gemacht, den Schlüssel mitzunehmen oder zu verstecken.

In der Tür stand ein großer Polizist. Maja-Sofia und Samuel gingen hinaus und sogen die frische Nachtluft tief in die Lunge.

»Larsson«, sagte Maja-Sofia, »wie höllisch schön, dass du gekommen bist.«

»Rantatalo«, erwiderte er und grinste sie an. »Solltest du nicht zu Hause sitzen und Blätter wenden?«

»Nur zu Bürozeiten.« Sie deutete hinter sich in den Kuhstall. »Sie liegt dort, aber trample nicht zu sehr darin herum, wir haben schon genug Spuren zerstört. Die Kriminaltechnik wird nicht begeistert sein.«

»Wer ist es?«, fragte Larsson.

»Liss Katrin Hansson.«

Larsson nickte und warf dann Samuel einen Blick zu.

»Hallo«, sagte er. »Sie scheinen ja immer vor Ort zu sein,

315

wenn was passiert. Noch nicht lange her, da haben wir uns am Hotelpool gesehen.«

Das konnte Samuel nicht bestreiten.

»Ich weiß nicht, ob ich mich Ihnen schon vorgestellt habe«, sagte er. »Samuel Williams, neuer Pfarrer in Klockarvik. Ich bin nur zur Unterstützung dabei.«

Knis Petter Larsson betrachtete Samuel eine Weile, das Grinsen umspielte wieder seine Mundwinkel.

»Dafür bekommst du richtig Ärger, Rantatalo«, sagte er. »Die Sundell wird nicht glücklich sein, dass der Pfarrer anwesend ist, wenn so was passiert.«

∼ VIERZIG ∼

Dienstag, 13. Dezember

Luciatag

Die Pastorin Ellinor Johannesson setzte sich zum Vormittagskaffee zu ihren Kolleginnen und Kollegen. Fast alle waren vor Ort. Sie warf Samuel einen forschenden Blick zu.

»Du siehst nicht gerade ausgeschlafen aus«, sagte sie freundlich. »War der Kirchenkaffee beim Bischof in Västerås so anstrengend? Oder kommst du in deiner Wohnung nicht zur Ruhe?«

Samuel trank einen Schluck Kaffee und biss in das frische Landbrot mit Käse.

»An der Wohnung gibt es absolut nichts auszusetzen, es ist gestern einfach spät geworden. Ich bin erst gegen sechs aus Västerås eingetroffen und dann ... Ach, manchmal ist es einfach schwer, zur Ruhe zu kommen.«

»Das kenne ich. Wir hoffen nur, dass du nicht schon völlig ausgelaugt bist«, sagte Ellinor. »Reicht ja, dass dein Einstand so heftig war.«

Samuel nickte langsam.

Er schaute sich um, während er weiter aß. Um halb zehn und halb drei gab es immer eine Kaffeepause für alle, da wurde erwartet, dass man sich der guten Gemeinschaft wegen einfand. Keine schlechte Routine. Torbjörn Rask, der Hausmeister, war da. Er war ein bisschen rot im Gesicht, vermutlich hatte er gerade auf dem Friedhof Schnee geschippt. Der Gemeindepädagoge und Cillan saßen am anderen Ende des Tischs und unterhielten sich angeregt. Samuel konnte nicht verstehen, was genau sie sagten, nur, dass es um Horoskope ging, und sie hatten ziemlich viel Spaß. Samuel wollte unbedingt noch mal mit der Diakonin Lebensmittel verteilen, das war einfach eine so schöne Aufgabe. Gerade zu Weihnachten würde es dafür vermutlich ausreichend Gelegenheit geben, schätzte er, und er beteiligte sich gern. Auch die Bürohilfe war da, genauso wie Tyra Lundin. Aber Irgendjemand fehlte. Bloß wer? Klar, der Kantor. Es war ihm aufgefallen, nachdem er einmal den Tisch abgezählt hatte. Gunnar Halbton Halvarsson. Sofort musste er an die Liste der Verdächtigen denken, die er und Maja-Sofia zusammengestellt hatten. Auch er hatte darauf gestanden, weil er Hansson Geld geliehen hatte.

»Arbeitet Gunnar heute nicht?«, richtete Samuel sich an Ellinor.

»Doch, ich denke schon, aber der hatte schon gestern so viel wegen Lucia um die Ohren. Er war mit den kleinen und auch den großen Kindern unterwegs. Sie waren heute früh im Heim in Solklint, worüber die Alten sich sicher sehr gefreut haben.«

Samuel erschauderte. Was ... was, wenn Gunnar gestern mit dem Schneemobil bei der Sennhütte gewesen war? Vielleicht versteckte er sich gerade, weil er fürchtete, bei einem grausamen Mord erwischt worden zu sein. Aber wenn er der Schuldige war ... Das wäre eine wahre Tragödie. Nicht nur für Gunnar selbst, sondern für all seine Chöre, eigentlich sogar die ganze Gemeinde. Mitunter sogar die ganze *Svenska Kyrkan*, denn so ein Skandal würde von den Abendzeitungen ordentlich ausgeschlachtet werden. Vom Kirchenpersonal erwartete man eine gewisse Moral. Er musste Maja-Sofia anrufen, sobald sich die Gelegenheit bot, um sich mit ihr abzustimmen.

Im selben Moment betrat Gunnar Halvarsson den Raum und ging gleich zum Frühstücksbuffet, um sich zu bedienen.

»Guten Morgen!«, begrüßte er freudig die Runde, und nichts an seinem Verhalten deutete darauf hin, dass etwas Außergewöhnliches passiert war.

Wenn man am Vorabend eine Frau erdrosselt hatte, war man dann so ruhig? Das hielt Samuel für unwahrscheinlich, aber wissen konnte er das natürlich nicht. Er zeigte auf den leeren Stuhl neben sich, woraufhin Gunnar sich zu ihm setzte.

»Guten Morgen«, begrüßte auch Samuel ihn und lächelte ihn an. »Hast du heute ausgeschlafen?«

»Von wegen«, antwortete Gunnar. »Ich habe nach der gestrigen Luciafeier aufgeräumt, alle Kerzen zusammengesammelt und den ganzen Glitter und weiß der Himmel was sonst noch zusammengefegt. Ich frage mich, ob das wirklich mein Job ist.« Dabei warf er einen verstohlenen Blick zur Raumpflegerin.

»Tyra, kümmerst du dich nicht normalerweise um so was?«, fragte er dann.

Tyra stand auf, um sich neuen Kaffee zu holen, blieb aber beim Kantor stehen.

»Es ist ein alter Brauch«, sagte sie in sonderbarem Ton, »dass das Musikvolk sich selbst um diesen Kram kümmert. Ich bin mit meinen eigentlichen Aufgaben sehr gut ausgelastet. Das Gemeindehaus und die Kirche putzen sich nicht von selbst.«

Gunnar Halvarsson riss abwehrend die Hände hoch.

»Alles gut, Tyra, du leistest ja auch vortreffliche Arbeit. Ich hab doch bloß gefragt.«

»Apropos Musik«, warf die Pastorin ein und fing an zu strahlen. »Der Tagestreff am Mittwoch wünscht sich einen Besuch von dir, Samuel. Inklusive deiner Gitarre.«

»Der Tagestreff? So kurz vor Weihnachten?«, fragte er und hätte fast hinzugefügt: »Während wir einen Mörder jagen?«, konnte sich aber gerade noch rechtzeitig stoppen.

»Ja, eben weil es der letzte Termin vor Weihnachten ist. Danach ist erst mal einen Monat Pause. Du bist ja wohl dabei, oder?«

Er maßregelte sich im Stillen. Komm mal wieder auf den Teppich, Samuel Williams. Du kannst nicht nur über den Mörder nachdenken. Oder über eine bestimmte Polizistin, die besagten Mörder jagt. Du hast einen Job zu erfüllen, und es gibt Menschen, die dich brauchen.

Sehr gut, mein Sohn. Er hörte seine Stimme überdeutlich, aber gerade konnte er unmöglich antworten. Zumindest nicht laut.

»Samuel!«

Die Pastorin wedelte mit der Hand vor seinem Gesicht,

und Samuel wurde bewusst, dass die Gedanken mit ihm durchgegangen waren.

»Wo warst du denn gerade?«, wollte Ellinor wissen.

»Entschuldige, gedanklich ganz woanders«, antwortete Samuel und brachte ein Lächeln zustande. »Tagestreffen, sagtest du? Und sie wollen singen mit musikalischer Begleitung? Das bekomme ich sicher hin.«

»Und erzähle ein bisschen über dich, wenn du da bist«, sagte sie.

»Da gibt es nicht viel zu erzählen.«

»Jetzt sei nicht so schüchtern, das gibt es sicher. Die wollen wissen, wer du bist und woher du kommst und wieso du selbst Lieder schreibst. Öffne dich, und vergiss nicht, deine Verlobte zu erwähnen.«

Samuel versprach Ellinor, sich das alles zu Herzen zu nehmen, und machte sich eine Notiz im Kalender seines Handys, damit er bloß nichts davon vergaß. Dann lehnte er sich zurück und betrachtete die Kolleginnen und Kollegen aufmerksam.

»Apropos Gottesdienst«, sagte er nach einer Weile, »veranstaltet Klockarvik auch Sommermessen in Sennhütten?«

Während er die Frage stellte, behielt er den Kantor genau im Blick. Wenn er gestern bei der Sennhütte gewesen war, sollte man ihm das Unbehagen ansehen können. Aber Gunnar schien kein bisschen beunruhigt.

»Aber selbstverständlich!« antwortete Ellinor. »Jedes Jahr mehrere, und sie sind sehr beliebt und gut besucht. Einmal hatten wir sogar eine ganze Busladung Amerikaner dabei. Das war ein Spaß!«

321

»Nutzt ihr dafür eine bestimmte Sennhütte?«, fragte Sam. »Ich gehe davon aus, dass es hier mehrere gibt?«

»Sundbacka«, sagte Ellinor. »Unser Hausmeister Torbjörn kann dir erklären, wo genau die liegt.«

Gunnar stand abrupt auf. »Danke für den Kaffee«, sagte er an die Haushälterin gerichtet.

Dann war er schon wieder durch die Tür, und durchs Fenster konnten sie sehen, wie er in Richtung Kirche ging.

»Mensch, hatte der es plötzlich eilig«, entfuhr es Tyra Lundin. »Ganz so, als hätte jemand was Dummes gesagt.«

Die Haushälterin ging herum und schenkte Kaffee nach.

»Kirchenmusiker sind einfach empfindliche Seelen«, sagte Torbjörn. »Sundbacka liegt etwas nördlich der Bergdörfer. Dort führt sogar ein Wanderweg vorbei, wenn man dem folgt, kommt man bis nach Stockholm.«

»Das klingt toll, aber auch weit«, sagte Samuel.

»Ja, ist es auch«, antwortete Torbjörn und nickte. »Ein paar Männer pachten die Sennhütte im Sommer, um dort ganz traditionell Kühe und Ziegen zu halten. Du musst unbedingt mal zum Kaffee hinfahren und ihr Brot mit selbst gemachtem Käse essen. Was Besseres kriegst du nirgendwo.«

Samuel stürzte den Kaffee hinunter. Pachten, hatte Torbjörn gesagt.

»Wenn die Männer die Hütte nur pachten, wem gehört sie denn dann?«, fragte Samuel.

Torbjörn fischte eine Dose Snus aus seiner hinteren Hosentasche. Dann portionierte er den losen Snus auf so gekonnte Art und Weise, wie Samuel es nie lernen würde. Vorportionierter Snus war wesentlich einfacher.

»Lustig, dass du fragst«, sagte er, schob sich den Snus unter die Oberlippe und drückte ihn mit der Zungenspitze fest. »Besitzer ist der jüngst verstorbene Finn Mats Hansson. Insofern ist es natürlich offen, wie das diesen Sommer mit dem Pachten aussehen wird.«

~ EINUNDVIERZIG ~

Nach der Kaffeepause war Samuel in seinem Büro die Pläne für die Weihnachtsgottesdienste durchgegangen. Am Heiligen Abend hatte er frei, aber die Frühmesse am ersten Weihnachtstag fiel ihm zu. Allzu spät konnte es also mit Marit nicht werden. Er hatte noch einmal Rücksprache mit Alva und Gabriel gehalten, die nach wie vor die Weihnachtsfeiertage bei ihrer Mutter verbringen, aber über Silvester zu ihm kommen und Skifahren wollten. Darauf freute er sich sehr. Zuletzt hatte er sie im November gesehen, bevor er nach Klockarvik aufgebrochen war, und nun war seine Sehnsucht nach ihnen groß.

Als es Zeit fürs Mittagessen war, führten ihn seine Schritte wie von selbst zum Neuen Hotel. Dort herrschte geschäftiges Treiben, seit die Polizei alles freigegeben hatte. Das Restaurant war voller Gäste. Samuel sah sich nach einem freien Platz um. Ein Mann mittleren Alters winkte ihm zu.

»Sie können sich gern zu mir setzen«, rief er. »Hier ist noch Platz.«

Samuel trug das Tagesgericht und sein Bier zu dem Tisch. Er kannte den Mann vom Sehen, aber gesprochen hatten sie noch nicht miteinander.

»Danke, das ist sehr nett«, sagte Samuel und stellte das Tablett ab. Er streckte die Hand aus. »Samuel Williams, ich bin der neue Pfarrer.«

Der Mann deutete mit seiner Gabel Richtung Kehlkopf.

»Das sieht man«, sagte er. »Dank Kollar. Und Ihren Namen kennen doch alle in Klockarvik.«

Samuel lächelte und goss das Bier aus der Flasche in ein Glas.

»Mikael Vedberg«, stellte der Mann sich vor. »Gewöhnlicher Dorfbewohner.«

»Ich habe Sie im Fitnessstudio gesehen«, sagte Samuel, »und ich bezweifle, dass es so etwas wie gewöhnliche Dorfbewohner gibt. Sie wissen doch sicher, dass niemand gewöhnlich ist? Eigentlich sind wir alle Gottes Wunderwerke.«

»In Ihrer Welt vielleicht, ja«, sagte Vedberg und nahm sich den Salat vor, der auf einem kleineren Teller angerichtet war. »In meiner Welt allerdings nicht, zumindest im Moment. Sie wissen doch sicher, was dem Hotelbesitzer zugestoßen ist?«

»Ja, das war buchstäblich das erste, was ich im Ort zu Gesicht bekommen habe.«

Samuel wollte nicht zugeben, dass er wusste, in welcher Verbindung Vedberg mit dem Opfer stand.

»Kannten Sie den Toten?«, fragte er und ihm gelang sogar ein überzeugend unwissender Tonfall.

»Das kann man wohl so sagen«, antwortete Mikael Vedberg. »Finn Mats Hansson und ich waren Geschäftspartner. Ich habe hier eine Menge Geld investiert.« Er nickte in Richtung des frisch renovierten Restaurants.

»Sie waren Geschäftspartner, sagen Sie? Dann sind Sie jetzt alleiniger Chef des ganzes Hotels?«

Mikael Vedberg lachte kurz und bitter.

»Wenn es mal so wäre.« Er wischte sich den Mund ab. »Ich sage Ihnen, das ist wahrscheinlich mein letztes Mahl in diesem Restaurant, sofern kein Wunder passiert.«

Samuel pikte das letzte Stück seiner Frikadelle auf und wartete darauf, dass Mikael Vedberg fortfuhr.

»Wollen Sie darüber sprechen?«, bot er an.

»Ach, warum nicht? Mats und ich haben das hier zusammen hochgezogen«, antwortete Vedberg. »Ich habe den Großteil der Kosten getragen, der Kredit läuft auf mich, beispielsweise. Wir kennen uns schon von Kindsbeinen an, insofern hätte es keine Probleme geben sollen.«

»Aber es gab eins, so wie's klingt?«

»Ja, das kann man wohl sagen. Er hat mich sofort vor die Tür gesetzt, als er mich nicht mehr brauchte. Und dann hat sich gezeigt, dass er nicht länger den Kredit bedient hat, entgegen all seinen Beteuerungen. Ich war ihm für die Anfangsphase wichtig, als es ums Investieren ging, aber sobald die abgeschlossen waren und er erste Einnahmen verzeichnete, hat er einfach ›vergessen‹, dass man seine Schulden auch bezahlen muss.«

»Aber kann man das so einfach?«

Vedberg zuckte mit den Schultern.

»Mats konnte das. Er war ein rücksichtsloser Bastard, um es mal beim Namen zu nennen. Er hat es immer geschafft, andere nach seiner Pfeife tanzen zu lassen. Ich war einer davon, leider. War ich ehrlich gesagt schon immer. Und jetzt sitz ich hier, komplett bankrott. Ich habe keine Krone mehr, kann weder meine monatlichen Rechnungen bezahlen noch meine Schulden.«

Samuel schaute dem verzweifelten Mann ins Gesicht. Die dunklen Ringe unter seinen Augen verrieten, dass er schlecht schlief. Wenn er keinen Ausweg fand, würde er bald zu den Empfängern von Cillans Lebensmittelausfahrten gehören. Ein trauriges Schicksal für einen jeden Menschen. So schnell konnte es gehen, gerade noch erfolgreich und schon am Abgrund. Wütend war der Mann noch dazu, und das war mehr als nachvollziehbar. Samuel schaute sich um. Viele waren fertig mit dem Essen und hatten das Restaurant verlassen. Mikael Vedberg holte ihnen Kaffee.

»Hat die Polizei schon mit Ihnen gesprochen?«, fragte Samuel, als er mit zwei Tassen zurückkam.

»Ja, ein gewisser Knis Petter Larsson. Er wollte wissen, was ich am Tag des Mordes getan habe, und noch eine Menge anderes über Mats und mich. Die wollten ganz sicher herausfinden, ob ich es war, der ihm das Leben genommen hat.«

»Und? Waren Sie's?« Samuel konnte sich die Frage nicht verkneifen.

Mikael Vedberg knallte die Tasse lauf auf den Tisch.

»Finn Mats Hansson hat mein Leben von Grund auf zerstört«, sagte er, »aber Knast auf Lebenszeit riskieren, nur um ihn loszuwerden … Nein. Das war er nicht wert. Ich wollte nur, was mir zusteht und mein Geld, also nein, ich war's nicht. In der Nacht, in der er starb, war ich in meiner Hütte im Wald und habe meine Sorgen mit Whisky ertränkt. Um ehrlich zu sein, habe ich viel zu viel getrunken, aber das ist ja kein Verbrechen.«

»Ach? Dann warst das gar nicht du?«, sagte eine wohlbekannte Stimme ganz in der Nähe. »Dabei hätte man es fast vermuten können, oder?«

»Malin!«, sagte Mikael Vedberg und stand so überhastet auf, dass sein Stuhl umkippte. »Du weißt doch ganz genau, dass ich es nicht war.«

»Sonst hätten wir's zusammen erledigen können«, sagte Malin. »Wir haben schließlich beide gute Motive, nicht wahr? Komisch, dass die Polizei da noch gar nicht draufgekommen ist: ›Verärgerte Konkurrentin und gelackmeierter Geschäftspartner stecken unter einer Decke!‹ Was meinen Sie, Samuel? Das klingt doch gut, oder?«

Samuel machte eine unbestimmbare Geste. Er wusste wirklich nicht, was er dazu sagen sollte. Was für ein sonderbares Spiel die beiden da vor seinen Augen spielten. Konnte er auch nur einem von beiden trauen? Er stand auf, denn es war wirklich höchste Zeit, an die Arbeit zurückzukehren.

»Ganz egal, was Sie nun getan oder nicht getan haben«, sagte er. »Sie können sich gern jederzeit an mich wenden, wenn Sie möchten. Meine Tür steht Ihnen immer offen. Für mich gilt die Schweigepflicht. Ich wünsche Ihnen noch einen schönen Tag!«

~ ZWEIUNDVIERZIG ~

Eine Weile nach dem Mittagessen klopfte es an die geöffnete Tür von Samuels Büro. Er schaute von seinen Unterlagen auf. Samuel stand ein Gespräch mit einem jungen Paar bevor, das gleichzeitig sein Kind taufen lassen und heiraten wollte, und er wollte gut vorbereitet sein. In einer Stunde kamen sie schon.

»Mensch, Tindra! Hallo!«, sagte er, als er sah, wer da in der Tür stand. »Was für eine schöne Überraschung. Jetzt sag bitte nicht, dass wir heute zum Training verabredet sind, das schaffe ich nämlich nicht.«

Tindra war hartnäckig geblieben. Sie waren nun schon ein paarmal zusammen unterwegs gewesen, und er musste zugeben, dass es ihm mit jedem Mal etwas leichter fiel, sich auf den Skiern zu halten. Auf den kleinen Hügeln stürzte er fast gar nicht mehr. Aber er konnte sich beim besten Willen nicht daran erinnern, dass sie für heute einen Termin abgemacht hatten.

»Nein, nein, keine Sorge«, sagte sie etwas gedämpft und zwirbelte eine Haarsträhne zwischen Daumen und Zeigefinger.

Samuel betrachtete sie genauer. Tindra war nicht ihr sonst

329

so fröhlich sprudelndes Selbst, das war schwer zu übersehen.

»Möchtest du dich kurz setzen?«, fragte er und machte eine einladende Geste zu dem gegenüberliegenden Stuhl. »Es sieht so aus, als läge dir etwas auf der Seele.«

Sie setzte sich und hörte auf, an der Haarsträhne herumzuspielen.

»Ja, da gibt es etwas, das ich besser erzählen sollte, glaube ich«, fing sie an. »Ich weiß nicht, ob es wichtig ist, aber dann musste ich an den Mord denken, der ja noch immer nicht aufgeklärt ist, und da dachte ich, es ist vielleicht ganz gut, das erst mal mit Ihnen durchzugehen. Wenn es total dumm ist, versprechen Sie mir, es niemandem gegenüber zu erwähnen?«

Samuel stand auf und schloss die Tür.

»Ich verrate kein Sterbenswort, versprochen«, versicherte er ihr. »Wenn du mir erzählst, was du auf dem Herzen hast, können wir ja zusammen entscheiden, ob es wichtig ist oder nicht.«

Er lächelte Tinda aufmunternd an und konnte ihr ansehen, dass sie all ihren Mut zusammennahm.

»Als ich am Samstag vom Training kam ...«, sagte sie. »Ich hatte zwanzig Kilometer in den Beinen, Sie können sich also vorstellen, wie kaputt ich war. Jedenfalls war ich bei dieser kleinen Hütte – Sie wissen doch, welche ich meine?«

»Die, wo ich normalerweise die Skier anziehe?«

»Genau die! Ich bin aus der Bindung gestiegen und hab mich auf die Bank gesetzt, um mich kurz auszuruhen. Und dann hab ich gemerkt, dass jemand auf der anderen Seite der Hütte saß, mich aber nicht bemerkt hat. Ich hatte sie an dem Tag schon häufiger in der Loipe getroffen, sie ist vielleicht fünfundsiebzig Meter vor mir gewesen.«

»Okay«, sagte Samuel und schaute diskret zur Uhr. Tindra wurde plötzlich ganz aufgeregt und sprach schneller.

»Dann ist noch jemand gekommen«, fuhr sie fort, »und wie schon gesagt, die haben mich nicht gesehen, weil ich aus der anderen Richtung kam, vom Hotel also. Sie verstehen, was ich meine, oder?«

Samuel wurde allmählich ungeduldig, ließ sich aber nichts anmerken. Am liebsten hätte er sie zur Eile aufgefordert, weil er anderes zu tun hatte, aber er hielt sich zurück. Sie musste das in ihrem Tempo erzählen.

»Ja, absolut. Man sieht sich so nicht, alles klar«, bestätigte er.

»Genau, aber ich habe sie gehört. Und das, was sie gesagt haben, das war unheimlich. Und sie haben unseren Dialekt gesprochen, nicht Schwedisch. Aber ich beherrsche den ja, wie Sie wissen. Oma und Opa haben viel Zeit investiert, um mir das beizubringen. Deshalb habe ich jedes Wort verstanden.«

Sie saß sehr gerade und gestikulierte lebhaft, während sie sprach.

»Sie haben etwas gesagt, das dich aufgewühlt hat, verstehe ich das richtig?«

Sie nickte eifrig.

»Es war auf jeden Fall sehr komisch. Oder halt unheimlich. Die eine hat gefragt, ›Ist alles im Umschlag?‹ und die andere hat gesagt, ›Ja, ist es.‹ Dann blieben sie eine Weile still, ich hab mich fast nicht getraut zu atmen. Dann sagte die zweite laut ›Mehr gibt es nicht‹ oder ›Jetzt bekommst du nichts mehr.‹ Irgendwie so was. ›Jetzt ist mal genug.‹ Und dann nahm sie ihre Skier und war auf und davon.«

»Und?«

»Und dann hat die erste ihr hinterhergerufen: ›Ich will aber mehr! Bilde dir nicht ein, dass das das letzte Mal war.‹ Ungefähr so.«

»Haben sie dich gesehen?«

»Nein, ich bin einfach nur dagesessen und hab fast nicht geatmet, und die Frau ist zurück in die Richtung gefahren, aus der sie gekommen ist, also kam sie nicht an mir vorbei.«

»Und die andere?«

»Die ist auch volle Pulle weggedüst und hat mich auch nicht bemerkt. Ja, und jetzt weiß ich nicht, ob das wichtig ist. Was meinen Sie, Sam?«

»Es klingt wichtig«, sagte Samuel. »Wie Erpressung oder so was.«

»Ja, genau.«

»Eins hast du noch nicht erzählt«, sagte Samuel. »Wer war es? Hast du sie beide sehen können?«

Wieder spielte Tindra mit ihrer Strähne.

»Hab ich das noch gar nicht gesagt? Na, die eine, die jetzt auch ermordet wurde.«

»Wie bitte? Liss Katrin?«

»Genau! Ich glaube, sie war die, die das Geld an sich genommen hat.«

»Bist du dir ganz sicher?«, fragte Samuel.

»Hundertzehn Prozent.«

»Und das war am Samstag, sagtest du?«

»Ja.«

Tindra schien sich absolut sicher. Samuel betrachtete sie eindringlich. Sie war während der Schilderung ein bisschen blass um die Nase geworden.

»Und die andere?«, fragte er. »Die Frau, die als zweite fuhr?«

»Das war das Komische«, sagte Tindra und sprach leiser. »Das war Malin Knutsson.«

Samuel lehnte sich zurück und dachte nach. Dann warf er erneut einen Blick auf die Uhr. In einer Viertelstunde musste er über Trauung und Taufe sprechen, dabei konnte er an nichts anderes denken als das, was Tindra ihm gerade erzählt hatte. Dass Malin, die muntere, fröhliche Hotelchefin, das Opfer einer Erpressung war. Was hätte Katrin gegen sie in der Hand haben können?

»Dann ist das also wichtig?«, fragte Tindra und schaute ihn besorgt an.

»Tindra«, sagte er sehr ernst. »Ich glaube sogar, dass es wahnsinnig wichtig ist. Ich finde es sehr mutig, dass du hergekommen bist, um mir das zu erzählen. Jetzt habe ich leider gleich ein wichtiges Gespräch, und ich muss mich darauf konzentrieren, aber ich rufe davor noch eine Polizistin an, die ich kenne, dann kannst du ihr das alles schildern, okay? Maja-Sofia Rantatalo heißt sie, kennst du sie?«

Tindra nickte und fragte dann: »Und das ist in Ordnung? Ich kann ihr das alles erzählen?«

»Mach dir keine Sorgen, sie ist zuverlässig und vertrauenswürdig«, versicherte ihr Samuel, »und das könnte ein wichtiges Puzzleteil für die Ermittlungen sein. Deshalb gehe ich davon aus, dass sie sehr gern mit dir sprechen und wissen möchte, was du gehört hast.«

Er wählte Maja-Sofias Nummer. Sie ging sofort dran.

»Wo sind Sie?«, fragte er.

»Zu Hause«, sagte sie. »Ist was passiert? Sie klingen aufgewühlt. Ist vielleicht wieder ein beruhigender Saunaabend angesagt?«

»Das passt heute leider nicht so gut«, sagte er vielleicht einen Tick zu streng und warf Tindra einen verstohlenen Blick zu. »Aber ich habe eine Bitte: Können Sie beim Gemeindehaus vorbeikommen und sich mit unserer Praktikantin unterhalten? Sie heißt Tindra und hat etwas Wichtiges zu berichten.«

∼ DREIUNDVIERZIG ∼

»Soso, du konntest dich also trotz allem nicht zurückhalten, Rantatalo?«

Jeanette Sundells Augen funkelten vor Zorn. Sie war es nicht gewohnt, dass man ihre Anweisungen nicht befolgte, das war eindeutig. Viel hatte Maja-Sofia auch nicht zu ihrer Verteidigung vorzubringen, also ließ sie die Frau einfach reden. Nach einer Weile würde sich die größte Wut sicher legen, hoffentlich würden sie sich dann wie normale Menschen unterhalten können.

»Nichts anderes hatte ich erwartet«, sagte Sundell, »damit kann es die Ehefrau des ersten Opfers schon mal nicht gewesen sein, sonst wäre sie wohl kaum selbst ermordet worden. Das habe ich dir von Anfang an gesagt, als du sie verdächtigt hast. Davon, dass Liss Katrin Hansson, eine respektierte Mitbürgerin, etwas so Widerwärtiges hätte tun sollen, konntest du mich keine Sekunde lang überzeugen.«

Sie verstummte, was Maja-Sofia nutzte, um zu ihrer letzten Aussage Stellung zu beziehen.

»Ich habe nie behauptet, dass es auf jeden Fall Liss Katrin Hansson war. Ich habe nur gesagt, dass sie oder Viktor es gewesen sein könnten, weil sie starke Motive hatten. Letztgenannter mit Hilfe von Amanda Snygg. Darauf deuten die Ermittlungen hin.«

Sundell stand auf und nahm den Platz hinter ihrem Stuhl ein, wie sie es immer tat, wenn sie ihre Machtposition unterstreichen wollte.

»Ich habe es schon einmal gesagt und sage es noch einmal.« Sie reckte den Zeigefinger in die Luft. »Amandas Mutter kenne ich sehr gut, und ihre Tochter ist keine Mörderin, das weiß ich!«

Wie sie sich da so sicher sein konnte, nur weil sie ihre Mutter kannte, überstieg Maja-Sofias Vorstellungsvermögen. Diesmal behielt sie ihre Meinung aber lieber für sich und wandte sich einem anderen, brennenderen Thema zu.

»Würdest du dann jetzt dafür sorgen, dass Markus endlich freigelassen wird? Dir muss doch klar sein, dass er unschuldig ist, schließlich saß er in U-Haft, während der zweite Mord begangen wurde. Und daran, dass es zwischen beiden Morden einen Zusammenhang gibt, dürfte ja kein Zweifel bestehen.«

Sundell schüttelte so intensiv den Kopf, dass ihr graues, wohlgekämmtes Haar bebte.

»Es gibt keinen Anlass, ihn von den Ermittlungen von Mord eins auszuschließen, nur weil wir wissen, dass er nichts mit Mord zwei zu tun hat«, sagte sie schroff. »Stattdessen sollten wir in Betracht ziehen, dass es sich um zwei unterschiedliche Mörder handeln könnte. Seine Fingerabdrücke befinden sich auf der Tatwaffe, woran ich dich mit der Hartnäckigkeit eines betrunkenen Papageis erinnere, Rantatalo. Nur für den Fall, dass du das vergessen haben solltest.«

Maja-Sofia erwiderte nichts, sondern wartete den nächsten Geniestreich ihrer Chefin ab. Sundell wollte offenbar unter keinen Umständen zugeben, dass der Falsche verhaftet worden war. Sie konnte sich die Mühe, sie vom Gegenteil zu überzeugen, also glatt sparen.

»Und so geht es weiter, Rantatalo«, fuhr Sundell fort. »Du verschwindest in dein Dienstzimmer oder nach Hause und kümmerst dich weiter um die mutmaßlich gesetzeswidrige Wolfsjagd im Naturschutzgebiet Granhede. Wenn ich auf irgendeine Art und Weise erfahre, dass du dich nicht aus den Ermittlungen raushältst, sorge ich dafür, dass du sehr lange auf dem Abstellgleis landest. Haben wir uns verstanden?«

Maja-Sofia stand auf und verließ das Dienstzimmer ohne ein weiteres Wort. In ihr formte sich jedoch schon ein Plan. Kaum hatte sie sich auf ihren Bürostuhl gesetzt, kamen Larsson und Jarning hereingeschlichen und zogen die Tür leise hinter sich zu. Ersterer hatte wie immer einen Kaffee für sie dabei, den er ihr sogleich reichte.

»Du hast dir vermutlich eine ganz schöne Abreibung abgeholt«, sagte er. »Da kannst du den sicher gut gebrauchen.«

»Das kann man wohl sagen, danke dir. Aber während die Sundell so getobt hat, ist mir was eingefallen, was dafür gesorgt hat, dass ich ganz ruhig geblieben bin.«

»Du? Ruhig? Erstaunlich ...«, sagte Jarning und grinste schief. »Was ist dir denn eingefallen? Und, noch viel wichtiger: Was hast du jetzt vor?«

Maja-Sofia trank von dem Kaffee.

»Ihr beide seid ja sowieso an dem Fall dran, auch wenn

ich offiziell nichts mehr damit zu tun habe«, sagte sie und betrachtete ihre Kollegen. »Findet mal raus, wo Viktor ist, und holt ihn zur Vernehmung her – oder fahrt zu ihm nach Hause, das wäre vielleicht sogar noch besser. Damit wir ihn diesmal ausschließen können, braucht er ein wirklich wasserdichtes Alibi. Genauso wie Amanda. Wo die gerade steckt, müssen wir auch unbedingt herausbekommen.«

»Das kriegen wir hin«, sagte Jarning, »oder, Larsson?«

»Selbstverständlich! Wir machen uns sofort auf die Suche.«

Kaum waren Jarning und Larsson unterwegs, machte Maja-Sofia sich an die Arbeit. Die Wolfsfrage wollte geklärt werden, und irgendwie musste sie die nötige Motivation aufbringen, um sich in die mutmaßlich illegale Jagd einzulesen. Hier schien jemand das Gesetz in die eigenen Hände genommen und ein unliebsames Raubtier unschädlich gemacht zu haben. Maja-Sofia gähnte und entschied, heute eher als sonst nach Hause zu fahren. Vermutlich würde es von der Sundell keine Einwände geben, ganz im Gegenteil, die wäre sicher erleichtert, je eher ihre unmögliche Mitarbeiterin das Revier verließ.

Also packte sie zusammen und machte sich auf den Weg. Kaum war sie auf dem Parkplatz angekommen und hatte die Autotür geöffnet, bogen Jarning und Larsson ein. Maja-Sofia war richtig neugierig und wollte hören, wie es gelaufen war, wagte jedoch nicht, sie auf dem Parkplatz anzusprechen, falls die Sundell sie durchs Fenster beobachtete. Sie warf Larsson einen vielsagenden Blick zu, der sofort verstand. Er hob die Hand zum Gruß und stieg direkt wieder ins Auto. Wenige Sekunden später bekam sie eine SMS: »Sportplatz, 2 min.« Keine dumme Idee, dort konnten sie ungestört reden.

»Habt ihr sie angetroffen?«, sprudelte es aus Maja-Sofia heraus, noch ehe sie das Seitenfenster ganz heruntergelassen hatte.

Sie hatten nebeneinander geparkt und die Fenster geöffnet, damit sie sich unterhalten konnten.

»Amanda war nicht zu Hause bei ihrer Mutter«, sagte Jarning. »Und bei Hansson auch nicht.«

»Verdammt«, fluchte Maja-Sofia. »So ein Pech. Und Viktor?«

»Ganz so schlimm ist es nicht, wir haben trotzdem in Erfahrung gebracht, wo die beiden sind«, erwiderte Larsson und zwinkerte vielsagend.

Meine Güte, diese Kollegen! Maja-Sofia trommelte ungeduldig mit den Fingern aufs Steuer. Konnten sie nicht einfach mit dem rausrücken, was sie herausgefunden hatten?

»Warum hockt ihr dann hier rum, wenn ihr wisst, wo sie sind? Los, holt sie her und vernehmt sie!«

Jarning warf Larsson einen amüsierten Blick zu. Es war nicht zu übersehen, dass die beiden etwas Bestimmtes im Schilde führten.

»Aus sicherer Quelle wissen wir, dass Amanda in einem Spa in Östersund ist. Der junge Herr Hansson befindet sich in seiner Bude in derselben Stadt«, erklärte Larsson schließlich. »Und wir dachten, die Sundell muss ja nicht zwingend erfahren ...«

»... dass du zufällig einen Ausflug nach Östersund machst«, vervollständigte Jarning den Satz. »Wie klingt das?«

Maja-Sofia starrte sie mit offenem Mund an. Was hatte sie doch für ein großartiges, treues Team. Sie wussten, dass sie nichts lieber wollte, als der Sundell beweisen, wie falsch sie lag, aber da ihr die Hände gebunden waren, brauchte sie ihre Hilfe.

»Ich könnte euch knutschen!«, jubelte sie. »Selbstverständlich wollte ich gerade nach Östersund, wie konnte ich das denn nur vergessen?« Sie zwinkerte ihnen zu.

»Hier hast du die Adressen«, sagte Jarning und gab ihr einen Zettel. »Besser so als per SMS, und die Sundell kann ja selbst gucken, wie sie darankommt.«

»Viel Glück, Rantatalo«, sagte Larsson, »wir müssen jetzt wieder rein, bevor wir selbst noch in Ungnade fallen. Aber wir bleiben in Kontakt. Denk nur dran, deine Nachrichten möglichst diskret zu formulieren.«

Maja-Sofia reckte den Daumen in die Luft und schloss das Seitenfenster. Bevor sie nach Klockarvik fuhr, musste sie aber noch ein Telefonat tätigen. Sie suchte die Nummer auf ihrem Handy und nach nur einem Tuten wurde geantwortet.

»Samuel Williams, Pfarrer.«

»Pfarrerchen«, Maja-Sofia räusperte sich, »was halten Sie von einem Ausflug nach Östersund morgen früh? Ich könnte Gesellschaft brauchen.«

∽ VIERUNDVIERZIG ∽

Mittwoch, 14. Dezember

Als sie am folgenden Morgen Klockarvik verließen, war es noch dunkel, aber das Wetter war gut.

»Zum Glück schneit es nicht«, kommentierte Samuel. »Ansonsten können dreihundert Kilometer sehr lang werden. Sagen Sie Bescheid, wenn Sie müde werden, dann übernehme ich.«

Samuel erahnte ihren mitleidigen Blick eher, als dass er ihn sah.

»Nun hören Sie mal zu, ich bin mit Schnee, Schnee und nochmals Schnee aufgewachsen.« Maja-Sofia lachte. »Sämtliche denkbaren Fahrbahnverhältnisse, die mit Schnee zu tun haben, sind für mich eher die Regel als die Ausnahme.«

Natürlich war das so. Samuel hatte für einen Moment vergessen, dass sie ursprünglich aus Tornedalen kam, einem Teil der Welt, den er noch nie gesehen hatte. Weiter nördlich als nach Umeå hatte es ihn bisher nicht verschlagen. Er selbst war ein klassisches Betonkind und fuhr am liebsten auf trockenen oder zumindest gestreuten Straßen. Er hatte sich sehr über ihren Anruf am Vortag gefreut, als sie gefragt hatte, ob er mitkommen wolle nach Östersund.

341

Dort war er ebenfalls noch nie gewesen. Obwohl das Ski-fahren in Åre andere Jugendliche angelockt hatte, hatte es auf Samuel keine entsprechende Wirkung gehabt. Dafür lag heute eine mehrstündige Fahrt vor ihnen. Sie würden versuchen, Amanda und Viktor zu finden, um sich mit ihnen zu unterhalten. Informell und diskret, das hatte Maja-Sofia betont, schließlich durfte sie hochoffiziell ja nichts mit den Ermittlungen zu tun haben.

»Aber das ist mir ganz egal«, hatte sie hinzugefügt. »Der Mörder muss schließlich gefasst werden.«

Samuel hatte keine Einwände und nur zu gern die Aufgabe übernommen, eine Unterkunft in Östersund auf seinen Namen zu buchen. Außerdem hatte er schon ein Restaurant ausfindig gemacht, das gemütlich wirkte und zentral lag. Die Versuchung, einfach ein Doppelzimmer zu buchen, war groß, aber kaum war der Gedanke aufgetaucht, hatte der Boss sich gemeldet: *Samuel Williams, was denkst du da?*, und sofort hatte er sich eines Besseren besonnen. Er würde ja trotzdem einige Stunden mit ihr im Auto verbringen und hoffentlich auch am Abend essen gehen. Aber das beruhte eben auch darauf, wann und wo sie Amanda und Viktor zu fassen bekamen.

Die tiefe Winterdunkelheit lag noch eine ganze Weile schwer auf der verschneiten Waldlandschaft, durch die die Straße sie schnurgerade hindurchführte. Samuel entdeckte, dass es den Ort Koppången tatsächlich gab und nicht nur in dem sehr schönen Lied. Auf einem anderen Schild, an dem sie vorbeikamen, stand Noppikoski, ein Name, der noch von Finnmarkzeiten kündete. Als Samuel einen Blick auf die Karte warf, fand er weitere, ähnlich Finnisch klingende Namen im direkten Umkreis.

»Haha, können Sie das aussprechen? Pilka ... lampino ... Nein, Pilkalampi ...? Ach, das ist ja unmöglich«, sagte er und versuchte, sich durch die vielen Konsonanten zu kämpfen.

»Meinen Sie Pilkalampinoppi?«, fragte Maja-Sofia ohne das geringste Problem. »Das ist auch nicht schwieriger als Kuivalihavaara, wo ich aufgewachsen bin.«

Er lächelte. Sie war schlagfertig, das mochte er sehr.

Die E45 brachte sie immer weiter in den Norden, und sie kamen an Tandsjöborg vorbei, das zwar einsam, aber sehr hübsch an einem See lag. Nach weiteren anderthalb Stunden Fahrt durch nichts als Einöde erreichten sie ein Fleckchen Zivilisation namens Sveg. Als sie dort angekommen waren, setzte der Sonnenaufgang ein, und das Licht ließ den Schnee glitzern und funkeln. Maja-Sofia bog bei einem Supermarkt ab und hielt vor einer Pizzeria.

»Man merkt, dass Sie schon mal hier waren«, stellte Samuel fest.

»Klar war ich das. Jetzt gibt's eine kurze Kaffeepause. Ich muss mir die Beine vertreten, und außerdem muss ich Ihnen was zeigen.«

Wenig später standen sie im *Café Cineast*, und Samuel war sprachlos. An den Wänden hingen Poster und überall stand allerhand anderes Zeugs, das mit der Filmwelt zu tun hatte. Das Café gab es sicher seit den Fünfzigern, schätzte Samuel, und ein kleines Schild verkündete, dass es im *White Guide* geführt wurde.

»Warten Sie, bis Sie das Museum im ersten Stock gesehen haben«, sagte Maja-Sofia. »Dort gibt es sogar eine alte Gefängniszelle, die thematisch gut zu unserem Ausflug passt. Aber erst trinken wir Kaffee.«

Dazu bestellten sie sich Krabbenbrötchen und zum Nachtisch Pfefferkuchen. An und für sich war es ihr Frühstück, aber zur Weihnachtszeit konnte man sich ja mal etwas gönnen.

»Ach, wie gut, mal eben aus dem Auto zu kommen«, sagte Maja-Sofia.

»Trotzdem haben wir noch ein gutes Stück vor uns. Soll ich mal übernehmen? Mein Angebot steht.«

»Nein, nein, das schaffe ich schon.«

»Ich fühle mich ein bisschen wie der auf dem Poster hinter Ihnen«, sagte Samuel und deutete mit dem Messer in die Richtung.

Maja-Sofia drehte sich um und studierte das Poster. Darauf war ein Mann in fransiger Lederkluft zu sehen, eine Pistole im Anschlag.

»*I död mans spår*«, las sie laut und lachte. »Auf den Spuren eines Toten, das passt ja fast zu gut.«

Sie senkte die Stimme und lehnte sich zu ihm über den Tisch.

»Wir müssen den Fall endlich lösen, Samuel. Es ist jetzt drei Wochen her, dass Sie die Leiche auf dem Friedhof gefunden haben. Wenn die verdammte Sundell nur nicht so selbstgefällig wäre, hätte sie längst Verstärkung von oben angefordert, und wir wären viel weiter.«

Samuel sah über das Schimpfwort hinweg, weil sonst

eher selten Flüche über ihre schönen Lippen kamen. Zumindest nicht in seiner Anwesenheit.

»Von oben?«, fragte er dann und schaute zum Himmel.

»Nein, nicht von dort«, sagte sie und kicherte. »Von übergeordneter Stelle. Es gibt eine operative Einheit, die man anfordern kann, wenn wir Landeier es allein nicht schaffen, schwere Verbrechen aufzuklären. Aber für die Sundell hat das was mit Prestige zu tun, für sie wäre es schlimm, sich Hilfe holen zu müssen.«

»Können Sie es auch so schaffen?«

»Ich habe ein supergutes Team mit Martina Jarning und Knis Petter Larsson. Wenn wir einfach hätten machen dürfen, hätte es geklappt, davon bin ich überzeugt. Die Sundell hat eher theoretisches Polizeiwissen, um es mal so zu auszudrücken. Beim praktischen Teil mangelt es ihr an Erfahrung. Nichtsdestotrotz, die operative Einheit wäre eine große Hilfe gewesen, besonders jetzt, wo sie auch noch mich ausgeklammert hat.«

Samuel schnitt einen Bissen von dem außerordentlich guten Krabbenbrötchen ab und steckte es sich genüsslich in den Mund. Das Leben hatte eine sonderbare Wandlung vollzogen, seit er nach Klockarvik gekommen war. Aber egal wie spannend er es fand, Maja-Sofia bei der Jagd nach dem Mörder zu helfen, er durfte seinen eigentlichen Job nicht vergessen. Er musste sich langsam Gedanken über die Predigt für Sonntag machen. Im schlimmsten Fall konnte er natürlich immer noch auf eine der Ansprachen zurückgreifen, die er vor einem Jahr vor einer anderen Gemeinde gehalten hatte. Niemand würde merken, dass sie nicht neu war. Außerdem wollte er Sigvard um einen weiteren Spaziergang bitten, er brauchte seinen Rat. Und zwar Marit und Maja-Sofia betreffend. Der alte Pfarrer würde ihm etwas Kluges raten, davon war er überzeugt.

Nachdem der Kaffee ausgetrunken, alles aufgegessen und sogar ein schneller Rundgang durchs Museum erledigt war, mussten sie weiter.

»Schöne Kirche«, sagte er auf dem Weg zum geparkten Wagen mit dem Blick zum örtlichen Gotteshaus. »Wie schade, dass wir nicht noch einen Blick hineinwerfen können.«

»Stimmt, aber dazu bleibt wirklich keine Zeit«, sagte Maja-Sofia. »Wir haben noch rund zweihundert Kilometer vor uns. Aber immerhin führt ein großer Teil der Strecke durch Einöde, da geht es schneller voran.«

»Was erwartet uns dort eigentlich?«

»Die Wahrheit, hoffe ich. Oder zumindest irgendeine Art von Durchbruch. Viktors Motiv könnte sein, dass er so schnell wie möglich erben wollte, um sein Luxusleben zu finanzieren. Vielleicht erwischen wir ihn ja dabei, wie er auffällig viel Geld für illegales Zeug verschleudert.«

»Meinen Sie etwa Drogen? Aber er studiert doch?«, erwiderte Samuel.

»Und wie erfolgreich ist er an der Uni?«, fragte Maja-Sofia zurück. »Er schafft seine Kurse mit knapper Not, zumindest nach Auskunft seiner Mutter. Und Drogen findet man in allen Gesellschaftsschichten. Nicht nur bei den armen Kreaturen, die sich auf öffentlichen Toiletten Heroin spritzen. Heutzutage werden eigentlich die meisten Drogen bei den besseren Partys konsumiert. Wenn Sie nur wüssten.«

Samuel kam sich sofort dumm und naiv vor, aber was diese Art von Leben anging, fehlte ihm die Erfahrung. Als Pfarrer traf er natürlich Menschen, die das eine oder andere harte Los getroffen hatte, aber den meisten, oft täglichen Kontakt mit den Obdachlosen und Abhängigen hatte für gewöhnlich der Diakon oder die Diakonin. Marit hatte ihm viel erzählt, doch meist von gebrochenen Seelen und tragischen Schicksalen, selten von Studenten und Partydrogen.

»Aber wo Sie gerade Viktors Motiv erwähnen«, sagte Samuel. »Es gehört schätzungsweise doch Einiges dazu, seine eigenen Eltern auf so widerwärtige Weise zu töten, finden Sie nicht?«

»Doch, wahrlich.«

»Sie haben Viktor ja schon mal getroffen, wie würden Sie ihn einschätzen? Wie ist er so als Mensch? Kann es tatsächlich nur um Geld gehen? Ich bin zwar kein Psychologe, aber ich würde vermuten, dass ein tieferes Motiv dahintersteckt.«

Maja-Sofia wich einem Auerhahn aus, der über die Straße spazierte.

»Leckeres Vögelchen, das da gerade verschwunden ist«, sagte sie und schaute dem Hahn nach, der sich in den Wald gerettet hatte. »Entschuldigen Sie, was haben Sie gesagt?«

»Ich wollte nur wissen, was für einen Eindruck Sie von diesem Viktor bekommen haben.«

»Sorglos und desinteressiert«, antwortete Maja-Sofia. »Ein vollkommener Genussmensch, der glaubt, er müsse eigentlich nichts tun, weil Papa ja Geld hat. So wirkt er jedenfalls. Er hat kein wirklich gutes Alibi, und er hatte sich mit seiner

Mutter in der Sennhütte verabredet. Kurz darauf war sie tot. Außerdem hat er Zugang zum Hotel und damit auch zu den Bademänteln. Mit anderen Worten: Für ihn sieht es nicht gut aus.«

»Sind seine Fingerabdrücke auf der Mordwaffe?«, wollte Samuel wissen.

»Auf dem Kerzenhalter?««

»Ja.«

»Nein, seine waren nicht dabei«, sagte Maja-Sofia, »aber das muss nichts heißen. Jeder dahergelaufene Dieb weiß ja heutzutage, dass man Handschuhe tragen sollte.«

Natürlich, da hatte sie recht, das hatte er gar nicht bedacht.

»Und Amanda Snygg?«, fragte Samuel.

»Ach, die Sundell kann noch so auf Amandas Unschuld und ihr tolles Elternhaus pochen, ich verlasse mich da lieber auf mein Gespür«, antwortete Maja-Sofia. »Ich habe mich mit ein paar ihrer ehemaligen Mitschülerinnen unterhalten, und dieses hübsche Menschenkind, als das sie sich uns präsentiert hat, war früher eine ziemliche Tyrannin. Absolut rücksichtsloses Mädchen, das trotzdem immer Bewunderer um sich geschart hat. Offenbar war sie schon damals völlig verzogen und gewöhnt, alles zu bekommen, was sie wollte. Sie wirkt sehr kaltblütig, vielleicht sind ihr die Konsequenzen tatsächlich egal.«

»Und welches Motiv könnte sie haben?«

»Eifersucht auf Katrin, ganz klar. Schätzungsweise hat Finn Mats auch eine Menge Kohle für ihre Markenkleidung und teuren Make-ups ausgegeben. Und da es ihn nun nicht mehr gibt, nimmt sich diese listige junge Dame den Sohn vor. Es wird sicher äußerst interessant, sie erneut zu befragen.«

»Wenn sie es gewöhnt ist, zu bekommen, was sie will«, murmelte Samuel, »könnte sie dann nicht Viktor dazu gebracht haben, die Morde zu begehen?«

»Das wäre möglich, ja.«

Sie diskutierten weiter über die noch immer recht große Schar an Verdächtigen. Auch Malin Knutsson gehörte dazu. Einen solchen Konkurrenten zu bekommen, konnte natürlich äußerst frustrierend sein, sollte aber eigentlich nicht zum Mordmotiv werden, sondern eher dazu führen, dass man alles gab, damit die Gäste nicht ins Hotel am Fuße des Berges abwanderten. Aber weder Samuel noch Maja-Sofia kannten sie, deshalb war es schwierig, wirklich tragfähige Schlussfolgerungen zu ziehen. Sie könnte schließlich weitere, ihnen noch verborgene Motive haben.

»Ich schlage vor«, sagte Maja-Sofia, »dass wir sie noch nicht abschreiben. Wie wir wissen, gab es zum Zeitpunkt des Mordes an Finn Mats Hansson eine große Betriebsfeier im *Fjällhotel*, das heißt, etwa fünfzig Gäste konnten bezeugen, dass sie dort war. Aber eine feiernde Truppe mit steigendem Alkoholpegel hat vielleicht nicht permanent ein Auge auf die Hotelchefin. Ich werde Jarning und Larsson bitten, herauszufinden, was sie Samstag getan hat.«

»Das klingt gut. Aber darf ich Sie etwas fragen? Haben Ihre beiden Kollegen eigentlich keine Vornamen?«, fragte Samuel.

»Doch, klar, aber nur, wenn wir privat ein Bierchen trinken gehen«, lachte Maja-Sofia. »Knis Petter und Martina heißen sie, wobei wir das Knis immer weglassen. Das ist einfach zu lang.«

»Das sind echt spannende Namen hier in der Gegend«, sagte Samuel. »Ob ich mir die je merken kann?«

»Warten Sie nur ab, bis es Sie mal nach Tornedalen verschlägt«, sagte sie. »Dann müssen Sie all die finnischen Namen lernen.«

»Rantatalo sage ich doch aber richtig, oder?«, fragte er.

»Ja, klar, aber es gibt noch viel kompliziertere. Aber lassen wir das. Zurück zur Arbeit. Wen haben wir noch?«

Auch Gunnar Halbton Halvarsson verblieb auf der Liste der Verdächtigen, obwohl es nicht leicht war, sich vorzustellen, wie ein so sensibler Mann etwas so Brutales wie einen Mord begehen sollte. Maja-Sofias Kollegin hatte seine Finanzen noch mal überprüft und bestätigt, dass er Hansson Geld geliehen hatte. Trotz allem kam er gut über die Runden mit seinem Lohn, er war nur sauer.

»Wussten Sie, dass er mit dem Geld seine Hochzeit bezahlen wollte?«, fragte Maja-Sofia. »Das hat er Larsson erzählt. Er und sein Freund Jonny wollten groß feiern.«

»Der Arme«, sagte Samuel und streckte die Beine aus. »Ich möchte mir wirklich nicht vorstellen, dass er es war.«

»Einen spannenden Kandidaten haben wir noch übrig«, sagte Maja-Sofia, die den Fuß vom Gas nahm, nach rechts abbog und vorm Åsarna Skicenter hielt. »Mikael Vedberg. Vor dem liegen viele Hundejahre, weil er die Bank im Nacken hat. Der Mann hat das stärkste Motiv, mit dem würde ich mich gern mal unterhalten.«

»Finanzielle Probleme sind wirklich alles andere als ein Spaß«, sagte Samuel. »Die können selbst den stärksten Menschen brechen.«

Maja-Sofia verkündete, dass es Zeit fürs Mittagessen war. Samuel schnallte sich ab, um auszusteigen, hielt dann aber doch noch einmal inne und schaute sie an.

»Aber hatte Vedberg nicht ein richtig gutes Alibi für beide Tatzeiten?«

»Na ja. Als Hansson ermordet wurde, war Vedberg angeblich in seiner Waldhütte und hat gesoffen. Das hat Malin Knutsson bestätigt, die ihn schon am Nachmittag dorthin gefahren hatte.«

»Ach, Malin hat sein Alibi bestätigt? Und niemand kann wirklich bezeugen, dass er tatsächlich die ganze Nacht in seiner Hütte war, nehme ich an?«, fragte Samuel.

»Ganz genau, und ich begreife einfach nicht, wieso die Sundell da nicht härter nachhakt«, sagte Maja-Sofia, »aber sie ist, wie schon erwähnt, eben nicht gerade eine Heldin auf dem Gebiet der praktischen Arbeit. Gott, wie sehr ich mich nach einer neuen Chefin sehne!«

Sie stiegen aus und führten das Gespräch über das Autodach hinweg fort.

»Möge Gott Vedberg gnädig sein bei allem, was er nun vor sich hat«, sagte Samuel. »Er geht übrigens regelmäßig ins Fitnessstudio. Tut und macht da an den Geräten, sicher um seine Aggressionen loszuwerden.«

»Wer jetzt? Gott?«

Samuel grinste.

»Nicht, dass ich wüsste. Ich meinte Vedberg. Eigentlich

sind er und ich und die Damen des Handwerksvereins dort Stammgäste, allen voran Tyra Lundin.«

Auf dem Weg vom Wagen zum Restaurant rief Maja-Sofia bei Martina Jarning an und bat sie, herauszufinden, ob Mikael Vedberg sich noch in Klockarvik befand.

»Nach dem Sonntagsgottesdienst könnten Sie mitkommen ins Fitnessstudio, wenn Sie wollen«, sagte Samuel, als Maja-Sofia aufgelegt hatte. »Für gewöhnlich ist er dann auch dort, und Sie können ihn zur Rede stellen. Wenn Sie so lange warten wollen.«

»Dann werde ich mich wohl so lange gedulden müssen«, sagte sie, »sofern wir die Sache nicht vorher schon aufgeklärt haben.«

~ FÜNFUNDVIERZIG ~

Als sie Östersund erreichten, checkten sie erst einmal in das entzückende, kleine Hotel ein, das Samuel gebucht hatte und von dem es nicht weit ins Zentrum und zum Bahnhof war. Das Zimmer war geschmackvoll eingerichtet und neben der Rezeption lagen eine gut bestückte Bar und eine gemütliche Frühstücksecke. Das Hotel war klein, aber gut durchdacht und wohnlich.

Maja-Sofia fischte den Zettel mit den Informationen hervor, die Jarning und Larsson ihr durchgegeben hatten. Amanda Snygg hielt sich demnach in einem Wellnesshotel auf der Insel Frösön auf. Es war natürlich ein Wagnis, sich dorthin zu begeben, aber vielleicht auch den Aufwand wert.

»Ich mache mich dann mal auf den Weg«, sagte Maja-Sofia. »Was machen Sie in der Zwischenzeit?«

»Sie haben ja gesagt, dass Sie lieber ohne mich hinfahren wollen«, antwortete Samuel, »und wenn es mir zu langweilig wird, hier über der Predigt für Sonntag zu grübeln, kann ich ja Viktor Hansson aufsuchen. Den umsichtigen Pfarrer aus dem Heimatdorf mimen.«

Sie lächelte ihn an.

»Tun Sie das«, sagte sie. »Vielleicht lässt sich beides ja

sogar verbinden? Ich melde mich, sofern ich Verstärkung brauche.«

Es gefiel ihm nicht, dass sie sich allein auf den Weg machte. Das war selbst für eine erfahrene Polizistin wie Maja-Sofia gewagt. Vermutlich konnte sie sich trotz allem in einer Gefahrensituation besser verteidigen als er, schließlich war sie vor ihrer Zeit in Västerås Streifenpolizistin in Stockholm gewesen. Dennoch. Sie hatten es hier schließlich mit einem Mörder oder einer Mörderin zu tun.

»Ich halte mich bereit«, sagte er und tätschelte die Tasche mit seinem Handy.

Wenig später zahlte Maja-Sofia nur zu gern zweihundertneunzig Kronen Eintritt, um in die Spa-Abteilung des Hotels eingelassen zu werden. Sie bekam dafür einen Mantel, Latschen und ein Handtuch gestellt. Was tat man nicht alles der Sache wegen? Jeanette Sundell würde ihr die Füße küssen müssen, wenn das Gespräch mit Amanda den Fall lösen sollte, und ganz besonders, wenn es die junge Frau für die weiteren Ermittlungen uninteressant machte. Damit wäre der Weihnachtsfrieden in Klockarvik gerettet und der happige Eintrittspreis zum Storsjön hätte sich vollends gelohnt.

Sie ging nur kurz in die Sauna, was so gar nicht ihren lappländischen Gewohnheiten entsprach. Daheim blieb man für gewöhnlich lange in der Wärme sitzen. Danach zog sie den Bademantel über und ging in den Schwimmbereich, wo es ruhig, leise und angenehm war. Jemand schwamm langsam hin und her in dem gedämpften Licht. Ein Paar saß bei Kerzenschein mit Drinks in einer Ecke. Gar keine dumme Idee, aber der Sekt musste warten, bis sie mit dem Pfarrer in die Hotelbar einkehrte.

Maja-Sofia stieg langsam in das wohltemperierte Wasser, ließ sich von der Wärme umfangen und ein Stück treiben. Manchmal war der Polizeijob doch der absolute Traum. Von Amanda fehlte jede Spur, vielleicht bekam sie gerade eine Sonderbehandlung für teures Geld. Finn Mats Hanssons Geld? Soweit Maja-Sofia wusste, konnte man die Kreditkarten Verstorbener nicht länger nutzen und auch keine Überweisungen mehr tätigen, aber vielleicht hatte Amanda ja vorgesorgt, Geld beiseitegeschafft und ihn dann erst erschlagen. Laut Martina Jarning zeigten die Kontobewegungen, dass beträchtliche Summen sowohl an Viktor als auch an Amanda gegangen waren.

Sie begann zu schwimmen. Eine junge Frau im Bademantel und mit einem Handtuch um den Kopf kam am Becken vorbei. Maja-Sofia behielt sie im Blick. Die Frau ließ ihren Mantel in einen der Rattansessel fallen. Dann löste sie das Handtuch vom Kopf, und sofort war Maja-Sofia hellwach. Das war sie. Amanda hatte sie nicht bemerkt, sondern steuerte direkt an ihr vorbei auf den Durchlass zum Außenbecken zu. Maja-Sofia blieb dicht hinter ihr. Das Wasser draußen war genauso warm, und die Kälte auf dem Gesicht absolut angenehm. Ein paar schwache Lampen tauchten den frühen Abend in sanftes Licht.

»Mensch, hallo«, sagte Maja-Sofia und versuchte, überrascht zu klingen. »Dass wir uns hier treffen.«

Amanda schaute sie fragend an, konnte sie aber offenbar nicht zuordnen.

»Kennen wir uns?«

»Maja-Sofia Rantatalo, falls Ihnen mein Name etwas sagt«, antwortete sie. »Von der Polizei in Mora. Also, ja, wir kennen uns.«

Wenn Maja-Sofia glaubte, er wäre untätig, während sie unterwegs war, dann hatte sie sich aber getäuscht. Aus den Angaben ihrer Kollegen und dem zu schließen, was sie Samuel auf der Fahrt erzählt hatte, war Viktor im Studentenwohnheim in Östersund. Die Sonntagspredigt musste also warten, ein Ausflug zu Viktor war angesagt. Er wohnte in der Nähe der Universität und somit nur fußläufig entfernt. Er tippte die Adresse in die Karten-App auf seinem Handy und ließ sich durch die Stadt führen.

Als er das richtige Haus und den richtigen Eingang gefunden hatte, war das Glück auf seiner Seite, denn eine große Zahl Studenten war unterwegs. Er folgte einer jungen Frau, die durch den Eingang ging, in den auch er wollte, und schob schnell den Fuß in die Tür, bevor sie zuschlug. Als sie sich verstört umschaute, deutete er nur zu seinem Kollar.

»Hausbesuch.«

Sie lächelte und ließ ihn durch.

»Gut, dass es Menschen wie Sie gibt«, sagte sie, bevor sie weiterlief.

Samuel blieb vor der Bewohnerübersicht stehen und suchte nach »Hansson«. Nur ein Stockwerk hoch. Er erklomm die Treppe in wenigen Schritten und klingelte an Viktors Tür. Drinnen rührte sich nichts. Er klingelte erneut, mehrfach kurz hintereinander, woraufhin deutlich schnelle Schritte zu hören waren.

»Ja, ja, ich komm ja schon«, sagte eine irritierte Stimme.

Die Tür wurde geöffnet und zum Vorschein kam ein verschlafener Viktor Hansson mit struwweligem Haar. Es war derselbe junge Mann, den er bei der Beerdigung gesehen hatte, doch damals war er deutlich gepflegter gewesen. Jetzt wirkte er, als hätte er eine Woche durchgefeiert statt zu lernen. Aber vielleicht war es auch nicht verwunderlich, dass er sich ein bisschen betäubt hatte, nach allem, was passiert war, dachte Samuel.

»Amanda, verdammt noch mal«, sagte Viktor, unterbrach sich aber selbst, als er bemerkte, dass da gar nicht Amanda vor der Tür stand. »Wer sind Sie?«

Krampfartig klammerte er sich an die Türklinke. Es war deutlich, dass er niemand Unbekannten hereinlassen wollte.

»Samuel Williams«, stellte er sich vor. »Ich bin Pfarrer in Klockarvik. Darf ich reinkommen?«

Ohne ein weiteres Wort öffnete Viktor die Tür und bat ihn in sein chaotisches, stickiges Zimmer. Auf dem Nachttisch lagen eine Packung Taschentücher, ein paar Bücher, die nach Unilektüre aussahen, und selbst gedrehte Zigaretten. Der Computer war eingeschaltet und zeigte die Seite eines Online-Casinos. Samuel dämmerte es, warum Viktor so dringend Geld brauchte.

»Schicker Aschenbecher«, sagte Samuel, als er das Kleinod entdeckte. »Stig Lindberg aus den Sechzigern.«

»Von meinem Vater«, sagte Viktor. »Ich weiß nichts weiter darüber, fand ihn einfach cool.«

357

Außerdem eignet er sich wegen seiner Größe bestens für deine Joints, dachte Samuel.

»Setzen Sie sich doch«, sagte Viktor und stellte den Aschenbecher ins Regal. »Es ist doch hoffentlich nicht noch mehr passiert, oder? Außer dass Mama und Papa tot sind, meine ich. Schlimmer kann es für mich ja kaum werden.« Seine Stimme brach, und er griff zur Taschentuchpackung, um sich die Nase zu schnäuzen.

Samuel schüttelte den Kopf.

»Nein, nein, ich bin hier, um mich zu erkundigen, ob ich irgendwie behilflich sein kann. Sie gehören ja schließlich zur Gemeinde.«

»Dafür sind Sie extra hergekommen?« Viktor betrachtete ihn misstrauisch. »Das sind schließlich dreihundert Kilometer.«

»Kein Weg ist zu weit«, sagte Samuel und legte die Fingerspitzen aneinander. Eine Geste, die normalerweise Vertrauen schuf. »Was studieren Sie denn eigentlich?«

»Wirtschaft«, sagte Viktor und zuckte mit den Schultern. »Aber es läuft schleppend. Und bald stehen Prüfungen an. Die legen sie immer in den Januar, man muss also immer über Weihnachten büffeln. Ich weiß einfach nicht, wie ich das hinkriegen soll.«

»Das ist wirklich nicht verwunderlich, schließlich haben Sie gerade Ihre Eltern verloren, und dazu noch auf so schreckliche Art und Weise«, sagte Samuel. »Vielleicht brauchen Sie eine Pause.«

Viktor lachte trocken. »Oh, ich habe eigentlich schon viel zu viele Pausen gemacht. Möchten Sie Kaffee?«

»Sehr gern«, sagte Samuel. »Aber ich meinte keine kleine Pause, sondern eher ein Urlaubssemester. Vermutlich wäre es gut, wenn Sie nach Klockarvik kämen und den Nachlass Ihrer Eltern auflösten. So etwas ist normalweise sehr hilfreich, um die Trauer zu bewältigen.«

Im gleichen Moment, als Samuel und Viktor ins Gespräch kamen, zog Amanda die Augenbrauen zusammen, als Maja-Sofia sich im Schwimmbad auf Frösön vorstellte.

»Polizei? Was wollen Sie denn hier? Folgen Sie mir?«

Maja-Sofia hielt sich mit sanften Armbewegungen über Wasser. Es war wirklich schön hier, auch wenn die Situation sonderbar war. Sie war möglicherweise mit einer Mörderin allein im Außenbereich eines Spas. Jederzeit könnten andere Gäste dazustoßen. Sie musste das Eisen schmieden, solange es heiß war.

»Ich wollte Ihnen nur ein paar Fragen stellen, wenn Sie nichts dagegen haben«, sagte sie, »und ich dachte, hier wäre das vielleicht angenehmer für Sie als auf dem Revier in Mora.«

Amanda verzog den Mund und zeigte mit aller Deutlichkeit, dass sie sehr viel dagegen hatte. Trotzdem wagte sie es offenbar nicht, Maja-Sofia abzuweisen, denn sie protestierte nicht.

»Okay«, sagte sie stinkig. »Aber machen Sie schnell, ich habe bald die nächste Behandlung, diesmal mit heißen Steinen, da will ich nicht zu spät kommen.«

Maja-Sofia tauchte einen Augenblick unter Wasser und kam sogleich wieder an die Oberfläche.

»Wohnen Sie nicht bei Viktor?«, fragte sie.

Amanda lächelte, aber daran war nichts Freundliches.

»Bei Viktor? In diesem siffigen Studentenwohnheim? Niemals!«

»Verstehe. Kommt er stattdessen hierher?«

»Um hier zu pennen, meinen Sie? Einmal, ja. Aber mir ist nicht klar, was das mit den Morden zu tun hat. Wieso wollen Sie das wissen?«

Maja-Sofia ignorierte die Frage.

»Dann wissen Sie also vom Mord an Liss Katrin Hansson? Wenn Sie von Morden im Plural sprechen?«, fragte sie stattdessen.

»Ja, Viktor hat es erzählt. Wirklich schlimm für ihn.«

»Sie wurde mit dem Gürtel eines Bademantels erwürgt«, sagte Maja-Sofia. »Genau so einer, wie die hier auch haben.«

Darauf erwiderte Amanda nichts. Sie legte den Kopf in den Nacken und schaute in den Sternenhimmel. Maja-Sofia folgte ihrem Blick. Mittlerweile war es stockdunkel, und der Anblick war unbeschreiblich schön.

»Wo waren Sie in der Nacht, in der Liss Katrin Hansson ermordet wurde?«, fragte Maja-Sofia nach einer Weile.

Amanda griff vorsichtig in ihr feuchtes Haar. Dann drehte sie sich um und ließ die Arme über den Beckenrand hängen, den Blick auf den Storsjön gerichtet, der sich geheimnisvoll vor ihnen erstreckte und an dessen Ufer kleine Dörfer funkelten. Mit ein bisschen Fantasie konnte man sich vorstellen, dass hinter den Fenstern Kaminfeuer loderten, an denen sich müde Wanderer nach einem langen Tag ausruhten, fand Maja-Sofia.

»In der Nacht, in der Liss Katrin Hansson ermordet wurde«, wiederholte Amanda langsam. »Woher soll ich das wissen? Wann war das denn genau?«

»Montagabend. Gegen acht.«

»Da war ich bei Viktor«, sagte sie und drehte sich hastig um, damit sie Maja-Sofia in die Augen schauen konnte. »In seinem Studentenzimmer in Östersund. Das können Sie ihn fragen. Und jetzt muss ich rein und die Haarkur auswaschen.«

Das war aalglatt gelogen, dachte Maja-Sofia, das war einfach zu offensichtlich. Und sie wird Viktor so schnell es geht anrufen, um ihm das Alibi mitzuteilen. Sie, die gerade erst gesagt hat, sie würde niemals in dieser siffigen Studentenwohnung unterkommen.

Amanda entfernte sich langsam Richtung Innenbecken.

»Gerade ist jemand bei Viktor, um sein Alibi zu prüfen«, sagte Maja-Sofia an ihren Rücken gerichtet. »Wenn das jetzt nicht die Wahrheit war, brauchen Sie sich nicht die Mühe machen, ihn anzurufen und darum zu bitten, Ihr Alibi zu bestätigen.«

Amanda hielt inne, ihr Kopf senkte sich kurz.

»Das war die Wahrheit!«, sagte sie mit lauter und schriller Stimme. »Wie zur Hölle kann die Polizei es sich überhaupt leisten, Leute in dieses Spa zu schicken, um mich zu belästigen? Sollten Sie nicht eigentlich alle in Klockarvik sein und einen Mörder suchen?«

Maja-Sofia lächelte.

»Mit dem Fall habe ich nichts zu tun«, sagte sie ruhig. »Ich bin einfach hier, um mich zu entspannen.«

Amanda drehte sich um. Ihre Augen waren in dem Halbdunkel schwer auszumachen. War das Wut oder Angst? Oder beides?

»Aber … Dann zählt dieses Gespräch doch gar nicht«, sagte sie.

»Oh, doch, das zählt, da können Sie sicher sein«, sagte Maja-Sofia. »Die Polizei kennt keinen Feierabend. Und meine Kollegen ermitteln schließlich eifrig. Ich werde ihnen ausrichten, dass Sie hier bei Viktor in Östersund waren und nicht in Klockarvik.«

Amanda funkelte sie wütend an, wandte sich dann wieder ab und schwamm langsam zum Übergang. Schon bald konnte Maja-Sofia sie nicht länger sehen. Ihr war sicher bewusst, dass sie sich verraten hatte.

Als Maja-Sofia kurz darauf in die Umkleide kam, konnte sie Amanda nirgendwo entdecken. Sie war offenbar sofort aufgebrochen. Maja-Sofia musste sich dringend mit Samuel kurzschließen. Schnell öffnete sie ihren Schrank und holte das Handy heraus. Eine kurze SMS an Jarning und Larsson war bald getippt und unterwegs, dann zog sie sich an und kehrte zu dem kleinen Hotel im Zentrum zurück.

Sie freute sich darauf, sich in der Bar gegenüber von Samuel in einen Sessel sinken zu lassen, ein gutes Bier aus Jämtland zu trinken und dazu hemmungslos Nüsse zu essen. Die Fahrt nach Östersund hatte Energie gekostet.

∾ SECHSUNDVIERZIG ∾

Viktor kam mit heißem Wasser und einer Kaffeedose aus der kleinen Küche.

»Nescafé«, erklärte er. »Das ist unter diesen Umständen am einfachsten.«

»Klingt gut.« Samuel nahm die Tasse entgegen und rührte darin. »Ich muss das einfach fragen: Wie war es, vom Tod Ihrer Mutter zu erfahren?« Er sprach mit sanfter Stimme, damit Viktor Vertrauen fasste. Dieser tappte auch gleich in die Falle und stützte den Kopf in beide Hände.

»Als die Nachricht kam, war ich hier. Die Polizei hat mich angerufen. Es war nur wenige Tage nach Papas Beerdigung, vielleicht hätte ich in Klockarvik bleiben sollen, aber ich dachte halt, es wäre wichtig, endlich wieder ins Studium einzusteigen.«

Samuel nippte an dem heißen Pulverkaffee und fühlte sich sofort an Auslandsreisen erinnert. Viktor log recht überzeugend, das musste er zugeben. Wenn er am Montag bei der Sennhütte war, ließ er sich das nicht anmerken.

»War Ihre Freundin auch hier? Es ist ja schon schöner, nicht allein zu sein, wenn man so eine schlimme Nachricht bekommt.«

Viktor zuckte zusammen und fuhr sich dann mit den Händen durch das viel zu lange, zottelige blonde Haar.

»Meine Freundin? Meinen Sie Amanda?«

Samuel nickte.

»Amanda ist Papas Freundin. Oder war es. Sie ist sehr nett und war eine Stütze für mich in dieser schweren Zeit, das kann ich nicht anders sagen, aber an den Tagen, die Sie meinen, war sie zu Hause. Entweder in Klockarvik oder bei ihrer Mutter in Mora.«

Samuel stand auf und trat ans Fenster. Dort draußen tummelten sich viele Studenten auf dem Campus. Wenn Amanda in Klockarvik gewesen war, könnte sie Katrins Mörderin sein. Vielleicht hatte Viktor seine Mutter zu Sennhütte gelockt, war aber selbst gar nicht dort gewesen. Möglich wäre es jedenfalls. Die Dunkelheit hatte sich über die Stadt gelegt, und Samuel fragte sich, wie es Maja-Sofia erging. Dann drehte er sich um und ließ den Blick durchs Zimmer wandern. Ein Bett, ein Nachttisch, ein Sessel und ein Schreibtisch. Über der Rückenlehne des Sessels hingen eine Hose und ein rosafarbener BH. Amanda war sicher auf mehr als nur eine Art nett zu ihm gewesen.

»Was passiert ist, kann man nicht anders als schrecklich nennen«, sagte Samuel und setzte sich wieder. »Sie müssen sich ständig fragen, wer es gewesen sein könnte.«

»Ja, klar!«, sagte Viktor blitzschnell. »Die Frage verfolgt mich Tag und Nacht. Ich kann kaum schlafen, weil ich die ganze Zeit Albträume hab.«

»Aber eine Ahnung, einen Verdacht haben Sie nicht?«

Er zuckte mit den Schultern.

»Nein, keinen Schimmer.«

»Und Amanda? Wo ist sie gerade?«

Viktor lachte wieder trocken. Er schien hart an der Belastungsgrenze zu sein, dachte Samuel, und brauchte vermutlich dringender Hilfe, als ihm bewusst war.

»Sie glauben doch nicht ernsthaft, dass eine wie sie so wohnen würde. Nein, nein, die lässt es sich im Hotel auf Frösön gutgehen, schätzungsweise zahlt sie das mit der Karte meines Vaters. Aber ich hab da tatsächlich auch das eine oder andere Mal übernachtet, wenn ich es nicht mehr ausgehalten habe, das muss ich zugeben.«

»Mit der Karte Ihres Vaters?«, fragte Samuel. »Das halte ich für unmöglich, Viktor. Wenn jemand stirbt, sperrt die Bank alle Karten. Niemand darf sich am Nachlass bedienen, das wird alles notariell aufgeteilt, nach allen Regeln der Kunst.«

Viktor zuckte mit den Schultern.

»Dann hat sie wohl was gebunkert, bevor er starb. Was weiß denn ich?«

Samuels Handy summte, und er warf schnell einen Blick aufs Display: »Wir sehen uns im Hotel, nehmen Sie sich ein Taxi, wenn's weit ist. Ich bin todmüde.«

Er steckte es wieder weg und betrachtete Viktor. Was immer dieses menschliche Wrack getan haben mochte, Samuel war wirklich besorgt. Diesem jungen Mann ging es nicht gut. Er sollte ihn davon überzeugen, sich Hilfe zu suchen, ihn begleiten.

»Ich sehe deutlich, dass es Ihnen nicht gut geht. Kann ich Sie zu einem Arzt bringen? Damit Sie ein Schlafmittel bekommen, um wenigstens die Albträume loszuwerden?«

Viktor stand auf und starrte ihn an.

»Niemals. Ich hab den ganzen Tag geschlafen und bin eben erst aufgewacht. Wollte gerade duschen und dann was essen gehen.«

»Und was ist mit dem Casino?«, fragte Samuel und zeigte zum Computer.

Viktor grinste.

»Ach, das. Ich hab nur zugeguckt«, antwortete er.

»Okay«, sagte Samuel. »Ich muss jetzt weiter, aber eins sollte ich vielleicht trotz allem betonen: Sie können mit mir über alles sprechen, ich stehe unter Schweigepflicht. Ich darf nicht mal vor Gericht aussagen. Wenn es also etwas gibt, das Sie bedrückt, können Sie sich jederzeit an mich wenden. Manchmal verschafft es Erleichterung, wenn man sich jemandem öffnet.«

Viktor öffnete den Mund, wollte etwas sagen, entschied sich dann aber offenbar dagegen und sank aufs Bett.

»Und das ist wirklich sicher?«, fragte er nach einer Weile.

»Absolut. So sicher wie das Amen in der Kirche.«

Da holte Viktor tief Luft.

»Ich war mit meiner Mutter verabredet«, setzte er an. »Oben auf unserer Sennhütte. Sie hat geglaubt, dass ich für den Tod meines Vaters verantwortlich bin, aber das stimmt nicht! Ich wollte ihr etwas zeigen, das ihr meine Unschuld beweist. Etwas, das dort oben ist.«

Samuel war plötzlich ganz angespannt.

»Darf ich fragen, was Sie ihr zeigen wollten?«

Viktor stand auf und lief im Zimmer auf und ab.

»An den Wänden dort ist eine Menge eingeritzt«, sagte

er. »Alle möglichen Leute haben ihren Namen hinterlassen, wenn sie mal da waren. Seit Jahrzehnten.«

»Ich weiß, wovon Sie sprechen«, sagte Samuel. »Ziemlich überwältigend.«

Viktor blieb stehen.

»Woher wissen Sie das? Waren Sie mal dort?«

»Nein, aber in anderen Sennhütten. Das ist ja alte Tradition«, sagte Samuel ausweichend. »Häufig ritzen Liebespaare ihre Initialen oder vollen Namen zusammen mit der Jahreszahl in ein Herz.«

Viktor nickte und schien sich wieder zu entspannen.

»Ganz genau so eins wollte ich meiner Mutter zeigen. Ein Herz, das ihr beweisen sollte, wer den triftigsten Grund hatte, Papa umzubringen. Ich hab dieses Herz jeden Sommer gesehen, ohne ihm viel Beachtung zu schenken, aber nach Papas Ermordung wurde mir plötzlich die Bedeutung klar.«

Samuel hielt die Luft an. Würde er jetzt die Auflösung zu hören bekommen?

»Aber als ich eintraf«, fuhr Viktor fort und schaute Samuel in die Augen, »war mir jemand zuvorgekommen. Da lag Mama schon tot im Kuhstall.« Seine Stimme brach, und die Tränen kullerten ihm über die Wangen.

Da begriff Samuel, dass es Viktor gewesen war, der so eilig davongefahren war. Aber wessen Schneemobil war es dann gewesen, das sie kurz darauf hinter dem Stall hatten wegfahren hören? Vermutlich dieselbe Person, die auch Maja-Sofia und ihn eingeschlossen hatte.

»Und dann sind Sie einfach wieder gefahren?«

Viktor schluckte mehrfach, sein Adamsapfel zuckte und ihm kamen erneut Tränen.

»Ich hatte solche Angst davor, dass die Polizei glauben könnte, ich wäre das gewesen«, schluchzte er. »Ich hab Mama die Hand an die Wange gehalten, und sie war noch … Sie war noch ganz warm.« Weitere Tränen liefen über seine Wange, er schnäuzte sich und holte tief Luft.

»Möchten Sie mir noch etwas über die Schnitzerei erzählen? Die, die Sie da entdeckt haben?«

»Nee«, schniefte er.

»Sie wissen ja, dass ich mit niemandem über das sprechen darf, was Sie mir gerade erzählt haben, aber könnten Sie sich vorstellen, sich damit an die Polizei zu wenden?«

Viktor presste die Lippen zusammen.

»Ich will nicht darin verwickelt werden. Die können das ja selbst prüfen, wenn sie es wissen wollen«, sagte er.

Samuel brauchte gar nicht erst versuchen, ihn zu überzeugen, das war deutlich. Also fragte er etwas anderes.

»Wo sind Sie denn hin, nachdem Sie Ihre Mutter gefunden hatten?«, fragte er. »Sie müssen ja schrecklich aufgewühlt und traurig gewesen sein. Wenn nicht sogar unter Schock.«

»Ich bin geradewegs nach Hause, habe mich umgezogen, mir eine von Papas teuren Whiskyflaschen geschnappt und bin hierhergefahren. Wie ein Wahnsinniger. Dann hab ich die ganze Flasche geleert und wie im Koma geschlafen. Der Schock kam erst am nächsten Morgen. Ich hatte stundenlang Schüttelfrost.«

»Und Amanda? War sie bei Ihnen?«

Er schüttelte den Kopf.

»Nein. Ich habe keine Ahnung, wo sie war.«

»Was haben Sie herausgefunden?«, fragte Maja-Sofia eine halbe Stunde später, als sie endlich ihr ersehntes Bier und die Schale mit den Nüssen vor sich hatte.

»Ich kann nicht alles erzählen, Sie wissen ja, warum. Aber ich bin felsenfest davon überzeugt, dass wir nicht Viktor suchen«, sagte Samuel. »Wenn Sie und Ihre Kollegen ihn zum Reden bringen, kann er allerdings eine Menge Informationen liefern.«

Diese Sache mit der Schweigepflicht war wahnsinnig nervig, aber Maja-Sofia wusste, dass sie in diesem Punkt machtlos war. Daran war sie in ihrem Berufsleben schon häufiger gescheitert.

»Hat er gesagt, wo er in der Mordnacht war? Also, als Katrin ermordet wurde?«, versuchte sie es erneut.

»In der Nähe, aber auch wieder nicht, könnte man sagen«, war Samuels ausweichende Antwort.

»Und haben Sie erfahren, was er Liss Katrin in der Sennhütte zeigen wollte?«, fragte Maja-Sofia.

»Die Antwort lässt sich dort finden«, sagte er. »Eine Sennhütte birgt so viele Informationen.«

Offenbar war es hoffnungslos, ihn zu einer Aussage zu bewegen. Vielleicht konnten sie aber das Prinzip des Topfschlagens anwenden, dann hätte sie wenigstens einen Anhaltspunkt, ob es wärmer oder kälter wurde.

»Amanda hat gesagt, dass sie in der Mordnacht bei Viktor war«, flüsterte Maja-Sofia, damit der Barkeeper nicht hörte, worüber sie sprachen. »Hier in Östersund. Eine sonderbare Aussage, wenn man bedenkt, dass sie kurz davor erst behauptet hat, keinen Fuß in das siffige Studentenwohnheim setzen zu wollen.«

Samuel setzte das Bierglas an die Lippen und schaute sie über den Rand hinweg an. Ihre Blicke trafen sich. Er hatte schöne Augen, das musste sie schon zugeben.

»So viel kann ich wohl sagen«, erwiderte er, »in diesem Punkt weichen die Angaben voneinander ab. Aber haken Sie da gern mal bei Viktor nach.«

Eine Weile lang tranken sie schweigend weiter. Das Bier war wahrlich nicht zu verachten. Maja-Sofia dachte über das nach, was Samuel gesagt hatte. Wenn sie richtig schlussfolgerte, war Viktor hier gewesen oder in Klockarvik oder beides nacheinander. Amanda hingegen musste woanders gewesen sein, am wahrscheinlichsten in Mora? Oder Klockarvik? Dem musste sie unbedingt weiter nachgehen. In beiden Fällen.

»Wissen Sie, ob Viktor in Klockarvik war?«, versuchte sie es noch einmal.

»Das siffige Zimmer in Östersund war jedenfalls den Großteil der Nacht unbewohnt«, antwortete Samuel. »Und toll ist es wirklich nicht, da bin ich ganz Amandas Meinung.«

»Wie geht es ihm?«, fragte Maja-Sofia.

Samuel schüttelte nur den Kopf.

»Nicht besonders. Ich halte es für sehr wichtig, dass Sie sich mit ihm unterhalten«, antwortete er. »Und auch wenn ich riskiere, damit zu viel zu sagen: Ich habe ihm geraten, nach Klockarvik zurückzukehren und das Studium erst mal auf Eis zu legen. Ich glaube, das würde ihm guttun.«

Maja-Sofia verstand. Dem Knaben ging es mies. Das war mehr als nachvollziehbar, schließlich waren seine beiden Eltern innerhalb weniger Tage ermordet worden. Wie würde es einem da erst gehen, wenn man selbst der Täter war?

»Essen?«, schlug Samuel vor und lächelte sie an.

»Super gern.« Maja-Sofia stand auf. »Ich hab richtig Kohldampf.«

∼ SIEBENUNDVIERZIG ∼

Amanda eilte in ihr Zimmer und sackte in den Sessel. Sie zitterte am ganzen Körper, und die Gedanken jagten nur so durch ihren Kopf. Sie musste eine Lösung finden, und zwar schnell. Was sollte sie bloß tun? Diese Rantatalo würde sie nicht brechen! Nein, aber sie spürte, dass sich das Netz zuzog, und zwar immer schneller. Viktor, der alte Schisser, hatte natürlich längst ausgeplaudert, dass sie nicht zusammen in Östersund gewesen waren – und sie war der Polizistin schön in die Falle gegangen mit ihrer Behauptung, bei ihm übernachtet zu haben. Ausgerechnet, nachdem sie gerade noch getönt hatte, dass keine zehn Pferde sie in das siffige Studentenzimmer kriegen würden. Wie dumm konnte man eigentlich sein? Sie knallte mit der Faust auf den Tisch. Was war sie doch für eine Idiotin!

Sie musste sich zusammenreißen, es stand so viel auf dem Spiel. Mit Mühe kam sie auf die Beine. Als erstes musste sie zu Viktor. Letzte Nacht hatte er ihr Unmengen an Nachrichten geschickt, aber sie hatte nicht geantwortet. Jetzt wurde ihr klar, wie dumm das gewesen war, sie musste dringend mit ihm sprechen und eine Lösung finden. Ansonsten würde er nur noch mehr Ärger machen und dafür sorgen, dass sie als Verdächtige endete und im schlimmsten Fall für etwas verurteilt wurde, mit dem sie nicht das Geringste zu tun hatte.

Amanda packte schnell ihre Sachen und zog den teuren, neuen Fjällrävenpulli an, den Mats ihr ein paar Tage vor seinem Tod gekauft hatte. Der passte richtig gut zu ihrer Jacke und der Hose derselben Marke. Zum Schluss legte sie noch ihren Kulturbeutel und die Haarprodukte in den Koffer, und schon eine Viertelstunde später gab es keine Spur mehr von ihr im Hotelzimmer. Mit einem aufgesetzten Lächeln checkte sie aus und verließ das Hotel. An ein Taxi war nicht zu denken, also nahm sie den Bus ins Zentrum und stieg dort in die Linie um, die zum Campus fuhr. Das letzte Stück musste sie zu Fuß gehen und ihren Koffer über ungeräumte Wege zerren, wodurch sie gehörig ins Schwitzen kam.

Sie klingelte, und Viktor öffnete sofort, als hätte er hinter der Tür gestanden und gewartet.

»Da bist du ja!«, sagte er. »Warum hast du mir nicht geantwortet? Wo warst du?«

Ohne ein Wort ging sie in sein Zimmer, schloss die Tür hinter sich und stellte den Rollkoffer ab. Dann setzte sie sich auf sein Bett, weil sein Sessel von Klamotten belegt war.

»Auf Frösön«, sagte sie und zuckte mit den Schultern.

»Ich habe dir sicher tausend Nachrichten geschickt und versucht, dich anzurufen.«

»Ja, und?«

Viktor wirkte plötzlich verlegen und fing an, mit ein paar Tassen herumzufuhrwerken, um ihr einen Pulverkaffee zu machen. Amanda schaute sich um. Himmel, wie sie dieses Zimmer hasste. Es war absolut unwürdig für jemanden wie sie, hier sein zu müssen.

»Die Polizei war bei mir«, sagte sie und beobachtete Viktor, der mit zitternden Händen die Tassen auf den Tisch stellte.

»Die Polizei?«

»Ja, bei dir waren sie doch auch, oder?«, fragte sie. »Das hat sie zumindest behauptet. Und ich will wissen, was du denen über mich erzählt hast. Haarklein.«

Er zog sich den Schreibtischstuhl heran und setzte sich gegenüber von ihr hin.

»Nein, die Polizei war nicht hier«, sagte er gedehnt. »Aber ...«

»Aber?«

»Aber der Pfarrer war hier, du weißt schon, der neue da aus Klockarvik. Er wollte mit mir über den Mord an Mama sprechen.«

»Der Pfarrer? Bist du sicher? Hat er gefragt, wo du warst, als es passiert ist?«

Viktor fuhr sich ein paarmal mit beiden Händen durch das viel zu lange, ungepflegte Haar und runzelte die Stirn.

»Lass mich mal nachdenken ... ja, doch, hat er. Aber daran war eigentlich nichts Auffälliges. Und ich habe einfach gesagt, wie's war.«

»Und hat er auch nach mir gefragt?«, wollte Amanda wissen.

Viktor antwortete nicht.

»Okay, verstehe. Hat er also«, schloss sie und schaute ihn

scharf an. »Und was hast du ihm gesagt, wo ich in der Nacht war?«

Jetzt war sie laut geworden, aber Viktor verdiente es auch nicht anders. Er hob hilflos die Hände, bevor er antwortete: »Ich habe gesagt, dass ich das nicht weiß. Dass du entweder in Papas Haus warst oder bei deiner Mutter in Mora.«

Amanda stand abrupt auf und stieß gegen den Tisch. Viktor konnte gerade noch rechtzeitig nach den Tassen greifen, sodass sie nicht umkippten.

»Du verdammter Idiot!«, schrie sie. »Zur Hölle mit dir, Viktor!«

Er schaute sie verständnislos an.

»Wieso? Was ist denn los? Hier warst du jedenfalls nicht.«

Sie sackte zurück aufs Bett und versuchte, ihre Atmung zu kontrollieren. Dabei rührte sie hektisch in Viktors verdammtem Pulverkaffee herum.

»Ich habe dieser Polizistin, die vorhin bei mir aufgetaucht ist und mir Fragen zu Montagnacht gestellt hat, gesagt, dass ich bei dir war«, erwiderte sie. »Hier in Östersund.«

Er betrachtete sie sehr lange. Ihm trat Schweiß auf die Stirn.

»Verdammt, Amanda, was hast du dir denn dabei gedacht? Ausgerechnet hier, wo du doch so absolut nicht sein willst.«

»Ja, ich weiß, es war saudumm, okay? Die kommen sicher bald wieder, wir müssen abhauen.«

Er blinzelte.

»Abhauen? Wohin? Was redest du denn da? Und warum?«

»Hast du das noch immer nicht begriffen? Die verdächtigen uns!«, fauchte sie. »Pack schnell was zusammen. Wir nehmen deinen Wagen.«

Er machte, was sie wollte, aber viel zu langsam. Deshalb stand Amanda schon bald neben ihm und stopfte die notwendigsten Dinge in seinen Koffer.

»Wo sollen wir denn hin?«, fragte er und schaute sie völlig ratlos an, als sie wenig später im Flur seines Zimmers standen. Er hielt den Autoschlüssel in der Hand.

»Ins Ferienhaus deines Vaters, wo immer das auch ist. Åre hieß der Ort, oder?«

»Storlien«, sagte er. »Aber meinst du nicht, dass die uns dort suchen werden?«

»Nicht sofort«, erwiderte Amanda. »Und von dort können wir ja immer noch weiter nach Norwegen. Los jetzt! Ich hab keinen Bock, eingebuchtet zu werden und dann im Knast zu verfaulen. Das muss dir doch klar sein!«

Plötzlich kam Leben in Viktor, als wäre er gerade erst zu sich gekommen. Er starrte sie an, dann griff er nach ihrem Jackenkragen und presste sie gegen die Wand.

»Worum zur Hölle geht es hier? Warum hast du solche Angst?«, brüllte er und ließ sie nicht aus den Augen. »Hast du sie etwa doch getötet?«

Amanda wand sich. Widerwillig ließ er sie los.

»Jetzt bilde dir mal nichts ein«, fauchte sie. »Man kann auch für andere Sachen eingebuchtet werden, nicht nur für Mord.«

»Fürs Stehlen, meinst du?«

»So in der Art.«

Dann riss sie die Tür auf und rannte die Treppen hinunter.

Niemals wollte sie hierher zurückkehren. Auf dem Parkplatz blieb sie neben Viktors VW Käfer stehen. Ungeduldig schaute sie zur Tür, bis Viktor irgendwann auftauchte und mit ihrem Koffer angeschlendert kam.

»Jetzt beeil dich doch!«, rief sie.

Aber Viktor ließ sich nicht hetzen. Als er endlich bei ihr angekommen war, stellte er den Koffer auf den Boden.

»Ich komme nicht mit«, sagte er.

»Was? Was redest du denn da? Bist du völlig verrückt geworden?«

»Ich habe darüber nachgedacht, was der Pfarrer gesagt hat. Ich fahre nach Hause, nach Klockarvik, und spreche mit der Polizei. Und dann bringe ich alles in Ordnung. Aber ich fahre dich noch zum Bahnhof.«

»Aber ...«

Amanda wurde es eiskalt. Was war denn mit Viktor los? Wie kam er darauf, dass plötzlich er das Sagen hatte? Niemand hatte ihr je widersprochen. Nie.

»Nach Storlien kommst du mit dem Zug, wenn du willst«, sagte er verkniffen. »Aber mir ist scheißegal, was du machst.«

~ ACHTUNDVIERZIG ~

Freitag, 16. Dezember

Sigvard saß auf dem Steg und befestigte die Langlaufschlittschuhe an seinen Stiefeln. Die Sonne funkelte auf dem schneebedeckten Eis. Eine lange, wunderbare Bahn war freigeräumt worden, aber noch waren nicht viele darauf unterwegs. In weiter Ferne konnte er vereinzelte Läufer ausfindig machen. Ein schöner Tag lag vor ihm, und er würde in Frieden eine Runde drehen können, bevor sein Lehrjunge wieder eintraf und sein Frischluftprogramm unterbrach. Samuel hatte gestern angerufen und auf ein baldiges Treffen gedrängt. Er war nett, der junge Pfarrer, und mithalten konnte er auch. Seine Einstellung zu körperlicher Ertüchtigung gefiel ihm und verhieß Gutes. Sigvard hatte ihn allmählich fast liebgewonnen. Jedoch gehörte der Wintersport nicht zu seinen Stärken, auch wenn er erzählt hatte, wie häufig er mittlerweile in der Loipe war. Unterstützung hatte er dabei von Tindra. Sie war eine junge, vielversprechende Langläuferin, die große Hoffnung des Dorfs, die sich noch einen Namen machen würde.

Sigvard steckte die Kufenschoner in den Rucksack und ließ ihn auf dem Steg liegen. Es gab kaum jemanden in Klockarvik, der sich an ihm bedienen würde. Er hängte sich die

Eispickel um den Hals, griff zum Eisdorn und dann ging's los. Die ersten Schritte waren noch vorsichtig, doch schon nach fünfzehn Metern fühlte er sich sicher und verfiel in einen regelmäßigen Rhythmus. Er übte diesen Sport schon aus, seit er jung war. Angefangen hatte er in Uppsala, wo er die Ausbildung zum Pfarrer gemacht hatte. Er war Mitglied in einem Frischluftverein gewesen, der viele verschiedene gesundheitsfördernde Aktivitäten organisierte, und Langlaufschlittschuhfahren gehörte dazu, sobald die Winter es ermöglichten. Ihm hatte das Schlittschuhfahren gleich gelegen, weshalb er nie wieder aufgehört hatte. Mit diesen harmonischen, fast meditativen Bewegungen voranzugleiten war ganz wundervoll, dabei kamen und gingen die Gedanken wie von selbst. Trotz seines hohen Alters funktionierten seine Augen noch hervorragend, wodurch er Risse und Löcher im Eis erfolgreich meiden konnte. Sie waren das zweitschlimmste Übel bei diesem Hobby, gleich nach dem Einbrechen. Das war ihm glücklicherweise noch nie passiert, sicher hatte ihn Gott beschützt, aber die Übungen hatte er dennoch mitmachen müssen. Er wusste, wie es sich anfühlte, wenn das eiskalte Wasser durch alle Kleidungsschichten drang und einen in die Tiefe zog, während die Kälte unter die Haut kroch.

Die Bahn schlängelte sich über den See, und es war herrlich, das alles für sich zu haben, während die anderen zu Hause waren und das Weihnachtswochenende vorbereiteten. Er selbst plante nicht Außergewöhnliches. Ein Besuch der verschiedenen Gottesdienste war wichtig, denn nur in der Kirche konnte er dieses Fest richtig spüren. Den inneren

Frieden, der sich bei ihm durch die Christvesper einstellte, spürten diejenigen nicht, die zu Hause auf dem Sofa saßen und der Donald-Duck-Tradition im Fernsehen folgten. Und die Freude, die ihn ergriff, wenn er am ersten Weihnachtsfeiertag mit einer Fackel in der Hand zur Kirche zog und voller Inbrunst die Morgenstunde besang, war unersetzbar.

Die Bahn machte eine scharfe Kurve, die er schnitt, und schon hatte er den Wind im Rücken. Keinen starken, aber es reichte, um ihn schneller zu machen, was für den Rückweg sehr angenehm war. Am Steg bremste er gekonnt und suchte sich ein Taschentuch heraus, um sich die Tränen zu trocknen, die der Fahrtwind ihm entlockt hatte. Dann schnäuzte er sich laut. Als er aufschaute, merkte er, dass er nicht länger allein war. Samuel stand auf dem Steg und betrachtete ihn. Pünktlich war er, weder zu spät, noch zu früh.

»Tagchen, Sigvard«, sagte Samuel.

Die Begrüßung war ihm fast eine Spur zu informell. Ein bisschen Respekt musste schon sein.

»Guten Tag, Bruder Samuel«, erwiderte Sigvard.

»Ach, bist du korrekt, Sigvard. Aber gut. Einen schönen guten Morgen. Sieht toll aus«, sagte Samuel und deutete auf den zugefrorenen See. »Aber schwer ist das, oder?«

Sigvard setzte sich auf den Steg und löste die Kufen von seinen Stiefeln.

»Nicht, wenn man's kann. Dann ist es das reinste Vergnügen. Vielleicht solltest du es auch mal ausprobieren.«

»Vielleicht«, sagte Samuel und lachte.

»Wenn du erst mit vierzig anfängst, wirst du natürlich

nicht mehr so gut wie ich, aber ausreichende Fähigkeiten wirst du schon entwickeln. Damit du bequemer Sonntagsfahrer werden kannst.«

Sigvard sammelte seine Sachen zusammen, kletterte auf den Steg und schon spazierten die beiden Herren los. Ihr Ziel: das Gemeindehaus, das mit heißem Kaffee lockte.

»Dich hat man ja nun ein paar Tage nicht gesehen«, sagte Sigvard, als sie an einer Reihe ausladender, schneebedeckter Villen vorbeikamen.

»Das stimmt, ich war nämlich in Östersund«, erwiderte Samuel.

»In Östersund? Warum das denn um alles in der Welt? Hast du in Klockarvik nicht genug zu tun?«

»Ich war mit dieser Polizistin dort«, erklärte Samuel, »und genau darüber wollte ich auch mit dir sprechen.«

Sigvard blieb stehen und straffte die Riemen seines Rucksacks, damit er besser auf seinem Rücken saß. Diese Dinger hatten die Tendenz, im Laufe der Jahre nachzugeben, wenn man sie zu schwer belud. Er hätte längst in einen neuen investieren sollen.

»Sucht sie da oben nach dem Mörder?«, fragte Sigvard. »Das scheint mir etwas übertrieben.«

»Finn Mats Hanssons Sohn studiert dort«, antwortete Samuel.

»Aber die haben doch schon jemanden verhaftet? Soweit ich weiß, sitzt der noch immer in U-Haft. Meinen die, es gibt einen weiteren Mörder?«

»Gute Frage«, sagte Samuel. »Markus kann die arme Katrin jedenfalls nicht ermordet haben, weil er zu dem Zeitpunkt ja hinter Schloss und Riegel war. Aber ich glaube auch nicht, dass er den ersten Mord begangen hat. Hoffentlich hat Maja-Sofia schon bald den wahren Mörder gefunden, dann muss ihre Chefin dafür sorgen, dass Markus endlich wieder entlassen wird. Wir sind da optimistisch.«

»Wir?«

Samuel wand sich ein bisschen.

»Ja, du. Das ist genau das, worüber ich mit dir sprechen wollte«, gestand er. »Es macht sehr viel Spaß, mit Maja-Sofia zusammenzuarbeiten.«

»Ich verstehe nicht ganz, wie du dazu überhaupt Zeit findest, wenn man bedenkt, dass du gerade erst eine neue Stelle angetreten hast. Aber was ist denn das Problem?«

»Ich mag sie. Sehr«, brachte Samuel hervor. »Vielleicht zu sehr. Und du weißt ja, eigentlich hab ich Marit.«

Sigvard lauschte schweigend. Er hatte Marit beim Adventskaffee in Västerås kennengelernt. Eine entzückende Person. Zudem noch sehr elegant. Wollte Samuel diese Beziehung tatsächlich für eine dahergelaufene Polizistin aus dem unsäglichen Norden Schwedens aufs Spiel setzen? Eine Polizistin, die er erst wenige Wochen kannte? Das kam ihm völlig absurd vor. Aber wer sich verliebte, konnte keinen klaren Gedanken mehr fassen, das wusste er aus eigener Erfahrung, er hatte es häufig genug mitbekommen. Wären Samuel und Marit doch schon verheiratet, statt in Sünde zu leben, dann wäre es ihm sicher leichter gefallen, sich aufs Wesentliche zu konzentrieren.

Unvermittelt blieb er vorm Gemeindehaus stehen und stieß mit dem Eisdorn in den Boden.

»Ich höre, was du sagst.« Er schaute Samuel direkt in die Augen. »Und noch ein paar Zwischentöne. Mein Rat, junger Mann, ist, dich sofort zu bremsen, sonst bist du verloren. Will Bruder Samuel wirklich die Beziehung mit dem tollen Mädchen in der Stiftstadt gefährden?«

Samuel schwieg und hatte den Blick auf den Boden gesenkt, wo er mit dem Schuh im Schnee scharrte. Dann seufzte er schwer. Sigvard legte ihm die Hand auf die Schulter.

»Lass die Polizistin Polizistin sein. Das wird wieder vergehen, glaub mir. Denk einfach nicht mehr daran. Und jetzt gehen wir Kaffee trinken. Und ich sage zu niemandem ein Wort darüber, das weißt du.«

Sie gingen hinein, und Sigvard wartete ab, während Samuel die Mäntel an die Garderobe hängte.

»Sigvard, was glaubst du, wer hat die Morde begangen?«, fragte Samuel dann.

Sigvard, der einen Kamm aus der Brusttasche geholt und angefangen hatte, sich zu kämmen, hielt in der Bewegung inne. Er überlegte gut, was er antworten sollte.

»Hat diese Polizistin alle Verdächtigen befragt?«, wollte er dann wissen.

»Ich schätze schon, aber wir wollen am Sonntag noch jemanden zur Rede stellen. Diesen Mikael Vedberg.«

»Den Geschäftspartner?« Sigvard pfiff durch die Zähne. »Ja, das macht Sinn, aber wieso willst du da dabei sein? Lass die Polizei doch ihre Arbeit machen, du hast genug in der Gemeinde zu tun. Wenn ich mich nicht täusche, steht Weihnachten vor der Tür und somit auch eine Menge Gottesdienste.«

Samuel betrachtete ein Bild an der Wand, während er augenscheinlich einen Entschluss fasste.

»Sigvard«, sagte er dann, »du kennst doch sicher den Weg zur Sennhütte in Sundbacka?«

»Sundbacka?«, fragte er zurück und lächelte. »Ja, das kannst du wohl glauben. Seit ich ein Kind war, kenne ich den. Wieso willst du das wissen?«

»Können wir hinfahren?«

»Jetzt? Warum das denn? Ich möchte lieber einen Kaffee trinken.«

»Ich möchte was nachsehen. Das ist sehr wichtig. Es hat mit dem Mord zu tun«, antwortete Samuel.

»Vermutlich ist der Weg gut befahrbar, weil es dort von Polizisten und Kriminaltechnikern sicher nur so wimmelt oder wie immer diese Leute heißen.«

Samuel legte Sigvard eine Hand auf die Schulter.

»Lass uns gleich fahren, solang es noch hell ist. Ich lade dich danach auf einen Kaffee ein.«

Samuel stand die Überraschung ins Gesicht geschrieben, als Sigvard tatsächlich nach seinem Mantel griff und ihn überzog.

»Dann sollst du bekommen, was du verlangst«, murmelte er. »Hoffentlich dauert es nicht den ganzen Tag.«

»Sigvard, du bist ein Held!«, sagte Samuel lächelnd und klopfte ihm auf den Rücken.

Unter Sigvards Anleitung lenkte Samuel seinen Wagen einen sich windenden Waldweg entlang, der schließlich in ein Areal unterhalb der Sennhütten mündete. Keine weiteren Fahrzeuge waren dort. Als er zuletzt mit Maja-Sofia hier gestanden hatte, war es dunkel gewesen und das Blaulicht hatte für eine gespenstische Atmosphäre gesorgt.

»Ich warte im Auto«, sagte Sigvard, während Samuel parkte. »Ich habe keine Lust, im Winter da hochzusteigen. Im Sommer ist es schöner.«

»Okay«, erwiderte Samuel und zog sich Handschuhe an. »Aber sag mir noch eins: In welchem Gebäude finde ich die ganzen eingeritzten Namen?«

Sigvard blieb der Mund offen stehen.

»Jetzt sag mir nicht, dass wir hierhergefahren sind, um uns Schmierereien von Verliebten anzugucken?«, fragte er entsetzt. »Du bist ja ein richtiger Einfaltspinsel. Dort drüben findest du das Meiste davon, zwischen den beiden Häusern. Das, was aussieht wie ein Carport. Vermutlich die beste Beschreibung, wenn man möchte, dass es selbst ein Stockholmer findet.«

Samuel wusste sofort, was er meinte, stieg aus und kletterte den Hügel hinauf. Diesmal war es viel leichter, weil gepflügt worden war und er sich nicht umständlich mit Schneeschuhen fortbewegen musste. Er zog den Kopf ein, als er den Durchgang betrat. Auf der einen Seite ging die Tür zu einer Hütte mit einem einzelnen Zimmer ab, der Rest war ein Abstellplatz für Gerätschaften, und direkt gegenüber befand sich ein Waschbecken. Umgeben war all das von Wänden voller Namen, Jahreszahlen, Kürzeln und dergleichen. Wie sollte er hier nur finden, was er suchte? Schnell machte er ein paar Fotos mit seinem Handy. Manche der Kürzel waren sicher über hundert Jahre alt, andere erst fünfzig. Sigvards Name war auch dabei und Finn Mats Hanssons und viele andere, die Samuel gar nichts sagten. Die Namen von Hausangestellten, der Hauseigentümer. Menschen, die längst nicht mehr lebten. Ein Herz, in das zwei Namen geritzt waren, erregte seine Aufmerksamkeit. Zwei Menschen, die dasselbe Blut hatten, zwei Menschen, die einander bedingungslos liebten. Konnte Viktor das gemeint haben? Er machte noch ein paar weitere Fotos, bevor er zu Sigvard zurückkehrte. Der alte Pfarrer war in Samuels Abwesenheit eingeschlummert.

»Hast du gefunden, was du gesucht hast?«, grummelte er, als er wachgeworden war, und richtete sich auf.

»Ich glaube schon«, sagte Samuel. »Danke für deine Hilfe, jetzt bekommst du den versprochenen Kaffee.«

Sigvard stellte keine weiteren Fragen über diesen kurzen Ausflug zur Sennhütte. Er schwieg die ganze Fahrt über, bis sie Klockarvik erreichten.

∼ NEUNUNDVIERZIG ∼

Samstag, 17. Dezember

Samuel hatte es sich im Bett bequem gemacht und sich mehrere Kissen in den Rücken geschoben. Auf dem Schoß ruhte sein Laptop. Er ging die morgige Predigt durch und überlegte, ob er noch etwas an seinen Stichpunkten ändern oder zur Abwechslung mal alles ausformulieren sollte. Die zugrunde liegende Bibelstelle, auf die er Bezug nahm, handelte von der Mutter Gottes. Über sie konnte er eine Menge erzählen. Maria stand Jesus am nächsten und die Feier seiner Geburt war ohne sie undenkbar. Er wollte voller Liebe über sie und alle anderen Müttern sprechen. Nicht zuletzt auch über Alvas und Gabriels Mutter. Ihre Beziehung war nicht zu retten gewesen, aber das hatte nichts daran geändert, dass sie eine liebevolle Mutter war. Er selbst gab sein Bestes, seiner Aufgabe als Vater gerecht zu werden, obwohl er durch die Trennung nicht in gleichem Maße Anteil an ihrem Alltag haben konnte.

Josef wollte er natürlich auch nicht unerwähnt lassen, der so selbstlos und ohne jede Eifersucht neben Maria gestanden und sie unterstützt hatte. Samuel löschte ein Wort, mit dem er nicht ganz zufrieden war, und ersetzte es durch ein anderes. Dann las er die Stelle des Evangeliums erneut und glich sie mit seinen Überlegungen ab. Ja, doch, seine Predigt passte, und es sollte nicht länger als zehn Minuten dauern, seine Botschaft verständlich und nachvollziehbar auszuformulieren. Sein Blick wanderte für einen Moment zum Fenster. Es hatte mehrere Stunden lang ausgiebig geschneit, doch inzwischen hatte es aufgehört, und er hatte seiner Vermieterin versprochen, beim Schneeschippen zu helfen. Ein guter Grund, sich mal zu bewegen, vor die Tür zu kommen und sich nützlich zu machen.

Nach dem Gottesdienst morgen wollten Maja-Sofia und er ins Fitnessstudio gehen, um Mikael Vedberg zur Rede zu stellen. Samuel wusste nicht viel über ihn, nur das bisschen, was Maja-Sofia ihm über den Mann erzählt hatte. Sicher hatte sie Informationen zurückgehalten, die nur der Polizei zur Verfügung standen und die sie nicht teilen durfte. Als er seine warmen Wintersachen anzog, um sich dem Schneeschippen zu widmen, verlor er sich in Gedanken an Maja-Sofia. Es war nicht schwer, sie sich inmitten wirbelnder Schneeflocken vorzustellen. Der dunkle Pony, die funkelnden Augen, die rosigen Wangen. Vielleicht würde sie die Zunge rausstrecken, um die eine oder andere Schneeflocke aufzufangen. Vielleicht würde sie einen Schneeball formen und nach ihm werfen. Dann konnte er so tun, als wäre er wütend, könnte sich auf sie schmeißen und mit ihr durch den Schnee kullern. Ihr tief in die Augen schauen und dann nicht widerstehen …

Pfarrer Samuel! Was fantasierst du dir da zusammen? Komm mal bitte schnell wieder auf den Boden der Tatsachen.

Samuel zuckte zusammen. Der Boss hatte recht und er

sich offenbar gar nicht unter Kontrolle. Heftig, wie schnell er sich in solchen Fantasien verlor, dabei waren das sicher nur seine Gedanken. Maja-Sofia hatte bestimmt anderes zu tun, als sich eine romantische Balgerei mit dem Gemeindepfarrer vorzustellen. Glücklicherweise unterbrach das Klingeln seines Handys sein Gedankenwirrwarr. Er schaute aufs Display und schämte sich sogleich.

»Marit! Hallo!«, sagte er und versuchte, so wie immer zu klingen.

»Da erwisch ich dich mal. Wie schön, deine Stimme zu hören. Wir haben ja seit ein paar Tagen nicht gesprochen.«

»Nicht?«

Er dachte nach, versuchte, sich zu erinnern. Hatten sie wirklich mehrere Tage nicht miteinander gesprochen? Vielleicht hatten sie vor dem Ausflug nach Östersund telefoniert, vielleicht war es aber auch noch länger her.

»Nein, tatsächlich nicht. Du bist ja ganz schön zerstreut, Samuel!«, sagte Marit.

»Hier ist einfach so viel los«, entschuldigte er sich. »Neue Stelle, Weihnachten steht vor der Tür und dann auch noch die Morde. Ich hoffe, du kannst mir das nachsehen.«

»Oh, ja, die Morde. So schrecklich. Wir haben in der Zeitung davon gelesen und im Fernsehen kam auch was. Das ist einfach so furchtbar. Aber es ist auch gut zu wissen, dass du damit nichts zu tun hast.«

Samuel wusste nicht, was er darauf erwidern sollte. Seine Wangen wurden ganz heiß, als ihm bewusst wurde, wie wenig er Marit über all das erzählt hatte, was in Klockarvik vor sich ging.

»Samuel? Bist du noch dran?«

»Entschuldige, ja, ich bin noch dran. Du hast recht, ich habe nicht direkt damit zu tun, aber indirekt schon. Die Kirche steht ja allen offen, wenn so etwas passiert, und die Menschen kommen zu uns, wenn sie Redebedarf haben. Aber das kennst du ja im Prinzip besser als ich. Schon am ersten Tag musste ich eine Todesnachricht überbringen.«

»Ich weiß. Ich verstehe das auch«, sagte Marit.

»Das weiß ich doch. Und jetzt ist auch noch die Witwe tot«, sagte er. »Das ist so tragisch. Lass uns vielleicht über was anderes sprechen. Was gibt es Neues aus Västerås?«

Marit erzählte von ihrer Aufgabe, den Obdachlosen von Västerås ein wenig Weihnachtsfreude zu bereiten, davon, dass sie die Messe unter der Woche geleitet hatte, und von der Trauergruppe für Jugendliche, die sehr gut angenommen wurde, mehr, als sie je zu hoffen gewagt hatte.

Samuel versuchte, aufmerksam zuzuhören und engagiert zu klingen, doch zu seinem Schrecken musste er feststellen, wie wenig ihn die Geschehnisse in der Stiftstadt interessierten. Er war gerade mal drei Wochen in Klockarvik, aber ehrlich gesagt fühlte es sich an wie ein Jahr. Ein völlig neuer Gedanke kam ihm: Er fing schon an, sich heimisch zu fühlen.

»Du?«, sagte Marit. »In fünf Tagen ist ja schon Heiligabend. Wann soll ich denn kommen?«

»Kommen?«, fragte er und begriff im selben Augenblick, dass er völlig vergessen hatte, dass sie Weihnachten zusammen bei ihm in Dalarna feiern wollten.

Nun blieb Marit kurz still.

»Ja, darauf hatten wir uns doch geeinigt«, sagte sie leicht zögerlich. »Das kann dir doch nun wirklich nicht entfallen sein.«

»Nein, nein, entschuldige, ich bin einfach neben der Spur. Komm doch einfach, wenn's dir am besten passt. Aber ich wohne hier sehr beengt und habe noch gar nichts vorbereitet. Weder Essen noch Weihnachtsschmuck oder -baum.«

Wieder blieb es still im Hörer.

»Marit?«

»Ich bin noch dran«, sagte sie. »Aber, Samuel, willst du wirklich, dass ich komme? Ganz ehrlich? Denn wenn nicht ...«

Schweiß trat ihm auf die Stirn. So ging das einfach nicht. Er musste seine Gedanken an Maja-Sofia beiseiteschieben. Marit verdiente sein komisches Verhalten nicht, sondern seine volle Aufmerksamkeit. Es war an der Zeit, auf den Boss und Sigvard zu hören.

»Marit, natürlich möchte ich, dass du herkommst, ich freue mich doch darauf. Aber könntest du noch bis morgen Abend warten? Dann habe ich auch richtig Zeit für dich. Wenn du den Zug nach der Messe nimmst, passt das sehr gut. Dann holen wir einen Baum und alles andere, und ich reiße mich zusammen, versprochen. Aber, wie gesagt, gerade ist es einfach alles ein bisschen viel.«

Es gelang ihm, sie zu beschwichtigen, und sie einigten sich darauf, dass sie etwas zum Abendessen und Wein mitbrachte für Sonntagabend, den Rest würden sie vor Ort in Klockarvik besorgen. Und da Samuel arbeiten musste, versprach Marit, seine kleine Wohnung weihnachtlich zu dekorieren.

»Das wird schön!«, freute sie sich. »Ich habe außerdem noch etwas Spannendes zu erzählen.«

Nachdem sie aufgelegt hatten, musste Samuel sich eingestehen, dass es für ihn vermutlich alles andere als schön werden würde. Was war er doch für ein jämmerlicher Angsthase, konnte sich nicht einmal über seine Gefühle klarwerden und Stellung beziehen. Er wandte den Blick zum Himmel und hob den Zeigefinger.

»Und du sagst kein Wort!«, mahnte er. »Kein Wort! Ich werde eine Entscheidung fällen, aber nicht heute und nicht an Weihnachten, das wäre Marit gegenüber nicht fair.«

Ihm war, als würde er ein höhnisches Lachen von oben hören.

Gerade als er aus der Wohnungstür trat, schleppte sein Vermieter Sven-Erik sich die knarzende Holztreppe hoch. Sven-Erik litt an Rheuma, aber versuchte, sich davon nicht allzu sehr einschränken zu lassen. Seine Frau Tyra war deutlich fitter, aber durch die Arbeit gut ausgelastet, gerade jetzt zur Weihnachtszeit.

»Was meinen Sie, Samuel, wollen wir ein bisschen schippen? Es sind sicher zehn Zentimeter gefallen, aber gerade hat es aufgehört zu schneien.«

Samuel nickte. Schneeschippen war genau das, was er jetzt brauchte. Nichts half besser bei einem Kopf voll unangenehmer Gedanken als körperliche Arbeit. Und Sigvards Ratschlag war vielleicht gar nicht so dumm? »Denk einfach nicht mehr daran«, hatte er gesagt.

Gemeinsam nahmen sie sich den Schnee in der Auffahrt vor, jeder eine Seite. Samuel versuchte, ähnlich gekonnt vorzugehen wie Sven-Erik, aber das würde er noch üben müssen, so viel war klar. Mit seinem Vermieter konnte er nicht mithalten, das verriet schon ein kurzer Blick hinüber. Während er schaufelte, drehten sich seine Gedanken um den Mord. Er wünschte sich so sehr, dass Maja-Sofia den Fall aufklären würde, und er wollte alles tun, um ihr dabei zu helfen.

»Diesen Mikael Vedberg«, sagte Samuel nach einer Weile, als er eine kleine Pause einlegte. »Kennen Sie den vielleicht?«

Sven-Erik zog seinen einen Handschuh aus und schnäuzte sich, ehe er antwortete.

»Nicht gut, ich weiß nur, was so geredet wird. Ich will nicht tratschen, aber man hört ja so Einiges.«

»Jetzt werde ich aber neugierig.«

Sven-Erik schaufelte erst einmal weiter. Er war ein Kämpfer, so viel war klar. Eines Tages würde auch er sich geschlagen geben müssen, heute allerdings nicht. Es schien ganz so, als täte es ihm gut, sich im Schnee zu betätigen und nützlich zu fühlen.

»Die Frau, die ermordet wurde«, fuhr er irgendwann fort.

Samuel wagte es kaum zu atmen. Er nickte nur und hoffte, dass Sven-Erik schnell weitersprach.

»Sie und dieser Vedberg hatten angeblich was miteinander, so hört man.«

Katrin und Vedberg hatten ein Verhältnis? Das war ja interessant. Samuel war sehr zufrieden damit, Sven-Erik diese Frage gestellt zu haben.

»Im Dorf wurde gesagt, dass Finn Mats davon erfahren hat und nicht gerade begeistert war, was ja durchaus nach-

393

vollziehbar ist. Tja, und dann fand er plötzlich auf diese grausame Art den Tod.«

»Das heißt, sie waren schon eine Weile zusammen? Vedberg und Liss Katrin?«, fragte Samuel.

Sven-Erik lächelte.

»Also, nicht dass ich davon direkt etwas mitbekommen hätte, ich weiß nur, was die Leute reden. Und dieser Mikael hatte nicht gerade die schönste Kindheit. Weder er noch seine Schwester. Die Finn-Familie hat ihn aufgenommen, aber soweit ich gehört habe, lief das nicht gut.«

»Moment, Sie meinen ...«, setzte Samuel an, doch dann tauchte Tyra in der Tür auf.

»Ich habe Kaffee gemacht für meine fleißigen Helferlein«, verkündete sie. »Kommt doch rein und trinkt, solang er noch warm ist.«

Also schippte Samuel schnell den verbliebenen Schnee weg und lehnte die Schaufel gegen den Schuppen. Auch Tyras Name stand auf der Liste der Verdächtigen. Wenn sie das wüsste. Aber ja, auch sie war in der Nähe der Garderobe gewesen, als Katrin und Viktor über die Sennhütte gesprochen hatten. Dennoch. Sie war wohl kaum eine Mörderin. Den Kaffee konnte er nicht ausschlagen, das wäre unhöflich gewesen, aber er musste so schnell er konnte nach Hause und einen Anruf tätigen. Wieder gab es einen Anlass, Maja-Sofias Nummer zu wählen und ihr zu erzählen, was er erfahren hatte. Nicht an sie zu denken, wie Sigvard vorgeschlagen hatte, gestaltete sich schwieriger als vermutet.

∿ FÜNFZIG ∿

Sonntag, 18. Dezember
Vierter Advent

Als eine Stimme von vielen las Samuel das Schuldbekenntnis. Das Gemurmel rundum hatte eine beruhigende Wirkung auf ihn. Es war immer etwas Besonderes, heilige Worte und Sätze gemeinsam laut zu lesen. Man bekam ein fast magisches Gefühl, das man im ganzen Körper spüren konnte.

»Ich bekenne Gott, dem Allmächtigen, dass ich Gutes unterlassen und Böses getan habe. Ich habe gesündigt in Gedanken, Worten und Werken.«

War jemand unter ihnen, der richtig große Schuld trug? An einem Mord zum Beispiel? Oder vielleicht sogar zweien? Wenn Samuel ehrlich sein sollte, und das wurde schließlich von ihm erwartet, so hatte er viele Sonntage mit dem Gedanken verbracht, ob er sich schuldig gemacht hatte, ob er irgendetwas getan hatte, das als Sünde zählte. Heute bestand daran kein Zweifel. Er hatte zwar nicht tatsächlich gesündigt, nur in Gedanken, das jedoch nicht nur einmal. Er war nicht ehrlich zu Marit gewesen. Maja-Sofia war dazwischengekommen. Und trotz eines massiv schlechten Gewissens und der Einsicht, ein sündiger Mensch zu sein, konnte er nicht anders, als sich auf ihr Wiedersehen am Nachmittag zu freuen. Dabei war das Treffen rein professionell. Mikael Vedberg sollte noch einmal genau schildern, wo er zum Zeitpunkt der beiden Morde gewesen war.

Die Küsterinnen lasen gut. Ellinor bereitete das Abendmahl vor und trug eine Stelle aus dem Evangelium vor. Samuel sollte ihr beim Verteilen des Abendmahls helfen, aber zuerst bestieg er die Kanzel und ließ den Blick über die versammelte Gemeinde streifen. Die Kirche war nicht voll besetzt, die meisten waren sicher zu Hause und bereiteten das Weihnachtsfest vor, aber ein paar Gesichter erkannte er wieder. Sigvard saß an seinem üblichen Platz rechts des Mittelgangs. Dort saß auch Sven-Erik Lundin. Tyra war Küsterin, weshalb sie aus praktischen Gründen in der vordersten Bank Platz genommen hatte. Ganz hinten erahnte er Malin Knutsson und ganz in ihrer Nähe Viktor. Samuel wusste, dass er nach ihrem Gespräch tatsächlich nach Klockarvik gekommen war, und das hielt er für eine gute Entscheidung des Jungen. Er sah schon viel besser aus als in Östersund. Amanda begleitete ihn nicht, soweit er das erkennen konnte. Angeblich hatte sie sich in die Berge zurückgezogen, aber wenn die Polizei sie erreichen wollte, würde Viktor sicher wissen, wo sie zu finden war.

Samuel entzündete ein Streichholz und damit die vierte Kerze im Leuchter.

»Niemand ist enger mit Jesu Geburt verknüpft als seine Mutter Maria«, begann er seine Predigt. »Jedes Jahr finden wir in ihrem Namen zusammen, um das Wunder zu feiern, das vor so vielen Jahren in Bethlehem geschah. Wir treffen den großherzigen Josef, der seine Frau vollends un-

terstützt, obwohl er weiß, dass er nicht der Vater des Jesus-
kindes ist.«

Die Wörter sprudelten nur so aus ihm heraus, er betonte
die richtigen Stellen und an den Gesichtern der Versammel-
ten konnte er ablesen, dass sie wirklich zuhörten. Die Weih-
nachtsbotschaft wollten alle hören. Er musste sich zügeln,
damit er seine Predigt nicht zu schnell runterrasselte. Maja-Sofia hatte versprochen, vor dem Fitnessstudio auf ihn
zu warten. Heute brachten sie hoffentlich einen Mörder
dazu, seine Taten zu gestehen.

Nachdem er seine Predigt mit einem Amen abgeschlossen hatte, stimmten alle ein ins Glaubensbekenntnis, bevor
Gunnar Halbton Halvarsson ordentlich in die Tasten haute.
Die Weihnachtsmelodien waren wohlbekannt. Die Küsterinnen sammelten die Kollekte, und dann sang Samuel ein an-
spruchsvolles Adventslied, in dessen Refrain die Bewohner
von Klockarvik mit solcher Inbrunst einstimmten, dass fast
die Decke von der Kirche flog. In diesem Moment war Samuel erfüllt von nichts als Freude und Glück.

»Er kommt zu uns auf die Erde, um ein Opfer zu bringen
am hölzernen Kreuze«, sang Samuel mit allen anderen, »um
zu sterben für unser sündiges Menschengeschlecht, damit
endlich Gerechtigkeit vorherrsche.«

Samuel blickte erneut über die Anwesenden, von Bankreihe zu Bankreihe. *Ein Opfer am hölzernen Kreuze*, das war
so ziemlich das, was er an seinem ersten Tag in Klockarvik
auf dem Friedhof vorgefunden hatte. Und was hatte Sven-
Erik quasi im Vorbeigehen erwähnt, während sie Schnee
schippten? Von den Finn-Männern hatte er gesprochen, der

397

Familie, von der er schon wusste, dass sie Probleme auf ihre Weise löste. Plötzlich fügte sich alles zusammen. Jetzt begriff er. Dort, mitten in der Kirche, saß der Mörder. Samuel war sich sicher. Die Strophe hatte ihm geholfen, genauso wie die in die Sennhütte geschnitzten Initialen in Sundbacka. Erschüttert durch die Erkenntnis hörte er auf zu singen und kletterte langsam von seiner Kanzel, um Ellinor beim Verteilen des Abendmahls zu helfen.

Ellinor warf ihm einen beunruhigten Blick zu. War es so offensichtlich, wie aufgewühlt er war? Er schüttelte nur leicht den Kopf und lächelte, damit sie sich keine Sorgen machte, und nahm die von ihr gesegneten Gaben entgegen. Brot und Wein. Der Leib Christi. Das Blut Christi. Dieser Moment war heilig, den durfte er nicht stören.

»Kommt, alles ist vorbereitet«, sagte Ellinor, und sofort bildete sich eine Schlange im Mittelgang. Der Geruch von Wein stieg aus dem Kelch auf, und die Zeremonie begann.

»Der Leib Christi«, sagte Ellinor und reichte eine Oblate an die erste Gläubige.

»Das Blut Christi«, sagte Samuel und reichte ihr den Kelch.

Das war eine sehr ernste Angelegenheit für alle, die teilnahmen. Viele tunkten das Brot in den Wein, andere wollten es traditionell, steckten die Oblate in den Mund und tranken einen Schluck. Samuel brach der Schweiß aus, und er mühte sich, das Zittern seiner Hände zu unterdrücken. Irgendwie musste er das hier hinter sich bringen. Als er aufschaute, stand Tindra vor ihm, die ihn an der Schulter berührte. Sein Herz schlug ihm bis zum Hals, und er verstand nicht, was sie wollte, brachte sich aber schnell wieder unter Kontrolle und fing seine wild durcheinanderlaufenden Gedanken wieder ein. Sie wollte gesegnet werden, aber kein Abendmahl.

»Der Herr segne dich heute und an allen Tagen«, sagte er und legte ihr die Hand auf den Kopf.

»Danke«, sagte Tindra lachend, und Samuel rang sich ein Lächeln ab, ehe er sich an die nächste Person wandte.

Diesmal stand er Auge in Auge mit dem Menschen, der zwei andere Mitbürger auf dem Gewissen hatte. Er wusste es. Er war sich hundertprozentig sicher.

Ellinor legte die Oblate in die ausgestreckten Hände.

»Der Leib Christi«, sagte sie.

Die Person machte einen Schritt zur Seite und stand nun direkt vor Samuel, der den Kelch reichte.

»Das Blut Christi«, sagte Samuel.

Ihre Blicke trafen sich.

Der Unmensch trank einen Schluck Wein und gab den Kelch zurück. Samuel wischte den Rand mit der Serviette ab. So fuhr er weiter fort, bis alle der Wartenden am Abendmahl teilgenommen hatten. Als er mit dem Kelch zum Altar zurückkehrte und das kostbare Stück abstellte, zitterten seine Hände noch immer.

Nach der Ausgangsprozession eilte er in die Sakristei, um sich umzuziehen. Schnell entschuldigte er sich bei Ellinor, dass es ihm nicht gut gehe und er deshalb nicht am Kirchenkaffee teilnähme, dann huschte er davon, bevor ihn jemand aufhalten konnte, der Anmerkungen zu seiner Predigt hatte.

Samuel startete den Wagen, wusste genau, wohin er wollte. Er ging davon aus, dass die beiden, mit denen er sprechen wollte, im Imbiss saßen und einen Sportsender auf einem großen Plasmabildschirm verfolgten. Die beiden Menschen, die über jedes Recht und Unrecht Bescheid wussten, das je in diesem Ort geschehen war. Die beiden Menschen, die jedes Gerücht kannten. Wahr oder falsch. Seit Generationen.

Samuel bestellte einen Kaffee und zwei Bier und setzte sich zu den Cousins Tysk und Brysk.

»Bitte sehr«, sagte er und stellte jedem eine Flasche Bier vor die Nase.

»Ach, da schau an, das ist ja nett«, sagte Tysk und strahlte. Er knuffte seinen Cousin in die Seite. »Und dann auch noch vom Pfarrer höchstpersönlich. Muss ein Geschenk von oben sein.«

Brysk brummte zufrieden und schenkte sich ein.

Samuel hatte keine Zeit zu verlieren, sondern kam nach einem Schluck Kaffee direkt zur Sache. Er lehnte sich vor und flüsterte ihnen sein Anliegen zu. Er wollte nur bestätigt wissen, was die beiden ihm beim letzten Mal erzählt hatten. Und ein paar Antworten bekommen: Lebte Markus' Mutter noch? War sie es, mit der er sprechen musste, um das letzte Puzzleteil zu finden?

Die Cousins nickten nur mit ernsten Mienen, also nahm er ihnen davor noch das Versprechen ab, dass sie niemandem verraten durften, dass er gerade bei ihnen gewesen war. Ob sie sich auch daran halten würden, vermochte er nicht vorherzusagen. Ihnen bei Nichteinhaltung mit der

Hölle zu drohen, hatte heutzutage an Wirkung verloren. Darüber hinaus hoffte Samuel inständig, dass es diesen Ort gar nicht gab.

»Sie lebt noch«, antwortete Tysk flüsternd auf seine Frage.

»Sie wohnt im Pflegeheim in Solklint«, fügte Brysk hinzu.

»Aber um mit ihr sprechen zu können, müssten Sie schnell Dalska lernen«, sagte Tysk. »Mit zunehmendem Alter hat sie ihr Schwedisch fast vergessen, habe ich gehört.«

Samuel setzte seine Mütze auf und machte sich bereit zum Aufbruch. Von den beiden Herren wollte er keinen tiefer in die Angelegenheit verwickeln, aber wer beherrschte den hiesigen Dialekt und konnte ihm helfen? Fieberhaft ging er seine wenigen Kontakte durch. Cillan beherrschte Dalska, das hatte er selbst mitbekommen, als sie gemeinsam unterwegs waren. Aber auch sie wollte er nicht in diese Sache mit reinziehen. Er war schon auf dem Parkplatz und öffnete die Autotür, als es ihm wie Schuppen von den Augen fiel. Tindra! Sie konnte Dalska, das hatte sie selbst erzählt. Ihr konnte er definitiv trauen. Schnell suchte er ihre Nummer heraus, und sie antwortete praktisch sofort.

»Hi, Tindra! Bist du noch in Klockarvik?«, fragte er. »Ich bräuchte deine Hilfe. Wenn du gerade Zeit hast, würde ich dich sofort am Gemeindehaus einsammeln.«

Er fuhr das kurze Stück bis zum Gemeindehaus und hielt auf der Straße direkt davor. Noch ein kurzes Telefonat, dann war er bereit. Sie ging sofort dran:

»Maja-Sofia Rantatalo.«

Er musste schnell die Gefühle unterdrücken, die sich in die erste Reihe drängen wollten.

»Hallo, Samuel hier«, sagte er. »Hören Sie, das mit dem Fitnessstudio können wir bleiben lassen, das wird nichts bringen.«

»Was meinen Sie? Überstürzen Sie jetzt bitte nichts«, mahnte sie.

»Ein Lied hat mir die Augen geöffnet«, erwiderte er.

Ihre Einwände waren ihm egal, er bat sie, zu der Adresse zu fahren, die er ihr gleich mitteilen würde. Lange würde es nicht dauern, sie bekäme eine SMS mit den relevanten Daten.

»Sie müssen mir trauen«, sagte er. »Mit Gottes Hilfe kann man alles schaffen. Behalten Sie Ihr Handy im Blick.«

Samuel war angespannt bis in die letzte Zelle. Sollte er es wagen? Und was, wenn er falschlag? Noch dazu war Eile geboten, Marit würde in wenigen Stunden ankommen. Er faltete die Hände.

»Mein guter, lieber Boss, ich bitte und bete, dass du bei mir bist«, sagte er halblaut. »Ich brauche jede Unterstützung, die ich kriegen kann. Was, wenn ich mich irre?«

Er wartete. Alles blieb still. Der Boss spannte ihn auf die Folter. In dem Moment, in dem Tindra aus dem Gemeindehaus trat, bekam er seine Antwort und unerwarteten Zuspruch: *Hab keine Angst, verlier nicht den Mut. Nur zu!*

~ EINUNDFÜNFZIG ~

Als Sigvard Nordqvist nach der Messe nach Hause kam, setzte er sich an seinen Schreibtisch und griff zu seinem wertigen Briefpapier und dem Kolbenfüller. Er hatte beschlossen, seine Botschaft auf altmodische und würdige Weise niederzuschreiben. Er warf einen Blick in den Kalender und strich den heutigen Tag mit einem dicken, schwarzen Kreuz aus. Noch war er nicht vorbei, aber das spielte keine Rolle mehr. Schon bald war ein weiterer Tag seines fünfundachtzig Jahre währenden Lebens vorüber, und wie es weiterging, wusste nur der Herr.

Der Gottesdienst war schön gewesen, die Predigt sogar ganz ergreifend. Für die Eingeweihten schimmerte jedoch leider sehr deutlich durch, welche Gedanken in Bruder Samuel ihr Unwesen trieben. Nur ein Mann, getroffen von Amors Pfeil, konnte so innig und liebevoll über die Jungfrau Maria und die bevorstehende Geburt ihres Sohnes sprechen. Glücklicherweise schien er sich bislang keinem anderen in der Gemeinde anvertraut zu haben, denn außer ihm war es offenbar niemandem aufgefallen.

Im Anschluss war Sigvard wie immer beim Kirchenkaffee gewesen und mit ein paar der anderen Kirchenratsmitglieder ins Gespräch gekommen. Sie hatten ein Sondertreffen anberaumen wollen, da nach Finn Mats Hanssons Tod die Stelle des Vorsitzenden neu besetzt werden müsse.

»Blödsinn«, hatte er darauf gesagt. »Wir brauchen keinen neuen Vorsitz, dafür gibt es doch Beppe Claesson, den Stellvertreter. Den Nachfolger bestimmen wir ganz normal durch die nächsten Wahl.«

Zwei der Mitglieder hatten ihn verständnislos angestarrt. Sie waren jung und offenbar nicht vertraut mit der Satzung und dem üblichen Prozedere. Vielleicht sollte er auf diesem Gebiet Nachhilfe anbieten. Das könnte seine letzte Berufung sein.

Sigvard schrieb eine ganze Weile und wählte seine Worte mit großer Sorgfalt. Als er zufrieden war, faltete er den Brief dreimal, schob ihn in den gefütterten Umschlag und lehnte ihn gegen den Stifthalter, der er von seinem Vater geerbt hatte. Der Halter und der Schreibtisch hatten ihn sein gesamtes Berufsleben lang begleitet, und er musste gestehen, dass er sie beide gut und gern genutzt hatte. Möglich, dass ihm die Erbstücke mehr Freude bereitet hatten, als seinem Bruder durch sein Erbe, dem Hof und dem Wald, je zuteil geworden war.

Sigvard betrachtete die alte, goldene Pendeluhr an der Wand, die gleichmäßig und friedlich tickte. Noch blieb ihm etwas Zeit, aber nicht mehr viel. Schon bald konnte es zu spät sein.

Er ging ins Schlafzimmer und packte eine Tasche mit Wechselsachen. Dann warf er einen Blick in jedes Zimmer. Das Geschirr war ordentlich verstaut, nichts lag vergessen herum, Sigvard Nordqvist würde alles ordentlich hinterlassen. Das Schneemobil war vollgetankt und startklar. Er setzte sich im Flur auf die Bank, um seine Stiefel anzuziehen.

Ein intensives Klopfen an der Tür ließ ihn zusammenzucken. Sofort stoben die Gedanken in alle Richtungen, er bekam Angst. Er hatte gehofft, noch rechtzeitig fliehen zu können, doch offenbar vergebens. Niemand entkam seinem Schicksal, das hatten schon die alten Griechen gewusst. Er starrte auf die Klinke, die sich langsam nach unten bewegte. Jemand wollte herein. Jetzt war alles vorbei, davon war er überzeugt. Die Tür öffnete sich einen Spalt, eisiger Wind drang in den Flur.

»Bruder Samuel?«, fragte Sigvard und atmete auf, als der junge Pfarrer im Türrahmen erschien und nicht der von ihm gefürchtete Mensch.

»Sigvard«, sagte er.

Sigvard musste ihn loswerden. Samuel durfte nicht hier sein. Nicht jetzt.

»Was willst du hier?«, fragte Sigvard in scharfem Ton. »Ab nach Hause, damit alles vorbereitet ist, wenn deine zukünftige Frau eintrifft. Du hast keine Zeit, alte Kerle zu besuchen. Los, fort mit dir.«

Aber Samuel hörte nicht auf ihn, sondern kam herein und zog die Tür hinter sich zu.

»Sigvard«, sagte er ernst. »Wir müssen reden. Dringend. Du und ich.«

Sigvard blieb sitzen und schnürte einen seiner Stiefel zu, aber als er fertig war, griff er noch nicht zum anderen, sondern ließ ihn auf dem Boden stehen. Samuel setzte sich gegenüber von ihm hin.

»Willst du weg?«, fragte er und deutete auf den Stiefel.

»Nur eine kurze Tour mit dem Schneemobil.«

»Du hast also nicht zufällig vor, einfach abzuhauen?«

»Abhauen? Ich verstehe nicht, wovon du sprichst«, sagte Sigvard.

Samuel lehnte sich vor und stützte sich mit den Ellbogen auf den Knien ab. Der Flur war nicht gerade breit und sein Gesicht kam dem Sigvards sehr nah. Ganz wie beim Abendmahl, das noch gar nicht so lange zurücklag.

»Sigvard, du weißt alles über den Mord an Finn Mats, nicht wahr? Und über den an Liss Katrin auch.«

Sigvard schwieg. Plötzlich war da ein Druck auf seinem Brustkorb, er presste sich die Hand aufs Herz. Konnte Samuel nicht einfach verschwinden? So hatte er sich das alles nicht vorgestellt.

»Und du weißt, wer die Mordwaffe bei deinem Sohn ins Wohnzimmer geschmuggelt hat, oder?«

»Meinem Sohn? Was redest du denn da für einen Unsinn?«

»Ja, deinem Sohn. Markus. Oder Deppen-Markus, wie er hier von manchen genannt wird. Erst leugnest du dein Leben lang deinen einzigen Sohn, und dann hilfst du ihm nicht mal, obwohl er unschuldig im Gefängnis sitzt. Was ist denn aus dir geworden, Sigvard?«

Der Druck in seinem Brustkorb wurde stärker, er bekam immer schlechter Luft.

»Was weißt du denn schon?«, brachte Sigvard heraus. »Nichts. Nichts weißt du.«

Samuel drehte seine Mütze in den Händen.

»Ich war gerade im Pflegeheim bei Markus' Mutter«, sagte er. »Das war ein sehr erhellender Besuch. Sie hatte eine Menge zu erzählen.«

Sigvard sackte in sich zusammen und starrte vor sich. Dann wanderte sein Blick zu dem kleinen Kruzifix, das neben der Haustür über einem kleinen, gestickten Bild hing. Er war nicht dumm, der neue Pfarrer. Leider.

Schließlich schaute er Samuel an.

»Ich war das nicht, falls du das glaubst«, sagte er. »Ich bin kein Mörder.«

»Ich weiß«, sagte Samuel, »aber du wusstest die ganze Zeit, wer es war. Dir wurde etwas gebeichtet, was du am liebsten nie gehört hättest, schätze ich.«

»Das ist wahr«, sagte Sigvard kaum hörbar. Er klang ungefähr so hilflos, wie er sich fühlte. Sein Fluchtplan musste jetzt sofort umgesetzt werden, sonst war es zu spät. Das musste Bruder Samuel doch verstehen.

»Wende dich an Gott«, sagte Samuel, als wäre das das Leichteste der Welt. »Wenn jemand weiß, wie weit Seine Gnade reicht, dann du. An deiner Schweigepflicht lässt sich nicht rütteln, wir müssen eine andere Lösung finden.«

Sigvard starrte auf den Stiefel, der am Boden lag.

»Ich möchte gern etwas beichten«, sagte er langsam und seufzte schwer. »Ich möchte dir alles erzählen, und dann musst du mich gehen lassen, damit ich tue, was ich tun muss. Ob es das Richtige ist, weiß ich nicht. Aber es muss ausgesprochen werden.«

Samuel schien seiner Meinung zu sein. Auch ihm war

offenbar klar, dass Sigvard etwas quälte und er Unterstützung brauchte.

»So wird es gehen«, sagte Samuel. »Ich glaube nicht, dass der Boss Einwände hat.«

»Der Boss?«

Samuel deutete nach oben.

»Ach, du meinst unser aller Chef?«, fragte Sigvard.

»Genau den, und ich habe meine ganz persönliche Art, mit ihm zu kommunizieren. Eine Art, die dir möglichweise missfällt, aber damit müssen wir uns ein andermal auseinandersetzen. Wollen wir anfangen, Sigvard?«

Sigvard nickte. Sie falteten die Hände.

»Lieber Gott, der du uns bis in die letzte Faser kennst«, sagte Samuel. »Heiße Sigvard mit seiner Beichte willkommen.«

Zögernd fing Sigvard an zu erzählen. Es war schwer, den Anfang zu finden, die Wahrheit zu bekennen, selbst vor einem Glaubensbruder. In seinem Inneren wusste er, wie groß das Unrecht war.

»Meine Familie hat Probleme immer auf ihre Art gelöst«, sagte er. »Mein Bruder war ein grausamer Mensch, der seine Bösartigkeit an dem Pflegekind ausließ, das bei ihm wohnte. Und ich für meinen Teil war kein Stück besser. Seit deinem Besuch in Solklint weißt du, dass Markus mein Sohn ist. Das ist meine größte Sünde. Nicht, dass ich sein Vater bin, sondern dass ich ihn all die Jahre verleugnet habe.«

»Ich weiß auch, wer das Pflegekind war«, sagte Samuel, als Sigvard verstummt war. »Irgendwie ist mir heute ein

Licht aufgegangen, und Stina Lundström hat es mir bestätigt.«

Sigvard nickte leicht, ehe er weitersprach:

»Nach außen wirkte alles so nett und perfekt, als mein Bruder und seine Frau sich des Kindes annahmen, aber hinter geschlossenen Türen musste der Kleine die schwersten und schlimmsten Aufgaben erledigen, während von Mats nichts verlangt wurde, der alles bekam, worauf er nur zeigte. Soweit ich das beurteilen kann, wurde das Kind immerhin nicht körperlich gezüchtigt, aber man kann das Selbstvertrauen auch allein durch Worte, durch Hausarrest oder maßloses Ignorieren schädigen. Es ist ein Wunder, dass überhaupt ein funktionierender Erwachsener aus ihm geworden ist.«

»Und das Pflegekind war insgeheim der Sohn deines Bruders, aber nicht seiner Frau, nicht wahr? Er hatte sich ausgetobt und seine Gattin wusste davon, nahm das Kind aber trotzdem auf.«

Auf Sigvards Gesicht zeigte sich so etwas wie ein Lächeln.

»Wie ich höre, hast du in Solklint eine Menge in Erfahrung gebracht«, sagte er. »Markus' Mutter ist ja gut informiert.«

»Ja, sie hat erwähnt, dass deine Schwägerin nicht gerade nett war.«

»Nein, besonders zu diesem Kind war sie so gemein, dass alle Engel des Himmels weinen mussten. All ihre Frustration über ihren Mann ließ sie an dem Jungen aus, dabei war der Arme völlig unschuldig. Und wir alle haben uns mitschuldig gemacht, weil wir davon wussten und nichts

409

dagegen unternommen haben. Wir haben es einfach passieren lassen.«

Sigvard hatte das Gefühl, als habe sich etwas in ihm gelöst. Die Wörter sprudelten nur so aus ihm heraus. Es war eine unheimliche Erleichterung, Samuel das alles zu schildern.

»Ich habe es so lange dort ausgehalten, bis Mats den Hof und Grund von meinem Bruder übernommen hat. Aber weil er sich niemandem gegenüber zu irgendetwas verpflichtet fühlte, wurde es für mich unerträglich. Und dann hat er einfach, ohne mich oder den Halbbruder zu fragen, alles verkauft. Ein unverzeihlicher Verrat an einem Hof, der seit dem 18. Jahrhundert von Generation zu Generation vererbt wird. So was macht man einfach nicht.«

»Was ist dann passiert?«, fragte Samuel.

»Den Hof hat ja dieser Stockholmer gekauft«, erklärte Sigvard. »Und Mats hat alles Geld auf das Hotel und seine protzige Villa oben auf dem Berg und irgendwelche Aktien einer kalkfördernden Firma auf Gotland gesetzt, die entsetzlich gescheitert ist. Überall, wo er Geld witterte, hatte er die Finger im Spiel. Und immer hat er seinen Halbbruder mit reingezogen. Irgendwie hat er die Quälerei der Kindheit fortgeführt, nur auf anderer Ebene. Gefährlicherer Ebene.«

Sigvard stockte, weil er sich schnäuzen musste. Der Druck auf seiner Brust hatte merklich nachgelassen.

»Es gibt nur einen Menschen, der sich schon sein Leben lang für dieses Kind einsetzt«, fuhr Sigvard fort, »und das auch heute noch. Irgendwann war es wohl einfach zu viel. Die Sicherung ist durchgebrannt. Ich glaube nicht mal, dass das geplant war. Der Hass, der über Jahre gewachsen ist, ließ sich schlussendlich nicht mehr unterdrücken. Ich weiß, dass sie am Pool standen. Und der Kerzenhalter wurde spontan zur Mordwaffe.«

»Und das hast du die ganze Zeit gewusst?«, fragte Samuel.

Sigvard seufzte und sammelte sich.

»Ja. Es ist schrecklich, aber selbst der größte Sünder muss sich die schweren Bürden von der Seele reden, das kennst du sicher aus deinem Alltag.«

Samuel nickte nur. Sigvard sah ein, dass er zu lange geredet hatte, langsam wurde es eilig. Schon bald würde sich das Abhauen nicht mehr lohnen. Also zog er den anderen Stiefel an.

»Ich muss los«, sagte er. »Ich kann nicht hierbleiben, das ist zu gefährlich.«

Genau in diesem Moment flog die Haustür auf. Das, was Sigvard befürchtet hatte, wurde Wirklichkeit. Das Monster hatte ihn eingeholt, kam in den Flur. Eine Messerklinge blitzte auf.

Plötzlich stand die Zeit still. Jesus betrachtete die Szene vom Kreuz an der Wand aus. Jetzt war es zu spät, er war nicht entkommen.

Samuel presste sich so fest er konnte gegen die Wand. Noch war er nicht bemerkt worden, wenn nur Sigvard die Klappe hielt und nichts Dummes tat. Möge Gott selbst den alten Mann an der Bank festkleistern! Leider wurde sein Stoßgebet diesmal nicht erhört oder aber der Boss schaffte es einfach nicht rechtzeitig. Jedenfalls sprang Sigvard auf und machte einen Schritt vorwärts. Samuel musste improvisieren, und zwar schnell. Gezielt trat er gegen die Hand mit dem Messer. Im hohen Bogen flog es durch die Luft und landete im Nebenzimmer. Samuel machte einen Satz nach vorn und es gelang ihm, den Eindringling zu Boden zu reißen.

»Malin Knutsson«, sagte er, als er rittlings auf ihr saß und sie vorläufig unschädlich gemacht hatte. »Wie schön, Sie zu sehen. Wir haben Sie schon erwartet.«

»Fahr zur Hölle, verdammter Prediger!«, zischte sie. »Sie sind kein Polizist. Mischen Sie sich nicht in Dinge ein, die Sie nichts angehen.«

»Das überlasse ich nur zu gern der Polizei«, erwiderte Samuel, »da Sie hier gerade mit einem Messer reingestürmt sind, sollte das ja nicht das Problem sein. Ich habe Ihre Namen oben bei der Sennhütte gesehen.«

»Welche Namen?«

»›Malin und Mikael, Bruder und Schwester für immer‹.«

»Das beweist rein gar nichts«, fauchte Malin Knutsson und versuchte, sich aus Samuels Griff zu befreien.

»Nein, das allein nicht, aber es erklärt zumindest das eine oder andere«, sagte Samuel ruhig. Noch konnte er ihre verzweifelten Befreiungsversuche gut parieren. »Bloß haben Sie vor Kurzem noch etwas hinzugefügt: das ›für immer‹.«

Sie schluchzte auf.

»Ich habe es für meinen Bruder getan. Diese verdammte Finn-Hansson-Familie, ich hasse sie.«

»Sie haben Finn Mats Hansson ermordet«, sagte Samuel, ohne sie auch nur für eine Sekunde aus den Augen zu lassen.

»Ich musste es tun, damit mein Bruder endlich mal zur Ruhe kommt.«

»Und Katrin?«

Darauf kam erst mal keine Reaktion. Allmählich wurde Samuel unruhig. Wenn Maja-Sofia noch lange auf sich warten ließ, wusste er nicht, wie das hier enden würde. Klar, er war schwerer als Malin und gut in Form, trotzdem war es auf Dauer keine leichte Aufgabe, eine gut trainierte, verzweifelte Frau ewig festzuhalten. Er hatte Maja-Sofia eine SMS geschickt, als er das Heim in Solklint verlassen und sich auf den Weg gemacht hatte. Eigentlich sollte sie jede Sekunde eintreffen. Malin bäumte sich auf, und Samuel spürte deutlich, dass seine Kräfte endlich waren.

»Wieso musste Katrin sterben, Malin?«

Samuels Blick fiel auf Sigvards schwere Schuhe, und ihm kam eine Idee. Das waren richtig gute Teile mit Schnürsenkeln und Klettverschlüssen. Die Schnürsenkel sahen vertrauenserweckend stabil aus.

»Katrin?«, stöhnte Malin, als Samuel ihre Handgelenke fester umklammerte. »Sie wusste weg.«

»Aber warum?«

Malin antwortete nicht, starrte ihn nur hasserfüllt an.

Sigvard hatte offenbar Samuels Blick auf seine Schnürsenkel mitbekommen und sofort verstanden. Erstaunlich schnell hatte er die Senkel aus den Stiefeln gezogen und ihm gereicht, sodass Samuel sie um Malins Handgelenke wickeln konnte. Ans Ende setzte er einen ordentlichen Kreuzknoten. Zur Sicherheit blieb er trotzdem noch auf ihr sitzen, aber immerhin konnten die beiden Männer nun ein bisschen aufatmen, auch wenn Malin weiter strampelte, fluchte und spuckte.

Dann hörten sie, wie draußen Autotüren zugeschlagen wurden. Kurz darauf öffnete sich vorsichtig die Haustür.

»Polizei!«, rief die Stimme, auf die er gehofft und gewartet hatte.

»Wir sind hier«, rief Samuel zurück. »Alles ziemlich gechillt.«

Maja-Sofia schaute herein, die Dienstwaffe im Anschlag, und ihre Blicke trafen sich. Schnell erfasste sie die Situation und ließ die Waffe sinken.

»Wir übernehmen«, sagte sie und gab Larsson ein Zeichen, der hinter ihr hereinkam und sofort den Platz mit Samuel tauschte. Er legte Malin, die aufgehört hatte zu spucken und zu fauchen, gleich richtige Handschellen an. Offenbar hatte sie verstanden, dass sie verloren hatte. Dumm war sie nicht.

»Dann hatte Tindra also recht«, sagte Maja-Sofia, nachdem Jarning zu ihnen gestoßen war und mit ihrem Kollegen Malin Knutsson auf die Füße stellte.

»Tindra?«, fragte Malin keuchend. Ihre Haare waren völlig durcheinander, die Wimperntusche verschmiert. Der Blick aus ihren Augen war finster, aber auch voller Verzweiflung.

»Tindra hat Sie und Katrin belauscht, oben bei der Hütte, als Katrin Ihnen gedroht hat und mehr Geld wollte.«

Darauf erwiderte Malin Knutsson nichts, aber Sigvard stöhnte und griff sich an die Brust. Samuel schaute ihn beunruhigt an.

»Warum haben Sie versucht, Samuel zu überfahren?«, fragte Maja-Sofia. »Mit Katrins Wagen?«

»Weil der verdammte Pfaffe zu viel geschnüffelt hat!«

»Und während Sie Ihre Lippen nachzogen, haben Sie gehört, dass Viktor seiner Mutter etwas in der Sennhütte zeigen will, und da haben Sie Ihre Chance gewittert, nicht wahr?«

»Woher wissen Sie das? Sie waren doch gar nicht da!«, fauchte Malin.

Maja-Sofia schüttelte nur den Kopf.

»Und Sigvards Volvo?«

»Ich musste ihm Angst machen, damit er nicht auf die Idee kam, sein Schweigen zu brechen. Ich konnte nicht riskieren, dass er anfängt zu plaudern.«

»Und ich habe wirklich versucht, sie zum Geständnis zu bewegen«, sagte Sigvard.

Er klang überhaupt nicht wie sonst. Seine Stimme zitterte, und dann machte er einen wackligen Schritt zur Seite. Maja-Sofia klopfte ihm auf die Schulter. Dann wandte sie sich an Malin Knutsson.

»Am Ende kommt immer alles raus. Zeit zum Aufbruch.«

Sigvard tastete nach der Klinke, um ihnen die Haustür zu öffnen. Eine befreiende, kalte Brise kam herein und kühlte Samuels verschwitzte Stirn. Jarning und Larsson führten Malin Knutsson ab, nur Maja-Sofia blieb noch einen Moment im Eingang stehen.

»Wir wurden vorhin mitten in einer Beichte unterbrochen, Sigvard«, sagte Samuel. Sigvard blinzelte ihn aus müden Augen an. Maja-Sofia betrachtete ihn abwartend.

»Markus' Mutter«, sagte Sigvard zögernd, »ist meine Cousine. Sie hat mich in die Mysterien der Liebe eingeweiht.

Meine Eltern haben das Kind kategorisch abgelehnt. Wir waren einfach zu nah verwandt, auch wenn eine Heirat für Cousin und Cousine nicht verboten war. Ich bereue es zutiefst, dass ich den Jungen verleugnet habe. Das ist das Kreuz, das ich zu tragen habe.«

Es war rührend, den alten Prälaten in seinen gestreiften Wollsocken im Flur stehen zu sehen. Er war müde, sehr müde, das war unverkennbar. Und reumütig. Samuel hob die Hand und legte den Mittelfinger an den Daumen zur Segensgeste.

»Im Namen Christi sage ich: Deine Sünden sind vergeben.«

Noch nie zuvor hatte er diese Worte unter ähnlich sonderbaren Umständen ausgesprochen. Er klopfte Sigvard auf die Schulter und ging hinaus zum Streifenwagen. Larsson wollte gerade die Hintertür schließen, wo Malin Knutsson auf der Rückbank saß.

»Warten Sie!«, rief Samuel. »Ich möchte ihr noch etwas sagen.«

Die Frau starrte ihn wütend an. In ihrem Gesicht spiegelte sich die Miene eines sehr unglücklichen Menschen wider.

»Ich weiß, dass Sie es gut meinten«, sagte Samuel. »Dass Sie es aus Liebe zu Ihrem Bruder getan haben. Dass Sie ihn ihr Leben lang beschützt haben. Bei Ihnen hatte er immer Rückhalt.«

Malins Miene änderte sich.

»Würden Sie meinen Bruder benachrichtigen?«, schluchzte sie. »Rufen Sie Mikael an und sagen Sie ihm, dass seine Schwester ihn liebt.«

»Das mach ich, versprochen«, konnte Samuel noch antworten, ehe die Autotür zugeschlagen wurde.

Dann kehrte er zu Sigvard zurück, der noch immer in Socken im Flur stand. Maja-Sofia war hinausgegangen und wartete ein Stück entfernt in der geräumten Auffahrt.

»Ich muss dann auch los«, sagte Sigvard. »Das Schneemobil ist vollgetankt, und ich bin wild entschlossen.«

»Sigvard«, sagte Samuel leise. »Du hast doch hoffentlich nichts Dummes vor? Sonst würdest du mich sehr traurig machen.«

»Was Dummes? Ich? Wie kommst du denn darauf?«

Sigvard wandte ihm das Gesicht zu. Er war aschfahl, ein Farbton, den Samuel noch nie bei ihm gesehen hatte.

»Bruder Samuel«, sagte er mit dünner, schwacher Stimme, »wieso glaubst du, dass es für mich je eine Form von Versöhnung geben wird?«

»Ich brauche dich, Sigvard«, sagte er. »Vergiss das nicht. Was soll denn ohne unsere Spaziergänge aus mir werden?« Unbeholfen klopfte er dem alten Mann auf den Rücken. »Und du bist ja nicht allein, Sigvard. Du bist nie allein. Gott ist immer bei dir.«

»Daran habe ich lange gezweifelt«, antwortete er kaum hörbar und schüttelte den Kopf. »Ganz sicher kann man sich auch nie sein.«

Samuels Fremdenführer holte ein kariertes Taschentuch hervor und tupfte sich den Schweiß von der Stirn. Er schwitzte erheblich. Mit der anderen Hand griff er nach Samuel und stützte sich schwer auf. Dass es sich hier um denselben rüstigen Mann handelte, der stundenlange Wanderun-

gen unternahm, Ski fuhr oder mit einem Tretschlitten Klockarvik umrundete, war schwer vorstellbar. Letztens war er
doch gerade erst mit den Schlittschuhen auf dem See unterwegs gewesen. Wenn überhaupt möglich, war er sogar
noch blasser geworden, ein Schatten seiner selbst, der nach
wie vor in Strümpfen dastand.

Samuel griff ihm nun richtig unter den Arm. Dann schaute er zu Maja-Sofia und ihre Blicke trafen sich. Er nickte ihr
zu, sie kam herüber und griff unter Sigvards anderen Arm.
Der große Mann hatte all seine Kraft verloren, er stand ganz
krumm da.

Sigvard hob den Kopf und schaute Maja-Sofia an.

»Sie wollen sicher ...«, sagte er unter großer Anstrengung,
»... dass ich ... alles erzähle. Aber ich kann nicht.«

Er stöhnte auf, sackte dann in sich zusammen und riss
Samuel mit sich zu Boden. Seine Lippen waren blau ange-
laufen, offenbar bekam er kaum noch Luft.

»Sein Herz!«, rief Maja-Sofia. »Lieber Gott, ich rufe sofort
einen Krankenwagen.«

Sie hatte sofort jemanden in der Leitung.

»Wir brauchen umgehend einen Rettungswagen in Klockarvik«, sagte sie, und ihre Stimme klang schärfer, als Samuel
es je gehört hatte. »Ein Herzinfarkt, schätze ich. Leider habe
ich keinen Defi im Wagen, aber wir tun alles, was wir können,
bis Sie eintreffen. Es ist brandeilig!«

Samuel kniete sich zu dem griesgrämigen Mann, den er
so liebgewonnen hatte, obwohl sie kaum unterschiedlicher
sein konnten. Schnell knöpfte er Sigvards Jacke auf und fing
mit der Herzdruckmassage an.

»Sigvard!«, flehte er laut. »Komm schon!«

Maja-Sofia schob ihn beiseite.

»Wir müssen uns abwechseln, damit wir nicht zu schnell müde werden«, sagte sie. »Er *muss* überleben.«

Abwechselnd drückte Maja-Sofia rhythmisch auf Sigvards Brustkorb und blies ihm Luft in den Mund. Doch es war spürbar, wie das Leben langsam aus ihm herausrann. Als die Sirenen näher kamen und das erste Blaulicht zu erkennen war, schaute sie zu Samuel auf. Ihre Blicke trafen sich. Sie schüttelte den Kopf. Samuel hätte heulen können.

»Ich fürchte, es ist schon zu spät«, sagte sie zu der herbeirennenden Rettungssanitäterin. »Wir haben getan, was wir konnten, aber offenbar hat es nicht gereicht.«

Die Sanitäterin ging neben Sigvard in die Knie und tastete nach seinem Puls. Ihr Kollege holte den Defibrillator aus dem Wagen.

»Komm schon!«, rief sie ihm laut zu. »Wir brauchen den Defi!«

Samuel griff nach Maja-Sofias Schultern und führte sie ein paar Schritte zur Seite, damit sie nicht im Weg waren. Sie lehnte den Kopf an seine Schulter. So standen sie eine ganze Weile, bis Sigvard Nordqvists Herz wieder zu schlagen anfing und er in den Krankenwagen geschoben wurde.

»Du hast getan, was du konntest«, sagte Samuel und drückte sie fest. »Und das noch dazu wirklich großartig.«

~ ZWEIUNDFÜNFZIG ~

Als der Krankenwagen abgefahren war, kehrten Samuel und Maja-Sofia zurück ins Haus. Für Samuel fühlte es sich komisch an, weil er und Sigvard praktisch gerade erst von der Mörderin im Flur überrumpelt worden waren. Und dann war Sigvard zusammengebrochen. Langsam holte ihn die Wirklichkeit ein, und er begriff, welch großes Glück er gehabt hatte. Ihm war es gelungen, Malin Knutsson zu entwaffnen und zu überwältigen. Er hatte rein instinktiv gehandelt – und höchstwahrscheinlich hatte der Boss ihm geholfen. Samuel hoffte inständig, dass Er sein Möglichstes tat, um den griesgrämigen, aber wohlmeinenden Pfarrer zu retten, und dass es sich auszahlte, was für ein aktives Leben Sigvard geführt hatte. Ein paar weitere Jahre sollten dem alten Kauz schon noch zustehen.

»Setzen Sie sich doch eben aufs Sofa und ruhen sich aus«, sagte Samuel. »Sie müssen ja total erschöpft sein nach dieser Rettungsaktion. Ich schaue mal, ob ich Kaffee und Wasser für uns auftreiben kann.«

Maja-Sofia kam seiner Aufforderung nach und sackte auf Sigvards Couch zusammen.

»Endlich haben wir die wahre Täterin«, sagte sie, als Samuel mit zwei Kaffeetassen zurückkehrte. »Dafür verdienen Sie die größte Anerkennung, Samuel. Wie sind Sie darauf gekommen, dass es Malin war? Die ganze Zeit war sie so nah, und trotzdem haben wir es nicht begriffen.«

»Mir ist heute in der Kirche die Erleuchtung gekommen.«

»In der Kirche? Im Ernst?«

Er zuckte mit den Schultern.

»Ja, das war ganz sonderbar. In einer Strophe eines unserer Kirchenlieder heißt es ›um zu sterben für unser sündiges Menschengeschlecht‹. Und da fiel mein Blick auf sie, die einfach stumm in ihrer Bank saß, während die anderen alle mitsangen. Ihren Bruder, Mikael Vedberg, hatte ich die ganze Zeit im Hinterkopf, und auch, wie nah die beiden sich offensichtlich standen. Ich habe sie oft zusammen gesehen in meiner kurzen Zeit hier. Sie waren immer sehr aufmerksam und fürsorglich, aber nicht wie zwei Liebende, sondern eher ... geschwisterlich, ging es mir in dem Moment auf. Und oben in der Sennhütte habe ich etwas entdeckt, das meine Annahme bestätigt hat.«

»Trotzdem reicht das ja nicht aus, um darauf zu kommen, dass Malin die Schuldige ist.«

»Das stimmt. Im Prinzip hat mein Vermieter mir geholfen, das letzte bisschen zu verstehen. Sven-Erik Lundin saß weit vorn in der Kirche, und ich musste an unser Gespräch beim Schneeschippen denken. Er hat erzählt, dass Mikael Vedberg keine leichte Kindheit hatte und es seiner Schwester auch nicht besser ergangen ist.«

»Dann musste Finn Mats Hansson also ›für sein sündiges Familiengeschlecht sterben‹?«

421

»Tragischerweise ja.«

»Sehr mutig von Ihnen, auf Ihren Verdacht zu vertrauen, ohne das wirklich zu wissen.«

»Tja«, erwiderte Samuel. »Vielleicht. Aber Markus' Mutter hat mir alles bestätigt. Sie erinnert sich an alle wohlgehüteten Geheimnisse des Dorfs, ganz besonders die des Finn-Hofs. Sie hat nicht gerade ein Blatt vor den Mund genommen, sondern die ganzen Familiengeheimnisse einfach ausgeplaudert, weil Markus und sie nie willkommen waren bei den Finns.«

Für einen Moment trat Stille ein. Samuel schaute zum Fenster hinaus und rührte gedankenverloren in seiner Tasse. Maja-Sofia trank große Schlucke ihres Kaffees.

»Malins Alibi war gut«, sagte sie dann. »Im Prinzip hat die ganze Messerfabrik bestätigt, dass sie im Hotel war, obwohl sie ja niemand permanent im Blick gehabt haben konnte. Und ein Motiv war natürlich auch schwer zu finden, ohne diesen ganzen familiären Hintergrund zu kennen. Die Konkurrenzsituation durch das Neue Hotel erschien uns nicht stark genug. Ich weiß ja, dass für Sie Schweigepflicht besteht«, fuhr sie fort, »aber manchmal sagt Schweigen mehr als tausend Worte.«

»Allerdings.«

Nichts von dem, was Sigvard ihm erzählt hatte, konnte er wiedergeben, nicht einmal in dieser Situation. Aber vielleicht gab es ja trotzdem einen Weg, Maja-Sofia zu helfen, ohne auszusprechen, was Sigvard ihm anvertraut hatte. Irgendetwas, das ihr nutzte, wenn sie wieder im Dienst stand und nicht länger nur am Schreibtisch saß, um aufzuklären, ob ein Wolf rechtmäßig oder unrechtmäßig gejagt wurde.

Maja-Sofia leerte ihre Tasse.

»Mehr?«, fragte er.

Sie nickte dankbar. Also stand er auf, um die Kanne zu holen. Unterwegs warf er einen Blick in Sigvards Arbeitszimmer. Von den Wänden war praktisch nichts zu sehen, sie waren alle mit Regalen vollgestellt, in denen sich vermutlich hauptsächlich theologische Literatur befand, die er über die Jahre angesammelt hatte. Da hätte Samuel gern direkt losgestöbert, aber das musste bis zur nächsten Gelegenheit warten, wenn sich denn je wieder eine ergeben sollte. Der Schreibtisch, das Erbstück, thronte in der Mitte. Draußen war es bewölkt, aber für einen kurzen Augenblick brach die dichte Wolkendecke auf. Ein Lichtstrahl traf das Fenster und ein Streif der blassen Dezembersonne fiel direkt auf den silbernen Stifthalter, der nur so funkelte. Sigvards ganzer Stolz. Ein Brief lehnte daran und leuchtete hell. Samuel warf einen Blick zum Himmel.

»Danke, Boss«, flüsterte er.

Nichts zu danken. Die Dame in der Küche braucht jede erdenkliche Hilfe.

Samuel fing an zu lächeln. Jetzt konnte Maja-Sofia sicher alles erfahren, ohne dass er auch nur irgendetwas von dem, was Sigvard ihm anvertraut hatte, preisgeben musste.

»Warum grinsen Sie so?«, fragte Maja-Sofia vom Sofa aus. »Ich kann Ihre Spiegelung sehen.«

Hastig drehte er sich um und kehrte zu ihr zurück. Mit einer Hand deutete er zum Arbeitszimmer.

»Sehen Sie den Schreibtisch dort?«, sagte er. »Den hat Sigvard von seinem Vater geerbt. Den Stifthalter bekam er auch. Sein Bruder bekam eine Menge mehr, könnte man sagen. Den Hof, das Waldgrundstück, alles Übrige.«

»Tatsächlich? Ich erahne einen Grund zur Eifersucht«, sagte Maja-Sofia und lächelte matt. »Und woher kam das Licht im Zimmer?«

Samuel deutete zum Himmel.

»Das war ein Sonnenstrahl zum genau richtigen Zeitpunkt, das können Sie mir glauben«, sagte er. »Sigvard hat einen Brief hinterlassen. Vielleicht steht da ja etwas Wichtiges drin, wer weiß, vielleicht sollten Sie sich den mal ansehen.«

Maja-Sofia war schnell auf den Beinen und holte den Umschlag. Zusammen setzten sie sich aufs Sofa, und sie lehnte sich an Samuel. Es kostete ihn große Mühe, ihr nicht den Arm um die Schultern zu legen und stattdessen einfach nur ihre Nähe zu genießen.

»Die Frage ist, ob es wirklich in Ordnung ist, den zu lesen«, murmelte sie. »Aber immerhin ist der Umschlag nicht zugeklebt.«

»Gerade beobachtet uns nur mein Boss, und sein Einverständnis hast du«, sagte er. »Manchmal muss man die Regeln auch mal übertreten. Und meine Lippen sind versiegelt.«

Maja-Sofia faltete das Blatt auf und las leise, während Samuel ihr über die Schulter schaute. Fast jedes Wort, das dort stand, hatte er schon von Sigvard gehört. Nur eins war anders. Der Brief war von einem Vater an seinen Sohn verfasst worden und setzte an mit den Worten: »Mein lieber Sohn, reicher Segen Gottes!«

Es folgte eine recht sachliche Schilderung der Umstände, die dazu geführt hatten, dass Sigvard nie der Vater sein konnte, den Markus gebraucht und verdient hätte. Der Brief enthielt auch ein kurzgefasstes Testament oder eher gesagt eine Schenkungsübersicht. Er hatte Markus den Hof und alles darin Befindliche vermacht. Möglich, dass Markus seinem biologischen Vater nie vergeben konnte, was ja durchaus verständlich wäre, trotzdem sah er einem bedeutend besseren Leben entgegen in diesem soliden Haus. Zum Ende hin bat Sigvard um Entschuldigung dafür, dass er Markus nicht zu Hilfe gekommen war, nachdem dieser zum Sündenbock für diesen schrecklichen Mord erkoren und aus völlig falschen Gründen festgenommen worden war.

Maja-Sofia ließ den Brief in den Schoß sinken.

»Ob er sich das Leben nehmen wollte?«, flüsterte sie. Dann schluchzte sie, und Samuel sah, wie ihr die Tränen über die Wangen liefen.

Behutsam wischte er sie weg. Maja-Sofia schloss die Augen und ließ es zu.

»Nein, wollte er nicht«, sagte Samuel. »Da steht's doch, im PS.«

Es waren nur ein paar wenige Sätze, in denen Sigvard auf seine barsche Art mitteilte, dass er sich in seine Hütte am Fluss zurückziehen wollte, um von nun an allein zu leben. Er brauchte nicht viel Besitz, nur seine Freiheit. Er hoffte, dass Markus sich um Haus und Hof kümmern würde.

Maja-Sofia legte den Brief weg und nahm Samuels Hand. So blieben sie eine Weile sitzen. Ein Moment der Ruhe und des Friedens inmitten all des Trubels. Schon bald musste sie los und alles in die Wege leiten. Samuel hoffte, dass Maja-Sofia die Anerkennung bekam, die sie verdiente. Er selbst musste ja auch nach Hause und Marit in Empfang nehmen. Aber dieser Augenblick gehörte nur ihnen.

∼ DREIUNDFÜNFZIG ∼

Donnerstag, 22. Dezember

Maja-Sofia Rantatalo war auf der Wache. Larsson und Jarning waren auch zur Stelle, Larsson vervollständigte gerade die Informationen an der Magnettafel. Er schob das Bild von Malin Knutsson in die Mitte, wo sich Finn Mats Hanssons und Liss Katrin Hanssons Namen befanden.

»Dass wir die übersehen konnten«, sagte Larsson. »Völlig unnötig, aber eigentlich hat auch nichts direkt auf sie hingedeutet.«

»Aber wie grausam«, sagte Jarning. »Laut Tamara Pettersson war Hansson ja nicht mal tot, als sie ihn an das Kreuz geknotet hat. Wirklich entsetzlich.«

»Malin Knutsson ist wahrscheinlich sehr unglücklich«, sagte Maja-Sofia. »Zumindest macht es den Eindruck. Sie und ihr Bruder wurden getrennt, als sie noch sehr klein waren. Gut ist es weder ihr noch ihm danach ergangen, aber Mikael Vedberg hat es in der Familie Hansson noch weitaus schlimmer angetroffen. Sie haben nie den Kontakt verloren, und Vedberg hat sich oft bei seiner großen Schwester ausgeheult, wenn es besonders unerträglich wurde. Malin hat die Finn-Familie ihr ganzes Leben lang gehasst.«

»Und irgendwann hat sie es einfach nicht mehr mitansehen können, wie Finn Mats Hansson ihren Halbbruder behandelt«, fügte Jarning hinzu.

»Ja, das Fass ist dann nicht einfach übergelaufen, sondern explodiert«, sagte Larsson. »Mann, ist das tragisch.«

»Absolut«, sagte Maja-Sofia.

Heute hatte Maja-Sofia sich und ihren Kollegen eine Thermoskanne mit Kaffee von zu Hause mitgebracht und dazu noch Gebäck im Café gekauft. Sie mussten sich auch mal was gönnen, nachdem sie endlich das Ziel erreicht hatten. An einem Tag wie diesem sollten sie nicht auf Automatenkaffee zurückgreifen müssen. Seit dem dreiundzwanzigsten November hatten sie alle unter Hochdruck gearbeitet, und nach dreißig Tagen hatten sie den Fall endlich und ohne Hilfe von oben aufgeklärt. Insgeheim hatte auch Maja-Sofia die Hoffnung gehabt, das allein hinzubekommen, ein Punkt, in dem sie ausnahmsweise mit ihrer stellvertretenden Chefin einer Meinung war. Jeanette Sundell hatte zufrieden genickt, als Maja-Sofia bei ihr vorsprach und den Tathergang erklärte. Nach Malin Knutssons Geständnis hatte der Staatsanwalt sofort einen Haftbefehl ausgestellt.

»Ich verstehe nur noch nicht, wie genau dieser Nordqvist in die Sache verstrickt war«, sagte Jarning. »Oder dieser Samuel Williams. Der hat die Täterin ja schließlich überwältigt?«

»Nordqvist hat Unterstützung von ganz oben«, sagte Larsson. »Und dieser Williams auch.«

»Von ganz oben?«, fragte Jarning. »Wie meinst du das?«

»Na, sie sind beide Pfarrer. Da hat man doch einen speziellen Draht zum Herrn und Schöpfer, oder etwa nicht?«

Maja-Sofia verzog das Gesicht.

»Und in ihren vertraulichen Gesprächen erfahren sie eine ganze Menge, was sie dann für sich behalten müssen. Wir wissen ja selbst, dass das Leben für manche Menschen kein Kinderspiel ist«, sagte sie dann.

Maja-Sofia war stolz auf sich und ihre Truppe. Sie hatten wirklich gute Arbeit geleistet. Trotzdem war sie geistig nicht hundertprozentig anwesend. Sie hatte nicht vergessen, was heute für ein Tag war. Genau vor elf Jahren war es passiert, und noch immer wurde ihr eiskalt bei der Erinnerung daran. Und dann, tags darauf, am Heiligen Abend ... Nein, daran wollte sie gar nicht denken. Gerade als sie sich das letzte Stück Weihnachtsgebäck in den Mund steckte und versuchte, ihre nagenden Gedanken zu vertreiben, erschien die Sundell im Türrahmen.

»Wenn das hier nicht mal nach echtem Kaffee riecht!«, sagte sie. »Oh, und Gebäck gibt's noch dazu. Darf man reinkommen und mitfeiern?«

»Wir feiern nicht direkt, aber komm gern dazu«, sagte Maja-Sofia. »Der Kaffee ist aus Junosuando, meiner alten Heimat Tornedalen. Es gibt keinen besseren.«

Jeanette Sundell war vortrefflicher Laune, was eine große Erleichterung für Maja-Sofia und eigentlich alle im Revier war. Aber es war schwierig, sich richtig zu freuen. Wenn ihre Chefin doch nur von Anfang an auf sie gehört hätte, dachte Maja-Sofia, besonders, was den armen Markus betraf. Schrecklicherweise hatte sie aber auch den Staatsanwalt von ihrer Sicht überzeugen können, sodass Markus schon seit Wochen seiner Freiheit beraubt wurde. Das war beschämend, und Maja-Sofia hoffte, dass er schleunigst entlassen und dafür entschädigt wurde.

»Ich darf jedenfalls intern für die gute Arbeit gratulieren«, sagte Sundell und tunkte das Gebäck in den Kaffee. »Schön, dass wir das hinbekommen haben, auch wenn es gedauert hat.«

»Wir?«, hätte Maja-Sofia am liebsten gefragt, doch sie ließ es lieber bleiben.

»Eigentlich haben wir es Rantatalo zu verdanken, dass das Rätsel gelöst ist«, sagte Larsson.

Maja-Sofia zwinkerte ihm dankbar zu. Nicht, dass es viel helfen würde, aber es war nett zu hören. Und wenn sie ehrlich war, dann war Samuel der eigentliche Held.

»Was ich noch nicht verstehe«, sagte Sundell, »wie bist du auf Malin gekommen? Auf die hat doch rein gar nichts hingedeutet.«

Maja-Sofia lehnte sich zurück und verschränkte die Hände im Nacken.

»Wir drei sind ja schon ein gut eingespieltes Ermittlungsteam«, sagte sie fast feierlich. »Jarning und Larsson haben ganze Arbeit geleistet, und durch Samuel Williams hatte ich noch ein bisschen Unterstützung von ganz oben, sozusagen.«

Maja-Sofia musste ein bisschen grinsen, als Sundells verwirrter Gesichtsausdruck verriet, dass sie nicht ganz folgen konnte. Jarning versteckte sich hinter ihrer Serviette und hustete absichtlich, Larsson stand auf und trat an die Magnettafel, aber Rantatalo sah an seinem Rücken, dass er lachte.

»Ja, ja«, sagte Jeanette Sundell. »Dann bleibt mir nicht mehr viel, als euch allen frohe Weihnachten zu wünschen und für die gute Zusammenarbeit zu danken.«

»Es gibt da noch etwas sehr Wichtiges«, sagte Maja-Sofia, obwohl die Sundell schon aufgestanden und auf dem Weg durch die Tür war.

Sie drehte sich um und schaute Maja-Sofia fragend an.

»Worum geht es, Rantatalo? Wenn du diesen Fall mit dem erschossenen Wolf meinst, den kannst du gern den Kollegen überlassen und wieder zu deiner eigentlichen Arbeit zurückkehren.«

»Das ist längst doch geklärt«, erwiderte sie. »Kannst du dafür sorgen, dass Markus endlich entlassen wird und nach Hause kommt? Ich kümmere mich darum, dass er nicht allein ist. Die Diakonin ist sicher bereit, ihn zu begleiten. Dann wissen wir auch, dass alles gutgeht.«

Ihre Chefin machte eine abwehrende Geste.

»Ja, ja, das kläre ich sofort mit Morgan Eriksson. Fröhliche Weihnachten«, sagte sie, und dann war sie weg.

»Fröhliche ... Weihnachten«, sagte Larsson und ließ sich auf den nächstbesten Stuhl plumpsen. »Verehrte, weltbeste Kolleginnen, was habt ihr denn für den heutigen Abend geplant?«

»Keine«, sagte Maja-Sofia. »Außer natürlich den Baum zu schmücken, Wasser in den Whirlpool zu lassen und sich mit teurem Sekt zu betrinken.«

»Ich hab ähnliches vor«, sagte Jarning. »Abgesehen von Whirlpool und teurem Sekt. Mir reicht die olle Dusche in meiner Wohnung und ein simpler Cava.«

Larsson schaute mit funkelnden Augen von einer zur anderen.

»Wollen wir uns nicht lieber das eine oder andere Bierchen gönnen? Wir alle zusammen?«, fragte er. »Verdient hätten wir's.«

Eine halbe Stunde später saß Maja-Sofia mit Markus in ihrem Wagen. Er sagte nicht viel, sondern betrachtete aufmerksam die Landschaft, die vor den Autofenstern vorbeizog. Den Geigenkasten hielt er fest im Arm. Er hatte fast die gesamte Vorweihnachtszeit im Gefängnis verbracht.

»Markus«, sagte sie, »sollen wir erst kurz bei dir halten oder möchtest du gleich zum Haus deines Vaters? Du weißt, dass er dir den Hof vermacht hat, oder? Er gehört jetzt dir.«

»Ja, ist klar«, sagte er. »Markus hat den Brief gelesen und möchte jetzt gleich zum neuen Haus.«

Also rief sie bei der Kirche an und teilte ihnen mit, dass sie auf dem Weg zu Sigvards Haus waren, das nun Markus gehörte. Cillan Svensson hatte versprochen, ein sehr üppig gefülltes Proviantpaket vorbeizubringen, damit Markus die Weihnachtsfeiertage gut überstand.

Langsam bog Maja-Sofia auf den Hof und parkte direkt vor dem Haus. Sie erschauderte bei dem Gedanken daran, wie schwer es gewesen war, Sigvard am Leben zu halten, bis der Rettungswagen mit dem Defibrillator eintraf. Er würde überleben, das wusste sie jetzt, Samuel hatte ihr eine SMS mit dieser schönen Nachricht geschickt. Sie war unfassbar glücklich und erleichtert, dass all die Mühe nicht vergebens gewesen war.

Gerade als sie den Motor abstellte, hielt ein Wagen der *Svenska Kyrkan* direkt hinter ihnen.

»Der Schlüssel ist unter dem Blumentopf da, soweit ich weiß«, sagte Maja-Sofia und zeigte darauf. »Sieh mal nach, Markus, ich gucke derweil, ob ich der Diakonin beim Tragen helfen kann.«

Sie drehte sich um und erstarrte. Dort stand Samuel mit zwei großen Tüten in den Händen und grinste sie spitzbübisch an.

»Oh …« Mehr brachte sie erst einmal nicht heraus. »Wollte nicht eigentlich Cillan kommen?«

»Ich hab ihr diese Aufgabe abgeluchst«, sagte er und hielt ihr die Taschen hin. »Oder vielmehr darum gebettelt, herkommen zu dürfen. Ich wollte so gern sehen, wie es ihm geht.« Er nickte zu Markus.

Der hatte gerade die Tür zu seinem neuen Heim aufgeschlossen und machte vorsichtig die ersten Schritte hinein. Das unerwartete Geschenk des bis dahin unbekannten Vaters, dachte Samuel.

Maja-Sofia und Samuel warteten im Flur, während Markus sich behutsam in den Zimmern umschaute. In der Tür zum Arbeitszimmer verharrte er kurz, bevor er es betrat und sich an den Schreibtisch setzte. Vorsichtig fuhr er mit der Hand über die lederne Schreibtischunterlage. Genau in diesem Moment öffnete sich erneut die Wolkendecke und sandte einen einzelnen Sonnenstrahl, der direkt auf den silbernen Stifthalter fiel.

»Das ist ja hübsch«, murmelte er. »Und all das hier gehört Markus? Ist das nicht sonderbar?«

Er schaute zu den beiden Besuchern im Flur, die nicht antworteten, nur lächelten.

»Markus muss seine Mutter herholen«, sagte er.

Plötzlich war er ganz aufgeregt.

»Darf ich das?«

»Klar darfst du das. Es ist doch Weihnachten«, sagte Maja-Sofia. »Oder was meinen Sie, Pfarrer Samuel?«

Sie spürte seine Hand in ihrer. Nichts hätte sie lieber getan, als für immer so stehen zu bleiben, doch das ging nicht.

»Selbstverständlich«, sagte Samuel. »Fröhliche Weihnachten, Markus, und vergiss nicht, die Lebensmittel zu verstauen, die in der Küche stehen.«

»Ich helfe ihm«, sagte Maja-Sofia schnell und löste ihre Hand aus seiner.

Samuel nickte, verließ das Haus, stieg in den Wagen und fuhr davon.

∼ VIERUNDFÜNFZIG ∼

Als alle Lebensmittel verstaut waren, verabschiedete Maja-Sofia sich von Markus und fuhr ins Dorf. Sie brauchte selbst noch ein paar Dinge für Weihnachten, außerdem wollte sie ihre Alkoholvorräte aufstocken. Sie musste sich beeilen, wenn sie das noch schaffen wollte, bevor sie mit Jarning und Larsson im *The Worried Wolf* zum Bierchen verabredet war. Ein ganz wunderbarer Vorschlag von Knis Petter, das musste sie schon sagen. Nach den Geschehnissen der letzten Tage – vielmehr des ganzen Monats – konnten sie sich einen solchen Ausflug durchaus mal gönnen. Nicht direkt um zu feiern, das wäre unpassend gewesen, sondern einfach um auch mal was anderes zusammen zu machen. Außerdem war Maja-Sofia ja gewissermaßen von der Sundell begnadigt worden, und das war ein Grund zur Freude. Endlich konnte sie wieder den Aufgaben nachgehen, für die sie gemacht war. Und das war etwas, das sie bedenkenlos zelebrieren konnten. Zukünftige Wolfsfragen durften wieder die Zivilbeschäftigten klären, die dafür wesentlich besser geeignet waren.

Die Regale im Supermarkt waren schon recht leer, trotzdem fand sie noch fast alles, was sie brauchte. Hering mit Sardellenpaste, ein paar gute, regionale Käsestücke, sogar ein Stück geräuchertes Rentier, die es selbst in Dalarna gab, außerdem Kartoffeln und ein paar Scheiben Schinken. Was brauchte sie sonst noch? Julmust natürlich, ohne diese Limo war es nicht wirklich Weihnachten. Und Eier für das obligatorische Omelette. Außerdem fertigen Milchreis, Sahne und Orangen für einen Reis à la Malta. Doch war die Sahne schon ausverkauft, und so musste sie den Gedanken an diesen Nachtisch schnell verwerfen.

Sie stellte sich an der Kasse an. Vor ihr stand eine niedliche, kleine, blonde Frau neben einem Mann. Die Frau lächelte den Mann an, hatte ein hübsches Profil und war einfach eine natürliche Schönheit. Maja-Sofias Blick blieb an ihr haften, und sie bemerkte, dass die Frau kein aufwendiges Make-up trug, sondern nur einen diskret gewählten Lippenstift, dessen Farbe sehr gut zu ihr passte. Der Mann, den sie so warm anlächelte, trug einen Mantel und eine Schiebermütze. *Flat cap* nannte man sie auch, das hatte Larsson ihr erzählt, der auch so eine sein Eigen nannte. Als ihr bewusst wurde, wer da vor ihr stand, zog es ihren Bauch zusammen. Zu ihrem großen Ärger lief sie rot an, das spürte sie genau. Verdammt! Natürlich konnte sie einfach so tun, als hätte sie noch etwas vergessen, um sich später wieder anzustellen, Feigen und Datteln hatte sie beispielsweise noch keine. Schnell warf sie noch einen Blick auf den Rücken des Mannes. Ja, kein Zweifel, das war Samuel, dementsprechend musste es sich bei der Frau um Marit handeln, seine perfekte, gläubige Verlobte aus Västerås. Maja-Sofias einziger Ausweg war die Flucht, denn sie wollte sich unter keinen Umständen mit den beiden unterhalten müssen.

Sie drehte hastig den Einkaufswagen herum, allerdings mit viel zu viel Schwung, weshalb sie damit gegen Samuel stieß. Verdammter Mist! Dass sie aber auch immer so ungeschickt war.

Sie murmelte eine Entschuldigung und wollte sich abwenden, doch ihr Fluchtversuch war gescheitert, und das war voll und ganz ihre Schuld.

»Maja-Sofia!«, sagte Samuel, seine Stimme war sanft und warm.

»Ja.« Mehr brachte sie nicht heraus, denn sosehr sie es auch versuchte, sie konnte einfach nicht vergessen, dass sie vor weniger als einer Stunde seine Hand gehalten hatte. Er hatte über ihren Handrücken gestrichelt. Und dann war er überstürzt aufgebrochen.

»Ich muss noch mal ... Ich hab was vergessen ...«, stammelte sie.

»Samuel?«, fragte Marit, die einen perfekt geschnittenen Mantel und dazu eine Art Filzhut trug. »Bist du so weit? Du kannst bezahlen, die Kassiererin wartet schon.«

Schnell drehte er sich um.

»Ja, klar, ich habe nur ... eine Freundin gegrüßt.«

Dann schaute er verlegen hin und her.

»Das ist Maja-Sofia Rantatalo«, brachte er schließlich hervor. »Die Kriminalkommissarin.«

»Marit«, stellte die Frau sich vor und winkte vom anderen Ende der Kasse. »Schön, Sie kennenzulernen.«

Maja-Sofia bekam kein Wort heraus und nickte nur, um ihren Gruß zu erwidern.

»Ja, ich bleibe nicht lange«, zwitscherte Marit. »Bin nur

über Weihnachten da. Und Samuel ist ja auch nur vorübergehend hier, nicht wahr, Liebling?«

»Mm.«

Maja-Sofia erwiderte nichts. Samuel warf ihr einen hilflosen Blick zu, während die Kassiererin ein wenig ratlos wirkte. Dann setzte sich das Band in Bewegung und Maja-Sofia fing einfach an, ihre Sachen daraufzulegen. Samuel fischte sein Portemonnaie hervor und zahlte mit Karte.

»Wir hören uns«, sagte er leise. »Fröhliche Weihnachten.«

»Fröhliche Weihnachten«, sagte Maja-Sofia.

Ihr Handy summte hektisch in ihrer Tasche, doch sie ignorierte es. Erst mal zahlte sie, packte ihre Einkäufe ein und setzte sich dann auf einen der kleinen Stühle in der Spielecke. Ihre Beine zitterten, außerdem war ihr ganz flau. Sie würde erst nach einer Dosis Koffein nach Hause fahren können. Warum hatten der Pfarrer und seine Stadtfrau denn ausgerechnet zur gleichen Zeit einkaufen müssen wie sie? Und warum hatte sie selbst so dämlich darauf reagiert? Sie hatte doch die ganze Zeit gewusst, dass er eine Verlobte in Västerås hat.

Sie stand auf, ging zum Kaffeeautomaten und drückte auf den entsprechenden Knopf. Dann nippte sie an dem Gebräu, das das Gerät ausgespuckt hatte. Es schmeckte ähnlich schrecklich wie der Kaffee auf der Wache, war aber immer noch besser als nichts. Sie setzte sich wieder. Um sich abzulenken, holte sie ihr Handy hervor und scrollte ein bisschen durch Facebook. Sie bemerkte, dass sie einen Anruf verpasst hatte. Keine ihr bekannte Nummer. Sie googelte danach, doch es gab keinen Treffer. Natürlich nicht. Trotzdem wusste sie sofort, wer es gewesen war. Gleich wurde ihr noch flauer. Dann war er also tatsächlich auf freiem Fuß, und selbstverständlich war es Maja-Sofia, die er als erste mit seinem beschissenen neuen Prepaidhandy kontaktierte.

»Maja-Sofia«, sagte jemand und legte ihr eine Hand auf die Schulter.

Sie zuckte zusammen und schaute erschrocken auf, entspannte sich aber, als sie sah, wer es war.

»Samuel ...«

Er setzte sich auf den roten Plastikstuhl neben ihr und nahm ihre freie Hand in seine.

»Alles in Ordnung? Kann ich irgendwie helfen? Sie sehen aus, als hätten Sie ein Gespenst gesehen.«

»Gesehen nicht direkt«, sagte sie. »Aber fast. Was machen Sie denn noch hier? Sie waren doch gerade erst hier. Mit ...«

»Marit«, sagte er. »Ich muss noch Snus kaufen, den hab ich vergessen. Und ohne Snus kann man kein Weihnachten feiern. Aber egal, was ist denn passiert? Meist hilft es, darüber zu reden.«

Sie holte tief Luft.

»Eigentlich gibt es da nicht viel zu erzählen. Ein Mann, den ich kenne, wurde heute aus dem Gefängnis entlassen.«

»Nach langer Zeit?«

»Zehn Jahre. Er war Polizist.«

»Jemand, den Sie mögen?«

»Mochten wäre wohl treffender.«

Und dann sprudelte die ganze Geschichte aus ihr heraus. Alles, was sie all die Jahre tief verborgen in sich trug. Die Sache mit Danne Ylitalo, dem Polizisten aus Kiruna, in den sie sich kopfüber verliebt hatte. Dass ihre Eltern ihm gegenüber von Anfang an skeptisch gewesen waren, sie aber unterstützt hatten.

»Er hatte keine gute Kindheit, Sie wissen schon. Eine, wie sie viel zu viele haben«, sagte Maja-Sofia. »Sein Vater hat ihn geschlagen, und seine Mutter hat nichts unternommen, um Danne und seine Geschwister aus diesem Umfeld herauszuholen. Danne wurde Polizist, um etwas gegen diese Art von Gewalt zu tun, die er selbst erlebt hatte.«

Samuel ließ ihre Hand nicht los.

»War er ein guter Polizist?«

»Manchmal, aber manchmal ist es auch mit ihm durchgegangen. Der Hass in ihm wurde immer stärker, vielleicht ähnlich wie bei Malin Knutsson. Und der dreiundzwanzigste Dezember vor genau elf Jahren war so ziemlich der Anfang vom Ende. Unsere Nachbarn hatten kleine Kinder. Eins der kleinsten ist ausgebüxt und zu uns gerannt. Sie wusste, dass mein Vater und ich bei der Polizei sind.«

»Wie schrecklich für die Kinder.«

»Ja, für alle eigentlich. Ich weiß noch, ich habe gerade Geschenke verpackt, Mama schmückte den Baum, Papa testete schon mal den Glögg. Er wollte, dass ich probiere, aber ich konnte nicht.«

»Warum denn das?«

Erst konnte sie nicht antworten, dann schöpfte sie Mut.

»Ich war schwanger.«

Maja-Sofia konnte nicht länger die Tränen zurückhalten. Samuel legte ihr nun die Hände auf die Unterarme und drückte sie vorsichtig. Das Leben um sie herum lief unverändert weiter. Die Schlangen an der Kasse waren noch immer lang, aber niemand beachtete die beiden Erwachsenen auf den Plastikstühlen in der Spielecke, alle waren mit ihrem eigenen Kram beschäftigt.

»Erzählen Sie doch weiter«, ermunterte Samuel sie, »wenn Sie möchten.«

Sie schluckte, holte tief Luft und versuchte, wieder Herrin ihrer Stimme zu werden.

»Mit klappernden Zähnen hat das Kind uns berichtet, was passiert war. Mein Vater verständigte sofort die Kollegen in Kiruna und bat um Verstärkung. Er und ich liefen zum Nachbarshof, das Mädchen blieb mit meiner Mutter bei uns zu Hause. Als wir ankamen, lag das Haus dunkel und still da. Mein Vater öffnete vorsichtig die Tür, wir wussten ja nicht, ob wir in einen Hinterhalt gerieten. Wir haben recht lange gewartet, bis wir uns reingewagt haben. Wir haben das Licht eingeschaltet, und dann bot sich uns ein grausames Bild. Das Leben des kleinen Mädchens, das bei meiner Mutter war, sollte nie wieder dasselbe sein, genauso wenig wie das ihres zehnjährigen Bruders, der sich völlig verängstigt an die Wand presste und keine Tränen mehr übrig hatte. Er starrte wie verhext auf seine toten Eltern. Sein großer Bruder, Danne Ylitalo, saß mit hängendem Kopf auf dem Küchensofa. Die Dienstwaffe, mit denen er seine beiden Eltern ermordet hatte, lag zu seinen Füßen.«

Die Tränen flossen wie ein stiller Strom über ihre Wangen. Sie hatten sich so lange angestaut, jetzt wollten sie alle auf einmal raus. Samuel streichelte ihr vorsichtig über die Wange.

»Sie müssen los«, flüsterte sie. »Ihre Marit wartet.«

Er schüttelte nur den Kopf.

»Ich bin Pfarrer«, sagte er. »Wenn ein Mitmensch Hilfe braucht, bin ich da. Was ist mit Ihrem Kind passiert, wenn ich das fragen darf?«

Sie schluckte ein paarmal.

»Ich habe es am Heiligen Abend verloren«, sagte sie und schnäuzte sich.

»Liebe, liebe Maja-Sofia«, sagte Samuel und streichelte ihr noch mal über die Wange. »Was Sie da erlebt haben, war nicht leicht.«

Eine Weile lang saßen sie schweigend da, teilten die Stille. Dann stand er auf, kaufte Snus für sich und ein Wasser für Maja-Sofia. Er drückte ihre Hand noch einmal herzlich, bevor er auf den Parkplatz zu seiner wartenden Marit zurückkehrte.

Zu ihrer großen Verwunderung hatte es richtig gutgetan, ihr Herz auszuschütten. Zumindest einen Teil, denn von der Gerichtsverhandlung hatte sie nicht erzählt. Von ihrer Zeugenaussage, die Danne als den größten Verrat ansah. Sein Verteidiger war gut gewesen und hatte auf diverse tragische Umstände in Dannes Lebenslauf hingewiesen, weshalb er nur zehn Jahre bekommen hatte, obwohl er lebenslänglich verdient hätte. Seine Geschwister waren in guten Pflegefamilien untergekommen, wo sie besser aufgehoben waren.

Und seit heute war er also wieder ein freier Mann.

Maja-Sofia riss sich zusammen und stand auf. Sie schaute sich aufmerksam um, blieb eine Weile am Ausgang stehen und suchte den Parkplatz ab. Dann huschte sie zu ihrem

442

Wagen, drehte eine Runde um das Fahrzeug und schaute, ob etwas verdächtig war. Sie wusste, dass sie ihre Paranoia im Zaum halten musste, sie war schließlich Polizistin, und Danne Ylitalo würde ihr keinen Schrecken einjagen können. Aber sich davon zu überzeugen war schwer, wenn die finsteren Gedanken erst einmal gekommen waren. Angst war selten rational, das wusste sie nur zu gut.

Erst als sie im Wagen saß und die Tür geschlossen hatte, konnte sie aufatmen. Hier fühlte sie sich sicher. Als Nächstes wollte sie nach Hause fahren, ihre Einkäufe verstauen und sich dann zurechtmachen, um später mit dem Taxi zum *The Worried Wolf* zu fahren, wo sie sich mit Martina Jarning und Knis Petter Larsson betrinken wollte. An diesem Abend würde sie einfach Spaß mit guten Freunden haben und nicht den Verstand verlieren.

Wieder klingelte ihr Handy. Dieselbe Nummer. Sie betrachtete das Telefon. Danne war nicht in Klockarvik, das konnte er gar nicht sein. Woher sollte er denn wissen, wo sie wohnte? Trotzdem konnte sie nicht vergessen, wie er ihr noch im Gerichtssaal direkt nach der Urteilsverkündung Rache geschworen hatte. Zeit hatte er ja genug gehabt, um sich auszumalen, was er mit ihr anstellen wollte.

Als sie kurz darauf in die Auffahrt zu ihrem Haus bog, stand dort ein fremdes Auto. Die Angst, die sie auf dem Supermarktparkplatz so erfolgreich hatte vertreiben können, war sofort wieder da. Kalter Schweiß trat auf ihre Stirn. Schnell schob sie die Hand unter die Jacke. Gut, ihre Dienstwaffe hatte sie dabei.

Sie parkte hinter dem fremden Auto, einem Mietwagen,

wie die Aufkleber an der Seite verrieten. Im Haus brannte Licht. Was erlaubte er sich denn bitte? Spazierte einfach bei ihr ins Haus und machte Licht? Wie war er überhaupt an den Schlüssel gekommen? Vorsichtig drückte sie mit der linken Hand die Klinke hinunter, während sie mit der rechten den Griff ihrer Waffe umschloss. Die Türangel quietschte. *Perkele*, verfluchte sie sich, weil sie die Scharniere noch immer nicht geölt hatte. Dann schob sie mit dem Fuß die Tür auf, die Waffe vor sich gerichtet.

～ FÜNFUNDFÜNZIG ～

Das Blut rauschte ihr in den Ohren, als sie den Blick durch den großen Saal wandern ließ. Was war denn das? Vorn bei ihrer Sitzgruppe stand ein Weihnachtsbaum und ließ den Raum in besonderem Glanz erstrahlen. Die Kerzen in den hohen Fenstern waren entzündet, und es roch herrlich nach Glögg. Zwei Menschen mit dem breitesten Grinsen auf dem Gesicht kamen auf sie zu. Die beiden Menschen, die sie am meisten auf der Welt liebte. Schnell steckte sie ihre Waffe zurück ins Holster.

»Äiti! Isä!«, rief Maja-Sofia und verschwand erst in den Armen ihrer Mutter, dann ihres Vaters. »Was für eine wunderschöne Überraschung!«

»Maja-Sofia«, sagte ihr Vater und hielt sie ein Stück von sich weg. »Wir wollten dir keine Angst einjagen.«

»Wie unüberlegt von uns«, pflichtete ihre Mutter bei. »Wir wollten dich wirklich nur überraschen.«

»Das ist euch auch gelungen«, sagte Maja-Sofia und tätschelte ihre Dienstwaffe im Holster. »Aber Angst hatte ich trotzdem, muss ich zugeben.«

Sie setzten sich in die bequeme Sofaecke, in unmittelbare Nähe des Weihnachtsbaums. Auf einmal war es warm, gemütlich und sicher. Die bedrohlichen Gedanken wegen der Anrufe verblassten.

»Mensch, dass ihr hergekommen seid!«, sagte sie und fischte eine Mandel aus dem Glögg.

Ihr Vater stellte die kleine Tasse ab.

»Es gibt ja einen guten Grund«, sagte er ernst. »Wir wissen schließlich alle, was vor elf Jahren passiert ist.«

»Ja, schlimme Sache«, sagte Maja-Sofia mit einem Kloß im Hals.

»Aber es gibt auch noch einen anderen Anlass«, sagte ihre Mutter. »Wir haben in der Zeitung über dich und diese Mordfälle gelesen. Und auch wenn wir wissen, was für eine gute Polizistin du bist, haben wir uns doch Sorgen gemacht.«

»Ich kann mir sehr gut vorstellen, wie es dir damit ergangen ist«, fügte ihr Vater hinzu. »Da kommt ein bisschen Zuwendung gerade recht, oder?«

»Und ein bisschen Reis à la Malta.« Ihre Mutter lachte.

Maja-Sofia schaute mit einem breiten Grinsen von der einen zum anderen. Sie hatte die weltbesten Eltern. Ihr Überraschungsbesuch war wie eine warme Decke, die sich vollends um sie legte. In ihr war nichts als Frieden. Solange Mama und Papa bei ihr waren, konnte ihr nichts passieren. Sie war sicher vor Danne Ylitalo. Und vor Gedanken an einen gewissen Samuel. Alles würde gut werden. Alle würden sie Weihnachten feiern. Er mit seiner Marit, sie mit ihren Eltern.

Später am Abend nahmen sie ein Taxi zum *The Worried Wolf*. Ihre Eltern würden bei dem Treffen nicht weiter stören. Sie wussten alles über den Polizeiberuf und dass man zwischendurch auch mal Spaß haben musste.

»Hast du was von ihm gehört?«, fragte ihr Vater leise im Taxi.

Maja-Sofia zeigte ihm die verpassten Anrufe.

»Zweimal hat er es versucht«, sagte sie. »Aber ich bin nicht drangegangen.«

Ihr Vater betrachtete lange die Handynummer, ehe er ihr das Handy zurückgab.

»Du brauchst eine neue Nummer«, sagte er. »Und ich versuche, herauszufinden, ob er sich in Kuivalihavaara aufhält. Aber für heute vergessen wir ihn erst mal. Ich freue mich schon darauf, mit guten, jungen Kollegen ein Bierchen zu trinken.«

Maja-Sofia war ganz seiner Meinung. Nicht ein einziges Mal wollte sie an Danne Ylitalo denken, der gerade entlassen worden war. Und genauso wenig an Samuel Williams. Sie wollte einfach nur einen schönen Abend haben.

In einem anderen Teil Klockarviks saß Samuel vor dem Fernseher, nippte an einem Glögg und surfte mit seinem Handy im Internet, während Marit unter der Dusche war. Er verdiente sie gar nicht nach all den sündigen Gedanken an eine andere Frau. Er schaute aus dem Fenster, es schneite. Wie schön es wäre, noch einen Spaziergang zu machen. Vielleicht zum *The Worried Wolf*, um noch ein gutes Bier zu trinken. Oder zum Imbiss, um sich von Tysk und Brysk über den neuesten Klatsch und Tratsch informieren zu lassen. Er musste sich große Mühe geben, nicht ständig an Maja-Sofia Rantatalo zu denken, seit sie sich ihm in der Spielecke des Supermarkts anvertraut hatte. Was sie erlebt hatte, war tragisch und würde sicher Spuren für den Rest ihres Lebens hinterlassen. Was machte sie wohl gerade? Den Baum schmücken? Vielleicht saß sie auch im Whirlpool und ließ es sich gutgehen. Bei dem Gedanken musste er lächeln und suchte ihre Handynummer heraus.

Im Bad wurde es still. Marit hatte das Wasser abgestellt. Gleich würde sie in ihrem Bademantel zu ihm kommen und so gut riechen.

Samuel schaute aufs Handydisplay, wo er »Maja-Sofia« ausgewählt hatte. Wenn Marit das per Zufall sähe, was würde sie dann denken? War es nachvollziehbar, dass er die für die Gegend zuständige Kriminalkommissarin nur unter ihrem Vornamen als Kontakt gespeichert hatte? Er konnte sich zwar nicht vorstellen, dass Marit in seinem Handy herumschnüffeln würde, aber falls Maja-Sofia anriefe und das Telefon irgendwo offen lag, würde nur ihr Vorname erscheinen.

Schnell tippte er auf »Kontakt bearbeiten« und änderte den Namen in *Rantatalo Polizei Mora*. Das war weniger riskant und zudem absolut zutreffend. Im selben Moment öffnete sich die Badezimmertür.

~ SECHSUNDFÜNFZIG ~

Sonntag, 25. Dezember

Erster Weihnachtstag

Samuel stand im Vorraum und hieß die Dorfbewohner willkommen, die einer nach dem anderen in die Kirche traten, um sich von der Wärme umfangen zu lassen. Draußen hatten viele von ihnen brennende Fackeln in den Schnee gesteckt, wie es hier Tradition war. Alle, die dazu in der Lage waren, kamen am ersten Weihnachtstag zu Fuß zur Kirche Klockarviks und trugen dabei eine Fackel in der Hand. Es war kein richtiger Fackelzug, jeder brach von zu Hause mit seinem eigenen Licht auf, aber es war ein mächtiges Bild, wie sie alle an der Kirche zusammentrafen.

In der Kirche öffneten die Gemeindemitglieder ihre Jacken und Mäntel und kämpften mit beschlagenen Brillen, die die Sicht erschwerten. In den Bänken wurde es enger und mit jedem abgelegten Mantel wurde es farbenfroher im Gotteshaus. Viele der Besucher trugen aufwendige, traditionelle Kleider darunter, aber es gab auch die eine oder andere Outdoorklamotte, denn auch Gäste aus dem Fjällhotel waren anwesend. Wer konnte, trug zum Ehrentage Jesu seine Tracht. Es war ein schöner Anlass und wunderbarer Anblick.

An diesem Morgen gab es keine Eingangsprozession, Samuel ging einfach zum Altar, während die Kirchenglocken läuteten und das allgemeine Gemurmel langsam erstarb. Marit saß gleich rechts in der ersten Bank, was seit jeher der Platz der Pfarrersgattinnen der Gemeinde war. Das würde er ansprechen müssen, denn ganz korrekt war das nicht, schließlich waren sie noch nicht verheiratet. Den Heiligen Abend hatten sie gut überstanden, Samuel hatte sich große Mühe gegeben, aufmerksam zu sein und nicht zu sehr an Maja-Sofia und ihre schönen Augen zu denken. Aber leicht war es ihm nicht gefallen, ganz besonders nicht, seit er den Grund für die Dunkelheit kannte, die manchmal in ihrem Blick lag.

Gunnar Halbton Halvarsson haute in die Tasten, die Kirchenbesucher standen auf und schon bald war das ganze Gotteshaus erfüllt von einer herrlichen Melodie. *Wie schön leuchtet der Morgenstern* konnte nicht besser klingen. Als die Klockarviker einstimmten, bekam Samuel ein wohliges Gefühl im ganzen Körper. Für eine Frühmesse in einer so voll besetzten Kirche mit solch traditionsbewussten Menschen lohnte es sich gewiss, schon um halb fünf aufzustehen.

Als die letzte Strophe sich dem Ende näherte, machte Samuel sich bereit für den Wechselgesang mit der Gemeinde. Er holte tief Luft und hatte schon die Melodie im Kopf:

»Ich bringe eine frohe Botschaft. Halleluja.
Eine Freude für alle Menschen. Halleluja.
Denn heut ist euch ein Heiland geboren. Halleluja.«

Alles war gut, er kannte die Worte schon ewig auswendig. Während er sang, ließ er den Blick durch die Kirche streifen.

Etwas verspätet schob sich eine kleine Gruppe in die hinterste Bank. Eine Frau mit einem dunklen Pony und einer völlig anderen Tracht weckte seine Aufmerksamkeit. War das eine Tracht aus Tornedalen? Ja, so musste es sein. Dann war sie tatsächlich gekommen. Maja-Sofia befand sich in Begleitung zweier älterer Menschen, vermutlich ihrer Eltern. Gleichzeitig erblickte er ein anderes, wohlbekanntes Gesicht. Auch der Bischof musste sich in der letzten Sekunde hereingeschlichen haben. Was für eine Überraschung, ihn zur Frühmesse am ersten Weihnachtstag in Klockarvik zu sehen.

Die Küsterinnen verlasen die Bibelstellen, aber Samuel hörte nur mit halbem Ohr zu, merkte er irritiert. Er musste aufhören, zu dem farbenfrohen Kleid am anderen Ende der Kirche zu starren. Dann war das Evangelium an der Reihe, das zur Abwechslung mal nicht vom Pfarrer selbst gelesen wurde. Der Auftrag war diesmal an Tindra gegangen, denn in Klockarvik las man im Dialekt, den Samuel ja nicht beherrschte. Er war wirklich froh, Tindra kennengelernt zu haben, sie war eine so lockere, lustige junge Frau, die noch dazu den hiesigen Dialekt sprach. Ohne sie hätte er nicht mit Markus' Mutter im Pflegeheim sprechen können, und dann wären sie kaum an die Informationen gekommen, mit denen sich Markus' Name hatte reinwaschen lassen.

»Öffnet nun Gott eure Herzen und lauscht dem heiligen Evangelium«, sagte Samuel, und alle standen auf.

Er nickte Tindra aufmunternd zu und lauschte dann aufmerksam ihrem Vortrag.

»*Ö up-o oner tidn ...*«, setzte Tindra an und verlas den Text in ihrem schönen Dialekt.

Es gab sich aber zu der Zeit ... Weil die Geschichte von Jesu Geburt nach Lukas so bekannt war, konnte Samuel ihrem Vortrag trotz allem gut folgen. Die Kirchenbesucher standen in ihren Bänken, manch einer trocknete eine Träne, denn die Erinnerungen an vergangene Weihnachten waren sicher zahllos und mitunter vielleicht sogar traurig. Das Evangelium gab den weihnachtsfeiernden Dorfbewohnern Sicherheit und bot einen wichtigen Rahmen.

»... *men Maria gämd ö begrunded öllt itta in-i såjnu lajvi*«, endete Tindra.

... Maria aber behielt alle diese Worte und bewegte sie in ihrem Herzen. Der Chor stand auf und sang *Stille Nacht, heilige Nacht,* und Samuel stieg auf die Kanzel, diesmal mit einem ganz anderen inneren Frieden als die Wochen zuvor, als es erst einen und dann zwei unaufgeklärte Morde gab. Um ehrlich zu sein, hatte er keine neue Predigt geschrieben, sondern eine alte genommen und ein bisschen nachjustiert. Das würde niemandem auffallen. Außerdem hieß es, er konnte den Großteil frei sprechen, wodurch es ihm möglich war, die Menschen anzuschauen, während er über das Neugeborene sprach.

Bekannte und Unbekannte waren unter den Kirchgästen. Mikael Vedberg war gekommen, und Samuel hoffte, dass er hier Trost fand. Er musste große Schwierigkeiten bewältigen, sowohl wirtschaftlicher als auch persönlicher Natur, da seine geliebte große Schwester von Hass zerfressen worden war und zwei Menschen getötet hatte. Aber vielleicht würde sich für ihn doch alles zum Guten wenden. Er würde sich bestens als Fitnesstrainer fürs *Fjällhotel* eignen, dachte Samuel. Vielleicht sogar als Hotelchef. Der Posten war ja nun ebenfalls frei, und es wäre doch nicht nur praktisch, sondern auch großartig, wenn er das Lebenswerk seiner Schwester fortführen könnte.

Viktor und Amanda verkörperten die jugendliche Schönheit an diesem Morgen in der Kirche. Offenbar hatte Amanda sich anlässlich des Weihnachtsfests in die Heimat zurückgetraut. Beide sahen, trotz aller Tragik der letzten Wochen, richtig ausgeruht aus. Viktor hatte Samuel anvertraut, dass Amanda sich im Ferienhaus seines Vaters versteckt hatte, aus Angst, für einen Mord eingebuchtet zu werden, den sie nicht begangen hatte. Außerdem hatten sie sich beide an Geld vergriffen, das ihnen nicht zustand, was Viktor zutiefst bedauerte. Er war fest entschlossen, das alles wiedergutzumachen. Vielleicht hatte er Amanda überzeugt, es ihm gleichzutun.

Vor einer der Säulen entdeckte er eine Gestalt mit einem Geigenkasten im Arm. Markus, oder vielmehr Finn Markus Sigvardsson, grinste übers ganze Gesicht, und das aus gutem Grund. Er hatte das absolute Glückslos gezogen. Neben ihm im Rollstuhl saß seine Mutter, Stina Lundström. Auch sie würde von Sigvards großzügiger Schenkung profitieren, und Samuel gönnte es ihnen von ganzem Herzen. Das Geschehene war tragisch, sehr tragisch. Zwei Menschenleben hatten geendet. Katrin würde zwischen Neujahr und Dreikönigstag beigesetzt werden, er selbst würde die Beerdigung leiten. Ein sonderbares Gefühl, schließlich hatte er ihr die Todesnachricht ihres Mannes überbracht, und jetzt musste er sie beerdigen. Doch so gestaltete sich das Leben als Pfarrer. Unvorhersehbar und abwechslungsreich, und immer hatte er einen großen Anteil am Leben der Menschen. Genauso gefiel es ihm. Sigvard fehlte ihm, das musste er gestehen, aber wenn der alte Mann erst wieder auf den Beinen war und das Krankenhaus verlassen hatte, würde er ihn in seiner Hütte am Fluss besuchen. Sie würden über das Wesentliche sprechen und vielleicht eine Skitour machen. Dank Tindras Hartnäckigkeit wurde er immer besser.

Nach Abschluss der Predigt lasen sie alle zusammen das Glaubensbekenntnis. Gunnar stimmte *Es ist ein Ros entsprungen* an, und Samuel verließ die Kanzel. Nach den Fürbitten blieb noch der Segen.

Ganz seiner Wahl traditioneller Weihnachtslieder treu, hatte Halbton als Postludium *Alle Jahre wieder* gewählt. Für jeden war etwas dabei gewesen, alle würden zufrieden die Kirche verlassen, und das erfreute Samuel.

Während des Gesangs schlich Samuel sich kurz hinter den Altar. Im Chorgang stellte er eine schnelle Frage.

»Was meinst du, Boss?«, flüsterte er. »Was rätst du mir für die Zukunft?«

Die Antwort ließ nicht lange auf sich warten, und ganz wie Maria in der Bibel behielt er all diese Worte und bewegte sie in seinem Herzen. Dann holte er tief Luft und machte kehrt, damit er die Gemeindemitglieder verabschieden und ihnen fröhliche Weihnachten wünschen konnte.

Langsam und bedächtig schritt er den Mittelgang entlang und blieb erst am Kirchenportal wieder stehen, um alle zu grüßen, bevor sie gingen.

»Na wenn das nicht der Pfarrerdetektiv ist! Gut gemacht, auch wenn es tragisch ist mit den Toten«, sagte jemand, und andere stimmten zu.

»Ich hoffe, er bleibt bei uns«, sagte ein älterer Herr und klopfte ihm auf die Schulter. »Das war eine schöne Predigt heute.«

Plötzlich stand Maja-Sofia vor ihm, und ihre Blicke trafen sich. Samuel ergriff ihre ausgestreckte Hand.

»Wie geht es Ihnen heute?«, fragte er.

»Gut, danke«, sagte sie und löste die Hand schnell aus seiner. »Das sind meine Eltern. Ich bin sehr froh, dass sie hier sind.«

»Freut mich, Sie kennenzulernen«, sagte ihr Vater. »Ich hab so viel von Ihnen gehört. Gute Arbeit von Ihnen beiden, Sie sind ein tolles Ermittlerpaar. Der Pfarrerdetektiv und meine Tochter! Da kann der Papa stolz sein.«

Er klopfte sich mit der Faust gegen die Brust und lächelte breit.

»Ja, Maja-Sofia macht ihren Job sehr gut«, hörte Samuel sich sagen und lächelte Maja-Sofias zu recht stolzen Vater an.

Marit stand nur wenige Meter entfernt und sprach mit dem Bischof. Maja-Sofia verabschiedete sich, ihre Eltern nickten und dann waren sie schon durch die Tür. Samuel schaute ihnen nach.

»Bruder Samuel«, sagte jemand direkt neben ihm. Er

zuckte zusammen. Nur Sigvard sprach ihn so an, und er war noch nicht wieder kräftig genug für einen Messebesuch.

»Samuel, mein Bester, wo bist du mit deinen Gedanken?«

Samuel hob den Kopf, um dem Bischof in die freundlichen Augen blicken zu können, die sich hinter einer Hornbrille verbargen. Sein langer, schwarzer Kaftan ließ ihn noch größer erscheinen und das gelockte, graue Haar lag ihm wie ein Heiligenschein um den Kopf. Samuel merkte, dass er nicht gerade glücklich über die Ansprache als Bruder war, wenn sie nicht von Sigvard kam. Irgendwie kam es ihm veraltet und ausschließend vor, er selbst würde das niemals sagen.

»Lieber Bischof, was verschafft mir denn diese Ehre?«, sagte er schnell und wechselte einen Blick mit Marit, die neben ihm stand. Sie wirkte sehr zufrieden.

»Ich habe Bruder Sigvard im Krankenhaus besucht«, antwortete er. »Wie schön, dass es ihm schon wieder besser geht.«

»Ja, wirklich«, erwiderte Samuel. »Das sah nicht gut aus, als er zusammengebrochen ist.«

»Ich habe den Besuch gleich noch mit ein paar Tagen Skiurlaub verknüpft«, sagte der Bischof. »Wo ich schon mal hier bin. Das wird dem Körper guttun. Ich wohne oben im *Fjällhotel*, wo das Leben trotz allem weitergeht.«

»Das klingt ja wunderbar«, sagte Samuel, der sich große Mühe geben musste, nicht die ganze Zeit an die Antwort zu denken, die er hinter dem Altar von seinem Chef bekommen hatte, vom Boss höchstselbst.

»Außerdem wollte ich persönlich die frohe Botschaft

überbringen, dass wir wieder eine freie Stelle in der Domkirche zu besetzen haben«, fuhr der Bischof fort. »Die Kaplanin hat leider nicht gehalten, was wir uns von ihr versprochen haben, und ich wünsche mir sehr, dass du dich bewirbst. Ich habe leider keinen Einfluss auf die Besetzung, aber ein entsprechender Hinweis schadet ja nie.«

Eine Stelle in der Stiftstadt, wo er ja eigentlich noch zu Hause war? Vor wenigen Wochen, bei seinem Eintreffen in Klockarvik, hatte er sich genau das noch gewünscht. Tindra kam an ihnen vorbei und hob die Hand zum Gruß.

»Direkt nach Neujahr geht's aber wieder auf die Loipe, nicht wahr, Sam?«, sagte sie.

Samuel lächelte sie an und schaute dann zu Marit. Sie strahlte förmlich. Wenn Samuel dem Rat des Bischofs folgte, konnten sie voll in die Familienplanung einsteigen, was sie sich so sehr wünschte. Hochzeit zu Pfingsten, Mann und Frau, ewige Treue, bis der Tod sie schied.

»Danke«, antwortete er dem Bischof, »ich melde mich, dann sehen wir weiter.«

Der Bischof nickte. Es gab so viele, die ein paar Worte mit ihm wechseln wollten, dass er schnell von einer Traube Menschen umringt war. Samuel wandte sich an Marit.

»Du wirst dich wohl noch etwas gedulden müssen«, sagte er. »Ich werde mich schnell umziehen, dann können wir nach Hause.«

Als er später aus der Sakristei kam, sah er, dass Marit in der hintersten Bank auf ihn wartete. Sie war ganz allein in der nun leeren Kirche, alle anderen waren schon zum Weihnachtsfrühstück ins Gemeindehaus weitergezogen. Samuel setzte sich zu ihr. Jetzt war der richtige Moment gekommen. Jetzt musste es sein. Er musste aufrichtig sein und ihr erzählen, dass er in Klockarvik bleiben wollte. Vielleicht war es sogar ganz gut, an diesem heiligen Ort zu sprechen.

»Marit«, sagte er und nahm ihre Hand.

»Samuel«, erwiderte sie und schaute ihm in die Augen.

Glück sprach aus ihnen, so tiefes Glück, dass er sofort einen Stein im Magen hatte. Das hier würde schwer werden, sehr, sehr schwer. Vielleicht eins der schwierigsten Gespräche, die er je führen müsste. Aber er hatte sich entschieden, er musste ihr die Wahrheit sagen.

»Der Vorschlag des Bischofs ist doch ganz fantastisch!«, sagte Marit, ehe er sprechen konnte. »Und einen besseren Zeitpunkt könnte es gar nicht geben. Ich komme natürlich her und helfe dir beim Packen und Aufräumen, damit du die Wohnung perfekt hinterlassen kannst ...«

»Marit!«

Er musste es ihr sagen. Jetzt sofort. Dass er bleiben wollte. Und nicht nur das, er wollte frei sein.

Marit legte ihm einen Finger an den Mund.

»Samuel«, sagte sie. »O mein geliebter Samuel, du und ich ...«

Er schob mit ernster Miene ihren Finger weg.

»Marit, ich muss dir ...«

»Wir kriegen ein Kind, Samuel!«, sagte sie und strahlte, wenn überhaupt möglich, sogar noch mehr. »Du und ich, wir werden Eltern!«

∽ NACHWORT DER AUTORIN ∽

Was für eine schöne Idee mein Verleger Kristoffer Lind da hatte! Ich sollte über einen Pfarrer schreiben, der sich für Mordfälle interessiert und als Privatdetektiv tätig wird. Solche Bücher gibt es schon, aber nicht viele, die in Schweden spielen. So erblickte Samuel Williams das Licht der Welt, der widerwillig nach Klockarvik in Dalarna reist, um dort als Aushilfspfarrer zu arbeiten.

Obwohl ich mir die Geschichte selbst ausgedacht habe, brauchte ich wie immer Hilfe bei gewissen Details. Was das Leben eines Pfarrers angeht, haben mich Anna Björk und Mari Jansson bereitwillig beraten. Über die unschätzbare Arbeit einer Diakonin hat mir Anne-Christine Svegreus berichtet. Alle drei sind seit vielen Jahren in der *Svenska Kyrkan* aktiv. Meine Fragen zur Polizeiarbeit habe ich mit Karolina Lundström durchgesprochen. Ein kleines (sehr modernes) Detail hat Varg Gyllander beigesteuert. Und Dank gilt auch Christian Larsson dafür, dass das mit den Sargträgern nun stimmt!

Der Klockarvik-Dialekt ist fiktiv und die Stellen des Evangeliums sind vom Orsa-Dialekt inspiriert.

Wie immer hat Elisabeth Sigurdson unermüdlich Sprache und Dramaturgie geprüft. Wir haben viele wichtige und unterhaltsame Gespräche über den Text geführt.

Mein großer Dank gilt euch allen für eure Hilfe! Ein lieber Dank auch an das großartige Team bei Lind&Co und der Grand Agency, die mich mit ihren Anfeuerungsrufen ebenfalls ermutigt haben.

Ich hoffe, Samuel Williams wird zu einem guten Freund, der mich noch lange begleiten wird.

Ala Kapelle, Gotland,
im Sommer 2020
Marianne Cedervall

Marianne Cedervall

SCHWEDISCHE SCHWESTERN

Ein Fall für Pfarrer Samuel Williams

LESEPROBE

Aus dem Schwedischen von Ulrike Brauns

400 Seiten
auch als eBook

∿ Prolog ∿

Donnerstag, 27. Februar, Wasastaffel

Siebzehn Kilometer geschafft. Die Skier glitten gleichmäßig und ruhig über den Schnee. Stück für Stück kämpfte Samuel sich vor. Besonders schnell kam er nicht voran, viel Kraft hatte er nicht mehr in den Armen, aber bergab lief es immer noch bestens. Hartnäckiger Schneefall mischte sich mit peitschendem Wind, und ihm liefen Tränen und Rotz übers Gesicht. Hart war es, schließlich war er solche Wettkämpfe nicht gewohnt, aber das Wintertraining zahlte sich auf jeden Fall aus.

Während des Laufs dachte er nicht ein einziges Mal an seine privaten Probleme, und das war gut. Seine ganze Energie floss in den Wettkampf. Hier zählte nur eins: sein Etappenziel der Wasastaffel zu erreichen und alles für das Team der Gemeinde Klockarvik zu geben. Nur noch ein Kilometer bis Hökberg, wo er den Staffelstab an die Hauptpastorin Ellinor Johannesson weiterreichen würde, deren Ziel Mora war. Samuel selbst wollte nach Hause fahren, duschen, die Klamotten wechseln und sich das ein oder andere Bier zur Belohnung gönnen. Dann wollte er sich an den allwissenden Boss wenden, von dem er sich Antworten auf die großen Fragen des Lebens erhoffte. Der Kontakt zwischen

Samuel Williams und Gott war in letzter Zeit eher sparsam ausgefallen. Es würde alles andere als schaden, daran baldmöglichst etwas zu ändern.

Er hob den Blick vom Boden vor sich und richtete ihn auf die roten Häuschen an der Kuppe des Hügels. Die Loipe war mit farbenfrohen Werbebannern abgesteckt, und oben aus den Lautsprechern drangen für ihn noch unverständliche Worte. Dort musste er hin, nur noch dieses letzte Stück lag vor ihm. Tindra, seine noch so jugendliche Freundin und Langlauflehrerin, hatte ihn vor dieser Steigung gewarnt. »Lass dich nicht täuschen, die sieht nicht nach viel aus, aber du wirst ordentlich kämpfen müssen. Bloß nicht aufgeben.«

Je näher er dem Etappenziel kam, desto mehr Zuschauer säumten die Strecke.

»Da ist ja der Pfarrerdetektiv!«, rief eine ihm unbekannte Männerstimme. »Los, los, weiter!«

Er schielte in die Richtung, aus der der Ruf gekommen war, und brachte gerade so ein Lächeln zustande, bevor er den Fuß des Hügels erreichte. Von hier an ging es nur noch hinauf, hinauf. Nur noch diese Steigung! Wenn seine beiden Kinder ihn jetzt sehen könnten. Alva und Gabriel hatten verwundert, ja fast misstrauisch reagiert, als er ihnen von seiner Teilnahme an diesem Lauf erzählt hatte. Er würde sie gleich nach dem Zieleinlauf per Video anrufen und ihnen zeigen, dass ihr Vater es tatsächlich geschafft hatte.

Noch etwa hundert Meter. Das Laktat meldete sich in seinen Muskeln, und die Oberschenkel wurden schwach. Achtzehn Kilometer gingen nicht spurlos an einem Amateur vorbei. Aber aufgeben? Niemals! Seine Loyalität den anderen Staffelmitgliedern gegenüber hätte das nicht zugelassen.

»Auf geht's, Sam!«, drang eine Mädchenstimme aus der Menschenmenge. »Los, du schaffst das!«

Das war Tindra! Sie hatte den ganzen Winter über mit ihm trainiert, um ihm das Langlaufen beizubringen. Die so optimistische, fleißige Tindra! Jetzt durfte ihm bloß nicht die Puste ausgehen, das wäre ja fast ein Verrat an ihr und der ganzen Mühe und Zeit, die sie ihm gewidmet hatte. Dass diese Jugendliche seine unbeholfenen Versuche und bescheidenen Fähigkeiten ertragen hatte, obwohl sie selbst eine vielversprechende Langläuferin war und bei ganz anderen Wettkämpfen mitmischte, war wirklich bemerkenswert.

Er wedelte leicht mit dem Skistock in ihre Richtung und versuchte sich an einem Lächeln, aber es endete eher in einer Grimasse. Das Atmen fiel ihm schwer. Doch er musste noch die allerletzten paar Meter bewältigen. Tindra rannte neben ihm her und feuerte ihn an.

»Komm schon Sammy Williams, mit allerletzter Kraft, bald hast du's geschafft. Los, los, los.«

Er holte noch mal alles aus sich heraus, gleich würde er die Kuppe und das langersehnte Ziel erreichen. Es wurde gejubelt und applaudiert! Trotz aller Anstrengung machte es auch ziemlichen Spaß. Nur noch wenige Meter. Ellinor erwartete ihn schon, um den Staffelstab für ihr kleines, feines Klockarvik-Team zu übernehmen.

Samuel klopfte ihr gegen den Rücken und sackte zu Boden. Er konnte ihr nicht mal nachsehen, um sicherzustellen, dass sie einen guten Start hingelegt hatte. Sein Brustkorb hob und senkte sich in rasender Geschwindigkeit. Er spürte nicht, wie kalt der Boden war, auch die fallenden Schneeflocken kümmerten ihn nicht. Sollten sie ihn doch hier liegen lassen, noch mit den Skiern an den Füßen, er würde sofort einschlafen und nie wieder achtzehn Kilometer beim Wasalauf hinter sich bringen.

Aber jemand war anderer Meinung. Freundliche Arme halfen ihm auf.

»Trinken Sie das.«

Ein Becher mit warmer Blaubeersuppe wurde ihm gereicht, und als er aufschaute, sah er in die freundlichen Augen Tyra Lundins. Tyra war praktisch der gute Geist der Gemeinde Klockarvik, darüber hinaus auch die Küsterin und Samuels Vermieterin. Gierig trank er den Becher leer.

»Und da haben Sie gleich noch einen«, sagte sie und hielt ihm einen weiteren Becher hin.

Auch diesen trank er in Rekordzeit aus, während sie ihm eine warme Jacke umhängte. Tindra kam herbeigelaufen.

»Gut gemacht, Sam. Richtig gut!«

»Danke«, keuchte er. »Das hab ich nur dir zu verdanken, weil du so hartnäckig drangeblieben bist. Eigentlich ist das dein Verdienst.«

»Papperlapapp. Das hast ganz allein du geschafft. Nächstes Jahr übernimmst du eine längere Strecke.«

Da konnte Samuel nur stöhnen. Undenkbar, jemals wieder dem Skilanglauf zu frönen, geschweige denn über eine längere Strecke als achtzehn Kilometer.

Tyras Mann Sven-Erik kam ebenfalls herbei und klopfte Samuel auf die Schulter. Dann nahm er Tyra beiseite und sagte etwas, das Samuel nicht verstehen konnte. Sie wechselten ernste Blicke. War etwas passiert? Tyra wandte sich an Samuel.

»Sie müssen sich so schnell wie möglich umziehen«, sagte sie. »Es sind zwei Frauen gefunden worden.«

»Gefunden? Was soll das heißen? Sind sie tot?«

»Eine ist tot, um die andere steht es schlecht.«

Da wurde auch er ernst. All die Unbeschwertheit, die er auf den achtzehn Kilometern hatte erleben dürfen, war wie weggeblasen. Das Leben eines Pfarrers pendelte immer zwischen den hellen, freudigen und den dunklen, schweren Stunden. Sie alle gehörten zum Leben dazu.

»Aber wie kann ich helfen?«, fragte Samuel. »Eine Tote und eine Verletzte, das klingt eher wie ein Fall für die Polizei und den Krankenwagen, nicht für einen Pfarrer.«

Tyra legte ihm beruhigend die Hand auf den Arm.

»Im selben Haus sitzt noch eine weitere Frau, die völlig aufgelöst ist«, sagte sie. »Deshalb werden Sie gebraucht. Ellinor bringt die Staffel in Mora ins Ziel. Sven-Erik hat ihr absichtlich nichts gesagt, sie und die anderen müssen sich auf den Wettkampf konzentrieren.«

»Wer hat uns denn verständigt?«, fragte Samuel und merkte, wie sich sein Magen zusammenzog.

»Die eine da«, antwortete Sven-Erik. »Rantatalo heißt sie. Mein Wagen steht da drüben. Schnallen Sie sich die Dinger da von den Füßen, dann können wir los.«

Selbstverständlich hatte sie sich gemeldet. Klockarvik

fiel in den Zuständigkeitsbereich von Kriminalkommissarin Maja-Sofia Rantatalo. Samuel wollte ihr wirklich nicht
begegnen, aber offenbar hatte er keine andere Wahl.

～ EINS ～

Mittwoch, 5. März
Aschermittwoch

Eine Woche war seit Samuels Meisterleistung vergangen, dem erfolgreichen Bewältigen seiner Strecke von achtzehn Kilometern beim Wasalauf. Seither hatte er alle Hände voll zu tun und nicht viel Gelegenheit zum Nachdenken gehabt. Und jetzt war schon Aschermittwoch, der die vierzigtägige Fastenzeit einläutete, die erst am Ostersonntag wieder endete. Eine Zeit der Einkehr und des Hinterfragens.

Samuel stand vorm Altar der Kirche Klockarviks, bereit, alle willkommen zu heißen, die ein Aschekreuz auf der Stirn wünschten und am Abendmahl teilnehmen wollten. Ein Kreuz, das für mehr Klarheit im Leben sorgen und zur Besinnung anregen sollte. Eine lange Schlange hatte sich vor ihm im Mittelgang gebildet. Stille lastete auf dem Kirchenraum, da keine Musik gespielt wurde. Die Stimmung war aufgeladen. Samuel schielte zu Ellinor. Sie stand mit den Oblaten bereit, neben ihr die diensthabende Küsterin mit dem Kelch. Alle hatten sie ihre eigenen Aufträge, hoffentlich würde alles ohne Zwischenfälle ablaufen. Auch Samuel musste dringend in sich gehen, mehr Klarheit über sein Leben gewinnen und sich besinnen, wie er weiter vorgehen wollte. Die große Frage war, wie er jemals wieder Ordnung in das Chaos bringen sollte, das er sich selbst zuzuschreiben hatte.

Er malte ein Kreuz auf Tindras Stirn, die Erste in der Schlange. Ihre Blicke trafen sich, sie schaute sehr ernst. Was für ein tolles Mädchen, sie würde das Leben mit links meistern, davon war er überzeugt.

»Gott segne dich«, sagte er und wandte sich an die Nächste.

Ein Kreuz nach dem anderen strich er mit dem Zeigefinger auf die Stirn derer, die es wünschten. Manche ließen ihn aus und nahmen nur das Abendmahl zu sich. Die meisten kannte er, aber auch ein paar neue Gesichter waren dabei, wie zum Beispiel ein Mann in einem schwarzen Jackett, unter dem ein älteres Modell eines Pfarrerhemds zu sehen war.

»Der Herr sei mit dir«, sagte Samuel zu dem fremden Pfarrer und erfüllte seine Pflicht.

Der Mann hatte die Hände demütig gefaltet, und Samuel fiel sofort der Ring auf, den er an einem seiner Finger trug. Er war ungewöhnlich geformt, hatte ein Rautenmuster, ein Feld in der Mitte war türkis. So etwas hatte Samuel noch nie gesehen. Dieser Pfarrer war sicher ein guter Mensch, gänzlich frei von Schuld, ganz im Gegensatz zu ihm. Einem Sünder, der nicht mal bei Sinnen gewesen war, Verantwortung zu übernehmen, als seine Verlobte Marit ihm an Weihnachten erzählte, dass sie ein Kind erwartete, Samuels Kind, während er selbst mit dem Gedanken kämpfte, sich in eine ganz andere Richtung zu orientieren, in die eines anderen Menschen.

Ein wohlbekanntes Gesicht, das Samuel jedoch lange nicht gesehen hatte, nahm gerade das Abendmahl entgegen und tauchte dann vor ihm auf. Sigvard, sein alter Kollege und Mentor, schüttelte leicht den Kopf. Er hatte sich von dem Herzinfarkt erholt, den er kurz vor Weihnachten erlitten hatte. Ein Pfarrer vom alten Schlag, der alles so wollte, wie er es aus seiner Jugend gewohnt war, weshalb er das mit dem Aschekreuz als unnötig erachtete. Sigvard legte Samuel eine Hand auf die Schulter und bedachte ihn mit einem langen, besorgten Blick, ehe er sich abwandte und zu seinem Platz in einer der Kirchenbänke zurückkehrte.

Samuels Gedanken wanderten hin und her, während er seiner heiligen Pflicht nachkam. Hatte er überhaupt noch das Recht, hier zu stehen und Gott zu vertreten, wenn er doch selbst der vielleicht größte Sünder war? Das war möglicherweise etwas, womit er sich an seinen Mentor wenden sollte. Als Samuel vor ein paar Monaten nach Klockarvik gekommen war, hatte der alte Pfarrer ihn mit der Gemeinde vertraut gemacht. Das, was Sigvard nicht über die Dorfbewohner wusste, musste man gar nicht erst wissen. Er war zuverlässig, und man konnte ihm vertrauen, das hatte er bereits bewiesen. Samuel sollte ihn besuchen, ihm seine hoffnungslose Situation schildern und ihn um Rat bitten.

Die Schlange der Wartenden wurde immer kürzer, und am Ende stand nur noch sie da. Maja-Sofia Rantatalo, die Frau, die er weder treffen sollte noch treffen dürfte. Sie hatten sich zuletzt gesehen, nachdem Samuel nach seinem Zieleinlauf bei der Wasastaffel zu dem Hof mit den drei

Frauen gerufen worden war. Dort hatten sie nur ein paar wenige Worte gewechselt, rein beruflich. Danach hatte Samuel sich ganz auf die verzweifelte Frau konzentriert und Maja-Sofia auf ihre Polizeiarbeit. Wieso war sie ausgerechnet heute Abend hergekommen? Er hatte sie noch nie bei einem der Gottesdienste unter der Woche gesehen. Sie kam langsam näher, ohne ihn anzusehen. Dann blieb sie stehen und schaute ihm direkt in die Augen. Er konnte geradeso ihre schönen Augen unter dem dunklen Pony erahnen, da wandte sie sich schon abrupt ab. Mit schnellen Schritten entfernte sie sich durch den Mittelgang und durch die Kirchentür. Das Geräusch der hinter ihr zufallenden Tür hallte in der Kirche nach und brachte Samuel vollkommen aus dem Konzept.

Ellinor musste ihn leicht am Arm berühren, um ihn daran zu erinnern, dass nun sie selbst an der Reihe waren, den Leib Christi und das Aschekreuz entgegenzunehmen. Seine Hände zitterten, als er erst Ellinor und dann der Küsterin das Kreuz auf die Stirn malte. Während Ellinors Finger das Kreuz auf seine Stirn aufbrachte, war er sich sicher. Das war der Wendepunkt. Er musste sich sofort seiner Probleme annehmen. Wenn er seine privaten Probleme während der vierzig Tage währenden Fastenzeit nicht löste, konnte er genauso gut seinen Kollar abgeben und sich einen neuen Job suchen. Als Musiker vielleicht, er war kein schlechter Gitarrist und hatte eine gute Stimme. Aber vorher sollte er sich darüber klar werden, was er überhaupt wollte.

Ellinor räusperte sich und schaute die Gemeindemitglieder an.

»Nun haben wir den Herrn Jesus Christus empfangen«, sagte sie. »Er beschützt uns im ewigen Leben. Amen.«

Samuel war mit seinen Gedanken ganz woanders. Maja-Sofia hatte ihn aus der Fassung gebracht. Marit erwartete ein Kind von ihm, dabei war er hoffnungslos in eine Polizistin verknallt, der er nicht mal in die Augen zu schauen wagte. Seit Weihnachten hatte er wie manisch für den Staffellauf trainiert und war so vor dem Problem geflohen. Zu Mittsommer sollte er erneut Vater werden, was er, wenn er ganz ehrlich war, gar nicht wollte. Wann hatte er zuletzt mit Marit gesprochen?

»Der Friede sei mit euch«, sagte Ellinor und beschloss damit den Gottesdienst.

Friede? Würde Samuel doch nur im Entferntesten so etwas wie Frieden verspüren. Sigvard war seine letzte Hoffnung. Er beschloss, ihm gleich am nächsten Tag einen Besuch abzustatten.

~ ZWEI ~

Die Kirchentür schlug viel zu laut hinter ihr zu. Maja-Sofia musste sich eingestehen, dass es unnötig gewesen war, so schnell das Weite zu suchen. Feige war es noch dazu. Superfeige. Nicht mal an den Fastenritualen teilzunehmen oder die Chance zu nutzen, im Anschluss mit Samuel zu sprechen. Er hätte ihr zugehört, da war sie sicher. Wenn sie erzählt hätte, was ihr auf dem Herzen lag, wäre er in seine Rolle als professioneller Seelsorger geschlüpft. Das hätte sie heute Abend dringend gebraucht, aber sie war zu feige gewesen. Weil da etwas in seinem Blick gelegen hatte, als sie sich ansahen. Es wirkte fast so, als hätte er Angst.

Maja-Sofia verließ den Kirchhof und stieg in ihren Wagen, den sie vor der niedrigen Mauer abgestellt hatte. Einen Moment lang blieb sie einfach sitzen, ohne den Motor zu starten, und starrte durch die Windschutzscheibe. Die Sonne war vor einer Stunde untergegangen, hatte aber einen hellen Abendhimmel zurückgelassen, der vom nahenden Frühling kündete. Eine leise Hoffnung nach diesem harten Winter. Wieso war alles mit einem Mal so kompliziert? Sie war doch taff und absolut fähig, für sich selbst zu sorgen. Sie war Kriminalkommissarin Rantatalo, die schwere Verbrechen aufklären, sehr gut schießen und sich um verzweifelte Menschen kümmern konnte. Außerdem war sie stark wie eine Bärin. Dazu eine kundige Polizistin. Derzeit war sie sogar die stellvertretende Polizeichefin, bis die Stelle neu besetzt werden würde. Aber heute Abend fühlte sie sich elend und konnte keinen klaren Gedanken fassen. Und woher sollte sie den Mut nehmen, ganz allein in ihr gemietetes ehemaliges Missionshaus zu fahren?

In der charmanten Behausung hatte sie sich sonst immer wohl und sicher gefühlt, aber seit dem Nachmittag war die Ruhe gestört. Alles wegen ihrem Ex-Freund Danne Ylitalo. Viel hatte er dafür nicht mal tun müssen. Es hatte gereicht, dass eine Telefonnummer auf ihrem Display auftauchte. Normalerweise nahm Maja-Sofia keine Anrufe unbekannter Nummern an, diesmal hatte sie bloß nicht nachgedacht und war einfach drangegangen. Sie hatte mit ihrer Kollegin Martina Jarning und ihrem Kollegen Knis Petter Larsson den Tod der Frau von vergangener Woche durchdiskutiert und alle Informationen gebündelt, die sie seither gesammelt hatten. Der Arzt aus Klockarvik hatte sich an die Polizei gewandt, weil er an einer natürlichen Todesursache zweifelte.

»Sie könnte etwas Ungesundes zu sich genommen haben«, hatte er gesagt. »Die Symptome deuten darauf hin, aber ganz sicher bin ich mir nicht.«

Maja-Sofia und Kollege Larsson waren nach Klockarvik gefahren, hatten sich mit dem Arzt unterhalten und dann die Rechtsmedizinerin Tamara Petterson zurate gezogen. Petterson wollte sicherheitshalber einen Blick auf die Leiche werfen, besonders wegen der Befürchtung des Arztes, damit sie ausschließen konnte, dass jemand die Frau umgebracht hatte. Die Tote, Agnes Busk, wies keine sichtbaren äußeren Verletzungen auf, aber Menschen ließen sich ja auch auf andere Arten des Lebens berauben. Mit Methoden, die man ihnen nicht ansah, einer erfahrenen Rechtsmedizinerin aber nicht entgingen.

Sie hatten also zusammengesessen und verschiedene Theorien durchgespielt, und dann hatte Maja-Sofias Telefon geklingelt und sie war ohne nachzudenken drangegangen. Sie hatte ihn sofort erkannt. Er hatte tief eingeatmet und dann triumphierend gelacht.

»Hier ist dein Lieblingsmann«, hatte er gesagt.

Maja-Sofia hatte ihn sofort weggedrückt.

Jarning und Larsson hatten sie fragend angeschaut, als sie das Handy auf den Tisch gelegt hatte. Maja-Sofias Hände zitterten, und in ihrem Magen schmerzte es unangenehm. Danne Ylitalo würde nie lockerlassen, und er war zu allem fähig. Seine Rache würde kein Ende kennen, sofern er nicht auf wundersame Weise zu Tode käme. Danne war zwar ehemaliger Polizist, aber gewaltig falsch abgebogen und hatte durch seine Zeit im Gefängnis vermutlich eine Menge dubioser Kontakte geknüpft. Manchmal brachten sich die schlimmen Finger ja gegenseitig um, wovon sie bisweilen träumte, wenn sie über Danne nachdachte. Selbstverständlich war das grausam, aber ändern konnte sie daran trotzdem nichts.

In der Mittagspause war sie schnell nach Färnäs gefahren, um sich ein neues Handy inklusive neuem Vertrag zu besorgen. Damit hätte sie eine Weile Ruhe, wenn auch nicht lang. Danne würde sie so oder so wiederfinden.

Maja-Sofia schob den Gedanken beiseite, startete den Wagen und ließ ihn langsam vom Parkplatz rollen. Im gleichen Augenblick trat Samuel durch das Tor und kam direkt an ihrem Auto vorbei. Sie bremste und ließ das Fenster hinunter.

»Samuel«, sagte sie leise.

Er blieb stehen. Sein Schal flatterte im Wind, sein Mantel war nicht zugeknöpft. Sein widerspenstiger Pony hing ihm wie immer in die Stirn.

»Maja-Sofia«, sagte er und beugte sich zu ihr hinunter. »Eigentlich geht es mich ja nichts an«, sagte er, »aber Sie sind so schnell gegangen. Darf ich fragen, warum?«

Sie dachte kurz nach. Sollte sie ihn wirklich noch einmal mit ihren Sorgen belasten? An Weihnachten war er ein guter Zuhörer gewesen, als Danne aus dem Gefängnis entlassen worden war und sie lähmende Angst gehabt hatte, er könne jederzeit in Klockarvik auftauchen. Seither hatten sie kaum ein Wort miteinander gewechselt, wenn man von den paar wenigen vergangene Woche absah, und die waren ja absolut geschäftlich gewesen. Sollte sie erwähnen, dass Danne angerufen hatte? Dass sie so große Angst hatte, dass sie zitterte, obwohl sie wusste, dass sie ihm durchaus gewachsen war, zumindest körperlich? Sobald er jedoch mit seinen Psychospielchen anfing, würde sie keine Chance haben. Die ganze Angst des schon so viele Jahre zurückliegenden Weihnachtsfests stieg wieder in ihr auf. Als Danne seine Eltern vor den Augen seiner beiden kleinen Geschwister erschossen hatte, und die ganze Tragödie ihren Lauf nahm. Die Trauer war immer noch direkt unter der Oberfläche. Tags darauf hatte Maja-Sofia eine Fehlgeburt erlitten.

»Samuel, ich ...«, setzte sie an.

»Ja?«

Nein, das war einfach nicht richtig, sie sollte ihn nicht wieder mit ihren Sorgen belasten. Nicht hier auf dem Parkplatz vor Klockarviks Kirche. Ein andermal vielleicht.

»Wie geht es der Frau, die Sie betreut haben?«, fragte sie, statt ihre eigenen Probleme anzusprechen. »Waren Sie seit dem Einsatz noch einmal bei ihr?«

»Smid Karin Karlsdotter, ja. Sie ist noch immer sehr mitgenommen von den Geschehnissen«, sagte Samuel, »auch wenn der gröbste Schock vorbei ist. Die beste Freundin tot, die andere schwer krank. Gibt schon wesentlich weniger schlimme Dinge, die einem das Lachen verderben können.«

Maja-Sofia nickte. Sofort war sie ruhiger. Über die Arbeit zu sprechen gab ihr ein Gefühl von Sicherheit.

»War es denn ein natürlicher Tod?«, fragte Samuel. »Kann man das schon sagen? Karin fragt sich das, und das kann man ja nachvollziehen.«

Maja-Sofia zögerte. Wie viel konnte sie verraten, ohne die Ermittlungen zu gefährden? Die Schweigepflicht galt für sie beide, für ihn sogar ein bisschen mehr als für sie, da er nicht mal vor Gericht davon entbunden werden konnte, wenn sich jemand im Vertrauen an ihn gewandt hatte.

»Tamara Pettersson, unsere Rechtsmedizinerin, arbeitet daran«, sagte sie. »Noch wissen wir nichts mit Sicherheit, aber lange werden wir nicht mehr warten müssen.«

»Um was könnte es sich denn handeln? Es gab ja keine ...«

»... Anzeichen äußerer Gewalt, nein«, vervollständigte Maja-Sofia. »Wir werden uns noch einmal mit Smid Karin Karlsdotter unterhalten müssen, ich habe ja nur sehr kurz nach unserer Ankunft mit ihr gesprochen. Gleichzeitig führen wir eine Nachbarschaftsbefragung durch und bitten um Hinweise aus der Bevölkerung. Wir machen erst mal weiter, obwohl es nicht leicht ist, Antworten zu finden.«

»Aber Sie gehen doch nicht etwa von Mord aus?«

Maja-Sofia schaltete in den ersten Gang, ohne auf seine Frage zu antworten. Stattdessen lächelte sie ihn leicht an.

»Stramme Leistung beim Wasalauf«, sagte sie und schloss das Fenster.

pur Cajun	reines Cajun
que sera sera	was sein wird, wird sein
ça c'est la couyonade	das ist Leichtsinn
s'il vous plaît	bitte
t'es trop grand pour	du bist zu groß für deine Hosen
tes culottes	
t'es en erreur	du irrst dich
tcheue poule	Hühnerarsch
'tite chatte	kleine Katze
'tite belle	kleiner Schatz
T- oder Tee	vor einem abgekürzten Namen statt petite oder 'tite, zeigt einen Kosenamen an
viens ici	komm her

BLANVALET

TAMI HOAG

Deer Lake, eine Kleinstadt in Minnesota.
Nach seiner Entführung schweigt der kleine Josh
beharrlich – ein schwerer Fall für die Staatsanwältin Ellen North.
Dann verschwindet das zweite Kind, und Ellen wird
von einer kalten, seelenlosen Stimme bedroht...

Atemberaubend spannend – und höchst raffiniert!

Tami Hoag, Engel der Schuld   35080